全新版官方小说

下册

仙剑奇侠传三

软星科技 ○ 原著
槿华 ○ 执笔

中信出版集团 | 北京

第二十八章
除魔大会风声起

手下交代完前因后果后,孔璘才操着阴沉的口吻,郑重下令:"我要你做的第一件事,便是打听此珠下落,并在除魔大会祭旗之前,偷得此珠。"

"我不会去的!"对于孔璘的命令,苏媚一口回绝。

当初"南林北沈"的比武大会,是各门派弟子切磋,但是竞选盟主却是江湖头等大事,绝非儿戏,前来竞选的不是门派掌门,便是一代宗师,个个都是叫得出来名号的人物。故而这"除魔大会"既是江湖正道之士齐聚的会场,也是真正意义上的高手过招,兴许,那些所谓失传已久的绝世武功,也会再度惊世亮相。

苏媚若是失手,下场可想而知。

可苏媚更害怕的,却不是这些……万悲大师一死,喻南松便是千叶禅师最得力的弟子,必然会和千叶一同出席,而王寅虎和喻南松历来交好,苏媚此时去盗此珠,若是与他迎面撞见,万一事情败露……她难以想象,他们会以怎样的一副姿态重逢。

孔璘似乎知道她在犹豫什么,提醒道:"你别忘了,你是带着五劫辟魔锥走的,你以为,王寅虎还会信你吗?"

她带走五劫辟魔锥,不告而别,她的罪行,或许在他心底,已昭然若揭。

可,一切还没有到不可挽回的程度……

苏媚抬头,目色刚毅,寸步不让:"我不会去!"丢下这句话,苏媚转身欲走。可她忘了,五劫辟魔锥和幻魅画轴都已在孔璘手中,而她已经没有了任何底牌。是以,她刚一转身,一股强大法力便将她吸附在地,狠狠碾压,直至动弹不得。

"你知道违抗我的命令是什么后果?"孔璘高居尊位,不动如山的姿态,视她如蝼蚁。

苏媚疼得咬紧牙关,尚未来得及开口,傲澜已经急得不行,拦在苏媚面前,一个劲儿地向孔璘下跪求饶。

看着他惊慌颤抖的背脊,苏媚有些惊愕。她向来觉得傲澜胆小又怕事,最怕受牵连和拖累,可此番,平时对她关怀备至的小妖都已不知所终,唯一一个敢向孔璘求情的,竟然是他?

可惜,傲澜人微言轻,根本无济于事。苏媚道:"这里用不着你,别挡我前面碍事!"

她左脸紧贴在焰火灼烧过的岩石上,片刻的工夫,已满是血痕。血染凉唇,刹那一笑,竟美得惊心动魄:"他不会杀我的。"

"是吗?"孔璘听罢,指尖轻弹,那依附在她周身的力量,便使她遭受穿心裂骨之痛。

苏媚冷汗涔涔,脖颈青筋可见,可她紧绷五官,不为所动,尽量保证每一个字,都能清晰落地:"只有我不畏惧千叶的佛光,这才是你留着我的缘由,就是为了今日,对付千叶,夺取九转回魂珠!"

孔璘果然大笑起来:"看来,你还没有完全陷进情爱之中,脑子还是挺灵光的。"他松开她,并不否认,"不错,不然早在天师陵寝外,你生谋反之心时,就已经粉身碎骨了。"他顿了顿,"只是不知道,这是不是你们家族共有的特性?"

"什么意思?"

"我早就说过,你一介女流,妄想扳倒正派宗师之首,不过是异想天开!"孔璘乍然一笑,笑里却藏了把刀,"本座见你势单力薄,便将你叔叔请了来，助你一臂之力。"

苏媚一愣："叔叔？"

幼时还在隐龙窟中时，苏媚的父亲便在森林中画了一个结界，苏媚自出生起，就在结界以内生活，以为结界之内就是整个世界。直到这位叔叔的到来，她才知道，原来世界很大，大到可以囊括六界万千生物。

她很少见到这位叔叔。母亲说他成天在外招摇撞骗，不听规劝，容易引火上身，不喜与他来往。苏媚却很喜欢他，喜欢他讲的那些荡气回肠的故事，喜欢故事中每个有情有义的人物，更喜欢他带来的那些从未见过的稀罕物什……

后来家中出事，苏媚流落人间，却从未见过他故事中那些满怀正义的侠士，也未见过不分畛域、对妖一视同仁的人族，她所见的，尽是凉薄无情的荒冷人心……那时候她想，叔叔可真是个骗子！

"他可是你在这世上唯一的血亲。"孔璘道，"我已经告诉他了，你会在'除魔大会'上接应他，你不会对自己的亲叔叔出尔反尔、将他一个人晾在那儿，不顾其死活吧？"

苏媚终于闭上眼睛，沉了好久的气，才咬牙道："卑鄙！"

"除魔大会"消息一经散布，便如惊雷降世，响彻大地，让整个江湖蠢蠢欲动，躁动不安。三教九流的各路武姿平平人士不计其数，竞选盟主的却是屈指可数。毕竟，上有千叶禅师、李逍遥这样的人物，能与之一战的，实属寥寥。故而这人来人往，大多是前来呐喊助威，又或瞻仰宗师风姿的门派弟子。

蜿蜒高耸的荆山、纵横交错的河流、星罗棋布的湖泊，构建了这广阔无垠的荆州大地。

但彼时，苏媚已经连续三天来这剑门客栈了。

再多热闹和盛景也看得厌烦了。

荆州城这两天高手如云，张袂成阴，以苏媚的身份其实不宜久留，不过好在这种盛世上，大多酒楼沦为是非之地，鱼龙混杂。苏媚的叔叔自幼混迹江湖，靠坑蒙拐骗维持生计，这易容换装之术，必然是登峰造极，苏媚倒是不担心他行迹败露，只是担心他在自己面前晃了几趟了也没能认出来。

面前酒食已经冷却，旁边几位雍容华服的男子摇着一把无题折扇，吹了几声口哨，道："独自饮酒何欢，不如君来做伴？"

苏媚抬起眼皮子，瞧见几张油光满面的丑陋嘴脸，随意捏了个诀，那一伙儿的登徒浪子便反目成仇，厮打一团，而另一边，也有两个帮派也因选举问题发生口角之争，为逞一时之勇打得头破血流。

酒楼中又都是江湖中人，被无辜伤及者也都纷纷拿起武器参战，诱发满楼混战。

鸡飞狗跳，一片狼藉。

苏媚瞧着没劲儿，付了账转身便走，却在门口瞧见一件有意思的事。酒楼门口那位每天尽忠职守的残疾乞丐此时正以惊人的身法在一片厮打中穿梭自如。几乎只是转瞬之间，那些放在桌上或是散落在地的银钱，都成为他的囊中之物。

所过之处，分文不剩。

无人留意的乞丐将钱财拾掇干净后，一溜烟地从窗户逃走，神不知鬼不觉。

比起那些空摆架子的弟子，这装残卖瘸的"隐藏高手"可有意思多了。

是以，这位隐藏高手到溪边后正喜笑颜开数着手中的银钱，一把锋利无比的短锥瞬间飞驰而过！

"高手"脸色惶恐，拔腿就跑，但已然不及，被术法加固的树枝就像活物一样，将他四肢死死缠住，动弹不得！

回头一看那迅捷如风的女子，"高手"连连唤道："乖侄女，手下留情！"

话毕，"乞丐"瞬间变换着模样，他褪去一身褴褛衣衫后，身着青玄锦袍，露出半身蛇形。

看着那张与自己有着三分相似的面容，苏媚当场怔住。

"叔叔？"

事实上，苏媚对于她叔叔虞蛇的记忆并不算深，屈指数来他们拢共也不过才见过四面，但是每一次见面虞蛇都会带些小玩意来逗她开心。记得有回虞蛇还用树叶给她做了皮影，将他嘴里那些江湖故事展现得淋漓尽致。两人正在兴头上，她父亲便骂骂咧咧地过来，道什么莫要教坏我女儿云云后，又将虞蛇撵出了隐龙窟。那次她叔叔走了后，苏媚还跟她爹生了好久的闷气。

解开她叔叔虞蛇的桎梏后，叔侄正要来一个深情的拥抱，这时苏媚灵光一现，忽问："唉，么么看来你早认出了我？"

虞蛇凝望着她，诚恳道："你跟你母亲一样，美艳绝伦，想认不出来都难。"

听得这话，苏媚反倒是疑窦丛生了："那既然如此，你为何迟迟不出来相见？"

虞蛇挠了挠头，有点不好意思："我发现这酒楼的人挺慷慨的，三天挣得的比其他地方半年都多，想多待两天来着。"

苏媚："……"

"你这什么眼神？你叔叔我这也是忍辱负重、乔装打扮去收集消息的！"

虞蛇斩钉截铁地强调完后，见苏媚一脸不以为意，便立刻拿腔作势，摆出一副道行高深的长辈架子："这、这我听说啊，这九转回魂珠的确在千叶手中。这千叶还真是百年难遇的好神师，这次选举盟主，说无论是谁拔得头筹，他都会献出九转回魂珠做祭旗之物。你说这一般人，得到这么一个好东西，还不得据为己有？这千叶禅师还真是个不折不扣的大英雄！"

不由感慨到此，他才发现苏媚已是一脸阴郁，又连连改口，煞有介事道："咳！当然了，这血海深仇一定要报！"

其实苏媚并不想将虞蛇牵连进来，毕竟这条路，是与整个武林正道为敌，便道："李逍遥我已经困住了，其实不必……"

"画妖杀不了李逍遥！"虞蛇打断她，忽敛懒散，目露凶光，"李逍遥杀我兄弟，血债血偿，我们必须拿到九转回魂珠，手刃仇敌！"

"叔叔……"

苏媚心头一动。

离开隐龙窟后，苏媚才清楚地认识到，这世上，再没有谁，能在兵连祸结的乱世之秋，给她画一个方圆之地，让她安宁享乐，一生无虑。她这一生，早早就被李逍遥一刀斩尽，亲人两字，于她而言，陌生得像是前世残留的记忆。

但这一刻她才知道，原来这世上，不只有她记得这场血仇，还有一位亲人，也铭记在心，砥砺前行。而她也清楚，幻魅画轴要不了李逍遥的性命，聚齐三魔器，仍是复仇首选之策。

接下来几日，五湖四海聚来的江湖人士络绎不绝，转眼便已陆续到齐。"除魔大会"当日，千叶更是借来荆州最大的庙堂，以此容纳四方名士，举行比武选举。苏媚便混在其中，一边观摩比武盛况，一边旁敲侧击，打探"除魔大会"的相关事宜。

苏媚本就仙姿昳貌，顾盼多情，被其提问者，再一受其媚术控制，无一不知无不言，言无不尽。

但事与愿违，她从庙堂前问到庙堂尾，这祭旗之物却是连半点消息都没打听到。倒是擂台之上，一个个自诩天赋过人却不知天高地厚的无名小辈被一一踢下擂台，其中一个险些砸到苏媚。

苏媚抬头一看，擂台上一白须及腰，斗笠垂纱遮面的老头子沉稳而坐，旁边几人交头接耳，一个道："我观摩一上午了，从未见过此人的剑拔出完过，却能挥出剑气，震飞来人。"

"这就是龙吟震。"另一个俨然一副精研其道之貌，"所谓剑气，是真气附于剑上，以气幻形，打出强大杀伤力，而龙吟震，是利用出鞘后再收剑时打出的龙吟之声作为杀伤力，这种人在剑法之上必然是高超绝伦，有一定的声望，可我却从未听说过此人名号，怕是隐世多年的高人。"

另一个啧啧摇头:"现如今除了那几位位高权重的掌门人,怕是没人能与之一战……"

这话音未落,那老头子已经连人带椅被掀下擂台。

猝不及防。空气静默半晌后,起哄和探讨之声频频响彻。刚在苏媚耳边聒噪的几人更是咋舌沉默,最终只能以一句:"如今江湖,真是卧虎藏龙,人才辈出啊,呵呵。"寥寥收尾。

将一上午都无人撼动的老前辈踢下擂台的,是一个而立之年的壮士。

壮士手持双锤,钢体铜肤,像是生铁锻造,一看便知是个举鼎拔山以力制胜者。

实木搭建的擂台仿佛随时能在他拳头下四分五裂。而随后上场与之比武切磋的,不是伤筋断骨,便是武功废尽,无一不输得惨不忍睹。底下看客怫然作色,纷纷唾弃此人毫无武德,以致有意上台比试者纷纷退避三舍,不敢贸然上台与之切磋。

但壮士对这些嫉恨怨怼置若罔闻,炯炯有神的目光四周睃巡一遭后,嗤鼻大喊:"李逍遥呢?让李逍遥出来与我一战!"

众人随其四处张望。

除魔同盟大会是以宣扬弘法利生、除魔卫道为名竞选盟主,江湖中人,即便不争这盟主之位,也会前来表明除魔决心,弘扬正道。故这大小仙门世家无一缺席,唯独蜀山仙剑派掌门人之位无人落座。

壮士连胜多场,此时正是气焰嚣张之时,便直接冲着蜀山弟子喊:"上次'南林北沈'的比武大会不出席便罢,如今竞选盟主的江湖盛事也不出席?这李逍遥,怕不是死了不成?!"

"竖子!休得猖獗!"比蜀山弟子更先拍案而起的,是南武林盟主林天南。

林天南勃然大怒,一个横飞跳上擂台后,根本不给壮士出言挑衅的机会,一招久不出江湖的玄月斩长驱直入!

壮士双锤击地,借势翻身,长剑自其黑铁煅烧的腰封擦过,火光四溅。

林天南这出其不意的一招，给了壮士一个下马威。

壮士落定后，不可一世的视线缓缓移到正义凛然的林天南身上。他冷笑一声，脸上肌肉的狰狞，尽是胜券在握的自信。

首招玄月斩被破，林天南心中对他多少有些忌惮，见此人笨重如牛，于是改变战术，不近其身，使用气剑指对其进行攻击。

气剑指是将真气凝聚成气剑，一剑化万剑，万剑齐下，如雨穿林，功力高深者，可使每一柄剑，峻急如滚水，飒沓如流星，而林天南便是其一。林天南的气剑指，迅猛有力，当称一绝，极其考验对手闪躲时的迅捷能力。

壮士稍有不慎，便会被万剑穿心。

周遭之人看叹连连，为林天南呐喊助威，对壮士众口交攻，纷纷扬言要将这壮士踢下台去。

但是很快，众人的喝彩却逐渐平息，甚至戛然而止……

只见壮士五大三粗的身体在光矢般的气剑下风驰电掣，躲避之余，还能将手中重锤掷出，击溃碾压而下的气剑，直直冲向凌驾上空的林天南。

林天南应付迎面而来的独锤，却让气剑指的杀伤力大打折扣，本就游刃有余的壮士趁此机会，那看似庞大笨重的身躯竟一跃冲天，速度之快如离弓之箭，一锤击落林天南。

林天南的气剑指，承载了他一身荣光，入世多年，鲜有出其右者，可此番……

他不得不承认，这壮士简直是将刚和柔都练到了极致。

林天南知道自己遇到劲敌，再不能掉以轻心，在擂台上与壮士拆招三回后，便立刻使出了独步天下的七诀剑气。那短短三尺长剑以泰山压顶之势而来，壮士见此，露出稳操胜券的诡异笑容，随后两腿分开，在林天南的分花剑影中，他双锤上举，竟能精确无误地夹住那把闪电一般的长剑，并在其发招之间，将七诀剑气完全压制。

林天南终于色变。

而更奇怪的是，在后面的拆招中，壮士几乎预判了他的每一个身位。壮士灵巧地转身，都能恰到好处地避开他的穿刺，而每一个出招反制，都在七诀剑气的攻守之外……

一个可怕的念头在林天南心中油然而生。

这壮士练就了一种专门克制七诀剑气的武功！

"当年你就输给了李逍遥，如今还用这招对付我，瞧不起谁呢？"果不其然，壮士话毕，脸上却是从容的冷笑，随之一锤落在林天南执剑的手，一锤欲穿他的左肩，林天南迫不得已弃剑护身，手中的剑便"铿锵——"一声，没地两尺。

看着林天南那满脸的惊诧和不敢置信，壮士却颇为得意，轻蔑的神态与他憨厚的外表，格格不入，甚至大言不惭地调侃："当年林家堡比武招亲，要不是李逍遥捷足先登，我可差一点就成了您的乘龙快婿呢！"

林天南恍然抬头，端详他半晌，这才忆起何事，问道："你是那个被我女儿打败的双锤勇士？"

"什么被你女儿打败？"听得这话，壮士讥讽一笑，但眼中，却是积压已久的怨恨，"若不是我惜她、不忍伤她，岂会给她可乘之机，让她将我踹下台去，受众人嘲笑！我苦心磨炼这么多年，就是想让你们林家人睁大眼睛看清楚，你们选的女婿，是怎么被我一脚踹下擂台的！"

蜀山弟子焉能咽下这口气，个个铁青着脸色，眼射寒芒，拔剑欲上，若非个别心思沉稳的弟子拦着，这好端端的一个比武选举，就要演变成处理私仇的戏台子。

苏媚其实不太能明白人族的江湖，为什么动不动就爱比武，选盟主比武尚算说得过去，招个上门女婿也得比武，叫她不能理解。便在这时，一声清脆稚气却掷地有声之音打断了苏媚的思绪："月如娘亲才不会喜欢你呢！我爹爹不仅武艺高于你，人品样貌远远胜你！你连我爹手指头都不如！"

一个黄口小儿的话，再声嘶力竭，可在这群英荟萃之地，也掀不起多大波澜，无非是惹得壮士下手更加生猛，将林天南击得节节败退。只是这一声，却也叫苏媚陡然一惊。

倘若李忆如在此的话，那么王寅虎……

苏媚循声望去，果然，默立李忆如身后之人，神明爽俊，眉入天仓，轻蹙的英宇，锁着三月的暖阳，即便此刻身躯微躬，也毫不影响那俊朗挺拔的毓秀身段。只是他无暇顾及其他，修长的五指正拴着孨了毛的李忆如，仿佛他那手一松，李忆如便瞬间化作凶神恶煞之貌，冲上台去咬人。

上次见面，还恍若昨天，可转眼，人潮汹涌，他们又是各立一端。苏媚不知道该如何面对他，也不知道该如何解释，更不知道，如何给他答案……纠结难断下，恰见几位仙霞派弟子姗姗来迟。

苏媚跟沈欺霜处得久了，对仙霞派的规范举止略知一二，为行事方便，她索性摇身一变，化出一套蓝衫玉剑的行头，佯装仙霞派弟子，趁着人多眼杂，神不知鬼不觉地混入其列。

褪去红绸裙纱，裹上这一袭青衣素袍，苏媚摇步生风间，竟似清水赤莲，妖而不媚。

参与除魔大会的每个门派或者世家，都有专门划分的席位，而这次向来不喜参与江湖纷争的清柔师太倒是给足千叶禅师面子，竟派出众多弟子跟随，以至于跟在最后面的苏媚，都将要挤到隔壁沈家堡的席位上了。

擂台上，林天南余力不足，已是强弩之末，气势武力皆被壮士一一击溃。狐狸耳尖，苏媚本只是找个容身之地，偏还听见了沈家弟子打的如意算盘。

"沈堡主，我看这人明显就是专门针对林天南练的功夫，但未必能对付您，您若上阵，必杀他个片甲不留，不就可以借此灭灭林天南的气势吗？"

"对啊，堡主，现在出手可是扬眉吐气的绝佳时机！"

此番一统江湖，合并南北，两位各自为政的南北盟主自然也要一争高下，谋取一席之地。不过林天南此番属于被逼急了眼，亲自上阵比试，见其大败，沈青锋举手投足都是得意之色。

只是不比林天南疾恶如仇，沈青锋为人处世圆滑得多，他不争这一时之勇，且深知千叶禅师和清柔师太还没有出手，李逍遥也迟迟未露面，他即便上台胜了，终也难以收场。

此刻，擂台之上，壮士破解了林天南所有剑法，正傲视群雄，在台上哈哈大笑，挑衅各派，而林天南已五脏俱损，只能扶墙而立，且其周身伤痕遍布，也极为惨烈。这时，壮士见所有人都畏首畏尾，姿态更为跋扈狷獗，甚至不打算给林天南任何活路，他咄咄逼人地将手无利器的林天南撵到死角后，拽其衣襟，挥锤威胁。但林天南一代南武林盟主，便是到了如此狼狈之态，仍端起一身傲骨，凛然着脸，与他怒目相向！

壮士被其无声的藐视激怒，锤子一挥，便要朝他脑袋砸去！

几乎是命悬一线。

莫说台下看客，便是境界淡然的千叶禅师此时都惊得扶杖而起！

千叶禅师见沈青锋袖手旁观，清柔师太置身事外，台下英雄更是独善其身，无一人有上前阻止之意，他登时愤起一声："住手！"随即闪身急上，真气横封，画出一个金刚罩，直直撞向壮士！

壮士见千叶出手，深知此人道法高深，不宜攻克，神色便倏然认真起来。金刚罩群逆纵逸，急速飞转，飓风平地卷起，撕裂着壮士漆黑的衣角。壮士浓眉下沉，凝神接招，在金刚罩离自己二尺远时徒手捏拳，一声粗粝的"破"后，他竟以自身刚猛的内功，将金刚罩一拳震碎！

一时之间，狂风大卷，古钟悲鸣。

而更匪夷所思的是，承下千叶禅师气吞山河的一击，这壮士竟还能立如磐石，纹丝不动！

人们感叹惊呼之声，更是此起彼伏。

他竟能一拳破开千叶禅师的金刚罩，难怪这壮士能嚣张至此！

与此同时，金刚罩被破之时，千叶已声东击西，斜飞而去，一杖击开壮士左手的重锤，救下即将命丧于此的林天南。壮士自认皮糙肉厚稳力十足，但此刻这握锤的手竟被千叶这四两拨千斤的一击，震得麻痹刺痛。而千叶接住林天南后撤步落定，潇潇而立的姿态从善如流。

很快，大慈悲明宗弟子见机行事，上台将林天南搀扶下去照料伤情。

"哈哈哈，怎么着？清心寡欲的和尚，都要来抢这武林盟主之位了？"

即便面对千叶，壮士也照样出言不逊。

千叶脸色一派沉稳："你手段犀利阴狠，这武林容你不得！"

壮士不屑，稳扎一个开弓步后，抡圆了双锤，率先发起进攻。

第二十九章
轻生重剑一剑知

　　壮士步伐精妙，身随锤动，每招的制动苍劲有力，且屡加变化，而千叶并无出手伤人之心，金身加持，与壮士双力制衡，只守不攻。明眼看去，壮士锤锤命中，占尽上风，气势和武力都完全碾压千叶，而千叶毫无还击之力，全程处于被动状态。

　　而事实上，壮士力如顽石，与他正面博弈，却脸色苍白，肌肉抽搐，不到三十招，他发现了不对。

　　千叶的佛光诡异多变，来得十分蹊跷，有圣洁的净化万物之力，也似有魔性般极富吸附之力。照理来说，重锤对金身，应该是内功的硬拼对峙，属于以刚克刚，但壮士每一锤都蓄足雷霆之威，却都有一种打入水中的无力感，且内功毫无着落，不知流向何处，好像被他吞噬了，又好像被他消化了……他看着面前稳如泰山似不费吹灰之力的千叶，心中竟有些不寒而栗。

　　好生强大的功力，前所未见！你来我往数个回合，壮士招式用尽，黔驴技穷，竟仍不相上下，胜负难分。

　　不消片刻，壮士似瞧出了些许门道，便身如螺旋般，以迅猛之速摆开阵法，俄而寒光乍现的双锤呼呼作响，快如乱影交织，瞧得人眼花缭乱，不足须臾，壮士便将千叶禅师能闪避的八个方位牢牢锁死，随即狂风引动枯叶黄沙飞卷直上！

地上飞沙走石，天上风卷残云。

对战二人被囊括在尘沙中央，外面之人看不真切招式，只隐约瞧见两道身影：一个横冲直撞，如头浑牛；一个挺拔竖立，心似古井。

狂风袭来，怒号而过。有人怪叹，区区一无名壮士，竟能掀起如此风雨；有心暗庆，幸而自己有先见之明，没拿三脚猫的功夫，上去丢人现眼。

便这当口，倏然间，又见一道闪电直劈擂台，银光飞逝，大地一颤，一朵血莲在沙尘之中猛烈绽放，开出的滔天火光，直扑云山，将两道似真似幻的人影焚灭。那火，灼红了青天，漫天黑云攒动，滔滔不绝，滚滚烟尘仿佛要覆灭人间，像是给天烧了一个洞！

"这是千叶禅师的怒焰灼心！"

"千叶禅师终于出手了！"

火漫九天，烧彻白昼，星火灰烬铺天盖地，台下之人退避三舍，纷纷惊叹：这绝对是百年难遇惨烈之战！只见滔滔浓烟滚入青山峡谷，火势的铮鸣犹如春秋的闷雷。而壮士也不甘示弱，他双锤折射锋芒，寸劲勃发，如同两轮巨大的银月，在火海中腾云驾雾，片刻，那月猝然一顿，紧接着，竟以破釜沉舟之势，自上而下，重击红莲之心……

未几，星火陨落，天复清明，一道残影急速坠下，将擂台砸得四分五裂。正是耀武扬威的壮士！千叶则原地不动，手中禅杖逆风直立，如他人一般风骨遒劲。

倒下去的双锤勇士就像刚从水里捞起来的，瘫软无力，双目无神，神志不清地碎碎念着让李逍遥来战，而围观者众多，却无一人上前关心伤势或搀扶一二，纷纷露出鄙夷谴责之色，对其指指点点。最后还是千叶宽厚豁达，遣门下弟子挪出一间厢房，供他调养生息。

适才平息，一阵清脆的掌声从上方传来。众人抬头，只见穿得人模狗样的沈青锋此时正慢条斯理地起身，嘴角含着一抹谄媚的浅笑，拱手敬佩道："这一战真乃叫我等大开眼界，千叶禅师功力我们望尘莫及，我看这盟主之位，就您最合适，还望千叶禅师莫要推辞。"

"是啊！"臭名昭著的沈青锋今日一言，倒是受到众人赞同，"还请千叶禅师率领武林正道，歼灭魔教中人，守我盛世安宁！"

底下呼吁，一浪高过一浪。

就连一直沉默不语的清柔师太也道："久不见千叶禅师出手，功力又精进不少，如今武林，怕是无人能与之争锋了。"

才调养片刻的林天南这时也强撑着身体，由人搀扶出来，挥手谢过救命之恩后，支持道："千叶禅师心怀慈悲，又功高盖世，当是武林盟主的不二人选。"

五湖四海的豪杰更是不约而同，一致拥戴千叶当选盟主，但翻来覆去，笼统不过几句"千叶禅师，德才兼备，心系苍生，武林盟主，舍你其谁！"云云。

可惜，大慈悲明宗之人是出了名的淡泊名利。

见众人热情拥戴，千叶禅师反倒露出为难之色："我是出家之人，无欲无求，六根清净，理应不该参与这江湖权势的纷争。但见那壮士口出狂言，意图伤人性命，这才出手阻止，但确无意这盟主之位，且今日号召天下英雄，是为巩固江湖势力，若将江湖放在害人性命的莽夫手中，无疑卵置危巢。"一席话罢，千叶又请蜀山派和仙霞派担任，但蜀山派群龙无首，而清柔师太远离俗世纷争，皆一一婉拒。

"千叶禅师就莫要推脱了。"沈青锋倒是和颜悦色，"武林盟主之位非同小可，现如今这江湖，除了您，还有谁能率领群雄？"

"就是！"也有人为江湖忧心忡忡，"不久前五劫辟魔锥惊现于异魔教，看来孔璘已经得到三魔器之一，一旦让他聚齐这三魔器，魔尊复活，这江湖又将是一盘散沙，如今落实这盟主之位，实在迫在眉睫啊！"

这人一语道破如今江湖大势。千叶听罢，并立良久，时明时灭的眼眸中，似有感悟，似有犹豫。须臾，他清明慧眼顷刻间变得苍劲矍铄起来。

"诸位此言有理，如今邪魔猖獗，正道式微，所谓舟大者任重，马骏者驰远，我既有此机缘，理应以仁为重，与大家共同进退。"千叶禅师慷慨激言间，竟隐隐透着一种视死如归的凛然正气，"我暂代盟主之位，待剿清天下邪魔，万众一心，大势安定，必退位让贤，隐繁华之外，束身自修。"

大多有一定江湖地位的德高望重者，身上都有着一种无望之弥高的威严感，令人高不可攀，望而却步。但千叶禅师就没有，他姿态随和，谦卑待人。佛门看貌讲究福气，他却不是那种有"福气"的样子，反而瘦瘦高高，白髯及腰，却像邻居爷爷一样平易近人。

尽管苏媚此前与他交过手，但平心而论，当今之世，再无第二个千叶。

江湖动荡不安时，他与四方守望相助，如今局势稳定，他又广结善缘，似乎在任何场合与任何人接触，都能如鱼得水，游刃有余。在他眼中，无论黄发垂髫还是少年英雄、邪魔妖道或者名门正派，都能被一视同仁。

苏媚想，此番竞选盟主，李逍遥被画妖所困，且估计已被孔璘藏于怨气极重之地，一时半会儿是无法现身了，而清柔师太无心此位，千叶当选，不仅是众望所归，更是实至名归。

千叶担起武林重任后，又逐一声讨了魔教这几年的罪行，很快，大会顺利到了祭旗立誓环节。

苏媚正聚精会神地观摩之时，一只粗粝的手蓦然搭在她肩上！

苏媚此行本就是做那贼人的营生，免不得要处处谨慎。故而，这人手往她肩上一锁，她便下意识以为行迹败露，回身便是一招"灵蛇出洞"祭出。然来人似对她的出招了如指掌，不仅巧妙避开，甚至反锁其手。

笔走龙蛇的动作，可谓行云流水。

此处是仙霞派席位最末，背后便是三尺高的院墙，不仅隐蔽，也无人留意。苏媚由他钳制之余，定睛一看，来人一袭褐黄的僧袍，慈眉善睐，神态温和，只是那手劲极大，死死囚住她的腕部，这样的力道，比起过招，更像是责罚，就连他刻意压低的声音，也极为严厉："你还在这里做什么，血海深仇不报了？！"

听得此言，苏媚这才猝然一愣。

"叔叔？"

虞蛇以前在妖王跟前俯首做臣时，偶然间得到一味丹药，吃了之后能暂时遮掩妖气，再加上孔璘赠予他一件万妖皮做的"大氅"披在身上，变化模样后简直如假包换，法力再高也难以分辨出真伪。

而这时，虞蛇也难得肃穆起来，低声道："我知道九转回魂珠在哪儿了，跟我来！"

这厢，祭旗立誓之前，千叶禅师则是先让喻南松出面，将当年喻家满门被害的真相昭告天下。

喻南松的父亲喻承宗琴心剑胆，高义薄云，即便身殒多年，也将是青史留名的一代大侠！

他年少仗剑天涯，锄强扶弱，世上哪儿有不平事，哪儿就有他喻承宗。那几年，何等风光，何等兴荣。但也是这样侠肝义胆之人，却在一夜之间被屠满门，且那凶手手段残暴至极，令人心寒胆战。此事本已让世人愤意难平，可今日从喻南松口中得知他是为让九转回魂珠不落入魔人之手才遭此横祸时，更是痛心疾首，唏嘘泪目。

喻南松潇潇身段，向来云淡风轻，此刻也双目赤红，拳头紧握，眼中恨意，如滔滔江水："自三魔器出世以来，造就了多少血案？我喻家不过是其中之一，若想以绝后患，唯有封印三魔器！"

"不错！"千叶禅师素来祥和慈善，不苟言笑之时，眼神竟也锋利肃穆，"今日群雄聚此，既是为了打压魔教，便以这九转回魂珠祭旗立誓，封印此珠，以表除魔卫道之决心，誓要将破坏世间秩序者，一一歼灭！"

师徒二人的激昂发言，引得众人纷纷举剑附议，热血沸腾，并已开始翘首以盼，想一睹这令无数心术不正之人前赴后继的九转回魂珠究竟是何尊容。可转眼日头已斜偏西方，群雄盼望多时，却等来一个平地惊雷的消息。

九转回魂珠被盗！

在场众人议论声起，个个神色凝重，据悉，千叶禅师将九转回魂珠供奉在佛堂之下，由十八位出类拔萃的精干弟子结出金刚罗汉阵严加看护。这金刚罗汉阵，坚不可摧，乃是佛门最高结印之术，即便有心怀不轨之人擅闯金刚罗汉阵，少说也有一场恶战，不可能神不知鬼不觉。

可众人闻讯赶去时，只见阵法严谨的罗汉阵此刻却如一盘散沙，十八位僧门弟子满面愁容，正对一小弟子严厉斥责。

他们一见千叶禅师率众仙门前来，齐齐下跪，自责难当："师父！弟子们无能，没能看好九转回魂珠！"

言罢，其中一人不甘地谴责道："都是元音的错，是元音打乱了阵法，才让他人有机可乘！"

被谴责的小弟子显然已经手足无措，慌乱地不知从何辩解："师父，不是我，是我……我也不知道，到底是不是我……"

瞧他话都说不明白了，众人是急不可耐，毕竟五劫辟魔锥落入孔璘之手已是众所周知之事，倘若盗九转回魂珠也是异魔教所为，那离三魔器聚齐，魔尊重现人间，将为期不远！

"九转回魂珠非同小可，究竟怎么回事，你如实说来便是，为师自有判断。"比起惊慌失措的众人，千叶禅师尚算沉着冷静。

"是！"那叫元音的小弟子立刻敛眉顺目，静心安神，仔细地回顾了一下事发之前的事，"此处本是佛门重地，没有外人来扰，但护法之时，门前却来了一位姑娘，我见其妆容打扮，应是仙霞派弟子，她说过来烧香祈愿，问我香在何处，我便告知此处外人进不得，但答完之后，我便什么都不知道了……后来就听说九转回魂珠被盗了，师兄们都说是我乱结法印所致，可我明明没有……"

"小师父说话可有凭证？"清柔师太打断他，越众而出，一双不染凡尘的眼眸，冷冷垂下时，竟是不怒自威的威仪，"我仙霞派弟子皆在此，你且瞧仔细了，可有你口中的那个姑娘？"

元音倒也实诚，完全没听出清柔师太语气中暗藏的怒意，果起身一一查看仔细，最后还如实回答："没有。"

可清柔师太却并未因此如释重负，反而浮现一种威严被冒犯的盛怒，似正要出言呵斥，这时，千叶禅师却乍然想到什么，立刻两指并于元音眉心，探灵一瞧后，复才郑重道："是妖术！"

这时，王寅虎也勘查了现场，沉稳平和的口吻是一贯的执着与冷静："偷珠者只可能往后院走，但后院逃跑，只有三个方向，一是混入人多眼杂的前街，如果来人精于易容换脸之术，这是绝佳路线；二是渡过三洛湖到临城，但是短时间走水路逃生，很容易暴露行踪，算是下策；三是城北密林……"

"不错。"喻南松不依不饶，眼中是惊涛骇浪前一刻水面上诡异的寂静，"而且城北密林通往的方向，正是异魔教。"

此言一出，四周质疑声起："怎么可能？佛光之下，哪有妖邪能来去自如？"

也不乏有人大胆猜测："难不成这世上，还有不畏佛光的妖孽不成？"

彼时，默立一旁的喻南松和王寅虎凌空对视，电光石火间，二人显然想到一处去了。

"苏媚擅自带走五劫辟魔锥，你说是你主动交给她的，那这一次，又当如何？"喻南松凑近王寅虎后，一改往日的温润如玉，诘问的语态间，黏附着灭门之仇的怨恨。

王寅虎剑眉下沉，凝神片刻后，却将眼中一闪而过的疑虑敛收无遗。

他道："事情还未水落石出，未必就是她。"

喻南松不禁哂笑一声，不知事到如今，他在坚持什么。

"不畏惧佛光的妖，我知道的，便只有她。"喻南松顿了顿，扬眉道，"想必你也是？"

王寅虎目光微沉，没再说话。

聚来之人皆非等闲之辈，慌乱一时后，已立刻将门派之见抛之脑后，做出明确的分工：千叶禅师等擅辨妖识妖者追查前街；武艺超群、道法高深者沿城北密林追击，御剑或轻功冠绝江湖者搜寻三洛湖。

此阵仗和架势，俨然一副"江湖武林之地，绝不容邪教染指"之貌。

异魔教前段时日受过一次大创，江湖各大门派早有趁虚而入之势，但又忌惮五劫辟魔锥的威力，一直踌躇不前，以至于此番，仍有人在说大话，道是哪怕杀到异魔教也要将九转回魂珠夺回来，说不定还能顺便截获五劫辟魔锥云云，引起不少人调侃他异想天开："一个五劫辟魔锥就吓得整个江湖畏首畏尾，更何况现在还有了九转回魂珠……"

当然，正仓皇出逃的苏媚对这一切还全无所知。

密林中的光总是成束存在，四散分布，如同一个牢笼隐藏在这浓薄不均的迷雾中。

虞蛇一身黄色僧袍，以大慈悲明宗的弟子模样，在前面横行无忌地穿梭，顺便观察周遭是否安全，为苏媚扫清障碍，而苏媚则手握九转回魂珠，紧跟其后，像儿时追赶父亲一样，仿佛身后有豺狼虎豹等可怖之物般，驱使着她寸步不离。

虞蛇见苏媚练就一身本事，一直颇为赞许，而今她无畏千叶佛法之特性，更是让整件事，顺利得匪夷所思。

却不曾料到，他们这么快就追过来了。

苏媚感到身后一阵强大罡气逼迫而来时，心中一阵寒意闪过，回身便是一招"狐爪碎岩"破空而去，随之飞身纵跃，试图飞过密林，然此时，一簇绚丽的烟花在青白的天镜下骤然绽放，刹那间的光亮分成铺天盖地的箭矢，落空射下。

这是传闻能一己抵万军，射千里而穿石的神武震天弓所射出的光矢！

苏媚心头大震，欲拉着虞蛇在林中逃躲，可她撤身落地时，底下早布好人手，断绝退路。这人将周身罡强的战意布画成阵，其人却如风云般，在寸步难行的罡风阵中来去自如！

简直如鬼魅一般的存在。苏媚落阵后，根本看不清对手踪迹，她聚精凝神，不敢有丝毫懈怠。

此阵苏媚也有所耳闻，乃是天罡战气结合仙风云体术，据说此阵交手七个回合，威力将会翻倍。苏媚便索性避开与他打回合战术，却发现，运术为屏，保证不被飓风撕裂就已难如登天，更遑论出招反击或全身而退了。

而此刻，四周已高手林立，城北密林果成了不可逾矩的牢笼。束手无策之下，虞蛇忽张皇喊道："各位高抬贵手，我乃大慈悲明宗弟子，莫要伤及无辜！"

这话一出，风卷残云的阵法果迅速停下。

千叶禅师当选盟主已是板上钉钉之事，大慈悲明宗也将今非昔比，为免伤及无辜，惹出祸端，影响帮派之交，来人立刻收手，允虞蛇一人出阵。

虞蛇则顺手要将苏媚手中的九转回魂珠拿走，并在其耳边低声道："群英会聚，你我叔侄不可能从这里全身而退，可你我总要逃出去一个。"话毕，他又像煞有介事地对武林正派慷慨激昂地大喊，"九转回魂珠就在这妖狐身上！我一路追上来，哪知中了这妖狐的幻术，幸得于适才这天罡战气的威力，将我体内妖气震碎，这才得以苏醒。"

无须过多解释，苏媚已然明白其深意。苏媚也非计较得失之人，事已至此，她也不愿牵连叔叔于这众矢之的，枉送了性命。

面对群侠的诛讨与伐罪，苏媚从未有过一丝惧色，直到此时，虞蛇为求自保而彰显得过于决然阴狠的倒戈相向，她也表现得极为冷静。

可阵外，王寅虎持刀而立，刀未震，他却已率先察觉到一股隐藏的妖气。

他冷声道："站住！"

低沉凝肃、极具压迫性的嗓音让虞蛇不寒而栗。

虞蛇头不敢抬，含糊应了一声，便要着手离开，却被王寅虎一个瞬移截了去路。

王寅虎就站在苏媚一丈开外，眼中却全是对虞蛇的猜忌与怀疑。

他紧盯着虞蛇，问："你说她是妖狐，是从何得之？"

苏媚妖泽轻薄，几近于无，如今换上一袭素衣蓝绸，周身散发轻灵之气，更将仙门弟子的风姿仿得惟妙惟肖。当初王寅虎、皇甫英甚至连他师父盛尊武都不能一眼识破她的妖身，这个出现突兀的大慈悲和尚又是如何知晓她是妖，甚至还明确地知道她是一尾妖狐？

除却王寅虎，也有不少人面面相觑，眼神交汇间，皆是同样的困惑。

阵中女子，落落穆穆言行规范，秀气雅致娉娉袅娜，横看竖看，都不像为非作歹的妖狐。

"这……"见众人皆在凝神思考，虞蛇踌躇结舌几番后，忽福至心灵道，"我亲眼见着她盗取九转回魂珠的，所以一路跟随，不料半路被其施法……"

"不错，是我。"苏媚担忧王寅虎拆穿虞蛇，端出一副不卑不亢的凉薄样，道，"是我偷了九转回魂珠，这和尚拦我去路，我的手段，你也是知道的。"

听她开口为其辩解，王寅虎心中竟然隐隐作痛。或许喻南松是对的……她骗了他，且一直在骗他。可尽管他心中百感交集，但为维护武林正道秩序，他只能先撇开儿女私情。

王寅虎对苏媚的心性了如指掌，她可不是爱管闲事之人，想来为个和尚开脱，她估计会嫌浪费口舌。是以，苏媚这一开口，王寅虎反倒疑心更重。

"是吗？"王寅虎将虞蛇上下端详一番后，又蹙眉问道，"今日除魔大会，我见你们大慈悲明宗的每个弟子都有佛珠在手，你却为何没有？"

原本为装扮得更加细致入微，虞蛇确实盗了一串佛珠，但佛珠被佛法开过光，差点要了他半条命，后来想想，若真到了这一步，人人都因九转回魂珠而急不可耐，谁会留意他这无足轻重的细微差别，便索性作罢，却不想，眼前这个男人，竟如此精明锐利。

虞蛇心下一沉，随口扯谎道："大抵是适才追赶途中弄丢了。"

"哦？"王寅虎浅浅一笑，从袖中拿出一串不知谁落下的菩提佛珠递给虞蛇，"可是这串？"

佛光遇妖，瞬间大放异彩，虞蛇被光耀得睁不开眼，直觉周身静脉逆流膨胀，妖骨几乎要破体而出。

周遭之人警觉，似乎只要他显出本体之相，就将被乱剑分尸。

可就在关键时刻，一道妖冶的红色一掠而过！眨眼之间，王寅虎手中佛珠被夺，侧棱而望时，苏媚已与他分开数丈，立在杀气腾腾的萧索中，一条散开的狐尾，如同一片枫叶，摇曳生风，翩翩迤逦。

苏媚不敢回头看王寅虎此刻是什么神情，只能侧面垂目，用爪子钩起佛珠，将妩媚轻佻的视线，落在别处："佛，真能降妖吗？"

"是妖！"

"这世间竟果真有不畏佛光的妖！"

"妖孽，速速交出九转回魂珠！"

这一方密林，如滚水沸腾，而这一片肃杀之气中，苏媚亦能清楚地听见身后沈欺霜和李忆如唤她时，口吻中的不敢置信。

王寅虎猜测到她显露妖身是为保护那"和尚"，却见那"和尚"自腹前掏出一把匕首，一个出其不意刺向苏媚。可怜苏媚对"和尚"毫无戒备，王寅虎"小心"两字还未出口，眨眼间匕首已没入苏媚腰腹，鲜血顺着刀柄汩汩溢流，黏稠的鲜血，将他二人紧紧相连。

苏媚眼中，布满了难以置信，她张了张嘴，却什么也没能道出来。

只见那和尚目眦欲裂，凶狠地叫嚣道："大胆狐妖，还不束手就擒！"原本没入的匕首更进三寸，整个穿透苏媚的腰腹，刀尖寒芒沾着丝丝血珠刺进了王寅虎的眼。

虞蛇抵在她肩上，神态狰狞，望向苏媚的目光，复杂却也凉薄，低声传音解释道："媚儿，叔叔也是情非得已，既然你已经暴露，我二人总要保下一人才有将来！"

阵法之中风云变幻，阴云成帷，虞蛇一字一句被风撕碎，唯有苏媚清晰可闻。

原来如此……原来所谓的血浓于水，也是大难临头各自飞……

她失声苦笑起来，其实这么多年，她要诛杀李逍遥复仇一事遭受过多少讥讽与嘲笑，可她从不在意，也从不动摇，直到叔叔的出现，才让她在那么一瞬，感到一丝被认可和赞同的成就……

她不恨虞蛇的临阵倒戈，唯独恨他不该将她这颗心高高捧起后，又狠狠砸下。

虞蛇见她似笑非笑、状似疯魔的过激模样有些生怯，四处张望一番，生怕她来个鱼死网破，便心虚张皇地威胁一句："你也休要妄言，这里不会有人信你。"随后，他毫不迟疑地将匕首拔出，而此时，王寅虎已箭步而至，运风一掌，将虞蛇击飞三丈之外，自己则反手搂过身负重伤的苏媚，那满脸的焦灼和担忧，来得浓烈又深情。

"狐妖已显出原形，这位侠士如此做派，莫非要袒护她？"虞蛇捂着胸口，问得像煞有介事。

众人听得此言，信以为真，且为防止九转回魂珠落入魔人之手，武林正派也顾不上什么以多欺少的武德了，立刻齐心协力，倾巢出动，上阵讨伐苏媚。踏破山河的覆灭之势，震得大地颤动。苏媚眼瞅自己就要命丧于此，正要推开王寅虎，可在这时，一头巨大的白虎凭空跃出！

白虎虎口大开，一个吞云吐雾，将所有人困在迷雾阵，而魔刀天吒也随即出动，精准地刺向正准备悄然撤离的虞蛇！

虞蛇大惊失色，连连后退，偏在千钧一发之际，一把短锥又横飞而去，竟然生生截住了天吒的刀锋！

"小虎！"他怀里的人，唇染一抹殷红，双目半开半合，嗓音却几近恳求道，"不要杀他！"

王寅虎困惑中，压制着滔天怒火："为何！"

"因为……"她顿了顿，远远望了一眼虞蛇，似乎比起伤口上的疼，这一刻，更多的是失望，以至于她的声音，不是哽咽，而是破碎，"他是我在这世上唯一的至亲。"

虞蛇一震。他俨然没想到，到了此时此刻，她还能将自己视作"至亲"。

但在自身安危面前，他却别无选择。于是，他连滚带爬地，头也不回地逃了。

这厢，对于庇护苏媚的行为，虎煞是百般抗拒，只得一边对苏媚骂骂咧咧，控诉其心当诛，一边却心口不一，对正派人士拳打脚踢，将之一一抵挡在外。

王寅虎陷入片刻空白后，只是木讷地问了一句："九转回魂珠是不是……"

"是。"苏媚知道他要问什么，干净利落道，"是我盗的。"

这一天，终究还是来了，只是它并没有苏媚所以为的那般难以启齿，也没有想象中的歉疚难当，心中防备一层层卸下后，更多的是如释重负。于是她语笑嫣然，若无其事地补充了一句："五劫辟魔锥也是我交给孔璘的。"

此话一出，王寅虎终于怛然色变，他一字一顿到近乎是咬牙切齿："你说什么？"

"抱歉小虎，我一直都在骗你。"面对他，苏媚从未如此平静过，"我父母过世得早，早些年在人间受尽欺凌，为了活下去，我投入异魔教门下，一直为孔璘做事。"

她眼底的决绝，让王寅虎心乱如麻，可他不知，苏媚的云淡风轻下，是万念俱灰。

"我跟你在一起，只是受孔璘之托，为了聚齐三魔器，仅此而已。"苏媚冷冰冰地说完后，又见王寅虎神色讳莫如深，便付之一笑道，"王捕快，莫不是当真对我这妖孽，动了真情？"

这段时日的相守相知，在她眼里，仿佛沦为一个荒诞的笑话。王寅虎拳头攥得发白，斩钉截铁地道："我不信！"

苏媚还从未见过王寅虎这般执拗过，清浅一笑："不信什么？"

王寅虎攥紧掌心："我不信你对我没有半分情意。"

大抵未曾料到在情感上一向迟钝笨拙的王寅虎，竟然如此坦率直言。可今日天下群雄聚合，她的劫数已成定局，她唯独担心的是，王寅虎这个冤大头，重情又重义，若当真出面护她，便是与整个武林正道为敌。届时送了性命不说，一世英名还会因此毁于一旦，得不偿失，与其如此，还不如一刀两断个干净。

想到这些，苏媚的心便又凉了下去："其实以你的聪明才智，早该发现我接近你的目的不纯,只是你一直不敢相信,也不愿怀疑。你该知道,天师陵寝之中全是术法结出的阵法,而你生辰命格特异,术法免伤,我才故意接近你,只是为了利用你夺取五劫辟魔锥,跟你在一起的所言所行,都不过是博取你的信任。"

这番话约莫将他伤得有些狠了,他精锐有神的目光瞬间涣散黯然,紧接着身子一偏,松开她往后趔趄一步,悲切和感伤,滚滚入眼,瞧着竟与他平常的正义凛然,大相径庭。

"在仙灵岛时,你对谢长老说过,你虽为妖,但有七情六欲,漫漫余生,只想与我天涯海角,朝朝暮暮,也是假的?"

他字字诚恳,苏媚愣罢,却只是莞尔调侃:"没想到一向光明磊落的王捕快也喜欢听人墙脚?那些话不过是为了搪塞阴魂不散的谢沧行,你倒是当真了?"

他深暗的眼眸,登时愁绪四起。

他想起天师陵寝,她手持五劫辟魔锥跌跌撞撞地跑来救他时,那满脸的惊慌和担忧;想起月凉山的重逢,她眼中一闪而过的惊诧和欢喜之色;想起江宁府的异魔教时,他帮沈欹霜后,她的醋意和怨恨都来得那么真实而强烈;想起仙灵岛时,她对谢沧行说的那番话,更是字字见诚。

她的确骗了他,初衷和目的、身份和来历,都是骗他的。可唯独这些在不经意间流淌出的情愫,却是她无法掩饰和隐瞒的东西。

而那厢,虎煞吞云吐雾的障眼法,也顶多还能坚持个一时半刻,当他们破开此阵,她将会沦为砧板鱼肉……

不知过了多久,王寅虎才低低呢喃了一句:"那么现在呢?"这一路走来,她对自己舍命相护,甚至几番铤而走险,若真只是利用,她大可不必如此在乎他的安危,可见她对自己早已不是单纯地利用,这也让他更加坚信,她对自己不可能没有半分真心。

"什么现在?"苏媚被这突如其来的一句,弄得有些不明所以。

王寅虎银线勾勒的暗纹短靴,沉重地朝苏媚挪近一步,顿挫地问:"你现在,可愿为了我,离开异魔教,放弃三魔器,就只跟我,重新来过？"

他的音色，山沉水静，如同寒星陨落，却也像是，在舍弃什么而暗下决心。

"小虎……"苏媚的心头百转千回。

当初在异魔教时，他为救沈欺霜而舍弃她，纵然他给过解释，可那一刻滋生在她心底的恨，却如同刀刻在心口的印记，在后来的很长一段时间里，都从未消散退却过，但跟这一句话相比，它竟又显得那么微不足道……

可是，他们真的还来得及吗？

今日的她已是必死无疑，她不敢应他，她怕她这一应，便会将他推入万劫不复。

"苏媚。"

他又轻声唤了她的名字，这一刻，世界便万籁俱寂，唯独他的声音，在耳边温柔缱绻。

"过去的事便过去了，我不追究过去种种，你也离开异魔教，今后你只需信赖我，我一定护你周全，你若无处安定，我便给你一个家。"他凝视着她，一丝不苟的眼眸中，却有滔滔春河奔涌，"有些话，其实我一直想等一切事情尘埃落定后再跟你说，可我发现许多事情并非我所能掌控，我再不说，我怕就没机会了。"

他顿了顿，又才继续道："我之前不该将怯弱托付给时间而踌躇不前，更不该将你我之事搁置在所有事情之后而一再错过。我想、我想跟你在一起，不是以朋友的身份，我想以一个能与你共携白发之人的身份，纵然我只是区区一个人类……"

苏媚猛然抬头，他也登时有种说漏嘴的手足无措："这个、当然了，也要你同意才行，而且，其实，我也本打算在能力上得到师父的肯定后再跟你提的，但是，我现在，等不了了……"

话毕，苏媚已震惊得不知如何作答，甚至说在他如此深情的瞩目下，她竟有些愧疚难当。王寅虎如此正直纯良之人，真的能接受满身劣迹的她吗？她这半生替孔璘做了多少事，纵然非她本意，但做了就是做了，而这一切王寅虎根本就不清楚，他能如此坦然地不追究，不过是以为她还存有一丝善念，可这一丝善念或许终有一天会在自己报血海深仇的路上，被消磨殆尽……而就算她能放下这一切，人和妖，终归殊途，在一起就注定了生离死别，不得善终。沉默良久，她还是摇了摇头，低声嗫嚅道："倘若我不是妖……"

"你便是妖又如何？"这时，王寅虎却猝然打断她，侃然正色地纠正，"我所修之道是惩恶扬善，不是诛妖除魔！"

惩恶扬善，而非诛妖除魔。这应该是苏媚此生听过的，最真知灼见、入木三分的话。

可如此一来，苏媚更是触目伤怀，情难释手，就在她犹豫不决间，王寅虎似已看穿她的心思，便再难压抑心中暴虐的情愫，竟伸手将苏媚一把拥入怀中，浑厚有力且掷地有声道："你答应过我的，再不会离开我半步，你答应过的！"

"小虎，我……"

苏媚终于开口，然她刚一开口，便被虎煞一声撕裂的呼啸打断。

第三十章
轮战群雄

原来是虎煞本应对如流，后不知与哪路高手交上手了，这高手预判精准，拳拳到肉，将它打得落花流水，惨不忍睹，就连虎煞使出威力极强的"虎踞鲸吞"都频频落败。

虎煞连着吃了几回亏后，抽空回头一看，自家主人竟还抱着那个妖邪情真意切地你侬我侬？于是在迷雾阵散去之时，虎煞这才气得一声怒吼，随即躲进王寅虎左臂的图腾中，决计再不现身帮这个脑子被驴踢了的人族主人！

因这虎煞这一搅和，原本只想独善其身的人也被拉入混战，各派阵脚大乱，现场混乱不堪。有人扯着嗓子，颇有一马当先的势头，大喊道："不过是一点障眼法，大家不必惊慌……"

这人话音未落，神色登时一凛。

周遭兵荒马乱，而被层层包围的妖狐却安静矗立其中。那袅娜的身段，不知何时已披上一袭红绸，妖冶狷狂中，透着一股惊心动魄般摄人心魂的美艳。她甚至根本没有要被正派挫骨扬灰的危机感，反而旁若无人地靠在一个男人怀里，一张粉雕玉琢的脸，竟显得有几分宁静致远的美好来。

男人玉树身姿，背上背了一把看不出质地及年份的厚重铁刀，刀锋笔直且锋利，肉眼可见的厚重，刀锋映射的星芒寒彻入骨，平地卷起的飓风显得煞气十足。尽管相隔数丈，可男人肃然而立的七尺身段，散发着顶天立地的凛然之姿，其背上的黑刀，更有挥动万钧之势。

适才要倾巢而出的众门派弟子停下攻势，揣测着男人的功力与其来历。而仙霞派的弟子却交头接耳，忙着眉来眼去，视线却始终不离沈欺霜。

沈欺霜此时手脚冰凉，呆滞原地，震惊和失望，都写在脸上。

在沈欺霜印象中，王寅虎一直是个知礼节、懂分寸、彬彬有礼的男子，与女子相处，从不会有任何逾矩行为，可此刻，他在众目睽睽之下，紧抱着苏媚的那只手，却叫她瞠目结舌。

他对苏媚所把握的分寸，与其说是一种逾矩之举，不如说是男人的占有欲和保护欲。

可为何她只见过他良善的温柔和谦谦君子的风度？

分明在异魔教时，他已做出选择，可为何更多的，却是他和苏媚的纠缠，而他们之间关系，难道仅止于赠玉之交？

沈欺霜其实对苏媚了解得也并不多。初见时，便觉得她滑头滑脑，说话总是真假参半，后来一起历经种种，才发现苏媚虽是妖，却是个性情中人。虽说不是什么深明大义的善妖，但也绝对不是一只恶贯满盈的坏妖。她疾恶如仇，有一腔孤勇，而偷九转回魂珠，为孔璘效忠这种事，横看竖看，都不像苏媚的作为。

可事情发展到这一步，却又由不得她不生疑，或者说，再往前追溯，当第一次发现她深夜潜入异魔教时，她就该生疑了。

异魔教的朱星门，有十万幽冥，历来尸骸相叠，便是王寅虎那次擅闯，也拼尽了毕生武功绝学，但苏媚的修为并不在王寅虎之上，那她毫发无伤全身而退的可能几近于零。所以苏媚走到这一步，其实都有迹可循……

但王寅虎何等聪颖之人，岂会明知被骗被利用却还一错再错？

倘若他非要为她一意孤行呢？

沈欺霜似乎已经预料到什么，她双目大睁，心却瞬间沉进谷底。

"传闻妖狐善惑,这位仁兄可莫要受这妖狐媚术迷惑了!"果然,一个发粗浓黑、轮廓方圆的男人中气十足地说道。

另一个也道:"我看兄台一身正气,不像是与妖邪同流合污之辈,还请速速抽身离去。"

其中也不乏有人识得王寅虎,端着一副教诲姿态越众而出:"当年盛尊武斩妖伏魔何等风光果断,王兄弟既是他唯一亲传弟子,可莫要丢了他老人家的颜面。"

盛尊武之名一出,四周登时众说纷纭。王寅虎听到有人言及盛尊武,寒潭般的眼眸这才几不可察地浮起一丝涟漪。思忖片刻,方才启齿:"她若交出九转回魂珠,各位是否……"

话未说完,苏媚急忙拽了拽他的衣角。只见苏媚秋水流萤的眼眸落在别处,看不出低垂的脸上究竟挂着何种情绪,只是那向来幽韵的声音略显得有几分低落:"……九转回魂珠在叔叔手中。"

"什么?"王寅虎惊愕一瞬,复又觉得意料之中,但语态间却有一丝无可奈何的恼怒,"为何不早说?"

苏媚其实早就猜到他会以这种方式来和解事情,既能兵不血刃,也能让九转回魂珠完璧归赵:"可我若说了,你能放过我叔叔吗?"

的确,不能。九转回魂珠关乎江湖安定和未来大势,倘若他事先知道是虞蛇拿走了九转回魂珠,那一刀断然不会手下留情,可如今虞蛇拿走九转回魂珠,事情已到不可挽回的地步,苏媚纵然不是主谋,但作为帮凶,也难辞其咎。

可攫住苏媚眼底一掠而过的自责和愧疚,王寅虎仅存的理智便缴械投降了。是以,片刻的沉默后,王寅虎握住了她紧绷而局促的手,转身抬眸:"各位所言差矣。"

苏媚一顿,也仰头瞧他。

林间罡风阵阵,他持刀凛立,继续道:"我从未受她蛊惑,所言所行,皆是心甘情愿。"

群雄一时躁动,纷纷露出鄙夷之态:"看来王兄弟誓要与这妖孽同流合污了？"

其中不少人见过王寅虎出招，知道此人功夫了得，即便没见过，也多多少少听过他的一些英雄事迹，以及魔刀天吒的威名，于是都还在犹豫如何出招时，已有人持剑率先杀去，并张口大喝："他都已完全受妖邪蛊惑了，还管那么多做甚！"

尽管王寅虎眼风敏锐，瞧到这一穿刺，却奈何前后受人夹击，实在分身乏术，只能硬着头皮生扛。

却在这时，苏媚大喊一声："小心！"随后一招"蟒蛇出洞"，紧紧缠住来人，破其锋芒后，又继续见招拆招。苏媚虽重伤在身，但步伐沉而不重，逢跟必进，攻守连贯，运术自如，便在三招内，擒住这人前襟，将其高高托举而起，随后连人带剑，丢出五丈开外，撞得十余人人仰马翻！

被林家堡弟子拦在战斗之外的李忆如见之，登时激动得双脚弹跳，忍不住大声喊道："狐姐姐打得好！"

但一直神色从容的王寅虎反倒悻然色变。他一个前刀后拉，脱身之后，立刻上前查看苏媚腰腹上的伤势，可苏媚却不领情，转身挥袖，薄如蝉翼的红袖，如同一把利刃，在二人之间划出一道无可逾越的沟壑，道："你走吧，这件事与你无关，你也救不了我。"

王寅虎却不依，纵使密林风声鹤唳，草木皆兵，他却恍若未觉，释然道："若不能全身而退，那至少死能同穴。"

"好一个死能同穴！我成全你们！"在苏媚回应之前，已经有人急不可耐了。

见状，王寅虎上前抵挡，将苏媚护在身后。苏媚稍作调息，已能上阵与之殊死一搏。如此，王寅虎少了后顾之忧后，虽算不上游刃有余，但攻守之上多少利索了些，以至于白面书生并步直刺而来时，王寅虎一个坐盘反撩，叫他应对不及，在一声刀剑相接的金石之音后，白面书生后退数丈，待其站定之时，王寅虎已和接踵而来的其他人走了数招。那持高不下的战力，叫白面书生悔恨轻敌之余，也惊叹于他刀法的精湛。

苏媚手持一把寒彻锋利的短锥，上着以雷电附体，使其偏于阴柔的术法更加刚猛有力，在穿刺攻击之时，能在寸尺间，爆发出雷霆之力。而王寅虎刀火如风，劈斩之间，变换如棋，与其凛然正气的外表大相径庭。但也须知，为追窃珠贼，聚来这城北密林的全是以武力立足江湖的善战者，尽管他二人功力不俗，却也只能与群雄互相拉扯，不能彼此突破困境。

苏媚也意识到了这一点，回首见王寅虎刀法刚劲，但吃了不会术法的亏，打起来有些鞭长莫及，而自己虽能远攻近守，但独木难支。是以，她灵机一动，折回身去，与王寅虎双臂交缠，王寅虎见状，并未多问，便借力于她，二人互为攻守，取长补短，让这场战斗，更加激烈。

眼见蜂拥而上的群雄即将被逐一击破，忽然，刀剑争鸣间，一声歇斯底里的大喝"摆阵！"响起，瞬间扭转战局。

九位落阔的青衣弟子，手持长剑，身随剑动，步伐清逸，在枯叶林间转腾飞跃，缔结出巨大图阵。图阵分为两端，一端狂风大作，阴风成旋；一端引来天水，水漫山河，形成太极八卦图。图阵中央，山河颤动，阴云滚来，遮天蔽日，如此吞天覆地的强大法阵中，王寅虎和苏媚的战术不过是蚍蜉撼树，螳臂当车。

"风克雷，水克火……糟了。"苏媚与他目光相接，二人大感不妙。

苏媚的狐系术法自带雷系属性，王寅虎魔刀术法自带火系属性，但万物讲究相生相克，术法也不例外。

纵然局势已迫在眉睫，但二人却不坐以待毙，正要调换位置各补其短，但施阵之人似乎已有察觉，立刻催动阵法，这修竹茂林霎时间虎啸龙吟，天象剧变！苏媚立刻潜身蛰伏，将狐尾紧扎于地，尽管如此，阵法却以天地为砧板，化万物为触手，一个须臾，便将她连根拔起，如片残叶拽入阵法的风极！与此同时，王寅虎魔刀颤鸣，在地表划出一道裂痕后，也被拽入水镜。

眨眼之间，两人平行相对，却是各立一极。

天下术法千举万变，但纵横不出方圆，百变不离其宗，无非是风、雷、水、火、土五系。但无论阵法或人，只能练就一系，能同时启动两系的，凤毛麟角，百不一遇。可此阵精就精在它不仅将两系紧密切合，偏还是克制他二人的风、水两系。如此，只此一阵，便可同时钳制他两人之功力，再加上里外三层高手守株待兔……此战，不是棘手，而是死局。

群雄大多已退至一旁，静观其变。唯独李忆如双目大睁，神色苍白，五内如焚："他们会死的，他们会死的！"她捶胸顿足，对缠住她手脚的人劈头盖脸一阵抓挠，"你们放开我！放开我！"

"偷盗九转回魂珠，非同小可，小姐还是不要为难我们。"几位林家堡子弟为擒住她，已是满头大汗，气喘吁吁。

但跟他们的力道比起来，李忆如的挣脱仍显得苍白无力。她眼泪又不争气地涌流出来，弟子见她泣不成声，便也慌了心神，忙着安慰道："没人救得了他们，小姐，你别太自责，这不关你的事。"

"是啊。"另一个附和一声后，忽谨慎提点道，"而且，苏媚已经承认其罪行，如今一想，或许月凉山救你，也只是为了七宝琉璃花……"

"才不是的！"李忆如听得这话，立刻怒吼回去，可一时之间竟也无法为苏媚找到托词，只能板着一张臭脸倔强反驳，"……可她终归救了我！"说着，不知是准备质问沈欺霜为何毫无作为，还是想央求她帮自己脱困，总之无计可施的这一瞬，她下意识将目光投向了她，却在目及一刻，她将要脱口而出时，如根鱼刺哽在了喉咙。

沈欺霜早已经双膝跪在清柔师太面前。蓝绸缚身，玉剑奉前，身后是厉凌云和齐弄霞的严加看管。李忆如竖耳一听，便听见清柔师太一脸淡然地开了口："怎么，心疼了？"

沈欺霜烟眉紧缩，满腔踌躇，弱弱道了一句："他不该是这样的人。"

"不该？"清柔师太不知忆起何事，漠空万世的淡泊嗓音，有种高山流水的寂然和空无，"没有什么人一生下来就该成为什么样的人，毕竟舍取由己，公道在人，道和私情，总要抉择。"顿了顿，又睨了一眼落寞的沈欺霜，有些于心不忍道，"为师也知道你对王寅虎有情，但……"

这半句一开口，沈欺霜便有些难为情地解释道："师父误会了，徒儿没有……"

见她如此着急解释，清柔师太似已洞悉一切，了然于心，摇头喟叹一声："别紧张，男欢女爱，人之常情，为师只是提醒你，今时今局，你自己心中也该有个定数。"

"欺霜明白……"

这厢，九位弟子席地而坐，各司其职，分守九宫。阵中风云莫测，不见生死之门，苏媚倒悬于空，无形之力将她浑身紧束。奇经八脉堵绝，顺逆不可流，纹丝不可动。而阵法还在不断加强。苏媚倒仰着天空，只觉得天空像极了一面四分五裂的镜子，照着介胄之间的蔽日硝烟。

她想，此生终于是到头了，而唯一让她眷恋不舍的……竟然是他。

阵法另一端，泱泱水泽，大雾四起，与这厢是截然不同的炼狱光景。可惜苏媚目光涣散，实不能瞧得仔细，只隐约瞅见白雾中有个轻盈人影，时隐时现，时潜时跃，而他身后，是无数似龙之物在穷追不舍。只见那龙迅捷生猛，一口咬住他的右臂，其余数条瞅准时机，争相涌来，缠住其身，撕咬拉扯！

苏媚怛然失色，她终于放下傲娇和自尊，低声下气地向她曾最厌弃的人族求饶："你们别伤害他，他什么都不知情……你们不要伤害他……都是我做的，全部都是我……"

恨到深处，只有无尽的悔。她悔恨自己欺骗了王寅虎，将他带入这四面楚歌的境地……可她苦苦央求，底下之人，有的抄手漠立，目光冷淡；有的拍案叫绝，连连称好……绝望和痛苦，就像这无形之力一样，紧紧缠裹着她，却无能为力。

便在这时，阵法另一端，一道清亮的刀光携急雨之势，自白雾中崩裂而出！苏媚一惊，只见条条巨龙，竟然瞬间身首异处，而同时，王寅虎破水而出，周身淋漓，魔刀却通体发红，火焰烤灼着水域！而水聚成的"银龙"又再次袭来，如影随形，缠他左右，他挥刀一斩，一场滂沱大雨顷刻而至。

施阵的弟子冷汗涔涔,闭眼念咒,嘴唇翕动得越发地快,但王寅虎一脚跃入风阵。风如长刀,抽在其身,几乎是刀刀见血。而阵中肃杀之气,如大雾聚起时的浓,也如飓风过境般的烈。

"小虎?!"苏媚失声喊他。但王寅虎却并未停顿,而是直接逆风奔来,揽过她的腰身,纵身一跃,身后袭来的"银龙"撞向风阵,两极倒转,分崩离析。九位弟子即刻被阵法反噬,被震开数丈之远。

"这不可能,一个区区火系术法的刀客怎么可能破得了这阴阳太师阵……"有人小声嘀咕。

"水系阵法,只能克制他的刀,却不能克制他这个人。"接话的,是一个浑厚却和蔼的老者声音。

众人闻声望去,正是不知何时从前街赶来的千叶禅师。没人注意千叶禅师已经在战斗后方观摩了多久,只顾着与他交代苏媚和王寅虎的恶行。但苏媚却并不在意人们会如何编排她,因王寅虎虽破阵全胜,却也鱼死网破。

阴阳太师阵中云囤席卷,聚摧枯拉朽之力,他只身化矢,斩银龙、破长风,看似何等行云流水,实则不过是以死撑制胜。刮割的伤口遍布周身,体无完肤,整整截截的一袭玄衣,被血浸染得色蕴不均,又受阵法戾气熏灼,五脏俱损……苏媚就这样眼睁睁地看着他挺拔的背影,摇摇欲坠几番后,如一座玉山倾倒,崩塌于地。

"小虎?!"

阵法蚕食了苏媚大部分妖力,仅存的微薄术法根本不能支撑她过去,她只能挪动着身子,借双臂的支撑,一步一步爬过去。而腰腹的伤口,被枯草撕裂,所途经之路,像是上苍执起一支红墨,在地上落下浓墨重彩的一笔。

她将王寅虎扶起来,抱在怀中,他似乎已了无生气,仅存一息,维持着身体的温热。

苏媚心如刀割,终也泣不成声,夺眶而出的眼泪一颗一颗往外滚,砸在王寅虎惨白的脸上。不知过了多久,他浓密的睫毛才轻轻一颤,琥珀色的眼眸轻启开来，在映入她眷恋不舍的神貌时，又亮起了微弱的光泽。

"小虎？"见他醒转，苏媚立刻收声屏息，仿佛声音大一点都会惊动他的伤势。但王寅虎却伸手拨开她额前碎发，保持着惯有的温和道："你看，我们又逃过一劫。"

的确，又逃过一劫，可这一劫，已耗尽功力，精疲力竭，接下来，还有层出不穷的阵法正等着他们。且这厢，千叶禅师将事件的来龙去脉笼统了个大概后，也步履轻缓地往这死气沉沉的残叶断枝中走来。

千叶见得皮伤肉绽的王寅虎，登时触目惊心，立刻闭目诵了句经文，随后沉吟道："当初在余杭之时，我便提醒过王少侠，此妖日后必会祸世，王少侠向来严气正性，却为何执意与这妖狐同流合污？"

周围之人立刻将矛头指向苏媚："定是受了这妖的蛊惑！"

"不错！王少侠之名，江南一带，有所耳闻，今做出如此之事，必是受妖术牵制！"

苏媚听得这些激愤之言，眼中一番明灭后，忽然猖狂大笑起来，不仅将适才眼中的悔恨一扫而空，更将妖的肆意和猖獗展现得淋漓尽致："不错，正是我用妖术控制他……"

"非也。"王寅虎知道她是打算独揽罪名，让他全身而退，遂打断她后，便将自己伤痕累累的身子自她怀里支撑起来，与千叶禅师双目平视，"是不是妖术，千叶禅师一探便知。"

千叶禅师果拈出一道佛光探入王寅虎的灵台之中，如同把脉般凝神斟酌许久，方才道："王少侠灵台清明，并无半分妖邪之气。"顿了顿，又若有所思道，"既然这样，王少侠何故如此，自断前程？"

四周是蓄势待发的剑戟法阵和群雄脸上的唾弃与谩骂，可他仍一往无前，双目灼灼，眼中只她一人："因为，武林有你们，她却只有我。"

苏媚大概愣住了。他待世人以纯善和宽厚，这是他根深蒂固的本性，但宁赴死一战，也绝不负她，才是他独一无二的心意，可是……

"我不值得。"不知过了多久，苏媚垂下头去，眼中黯然而落寞，"小虎，我是妖，我不值得……"

"你值得。"他苍白的寒唇勉力牵出一抹浅笑来，"你值得，在异魔教的时候，我就清楚地知道，你值得我……拼死相护。"

苏媚心中动容，可他本满载荣光，身负师门重望，是她亲手将之毁于一旦，让他被千夫所指……如今，她真的还能心安理得地接受这份爱意吗？

"看来王少侠心意已决。"千叶禅师却是惋惜了一声，慢道，"纵然人妖殊途，但我也无权干涉王少侠的选择，如今九转回魂珠被盗，我既身担盟主之责，便要给天下武林一个交代。想来王少侠秉公任直，也不愿看见沧海横流的局面。"

在这肃杀之地，这番温热中肯之言，无疑拨云见天。王寅虎收刀敛容，抬起满是伤痕的手臂，揖手一礼，缓道："千叶禅师，深明大义。"

"人非圣贤，孰能无过？"千叶禅师受他一礼，默念几遍佛珠后，又斟酌道，"如今九转回魂珠已落魔人之手，便是将二位凌迟也于事无补，不若给二位三月期限，找回九转回魂珠，此事便不予追究，诸位看，何如？"

莫说王寅虎和苏媚，便是其余人等皆也面面相觑，有些匪夷所思。今日这二人闹的是他召开的除魔同盟大会，换作常人，还不得气得直接将他们拿去祭旗？这千叶禅师竟还能如此心平气和？

面对他们的惊诧与迟疑，千叶禅师从容一笑："人人都有一次改过自新的机会，更何况，如今本就正道式微，江湖更该惜才，养精蓄锐，而非同室操戈，大伤元气。且我适才见王少侠功力非凡，若能及时回头，不入歧途，必能夺回魔器。"

"这倒也是，魔教势力日渐壮大，我江湖正是缺人才的时候……"

"千叶禅师的确言之有理……"

千叶这番缘由一出，不仅平息了群雄的惊诧，也多了不少人的认可。但这一众附和中，也有人非议："要是他找不回来呢？"

"若找不回来……"千叶禅师顿了顿，他虽已荣登武林盟主之位，但周身气势不见半分武林盟主的威严，只有心系苍生的不苟与镇静："祸乱武林者，人人得而诛之。"

王寅虎并不想与武林为敌，只是想保全苏媚，而如此一来，他既能保全苏媚，也能让她弃暗投明，两全其美，自是二话不说就答应了千叶禅师的提议。千叶禅师一生宽以待人，克逮克容，所创建的大慈悲明宗更如鸿鹄高飞，不集污池。遂这江湖之人对他所言，大都也心悦诚服，并无异议。

千叶便率群雄陆续离场，直到这时，李忆如才被林家堡弟子松开，随即她立刻顶着一张又红又肿的脸冲上来，不由分说地召出小熊猫将二人驮往仙灵岛。

但经此一事，苏媚已声名狼藉，臭名昭著，李大娘这般疾恶如仇又雷厉风行之人，自是责令李忆如断绝与她的来往，并横眉竖目地谴责道："当初便觉得你这妖狐来者不善，存有异心，我是防了又防，却不想家贼难防，还是叫你将五劫辟魔锥盗了去！"

她对苏媚深恶痛绝，就连伤得面目全非的王寅虎都未幸免于此。王寅虎明白李大娘心中顾虑，带着苏媚转身离岛。但李大娘大抵有些放心不下王寅虎，在登岛一事上她虽态度坚决，寸步不让，但事后李忆如悄悄将韩仲晰从岛上"偷"出来时，她却是睁一只眼闭一只眼地过去了。

如今，几人在这诗情画意的东海西岸客栈落脚养伤，倒也恣意。

第三十一章 狭廊契阔

此事告一段落后，仰仗于韩仲晰的妙手回春，不过七天，二人周身裂骨断筋之痛便已消失殆尽，但让苏媚郁闷难消的是，韩仲晰说她长着罕见的美人骨，休养之上要比王寅虎多一道工序，便是全身裹满药浴的纱布，去腐生肌，养骨护肤。是以，这几日的苏媚裹得像个大白粽，终日躺在床上，动弹不得，便是再好的天气，也勾不起她的兴致。

而王寅虎虽是肉体凡胎，但因底子不错又加上韩仲晰的灵丹妙药，现已基本恢复完全，此时就跟个没事人一样，坐在苏媚床前，手中端着一碗汤药，而苏媚半枕在棉墩上，起身浅抿一口他喂到嘴边的药后，眉头立刻蹙起，嘟囔："烫！"

"烫吗？"他明明等到汤药冷却好了才端过来的，可见苏媚一脸的苦大仇深，王寅虎又只好耐着性子再吹一遍。可等他好着脾气，再将汤药送到苏媚嘴边时，又见苏媚扭头不悦，满脸谴责："这么凉，还有药效吗？"

"那、那我给你换一碗。"王寅虎说着，正要起身而去，苏媚却又一把拽回他，一张娇俏的脸，耷拉得像个苦瓜，嗫嚅道："你傻啊，我逗你玩儿呢，每天就只会用勺子喂，一点乐子都没有！"

"不用勺子喂，用什么喂？"王寅虎摸摸后脑勺，"而且韩仲晰交代了，这药极苦，应该屏息速咽，怎么会有……乐子？"

"笨死了!"听得他这条理清晰一丝不苟的话,苏媚简直气得要跺脚,涨红着脸瞪了他半晌后,忽福至心灵地狡黠道,"你过来,我教你。"

对于她的话,王寅虎从不思索迟疑,立刻依言照做,将一张古雕刻画的脸凑了过去,殊不知,苏媚竟仰头而来!

咫尺之间,二人呼吸相扰,四目相对,王寅虎这才后知后觉,明白她所指之事。

但他确实不懂风情。便是到了此时此刻,竟还不知如何回应,只能保持着僵滞与笨拙,看着她明眸氤氲,不断凑近……

然,就在两唇将要相触之时,有人破门而入!

王寅虎几乎是下意识惊慌起身,苏媚则大感失落扫兴,瞪着门口的罪魁祸首。

李忆如还不知自己的冒失坏了人好事,仍端着一脸的坦诚,自告奋勇道:"让我来!"

"嗯?"

话毕,李忆如已抢过王寅虎手中的药碗,善解人意道:"我来给狐姐姐喂药,小虎哥哥你伤才好,还是去休息吧。"

可能是城北密林中李忆如被迫"袖手旁观"了,有些愧疚,尽管不会照顾人,也依旧殷勤备至地帮韩仲晰捣药采购,忙前忙后,像个小蜜蜂。但在苏媚看来,她本无亏欠,何须弥补?如此说了一两回,然这孩子一腔赤诚又倔强得紧,根本不听,只好由她怎么开心怎么来,至于九转回魂珠和异魔教的事她反倒是没怎么过问。

日子就这么在床上一天天地耗了过去,苏媚翘首以盼地拆纱布也终在一个明媚的清晨如期而至。待层层药膏剥下后,苏媚看着铜镜中凝脂的肌肤和容颜,不禁由心赞叹韩仲晰超群绝伦的医术,就连一旁的李忆如都咽了咽口水,非缠着韩仲晰给她做一次。韩仲晰也是心直口快,直言一句:"药再厉害,也得因人而异。"被李忆如曲解为说她貌丑,被一脚踹了出去,热闹了整个清晨。

王寅虎端着一盆热水进来时,阳光也恰落在苏媚剔透的眼眸上,她冲他粲然一笑，那一瞬，婉风流转，微风也送至心间，只是分辨不清，耀眼的是那光，还是那人。苏媚见他痴痴站定，便克制不住满腔欣喜，一个箭步飞冲至他跟前，双眼一眨，像是波光粼粼的水面："我能走动啦！"

王寅虎一愣，反倒有些僵滞，略退一步："嗯……"

苏媚又转了一圈，好叫他瞧个仔细，随后又凑近一步，捧起一脸的期待："好看吗？"

王寅虎视线有些无处安放，迟疑道："好看……吧。"

苏媚登时扬高声调地"嗯"了声，随后不悦地蹙眉，质问："好、看、吧！"

王寅虎莫名心虚，下意识错开了苏媚直勾勾的目光，咳了咳："你离我太近了，我……看不清。"

"呃……"

苏媚见王寅虎的耳朵红得厉害，会心一笑，王寅虎则张口结舌地表示去准备朝食，结果尚好的敏捷身手，转身却差点栽给背后的门上，险些摔一个跟跄。以至于他离开好远，都还能听见银铃般清脆的笑声。

大抵是这段时间睡多了，晚上苏媚有些辗转难眠。

忽然听到门外有脚步声，窸窸窣窣地落在这夜深人静的楼板上，尽管来人已刻意放轻了脚步，却也很难逃过苏媚这对狐狸耳朵。苏媚本想闭目假寐，但这厮在外停促半晌没有动静，她急不可耐，便闪移至窗下，这时，恰一只手从窗外探了进来，苏媚二话不说，当即锁其腕，扣其肩，往屋内一拽，摔在客房中央，生生砸坏一桌两椅。

"住手住手！是我是我！"

灰暗中，苏媚只见那四肢健全的不速之客正连连求饶，听着声音有些熟悉，她转身点起烛火，便看清了来人姿容，登时匪夷所思，张了半天口，才道："……傲澜？"

傲澜一袭绛紫长袍，额蓄两缕龙须碎发，温雅却又不失风流，唯独噘起的小嘴，有些不甚雅观："不是说你重伤吗？手劲怎么比以前还大？"

他一边整理衣容一边苦笑不迭，转头瞅见地上一打碎在地的玉瓶，霎时两眼一瞪，如临大敌般道，"这这这，这可是我千辛万苦采集药材、夜以继日守着锅炉才炼成的药！"

瓶中指尖大小的黑色丸子四散一地，像是他极为珍贵之物，只见他惊慌找遍犄角旮旯，每捡一颗都还要在手上细细擦拭一番，心疼地嘀咕道："这可都是我专门用来给你养肤修容的玉容丸，药材极为难寻，尤其是那火灵芝和知母……"边说着，他那张愁苦的脸也边抬起瞅苏媚，"愣着干吗，赶紧捡……"话戛然而止。

"不是说你体无完肤吗？！"下一刻，傲澜神色巨震，霍然起身，指着苏媚疾愤道，"你怎么啥事没有呢？"

"……"苏媚脸一黑，呵呵讽刺道，"真是抱歉了，没伤得惨绝人寰面目全非，叫你失望了。"

"也不是……"傲澜啧啧摇头，看着手中药丸，一副捡也不是、不捡也不是的惋惜之态，"我只是可惜我这么好的药，没了用武之地。"

原来他是闻见风声特来送药的。不过苏媚这才意识到，似乎以往每一次在外受伤，都是他尽心尽力地帮她恢复如初。今次他一番好心来送药，倒被她泼了冷水，苏媚有些过意不去，收敛了气性道："你要是早点来，我也不用天天缠纱布了，药浴了七天，刚好不久。"

"七天？"傲澜一惊一乍，立刻掌着一盏灯来，对着苏媚的脸仔细观摩，"什么神丹妙药，竟然用了七天就能将肌肤变得如此细腻光滑，吹弹可破？！"

苏媚略感不适，仿佛自己的脸被他捧在手里，就像一个捉摸不透的药方。她正犹豫要不要翻脸无情地一脚踢开他，三声急促的敲门声一落，门被人从外推开，丞丞赶来的王寅虎凛然立于门前，里面，正是他二人交首之姿。

王寅虎手中的天吒烧得双刃通红，震怒的刀锋仍在嗡嗡颤鸣，而他本就一张凛然肃穆的脸，一紧绷阴沉起来，竟叫她不寒而栗。良久，见他手中魔刀一动，苏媚竟下意识将傲澜护在身后。他见她如此反应，却是低眉失声一笑，苏媚不知他笑什么，是自嘲，抑或是失落？

"你放心，我不会伤他。"王寅虎抡手撤刀，用内功压制了天吒的魔性，将其收回鞘中后，睨了一眼苏媚，不痛不痒道，"我听见动静过来看看，你没事就行。"话毕，他便转身离去。

苏媚哪能叫他揣这么大一个误会独自离去，手疾眼快，一个斜步飞上截住了他的去路，焦急道："他是过来给我送药的！"担心王寅虎不信，又冲傲澜挤眉弄眼，示意让他自己一五一十地交代清楚。可傲澜只是看着王寅虎缄口不语，这可把苏媚急坏了，她一个心急便吼了过去："你怎么回事，你倒是解释啊？"

傲澜一双浅眸，却清浊难辨，复杂至极，默立了良久才准备开口，又被王寅虎慢条斯理地打断："好了。"他抬手轻轻了揉苏媚头上要爹起的毛，"我都看见了，满地的药呢。"

苏媚眼风一扫，的确，满地的药都是证据。她摸了摸鼻子，还是有些不放心："那你……"

"我没生气，也没误会。"他唇边仍有适才那般抿唇的浅笑，温声道，"他冒险送药，你多少收敛点脾气。"说着，又代苏媚向傲澜致歉，随后从容道，"异魔教的人在这里多有不便，我去守着外面，你们长话短说。"

看着他有条不紊的姿态，苏媚瞠目结舌。他竟然没有误会？！按照人族编排的戏文来看，他不是应该不听解释、不讲道理，一通乱打后，与她一别两宽吗？这反应跟臆想中的，实在大相径庭！

"就是他？"忽然，一直沉默不言的傲澜终于开了口，欲言又止的口吻，似意有所指。苏媚只点了点头，目光始终望着王寅虎离去的方向。

又是一片沉默后，傲澜才问："为了他，你要放弃复仇？"

苏媚却摇头："我只是，不要三魔器了。"他为了她，独挑正道之士，公然与武林为敌，如今已是众叛亲离，声名狼藉。得于千叶禅师网开一面，给了他们一次救赎之机，却也是武林对他们下的最后通牒。她虽复仇心切，可她更不愿看见王寅虎为她身败名裂。

"所以，你要离开异魔教了？"

察觉他情绪低落，苏媚这才收回视线，想起傲澜只身一人在异魔教，终日也是如履薄冰。她这一走，估计啸狼要新仇旧恨一起算在他身上，指不定被欺负成什么样。苏媚爽朗一笑，大方邀请道："就冲你今天给我送药的情分上，你这个朋友，我交了，既然出都出来了，就别回去了，我目前还是能罩着你的。"

闻言，傲澜神色一变，立刻转身回避："不用了……"

他似想压住心慌不安，或在隐忍什么，但在苏媚尖锐的眼皮下，还是表露无遗。苏媚显然是意识到什么，盯他半晌后，乘其不备，夺其右臂一看，只见傲澜右臂上有一个血色的结印！

"这是什么？"苏媚神色紧张。

傲澜立刻收回手去，避开她的目光，遮掩道："没什么大碍，看你已经没事儿了，我也就放心了……等会儿就回去了……"

他的神色隐晦阴郁，苏媚一眼就能瞧出端倪。

"这是赤红令，对吗？"苏媚目光冰冷，唇齿下却压着怒火。

傲澜一愣，随即敛了敛神色，有些不自然："当然不是……"

"孔璘不可能让你单独出来，以你的本事，也逃不出龙门邪域，所以，你向他求了赤红令。"苏媚打断他，陈述的口吻几近笃定。

赤红令是孔璘的独家秘术，三天之内未得解咒之法，咒语自启，肉腐骨化，化尸为水。傲澜沉默了许久，竟却倏然一笑，似被她一本正经的严肃模样逗乐，打趣道："看你急的，一个赤红令而已，我回去他自然给我解了，没什么事的。"

苏媚看着他还一副云淡风轻的样子，有些气急败坏："他如若不给你解呢？你何苦再在自己身上加一道枷锁？"

傲澜被她数落得有些苦恼，讷讷道："那我……还不是因为担心你。"

"我？"

傲澜点头，这才如实道来："你叔叔将九转回魂珠交给孔璘后，我亲眼看见他拿着一箱黄金走了，对你的境况只字未提，我见你迟迟不归，便差人打听，这才得知了城北密林一事。"

听得此言，苏媚脸色有些僵寒："我叔叔他……"

"你叔叔就是拿钱办事，你也不要放在心上……"傲澜知道被至亲背叛是什么滋味，便出言安慰。

"罢了。"苏媚摇头，忽然觉得很可笑，她舍命相护的亲人，到头来，却是个临阵倒戈的背叛者、唯利是图的苟且者，关键时刻，竟敌不过萍水相逢的傲澜。

可细算起来，傲澜于她，何止萍水相逢，几乎算是半个救命恩人。以往她哪回满身伤痕，不是他在操劳照顾。只是这人嘴尖得紧，且贪生又怕死，胆小又畏事的，可偏就是这样的他，却一路东躲西藏，风餐露宿地日夜兼程，只是为了给她送药……

苏媚从不愿欠人恩情，可入尘经世，哪能独善其身，毫无亏欠？她以为的俯仰无愧，只是有人未曾计较罢了。

将房间留给傲澜休息后，苏媚带门出去，王寅虎没有离开，仍抱刀背对而立，轻倚栏杆。许是听闻动静，他举步回身，清明双眸似能洞隐烛微，正波澜不惊地望来时，一双手已率先环住他的腰身。

王寅虎一怔，低头，苏媚云鬟未束，满头青丝自他胸膛泼泻而下。这一次，王寅虎知道这不再是挑逗之举，她有心事。王寅虎想反手搂她，但指尖离其咫尺时，还是犹豫了，最后只沉着嗓音问了句："怎么了？"

想到傲澜身上的赤红令，和欠下的恩情，苏媚心中便十分沉重，可她不想跟王寅虎说异魔教的事情，只是闷声摇头，过了好久，才问："先前……你当真不生气吗？"

王寅虎唔了唔，如实道："当然生气。"

"嗯？"苏媚立刻抬头看他，反问得理直气壮，"你刚不是都相信他是来给我送药的了吗？"

王寅虎扶额，无奈摇头："我是气你，三更半夜，怎能让男子进你闺房？"

"我们做妖的没你们人族那么多繁文缛节，常常群居一个洞穴，都习以为常了……"脱口而出的解释说到一半，苏媚乍然意识到什么。她挑眉瞅了一眼王寅虎，心道这人不会在吃醋吧？

果然，不消片刻，王寅虎颇有些难以为继的样子，踌躇道："但你如今既然生活在人界，在我身边，那以后不管晚上有什么事，自然都该由我替你处理，若是有别的男子深夜寻你，要么敲门论事，要么直接在外面说，再不可闭门独处。"

"这样啊……"苏媚又饶有兴致地踮起脚尖，忽凑他耳边，道，"好啊，不过这是不是就是你们凡人常说的嫁鸡随鸡，嫁狗随狗？"

此话一毕，果不其然，王寅虎面红耳赤了。

翌日，整个客栈被一阵打斗声惊醒，杂乱无章的脚步声自长廊轰隆而过，苏媚起身着衣，随手拦下一位过客，才知是仙霞派弟子正在后院捉妖。

不过这仙霞派弟子怎么来这里了？后院早已乱成狼藉，看客也是堵得水泄不通。苏媚好不容易挤进去，脸上松散的神情瞬间紧绷起来！因这仙霞派的三位弟子捉的妖，竟然是傲澜？！

傲澜功法不精，全然不是仙霞派弟子的对手，而仙霞派那几位弟子身姿轻盈，在刀光剑影中穿针走线，招式的制动间、步伐的转移间，皆是不留后路的杀招。

"该死，这家伙没事瞎跑什么啊？"苏媚拧眉咒骂一句，随后凤眼一立，直接从后上方闯进激烈的战斗！她们仙霞剑法舞得跟漫天雪花一样，苏媚应接不暇，索性一个红狐横扫，一把"火"融了这"雪花"。仙霞派弟子被弄得一头雾水，这才收剑息战，分辨来人身份。苏媚也得以机会，扶起筋疲力尽的傲澜。

"怎么又是你这妖狐！"柳逐霓一见到她，就想到自己黯然神伤的沈师姐，心底的火噌的一下就蹿了上来，亮出利剑，疾言厉色道，"你想救他，先过我这一关！"

她剑如银蛇吐信，阴柔又迅疾，可还未及苏媚，只见一人飞身而来，劲达左拳，抢破她的一招"白虹彤霞"，又立刻收力，以腰为辅，回身横刀，破开她接踵而来的"云霞满天"。是以，柳逐霓的剑还在离苏媚五尺之外时，就已被人一一拆解。

"她伤势刚好，我替她几招，得罪了。"王寅虎稳步落地后，端立在苏媚前面，行止有度。

见他再次维护苏媚，柳逐霓真为她师姐抱不平，火也更大了："你护她不够，如今连个孽龙都要护吗?!"

"他虽是孽龙，但从未做过一件伤天害理之事，反而悬壶济世，替人治了不少绝症，何以容不得？"

柳逐霓冷哼一声，只当片面之词，根本不以为然，苏媚却蹙眉不解，王寅虎见苏媚眉目这么一拧，便猜到她心中所惑，莞尔一笑，与之解释："你身边的人，我不查一下底细，怎可能让他离你这么近？"

话毕，苏媚猝然一愣，随后竟会心一笑，心中暗暗立誓：往后便是山河沉寂，悖逆天道，也绝不负他。

"即便他现在不伤人，以后却未必。"忽然，一男子自一月拱门下阔步而来，气宇轩昂地打断众人，道，"孽龙是恶妖，依在下看，可饶不得。"

这人正是曾拜师于蜀山的莫空南。莫空南身天赋异禀，尽得蜀山绝学，但因他求胜心过切，在门派比武切磋中重伤乃至致死多名弟子，以至于被蜀山冠以"道风不纯"而逐。尽管如此，他在武功之上的领悟，仍得无数蜀山弟子敬佩。

"你想如何？"苏媚警惕。孽龙生性残暴，作恶多端，傲澜虽是例外，但人族总好以偏概全，一网打尽，所以将他杀而快之，仍会是他们首选之策。

莫空南道："听闻王少侠在城北密林独战群雄，在下不才，慕名已久，很想跟王少侠讨教几招，王少侠若胜，我自然不再插手。"

王寅虎正要说什么，但莫空南话毕便亮刃出手了。

莫空南虽做正派之事，却是个不讲武德的主，上手第一招就剑走偏锋，乘人不备，欲出奇制胜。王寅虎没做好准备，吃了亏，随后便腾跃而起,单手刺刀,回挽五花,一招"云出无心",震开了莫空南。

如此走了十五招后,忽见王寅虎上前进步,左手上扬格挡,捋采莫空南小臂,而莫空南身体失衡,竟抽剑竖飞刺下,众人本以为这是一招"泰山压顶",结果却见莫空南的身子在空中一抖,随后硬邦邦地直接砸地!

这一砸,砸得莫空南昏天暗地,也瞧得众人一头雾水。

本以为莫空南与他势均力敌,没想到竟被完全碾压。

莫空南摔到一旁,捂着伤口,满脸的难以置信与周遭之人如出一辙。

没人看清王寅虎是如何出招的,只有莫空南一清二楚。王寅虎刚使的不过是一招极其简单的"迎门送客",而当莫空南身体失衡时,本空翻可解,可途中王寅虎却制住他的手腕,一股刚强之力登时如绳束身,叫他动弹不得,这才不得支撑,摔地落败。

才及弱冠的少年人,能拥有如此刚强的力量,当今江湖,凤毛麟角。

王寅虎只是揖手一礼,道:"得罪了,蜀山剑法果然精妙,可惜阁下用力过猛,物极必反。"说着便要与苏媚带走傲澜,但与此同时,只见骑着小熊猫从屋顶姗姗来迟的李忆如怛然色变地大喊:"小虎哥哥当心!"

而前面一众仙霞派弟子也一脸惊诧之色地唤道:"师父?"

随之,身后一股劲风杀来,王寅虎提刀回头,原来是莫空南听他一训,面子挂不住,起身除却尘土后竟然出尔反尔,当即亮出右掌,携疾风之势偷袭他的后背!而清柔师太突兀现身,双足并立,单手接掌,为王寅虎挡下了这致命一击!

莫空南不甘心,又丢剑于右,长剑立圆,清柔师太也与之跟进,与他长剑较量间,以缓治急,循序渐进;并在莫空南攻守范围内,游刃有余,不到七招,莫空南再次惨败。仙霞派弟子见状,立刻一拥而上,制住以下犯上的莫空南。

"就这点伎俩还孤独求败了?"清柔师太冷睇垂下,扫了一眼还欲奋起一搏的莫空南,轻飘飘地道了一句后,又吩咐弟子,"他不过是个讨教功夫的,掀不起风浪,让他走吧。"

柳逐霓等人领了命后，却又迟疑地指了指傲澜："那他……"

清柔师太顺其所指，冷冷目光望向苏媚身后的傲澜。不知怎的，傲澜似乎感觉她淡漠目光正探幽索隐，瞅见了他藏于布帛之下的赤红令，立刻心虚地扯扯袖子，加以掩饰。须臾，清柔师太收回视线，却只轻描淡写了一句："这孽龙是妖非邪，也饶他去吧。"

"师父？"柳逐霓跺脚不依，但清柔师太可不由她使小性子，话毕拂袖而去，像是扫走残枝败叶，却不着痕迹的一缕人间清风。柳逐霓心怀不满，却莫可无奈，只能垂头丧气地跟去，走到门口还不忘回头怒瞪苏媚一眼。

群众没了看头一哄而散，傲澜也被苏媚架回房间了，唯独王寅虎留下和掌柜合计赔损金额。与此同时，李忆如还在后院叉着腰，一脸痛心疾首地数落小熊猫适才的贪生怕死之举。适才危难之时，小熊猫竟然一个急停，不仅临阵脱逃，甚至还险些将李忆如摔下背来。

但无论李忆如如何滔滔不绝地埋怨，小熊猫却岿然不动，也无解释，唯一双黑珠一样圆润的眼珠涣散着，似在回忆何事。王寅虎倒无责怪之意，只是觉得小熊猫并非薄情寡义之辈，深觉蹊跷，但见小熊猫已率先开口，魂不守舍的样子，极为木讷："适才清柔师太使的一招是什么？"

李忆如没多想，冷哼一声，脱口指责："管她什么招式，你都不该怯场！"

王寅虎倒是略略一忆，认真道："应该是'晚霞烂然'，清柔师太的独创招学，怎么了？"

"不会错了……"小熊猫脸上风起云涌，凝神片刻后，抬头望着王寅虎和李忆如，郑重其事道，"当年在紫竹林中带走七宝琉璃花的女子，用的正是此招，盗走七宝琉璃花的，正是……"

话音未落，王寅虎已猜到下文，神色冷肃地打断它："兹事体大，不可妄言。"

后院人多眼杂，清柔师太是仙门中位高权重的掌门人，若误传她盗七宝琉璃花，这仙霞派苦心经营的声誉必将付诸东流。

为免节外生枝，王寅虎带着几人匆忙回房，并从隔壁房单独喊来苏媚，苏媚一听是有关七宝琉璃花的下落，立刻将手从他掌心抽出来："我就不参与了……"

王寅虎知道她在犹豫什么，便耐着性子道："我们一起经历了这么多，我难道还信不过你吗？"

"可……"

"或者说，你还有什么瞒着我？"他打断她，目光迥然。

苏媚有些没底气："没……"

她支吾着还未来得及说些什么，就已被王寅虎带回厢房，细说此事。

第三十二章 何许平生

几人聚齐后，据小熊猫回忆，当年拿走七宝琉璃花之人，一袭蓝衣、手持玉剑，这确实是多年前清柔师太的着装，后来这套着装成了仙霞派弟子统一服饰，所以起初小熊猫才会误认是沈欺霜。而"晚霞烂然"是仙霞派最高剑式，但适才清柔师太并未用剑，而是以掌替剑。当今除却清柔师太，怕是无人再能将仙霞剑术变化得如此自如。看来，当年月凉山围攻朱天甲时，那个死里逃生后一个百步穿杨，将朱天甲一招毙命的女子，十之八九是清柔师太。

李忆如撑着小脑袋，一脸困惑："我听爹爹说，清柔师太独自创立仙霞派，后来又一人治理门派，传授功夫，很少出山，是个值得敬重的人，她为何要盗七宝琉璃花？"

"这可不是盗！"王寅虎摇头一叹，细细与之解释，"当年正邪两道齐聚月凉山诛杀朱天甲，本就是为夺取七宝琉璃花，乃是安定天下的卫道之举，只不过最后去的人全军覆没，仅清柔师太一人存活而已。"

苏媚还是不明白："那她也应该公之于众，而不是据为己有？"

这一点，王寅虎和苏媚面面相觑，也百思不得其解，最后只由王寅虎沉吟一句："这其中缘故，只有亲自去问了。"

苏媚却不看好，担心道："私藏七宝琉璃花非同小可，她岂可能轻易相告？更何况，我的身份……"

"别担心。"桌底下，王寅虎不经意间握住她冰凉的五指，宽厚有力的掌心，让人莫名心安。他说，"她若真的不信我们，适才就应袖手旁观，而非出手相救。"说话间，二人一上楼，就看见长廊尽头的沈欺霜。

其实自城北密林后，沈欺霜一直心不在焉，以至于过了许久，她才惊觉有人，便神态局促地看着忽然出现的王寅虎和苏媚。

她的不知所措，也让苏媚五味杂陈。王寅虎倒是没多心，寒暄间，沈欺霜已敛裾行至苏媚面前，岁月静好的笑容，总显得生疏又冷淡："一直没来得及道谢，上次'南林北沈'的比武大会上，多谢你暗中出手相救。"

"呃……"苏媚显然没想到她竟然知道了这件事，还提及得这么突兀，讪讪一笑，"没什么，我也是看不惯沈齐，借你的手教训他而已。"

沈欺霜含眸一笑，殊不知，笑始终不及眼梢："不管怎么样，都应该道谢。"

王寅虎不知道这件事，自是听得一头雾水，正待问个缘由，沈欺霜却避开了他的视线，借口道："我还有点事，先走了。"话毕，便颔首致意，执剑离去。

沈欺霜不知道该怎么面对他们，更不知自己何时对王寅虎有了其他心思。是杭州初见时，他的勇敢善良，捻动了她懵懵懂懂的初心；是那些年打听他的事迹，沉淀出的敬佩与仰慕；抑或是师姐妹调侃这半枚锦鲤玉佩是"定情之物"时，心头暗生的窃喜……可此时，她脑海中，全是城北密林之时，他以孑然之身为笔，在兵刃相接的战场上，给苏媚画三尺安宁；是他不畏千夫所指，背负万千骂名也要与之互诉衷肠……

"她怎么了？"王寅虎这才后知后觉，问，"她好像不太想理我的样子。"

苏媚翻了个白眼："你以为你是谁，个个都得稀罕你？"

王寅虎一本正经地强调："可我与七七是自幼……"

"走了！"苏媚简直被他蠢死了，复又觉得蠢点也好，便在后面使劲推他一把，催促，"有些事你还是不知道为好，快走快走……"王寅虎虽满腹疑问，但见苏媚不愿说，只好作罢。

苏媚顶着他的后腰往前推，他便故意往后压了一压，二人你推我退，你来我往，嬉戏打闹，正在兴头上，旁边一扇木雕镂空的檀木门豁然大开。王寅虎抬头一瞧，正是清柔师太的天字号雅间，只是这门开得诡谲，似被一股罡劲暗风涌开，有种不可触犯的威仪和怒火。王寅虎和苏媚立刻收声敛容，整理衣冠，方才敲门，哪知，里面清柔师太冷不丁地冒一句："门都开了，还敲什么敲？！"

王寅虎和苏媚面面相觑，不是说清柔师太兰心慧性、仪静体闲吗？这怎么跟传闻中不大一样？

天光破窗而入厢房，纵横交错的光影中，袅袅檀烟，幽暗生香。清柔师太一袭道袍，鸾姿凤态，如置云蒸霞蔚之间，有种凛凛不可冒犯仙风道骨之气度。只是山沉水静的口吻中，仍有谴责之意："我那徒弟，心思单纯，什么事都喜欢憋在心里，你俩如何情真意切我管不着，但少来我这徒弟面前显摆晃悠。"

王寅虎反应再是迟钝，也知道她口中的"徒弟"指的哪位。只是对清柔师太的话十分不解，便一脸茫然地紧张道："七七她怎么了？"

听得他这么堂而皇之的一声关切，清柔师太俨然一拳打在了棉花上，颇为气结无语，甚至连苏媚都有些汗颜无地，难以为继地扯了扯他衣角，低声道："别问了，说正事。"

经这一提醒，王寅虎这又才循规蹈矩地补了一礼："晚辈唐突，今日求见清柔师太，还有一事相问。"言及这些，王寅虎瞬间条理清晰、能言善道起来，"当年群雄齐聚月凉山讨伐朱天甲一事，听闻师太也在其列，不知师太可知道具体事宜过程，或是七宝琉璃花的下落？"

王寅虎这话，虽然委婉，却也开门见山。传闻上月凉山讨伐朱天甲者无一幸存，包括朱天甲也难逃一死。可纵然所去之人尸骨无存，但折戟残剑皆是完好俱在，唯独七宝琉璃花就此绝迹，足以见得，他们并未全军覆没，至少有一个人存活下来，且这人带走了七宝琉璃花……

"你觉得这个人是我？"清柔师太目光沉静，并无半分掩饰。

王寅虎领首低眉，不卑不亢："晚辈不敢欺瞒，也不敢随意揣测，只是当时月凉山中还有一只女娲座下的神兽目睹了一切，所以……"

　　"是李忆如的那只灵宠吧？"清柔师太从善如流地接过话。

　　王寅虎猝然抬头，随后心中一定，笃定："那个人，果然是师太您？"

　　清柔师太若无其事地淡漠一笑后，又漫不经心地开口："你们找七宝琉璃花做什么？"

　　王寅虎顾虑道："孔璘得到两件魔器，一定会去找第三件。"

　　听罢，清柔师太再看向王寅虎时，竟颇为赞许："你所料不错，我来这里，也正是为了此事。"直到此时，清柔师太才坦诚相告。

　　据清柔师太所言，这七宝琉璃花能将万物融为金沙，满足人之贪欲。她当年得到此物后，为免节外生枝，索性隐瞒世人，独自将其封印。但三魔器之间互为牵制，如今孔璘得到两件魔器，第三件就会自动浮出水面。她担心届时不是孔璘的对手，所以有意让王寅虎出面，便道："那日城北密林，你一个人独挡武林众派，可见武艺高强，且也有情有义，有担当，你若出手相助，我多少放心一些……"

　　对此，王寅虎自然是义不容辞，又问："那这七宝琉璃花在何处？"

　　清柔师太一顿，却未立刻回答，而是看了一眼苏媚，随后故意放慢姿态地自顾斟了杯茶，慢悠悠地掀开白瓷梅花盖，撇了撇浮浮沉沉的茶末子……苏媚也不笨，见得这一系列动作，当即心领神会，识趣道："既然清柔师太信不过我，我便先出去。"

　　王寅虎担忧："苏媚……"

　　"不要紧。"苏媚心中坦然，反倒安抚他，"事关重大，你们好好商议，我在楼下等你。"

　　商议的结果正如苏媚所料，王寅虎要和清柔师太等人一道离开，因为小熊猫死缠烂打也要去的缘故，李忆如也被破例邀请，唯独留下了苏媚。尽管苏媚心中明白其中缘故，但失落还是在所难免。临行前，她像一位送夫出征的民间女子，为王寅虎整理好行囊，擦亮刀鞘利刃，又依依不舍钻到他怀里，满腔眷恋难抑，而王寅虎这次没再犹豫，两手一揽，苏媚丰腴娉婷的身子就被他完全占有。

"我去去就回，你好好照顾自己。"

"嗯，一路小心。"苏媚顿了顿，想起他那冤大头拼命做派，有些放心不下，忍不住叮嘱，"别逞强，活着回来。"

他笑："当然，不为了我，也为了你。"

苏媚抬头望他，那丰神俊朗的眉目、轩然霞举的气度，惹得她春心一荡，她便索性踮起脚尖，猝不及防地吻住了那双温热的唇瓣。瞬间，王寅虎高大的身躯猛然一震，像是一根绷得笔直的弦，僵硬而麻木，不知过了多久才松弛开来，随后轻启牙关，由她辗转吸吮，一啄一饮……

正是难舍难分的缠绵之际，虎煞却忽气得从图腾中跳出来，站在一旁，一边不堪直视地捂住眼睛，一边深恶痛绝地骂骂咧咧："光天化日！朗朗乾坤，成何体统！你们眼里还有我吗，啊！我还在这里啊？！"

最后被王寅虎反手一个结印，强行收了回去。

他们离开客栈后不久，傲澜赤红令发作，也迫不得已离开回异魔教了。

这晚，苏媚正熄灯安寝，转身，阴风扑面，珠翠幽鸣，藤桌旁忽现一巍峨人影。那人影形似鬼魅，却又立如磐石，在灰暗中逐渐显现的壮硕之躯，让苏媚两耳一竖，五趾抓地。苏媚倒也利索，二话不说，便星驰电掣，长驱直入，削铁如泥的短锥携三分寒芒，精准瞄向他脐上七寸的鸠尾穴！

不过一个合目之间，苏媚眼瞅就要得逞，但令她匪夷所思的是，刃离孔璘仅半尺时，孔璘岿然不动，可刃却突自行偏右，与之擦袂而过。苏媚惊诧之时，脖颈已被粗粝的五指死死钳住，随后五指再将她狠狠一掀，她整个人便如打翻的茶盖，数个悬空翻转后，猝然摔于地面。

四分五裂的痛，蔓延周身，可她从头到尾，却连声闷哼都没有，甚至若无其事地起身，半卧于藤椅之上。蜿蜒顺滑的木枝将她风韵纤柔的身体轻托而起，晚风拂面，稀薄的月华下，她笑得揶揄又轻佻："怎么，要杀我？异魔教堂堂掌旗使，就是这么对待功臣的？"

孔璘不以为然，还厚颜无耻地信口开河："你为异魔教鞠躬尽瘁，立下大功，我要是卸磨杀驴，跟那两个忘恩负义的东西，又有什么区别？"

未达目的，他一向不择手段，言谈之上就足以见得。苏媚懒得与之掰扯，只是奇道："哪两个？"

"一个最亲的人，背叛你，性命攸关时弃你于不顾；一个最爱的人，不信你，一盏七宝琉璃花都要瞒着你。他们两个，不是忘恩负义是什么？"孔璘唇角轻勾，气定神闲，"苏媚，你自认媚术超群，可又怎能让自己深陷其中？"

看来他今日，不是来杀人灭口，清剿叛徒的，而是另有所图。

苏媚跟他周旋多年，对他这些口头伎俩早烂熟于心，便索性坐在椅子上闭目养神，静待下文。果不其然，没过多久，有备而来的孔璘见她这般漠不关心，果然有些按捺不住了。

"七宝琉璃花就在彩璃谷，你离复仇只有一步之遥。"孔璘凑近她，"如何抉择，可要好好深思熟虑！"

苏媚心里有自己的轻重缓急：如今李逍遥暂困于幻魅画轴中，眼下救王寅虎才是当务之急，他的安危与名誉，早已凌驾于万物之上。苏媚本想继续不予理睬，可孔璘却阴魂不散地提了一句："你可别忘了，你在父母坟前立过的誓！"

——下次再见，必以仇人之血肉生祭双亲，将其头颅悬于荒冢之上谢罪七日！

这是她当年立下的誓言。转眼，铜壶刻漏暮去朝来，细细一算，她竟已十年未曾回去祭拜，倒也并非不念，只是无颜罢了。苏媚神思恍惚，走神得厉害，浑然不觉身后的孔璘左掌轻划，正悄无声息地逐步靠近……

王寅虎等人已到彩璃谷，此时日埋西山，水平拉直的天光从谷口横削过去，犹如一口锅盖，盖住了谷地翻涌的黑。明暗交杂，曲径通幽，李忆如揪着王寅虎猎猎飞扬的衣角，忐忑过去一瞧，登时头晕目眩，本能地拔起酥软的腿退了回去，一脸要打退堂鼓地说："我想回去找狐姐姐了……"

终于数日不见苏媚，柳逐霓眼皮子清净了，这几日倒也消停了些，然经李忆如这么一提，她心头那股愤愤不平之气又蹿了起来，便拿余光瞟他二人一眼："哟，时时见那狐妖缠你们左右，这几日怎不见？你不是挺痴迷她的吗，原来也不信她？"

"柳师妹！"沈欺霜知道柳逐霓是为自己鸣不平，立刻上前拦话。其实她二人年纪相仿，又同年拜师，自幼交好，只是沈欺霜生性喜静，大部分时间都扑在功法心诀之上，属于闷声做事一派的；柳逐霓则相反，她心思细腻，八面玲珑，从不让自己吃半点亏。沈欺霜也是在她阴阳怪气的调侃下，才知道自己对王寅虎藏着别样心思。

"就是因为你不争不抢，才让妖狐捷足先登，后来者居上！"这是客栈之时，柳逐霓恨铁不成钢地骂她之言，可惜沈欺霜并不认可。在她看来，嘴上道理再真知灼见，终究难抵人心复杂多变，因这情爱本就如人饮水，冷暖自知，无关身份，也无关时间。

"柳师妹口无遮拦，小虎哥不要往心里去……"沈欺霜这厢是黛眉轻蹙，端着满心歉疚，殊不知王寅虎从头到尾都未会意到柳逐霓的冷嘲热讽，还谦和道："当然不会，不过我倒的确向清柔师太表明过，但……"似忆起什么不利苏媚的言辞，他眼中浮起一层薄雾，随后讪讪一笑，像是在自我安慰，低声温语中，掺杂一丝无奈妥协，"这里危险，她不来也好。"

柳逐霓立刻翻了个白眼："真是我草率了……"转而觑见沈欺霜脸上一抹几不可察的异样，又气不过地揶揄一句，"就她苏媚金贵，师姐我们走！"说着，在厉凌云等人还在衡量谷底深度时，柳逐霓已经拽着沈欺霜御剑而下！那义无反顾的英勇身姿，颇有几分壮烈。

清柔师太本还准备交代什么，却没能来得及阻止她二人。此时她快步追向崖缘，俯瞰下去，临危不惧的她，眼前似乎也有些掩饰不住的焦虑："下面我布下层层机关，这柳逐霓，真不让人省心！"

"什么？"众人异口同声，立刻俯仰而下，唤了几声，可这峡谷，就像一个吃人的巨兽横卧于茫茫荒野，莫说回应，连回声都没有。霎时间，一种难以言喻的恐怖油然而生。

王寅虎已经骑虎纵下，和清柔师太几乎是同步而动，齐弄霞等人见状也不再犹豫，纷纷拔剑捏诀，御剑俯冲。她们骨架纤秀，玉剑锋利，足与刃面严丝合缝，如片又细又长的竹叶，在疾风中竖插入地。唯独被厉凌云顺手拎到剑上的李忆如惊恐万状，看着扑面而来的深渊，张口大喊，整个峡谷都能听见她撕心裂肺的尖叫。

等柳逐霓意识到自己低估了这峡谷才发现，峡谷两岸高山对立直耸，像是巨人一把剑劈出的一线天，形成光滑又陡峭的岩壁，深不见底，窄如径道。二人御剑向下半百尺，仍无一处落脚之地。渊地层层迷雾袭来，不见天光，森然可怖，何止是人迹罕至，简直了无生气，一片死寂。

"师姐……"柳逐霓有些发怵，御剑与沈欺霜并行，张皇地左顾右盼，"你说师父是怎么找到这种地方的，怪阴暗的。"

"师父早些年四处游历，无足为奇。"沈欺霜话音刚落，一阵冷风突袭而来，她剑头一偏，随后，一阵若有若无的潺潺水流蓦然灌耳。那水声奇怪，时而幽咽如泣，时而似风铃脆响，时而又有金石之音，阴森诡谲，实时变化，从如绸如墨的浓雾中渗透而来，叫人心头发寒。

显然，柳逐霓也听见了，她喜出望外道："有水声，师姐，我们要到底了！"说着，她单手捏诀，剑光一震，加速下潜，沈欺霜脸上却不见半分喜色，反而越发凝重。泼泻入谷的月光被浓雾一口吞噬，方圆两丈外，黑不见边际，她全副精力凝聚于耳，骤然间，一声琴弦断裂的铮鸣入耳，沈欺霜背脊一凉，来不及多想，大喊道："有蹊跷，回来！"

"嗯？"柳逐霓回头，似乎看见什么可怖的东西，她瞳孔紧缩到了极致，剑在足下，取之必坠。柳逐霓迫不得已，立刻从云鬓取下银簪，银簪自她指尖弹射出去，浓郁的黑色中，一簇电光石火一闪而灭，与此同时，柳逐霓偏头一让，原来那东西竟然穿透银簪，自她耳畔迅疾划过！

丁零一响，柳逐霓青石耳坠破碎，散埋于雾中。她身体失衡，脚下一个趔趄，眼瞅就要坠剑掉入深谷，沈欺霜毫不迟疑弃剑奔去，她落在柳逐霓的剑上后，伸手揽过她的肩，随之一个蜻蜓点水，二人纵身上行。沈欺霜的招式并不花哨，且果断利索，前后不过眨眼的工夫，便脱险稳落回剑面。

柳逐霓惊魂未定，喘了半天气后，才伸手召回自己还遗留在原地的剑。但诡异的是，她的剑刃已经参差不齐，像是被什么尖锐的东西连续撞击过，上面全是残痕。

"真是丧尽天良，在这种地方暗藏毒针！"柳逐霓破口大骂。

"说谁丧尽天良？"

"布置毒针的……"话戛然而止。柳逐霓抬头一望，只见向来泰然自若的清柔师太脸色铁青，威仪孔时，周身气势俯压下来，竟比这深渊还叫人窒息。柳逐霓后知后觉地意识到什么，心有余悸地迟疑道："难道是……师父？"

"哼！"清柔师太拂袖，极少这般怒不可遏，声色俱厉，"不听为师吩咐，莽撞行事，还拉着你沈师姐一起涉险！"

一身逆骨的柳逐霓立刻将头耷拉下去，温顺得像个淋雨后摇尾乞怜的猫："弟子知错。"

不多时，王寅虎与其余人等也悉数到齐。仙霞派弟子一见她二人，满脸担忧和紧张未卸分毫，而是蜂拥而上，上上下下里里外外地检查，生怕留下了什么伤口。王寅虎虽也担心，但见全是女子，当下避嫌，也没上前问候，只是骑着虎煞远远站在后面，可怜了李忆如，嗓子都喊哑了，此时抱着厉凌云的腿，一动不敢动。

终于，清柔师太被她们大惊小怪的声音吵得头疼，命道："此地不宜久留，全部跟我来。"

传闻世上有一种轻功，能草上飞、水上漂、踏雪无痕上天入地。却从未听过有人能似清柔师太这般，双足悬空，踏虚而行，如履平地。如此造诣，实乃生平仅见。

御剑的弟子和骑行的王寅虎都陈列其后，在一线天的峡谷中横向蜿蜒而行，肉眼看去，四周除了挥不去的雾，什么都没有，但清柔师太的曲折走法，俨然是在避开什么。她一身道袍猎猎飞扬，仪态横生，周身不怒自威的气势，叫其座下弟子不敢质疑，只得在后面亦步亦趋地跟着。

不多时，她们从浓雾中走出来，水声灌耳，一柱月光笔直落地，见得一条白练倒悬陡立高崖，如擎天巨柱，直指苍穹；也似滚雷奔走，直捣潭心；水雾弥漫，都是溅玉抛珠！

但不容置疑的是，这瀑布来得诡谲且突兀。峡谷之上衰草寒烟，是莽莽荒原，这瀑布显然是暗流汇聚后从这崖壁之中破石而出，形成的这叹为观止的一帘巍峨瀑布。细看，瀑布后面有枝含苞待放的金莲，挺得笔直俏丽，而在它四周沉浮的絮雾便是道家的封印，阳光洒下来，它的光芒被絮雾遮盖，却仍能散出些许七色光晕，在如烟如雾的水幕上，像是一道永不消散的霓虹。

"是金子！"这时，本在潭边浇水洗脸的李忆如忽然大喊。她将从水中掏出的一块金灿灿的东西放嘴边咬了咬，大惊道，"真是金子！"众人闻之，落地后也弯身捡起一瞧，惊觉这水中"石头"竟全是金子。沈欺霜恍悟："难怪适才水中有金石之音……"

"别乱碰！"忽然，清柔师太回头喝道，与此同时，一个穷凶极恶且奇丑无比的小怪物骤然跃出水面，那满口利齿的嘴张得比身体还大，一个鲤鱼打挺就朝李忆如纤细的脖颈一口咬去！

万籁俱寂中，不知是谁倒吸了一口凉气，亦不知是谁大喊一声"小心"，手无寸铁的李忆如吓得花容失色，而王寅虎远水难救近火，眼见李忆如就要身首异处，却鞭长莫及，一筹莫展之下，哪知李忆如忽开窍了般，双腿一屈，身体后倒，堪堪保住小命。

大难不死的李忆如惨白着一张脸，捂住跳得飞快的心脏大口喘息，并幸灾乐祸地表示还好自己胆小，吓得双腿发了软，才得以逃过一劫。可她一起身却发现，哪是自己命不该绝，分明是有人强行将她从阎王殿拽了回来！

薄雾弥漫，凉风过境，面前沈欺霜笔直端立，娉婷俊秀的身段桀骜而高雅，尽管手中三尺玉剑仍在滴血，可她溪水穿堂的声线，仍有种波澜不惊的温柔："快到小虎身边去。"

"哦……"李忆如目光扫了一眼浅滩，适才突袭她的小怪物已被斩作两截。而静默的水中还蛰伏着很多青面獠牙的丑鱼，它们咧着泠泠反光的利齿，潜在水底，蓄势待发。李忆如心有余悸，忙不迭地起身，三步并作两步地跑到了王寅虎身后，才知原来这也属清柔师太的布防机关之一。

这一路上叫她们上蹿下跳的东西，只不过是清柔师太布防的冰山一角。真正叫李忆如瞠目结舌大开眼界的，是两日后孔璘率魔兵攻打彩璃谷的那天。

第三十三章
彩璃谷底琉璃花

王寅虎等人此次前来彩璃谷就是为了守护七宝琉璃花,早已预料孔璘会来,却不承想他来得如此之快。

那天,黑云聚成滔天之浪,覆盖苍凉莽原,浓雾像是揉碎的乌云,塞满整条峡谷。

尽管是白昼,但世界已黑得入夜,似在隐喻着一场恶战。

众人收声屏息,时刻戒备,直到天吒震怒,立刻拔剑以待。而李忆如始终被放在一个相对安全的峭壁上,真正的"作壁上观"。不得不说,她这个视野极好,正好看见数以千计的魔兵前赴后继地纵下悬崖。她以为光是这些魔物,都能撼动山川,踏平深谷,可令她唏嘘的是,最后抵达瀑布的,竟然只有一两个残兵败将!

清柔师太机关布局的绝妙之处,可见一斑!

但一切机簧之物,都是有迹可循的,孔璘用他们的尸身,给自己试出了一条畅行无阻的路。尽管机关不能拦住孔璘,但如此一来,也能叫他异魔教元气大伤。

"清柔师太好谋略,一路机簧之物,险些没要了我半条命去。"兵死之后,仅剩一将。孔璘孑然一身,破雾而出,尽管面对的都是江湖赫赫有名之士,但他丝毫不惧,甚至看向清柔师太时,眼中还燃起一丝诡谲的笑。

清柔师太从容不迫，面无表情地回敬一笑："那可真是可惜。"

孔璘鹰眼四周睃巡，似在找寻七宝琉璃花，但见他们个个手握利器，神态肃穆，反而有恃无恐，讽刺他们螳臂当车："我手握两件魔器，就凭你们，拦得住我吗？"

齐弄霞目色刚毅："为了天下苍生，我们仙霞五奇，必拼死一战！"

"天下苍生？"孔璘像是听到何等荒唐之语，仰头叹笑道，"你们是为了天下苍生，可问问你师父，她私藏七宝琉璃花，究竟是为了天下苍生，还是为了保住自己的仙门地位？"

在仙门正道眼里，孔璘说话都是三纸无驴，根本不在意，清柔师太也照样没给孔璘大放厥词、诽谤生事的机会，当即道袍一扬，步履生风，化作一道残影劈去，孔璘这话一落，人已被其掌风逼退数尺开外！

孔璘劲达双臂，以拳制掌。他那拳头跟铁锻造似的，打在质地紧密的岩壁之上，石碎成末了，也不见他伤半分皮肉。而清柔师太的掌势时如浮云飘浮不定，时又似风卷残云的迅猛，众人瞧不出个上下，只见他们黑白分明的影子缠作一团，在寒潭之上蜻蜓点水，底下恶鱼争相扑去，无一不被劲力震至岸上，挣扎两下直接翻了肚皮。

"数年不见，没想到你功力竟已到如此地步！"孔璘接掌之余，有些不可思议。而清柔师太对他的赞叹不屑一顾，甚至将掌出得更加凶猛。

他二人连拆十招，孔璘不仅没讨到半分好处，甚至逐渐吃力。近打本就不是他的强项，于是孔璘借一个地形走势之利，快速与她拉开距离，在她追击而来之时，孔璘空手召出三叉戟，兵不厌诈地袭得她措手不及。清柔师太赤手空拳，正要收掌，沈欺霜纵身一跃，及时喝道："师父，接剑！"话毕，一把长剑不偏不倚落在清柔师太掌心。

清柔师太单剑起势，斜飞而上，一个海底捞月压住了孔璘的戟尖。孔璘本以为她要收力，结果这一个出其不意，攻得他未能及时横戟招架，立刻大蟒翻身，运转法力，借虚打实。但清柔师太以不变应万变，招式连番穿刺下，竟暗藏着层出不穷的后招！

仙霞派创立之后，清柔师太便封剑自修，不染凡尘，门下弟子只听说过她曾有神剑冰青，持之号召风云，所向披靡，但从未有人见过。今时尽管她手中不是冰青，仍舞出狂风骤雪般的缭乱剑花。那明晃晃的剑光，一道一道划破青天，滚滚乌云，电闪雷鸣，叫底下弟子望尘莫及。

但诡异的是，不知是否受孔璘的影响，清柔师太周身轻灵之气逐渐浑浊，似在剑法的制动间，携带出了魔气。随后其剑锋走势如饿虎扑食，一挑一刺，一进一退，将剑花挽成狼猛蜂毒、毒燎虐焰，与其淡泊致远的心性大相径庭，单从招式间都能看得出来，她想置孔璘于死地的决心。

可清柔师太一代仙门宗师，怎可能自带魔气？毋庸置疑，一定是孔璘暗使阴招！但眼下二人难解难分，众弟子不约而同地被战局吸引。这时，王寅虎忽见清柔师太撤剑而退，故意示弱，引诱孔璘出招。他立刻会意，催促阵脚全乱的齐弄霞等人："快！摆阵！"

为守七宝琉璃花，清柔师太煞费苦心，将彩璃谷一草一木，化为了奇门遁甲。而最后一道防线，就是她精心栽培的仙霞五奇！

清柔师太早在瀑布之后，遵循五行五克，奇门八卦之理，凿出五个栈道。栈道隐蔽，窄而短细，仅供一人站立。仙霞五奇得王寅虎之令，立刻归位，各守一方。

与此同时，清柔师太穿云破雾俯冲而至，丢剑还于沈欺霜。沈欺霜接剑，二话不说就要起阵，然下一刻，那张颜如舜华的脸，顷刻面色失尽，歇斯底里地唤了一声。

只见手无寸铁的清柔师太方一回足，孔璘消魂灭道的一拳便矫捷而至，正中其腹。那一瞬，道袍猎猎，鲜血横飞……

"师父！"

"清柔师太！"

鲜血染在她苍白如纸的脸上，触目惊心。只见清柔师太不顾伤势，顺势紧拽孔璘手腕往下狠狠一掷，急速陨落间，她喉结艰难一动，将溢出满口的鲜血悉数咽回腹中，字正腔圆地厉声怒道："起阵！"

原来清柔师太故意受拳，牵制孔璘，拖延时间，只是为了给她们争取摆阵的时间。众弟子不敢辜负其良苦用心，立刻敛眉瞬目，聚精、气、神内三合于剑,与手、眼、身外三合于一体,让剑气首尾相连,虚实相生,刚柔并济,以蕴定真气内劲的剑势为绳,在空中编织一张险象环生的巨网!

风把云吹散了,阳光破霾而出。巨网在清澈的光束下,或横或斜,或张或弛,薄如蝉翼,细如蛛丝柔韧,却暗藏金钩利剑,孔璘就像一只黏附在蛛网之上的蚊蝇,动弹不得,束手无策,底下青面獠牙的恶鱼也在蠢蠢欲动,觊觎网上的"美食"。

孔璘终于露出一丝慌乱之色,立刻劲灌四肢,但丝丝缕缕的"蛛丝"缠绕,再加上足悬空被束,无处着落,即便挪动一分,也还是踩在蛛丝上,挣扎最后,不过是汤里来水里去。孔璘眼风一扫,欲用念力召唤三叉戟,却忽听背后"咻"的一声锐利之音,竟让他整个人汗毛倒竖,背脊发凉。他奋力一偏,只是微微侧身,却伤筋动骨,但好在避开了身后竖削过来的诡异银丝,否则就不是伤筋动骨,而是残肢废人了。

蛛网扑食,以静制动,以劳待逸。孔璘这才后知后觉,这网比他预期的更加错综复杂。尽管他魔力无边,但在阵法中,再强大的内功,也大打折扣,一身本领,终也无济于事。

不过孔璘很快发现端倪,清柔师太重伤,阵眼无人压阵,仙霞五奇只能恪守原地,时不时牵动银丝企图将他大卸八块,但狂风袭来时,网随风剧烈波动,银丝也不能精确出招,大多时候,双方都处于进无攻,退无守的尴尬境地,只能是敌不动我不动,双方势力制衡。

孔璘气焰瞬间嚣张起来:"你们杀不了我……"

"那可未必!"忽然,王寅虎翻身跃入阵眼之中。一人一刀,便叫这"蛛网冰丝阵"闻风不动,消灭了孔璘的气焰。这阵眼是唯一只攻不守之地,原定是清柔师太,如今清柔师太身负重伤,王寅虎自然身先士卒。

想起孔璘初现时,便有恃无恐地自报了家底:"我手握两件魔器,就凭你们,拦得住吗?"是以,王寅虎并未着急出击,而是瞧中孔璘现在四肢受限,半处任人宰割之地,急道:"先取走他身上的两件魔器!"

"好!"阵眼有人驻守,五个方位便可收放自如,但也只是此进彼退,逐个进攻。她们招式互为守御，对困阵之人连环打击，生生不息，再配合冰丝，孔璘稍一失足，势必死于乱剑之下。

孔璘别无他法，只能保守本元，任由她们搜身。只见齐弄霞一阵风飘过去，剑自他腰囊一探，发现空无一物后，随后滑着银丝，回到阵点，厉凌云紧随而来，自右侧方袭来，长剑探进他袖兜之中……如此循环往复一番后，五位弟子竟然全部空手而归，悻悻摇头。

"哈哈哈，我身涉险境，早知有场恶战，岂会带着魔器，让你们得逞？"孔璘完全无视自己衣服鳞甲开了花的窘境，笑得活像是自己拔得了头筹，占尽了上风，"纵然我死在这里，异魔教还是会继续聚齐三魔器，谁也别想阻止混天魔尊重现人间！"

五劫辟魔锥蕴含无穷魔力，而九转回魂珠更是可"生死人，肉白骨"的稀世异物。孔璘今日即便随身携带一样，也不会落至如此狼狈之田地。

"宁愿只身涉险，也要护魔器安然。"王寅虎凛然抱刀，摇头一笑。孔璘生性残暴狡诈，让世人口诛笔伐，如今一看，若将他暴戾恣睢的面皮扯下来，兴许还能扒出一丝真诚和衷心，不过全给了混天魔尊。

王寅虎淡漠道："你对他，倒是衷心。"

"知遇之恩罢了。"孔璘继续冷笑，不知道是根本不能意识到自己身处即将将他大卸八块的阵法中，还是有备而来，有恃无恐。他话毕，索性破罐子破摔，往后仰倒而去，那密密匝匝，严密闭合的冰丝网，此刻在他眼中，忽软如棉絮似的，只听他冷飕飕道："不过，你当真以为，我异魔教，无人可用了吗？"

与此同时，峭壁那端的李忆如忽雀跃喊道："狐姐姐！"

众人闻声抬头，黑崖之上，矗立着一女子。女子一袭烟纱碧霞罩体，血色玉簪挽发，静默在薄雾孤山间，似春梅绽雪，也如霞映澄塘。没人知道她何时出现的，也没人知她为何出现，只见她素手持短锥，寒芒逼人，落穆萧瑟之姿，有一股摄人心魄的诡谲煞气。

"苏媚？"王寅虎足足瞩目两息，才压住满眦惊诧，极轻地唤了一声。

苏媚俯身，那双狭长上挑的狐狸眼，不及寻常半分清明，似有烟雾轻笼，捉摸不透。她目光横扫周遭，好像没看见阵网中的王寅虎，径直飞向冲她招手欢呼的李忆如。

"狐姐姐，你可算来了！"苏媚细足方一落地，便被李忆如一个大熊抱锁住了四肢。苏媚却面无表情，站立不动，双眼只空洞般看着正抱着自己的李忆如。

而李忆如一惊一乍，率先一个寒战跳开："哇好冷，狐姐姐，你怎么这么冷？"说着，李忆如驱使着小碎步靠过来，道，"不过狐姐姐你来得正好！"

李忆如转眼又拉着苏媚迫不及待地往崖边去："你看，小虎哥哥他们制住了大魔头，马上就要将他大卸八块了！"顿了顿，又嘟囔道，"不过清柔师太受了重伤……"

正如她所言，孔璘被剑气分理而成的冰丝缠住，身陷囹圄，清柔师太则在一旁打坐调息，胜券在握。

李忆如又指了指百尺寒潭："还有这个寒潭里的鱼啊，长得凶神恶煞的，你一定要小心，别掉进去了。"

"哦？"苏媚饶有兴致地挑了挑眉，口吻冷淡，"掉进去了会怎么样？"

李忆如故意做出一脸可怖之相："尸骨无存！"

话音一落，李忆如便感到后背有一股冰寒之气突袭而来，她还未来得及反应，那气流聚成一股罡劲之力，来得又急又猛，直接将她整个人掀飞坠崖！

顷刻间，李忆如稚嫩的脸上血色褪尽，圆溜溜的眼珠鼓得要跳出眼眶，她惊恐失措地手舞足蹈，尽可能地想要谋取一分生机，可错愕间，却见苏媚一抹冷漠决然的笑，抄手而立，好整以暇。她本要脱口而出的一声"狐姐姐！"瞬间如刀片一样咽回了腹中。

那一刻，她仿佛明白了什么，可又那么难以置信。她身体下坠得越来越快，底下激流湍急，一尾尾穷凶极恶的鱼，露出狰狞利齿，争相跃出水面……

一切都太猝不及防，小熊猫和锦八爷亦是心惊肉跳，急忙现身相救，一扇鲜红的狐尾迎面扫来，像是一把血红的弯刀，切断二人去路。一鼠一熊，被苏媚突飞猛进的妖力横摔在岩壁之上，疼痛不堪。

　　苏媚的卑劣手段，李忆如不清楚，王寅虎却全程目睹。他亲眼看见苏媚玉手聚为掌花，如同一朵鬼魅的彼岸，运阴风为劲力，将忆如推下百尺高崖，甚至是李忆如失足一瞬，她薄凉的冷笑，王寅虎都尽收眼底。

　　几乎是一瞬间，匪夷所思、不可置信、满腔疑问……三股洪流席卷翻涌，直冲头顶！

　　但他来不及多虑，崖高百尺，现在动身自中途拦截，李忆如尚且有一线生机。而"冰丝阵"由仙霞五奇真气化剑而成，她们五者缺一不可，唯独阵眼是个活穴。王寅虎当即收刀离阵，剩下之人无须言语，纷纷加固冰丝，稳住阵脚，继续牵制孔璘。

　　虎煞驮着王寅虎蹬壁直上，接住李忆如，绝非难事。可却无人注意，不受干预的孔璘正集中念力，重新召唤三叉戟。便在王寅虎离李忆如仅两丈之时，一把利器破雾而出，如是青龙抬头，其速度之猛，在王寅虎方才攫住一丝寒芒时，那东西已穿进他左臂，劲力一带，竟将他整个人直接悬钉于峭壁之上，虎煞也受这股外力影响，险些撞上岩壁。

　　同时，李忆如自他正面急速跌落，那稍纵即逝的身影，仿佛在他心头砸出一个天坑。

　　"小虎！"这厢，沈欺霜心神大震，定力一散，"冰丝阵"就裂出一道缺口……

　　王寅虎痛得大汗淋漓，但时不待人，他立刻拔下三叉戟，蹬壁下潜，背贴岩壁顺滑至下，在李忆如离水面仅半尺时，追上了李忆如，堪堪将其抱住，随后再借怪鱼头颅为力，弹跳跃起，顺势将刀插于岩壁之中，二人险险悬于石壁。

　　他这一套动作虽行云流水，但左臂伤口却已大肆撕裂，汩汩外冒的血流得越发汹涌，滚珠成线，落进寒潭，被怪鱼争而食之。且嗷嗷待哺的怪鱼见到嘴的食物被截，也磨牙亮齿，拍水而起，前赴后继地朝二人咬去！

眼见这怪鱼跃得越来越高，王寅虎深知眼下不是长久之计，正当此时，虎煞一跃而至，王寅虎赞道："来得好！"虎煞本就通体散着白色灵光，驮着二人在穷凶极恶的利齿上左旋右避，远看正是一道炫目的闪电。

落岸后，李忆如娇小的身子冰凉又麻木，仍瑟缩在王寅虎怀里，王寅虎心疼不已，尽管紧收的袖子被血浸透，却毫不影响他耐心安抚忆如时，字字温柔："没事儿了，小虎哥在呢，别怕，别怕……"

仅此一言，却不啻暖流破冰，李忆如终于"哇"的一声大哭起来，紧紧抱着王寅虎，恐惧和害怕此刻迸发，一抽一噎哽咽起来。而苏媚淡然地望着他们，置身事外凉薄模样，令人心寒、恼恨。李忆如望着她，比起困惑，更多的却是油然而生的恐惧，以至于她向来伶俐的嘴张了半天，却始终说不出一句完整的话来。

"为什么？"王寅虎睨向苏媚，眼中疑窦丛生，难知是怒是恨。

苏媚只字未言，飞身下崖，手持短锥逼近几人，满脸肃静冷漠，让李忆如唇寒齿白，噤若寒蝉。可她尚未走近，"铮"的一声蜂鸣，天吒出鞘，锋利的刃，决然地指着苏媚，迫使她停下。苏媚毫不在意，亮出短锥，毫不留情地刺向王寅虎。

王寅虎没想到她首招如此脆劲生猛，当下便推开李忆如与之接招，后撤之余回挡其利。然苏媚逢进必跟，连贯出击，或劈或缠，或刺或滑，一双凝雪皓腕，将千变万化的招式，抡得丝丝入扣，一制一动间，更是带出翻山搅海之势，叫王寅虎几欲招架不能，且也明显感觉到苏媚功力远胜从前。

难道她一直隐藏功力？当这个想法冒出脑海时，苏媚忽委身劈压，竖拿短锥，向上穿刺，王寅虎立刻后仰而避，护住脖颈，哪知苏媚却是声东击西，当即五爪挽花，划出一道绝艳的弧度，横刮于左臂的伤口之中。只见那尖锐的利爪深入其伤口，王寅虎霎时冷汗大冒，青筋欲裂，却只是盯着面无表情的苏媚，闷声复问一句："为什么？"

四目一对，苏媚目光轻滞，心似被人狠狠揪了一下，她浑身一颤，随后转身收手，五爪中带出一片鲜红的血肉，溅在她的裙褶上、面庞上，面目全非，触目惊心。

李忆如面目惨白，沈欺霜阵脚也彻底大乱，失声喊道："小虎！"这清越的一声呼喊，却叫苏媚愣住了，她杵在原地，似被困于一大雾四起之所，漫无边际的虚无中，"小虎"二字从四面八方传来，盘桓于空，经久不散，可她怎么也走不出这弥天大雾……

"小虎？"恍惚间，苏媚似也昏昏沉沉地唤了一句。王寅虎眉头紧锁，隐忍痛楚，见她冰凿的眸子总算浮现一丝柔情，虎煞却已俯冲而至，抬掌压向她肩头，嗤之以鼻："狐妖就知道装可怜！"话毕，它印堂聚力，王寅虎"住手"尚未脱口，剑阵那端却传来一声石破天惊的异响打断了虎煞。

原是孔璘挣开了剑阵，此刻立在"蛛网"之上狂妄大笑。

尽管孔璘自始至终都被困囹圄，可直到此时的每一步都在他的筹谋之中，分毫不差。沈欺霜失神出错后，他乘其不备从裂开的缺口破阵而出，冰丝随之逐根断裂，如琴弦嗡鸣，奏出一曲肃杀气盛的激烈乐章。

"冰丝阵"本就是个伤敌八百自损一千的阵法，过程极为耗费心力，丝毫不能懈怠，一旦中断，真气疾走，剑气游离，功力溃散一半不说，还会造成内伤。是以，阵法瓦解之时，余音还在绕梁，但仙霞五奇已从栈道之上跌落砸地。栈道分明不高，可她们个个痛难自抑，力不支体。

"快！拦住他！"齐弄霞支剑起身，抬头一望，孔璘正腾跃而起，朝瀑布中那团七彩霓虹奔去！她惊慌大喝一声后，已无暇顾及，点足击杀追去，可她人力单薄，孔璘根本没放在眼里，随手解下大氅，那大氅像活物一般，紧紧罩着齐弄霞的身体。齐弄霞持剑欲刺，孔璘却用双手摁住了她的头，摸索两圈后，忽朝右狠狠一拧！

山崖之中分明水声嘈杂灌耳，可那一刻每个人好像都听见了脆响，"咔嚓"一声，一清二楚……

齐弄霞如块盖了布的木桩子，被人从高空摔落，清柔师太起身接住她稳落于地后，轻轻揭开了大氅。没人知道她究竟看见了什么，脸上也

第三十三章

没有起伏的情绪,仍是一贯平静与从容,随后轻轻盖上了大氅,任由齐弄霞躺在自己盘坐的双膝上,像是从前练功乏了,要小憩片刻……清柔师太合目凝神片刻,忽眉头一紧,竟吐出碗口大的血来。

众弟子一惊,正要上前,清柔师太却抬手竖掌,示意她们止步,随后自行揩了揩嘴角的血,轻搁下齐弄霞,两指轻抚其长剑,瞬间,玉剑寒芒,竖扫双刃,清柔师太投袂执剑而起,淡泊肃静的眉宇,聚成山峦之势:"今日,无论如何,也要守住七宝琉璃花!"

"师父?"其余弟子从未见过清柔师太这般决绝悲伤过,她一片冰心融成沸腾的滚水,却也让她们溃散的意志重卷而来,片刻,她们目光落至猖獗的孔璘身上,双双剪水眸子,都是视死如归的沉静,齐声应道:"弟子领命!"

清柔师太顶替了齐弄霞的位置,陈列五星之阵,聚集五奇为一,化出一把能劈山填海的气剑,那滔天剑势,足令山河失色!

她们都是柔弱的女子,但重整旗鼓,齐齐持剑刺来时,那破釜沉舟之势,竟让孔璘感到一丝后怕,他看了一眼已渐醒转的苏媚,登时计由心生……

剑拔弩张的局势,已是刻不容缓,王寅虎无暇顾及,拔刀欲去,余光瞥见仍盯视着苏媚的李忆如和虎煞。他们一个恐惧发怵,望着苏媚满腹疑窦;一个怒目相视,早已蓄势待发……尽管到了此时,王寅虎却发现自己仍想护苏媚一隅安然,许是曾经承诺过,又许是她眼中迟来的柔情,让他心生恻隐之心。况且,苏媚整个人神态与他出发前相去甚远,王寅虎心里总是隐隐觉察此事不简单,他想问清楚到底苏媚为何这般。

片刻的斟酌后,他道:"虎煞,你保护忆如就行了,别伤害她……"

话音刚落,苏媚举锥即变,势如卷帘,冲虎煞前腹一啸破去!饶是虎煞避让及时,不然真叫苏媚开膛破肚了。苏媚虽未得手,却也不曾停留,当即飞身而上,与孔璘并肩对峙仙霞派。

虎煞心有余悸地摸摸前腹,恨铁不成钢地骂王寅虎:"叫你心软,早说她狐妖善变擅诱,你就是不听!"王寅虎没说话,只是沉下目光,那里面翻涌的黑色，不知埋没了多少心事，随后再无迟疑，提刀上阵。

这厢，七宝琉璃花已近在咫尺，孔璘不想再多纠缠，见她们联合之势虽强，但却各自负有不同程度的伤，便有恃无恐地嗤道："既然一把筷子折不断，那就一根一根，慢慢折。"

五星气剑灭顶一瞬，孔璘分化出无数个凶残的魔物从四面八方撞向五星阵，清柔师太等人各自避让护身之时，便中了孔璘的调虎离山之计，魔物将她们一冲而散，进行逐个击破。仙霞派等人分身乏术，孔璘趁此间隙，森然地盯着那盏七宝琉璃花，眼神逐渐变得狂热，随即朝着七宝琉璃花的方向直冲而下，断开瀑布，那枝形如金色的芙蕖赫然呈现众人眼前。它静默矗立，含苞待放，孔璘望之猖獗一笑，随即朝那浓厚的絮雾一掌劈去……

第三十四章
机关尽算情难算

王寅虎有天吒护体，不受魔障侵蚀，但那魔物如同难缠的鬼魅，来回穿梭，将这崖谷分化成了迷雾阵，他没找到苏媚，也不见孔璘。

此刻，来自地狱般的鬼泣之音，扰得苏媚周天全乱，她听见无数惨烈的叫声近在耳边，亦能感受到刀光剑影、短刃相接的肃杀之气，可她茫然立于黑暗地带，四周沉沉白雾变成伸手不见五指的瘴气，她什么也看不见，甚至不能感知自己的存在，唯有如火焚心的焦虑之感，驱使着她徒劳地挣扎着。

"妖狐！"陡然间，柳逐霓凌空而现，素来张扬乖巧的她周身暮气蔼蔼，玲珑身段遍布血痕，几乎皮开肉绽，体无完肤，仅靠一支清凉玉剑，撑着弱不禁风的身子。可她看向苏媚时，眼中余烬复燃，杀气凛然，厉声道："是你害死了大师姐！我要杀了你！"随后脚踢剑起，身随着剑的走势朝苏媚猛扎而去！

苏媚四肢百骸如融于这虚空之中，无从聚力，更遑论避开。挣扎之下，雾障倏然凝聚为一根尖锐的藤蔓，以飙发电举，追风蹑景之速，与柳逐霓对峙穿去。柳逐霓眼中怒焰灼灼，根本无所畏惧，挥手一剑斩灭了藤蔓，可怎料，雾障顷刻间再聚成蔓，柳逐霓察觉已然晚矣，瞬间，雾障自她脖颈中央，箭矢般穿过！

苏媚怛然失色，下意识捂住喉腔下的声嘶力竭，待雾障散去，柳逐霓跌在地上，大片的血从她脖颈溢出，她眼中怒焰未熄，黑白分明的眼睛，仍死死瞪着苏媚。

不久，沈欺霜、厉凌云、梅胜雪等人相继出现，可不论她们身法如何矫健流畅，藤蔓却无处不在，如影随形，在她们杀向苏媚时，苏媚也试图出声阻止，可她们完全听不见，揣着满腔恨意一往无前，而藤蔓如遍地荆棘，也如漫天飞矢……悲剧一幕幕地重演，可苏媚无能为力……

这一定是梦！苏媚挣扎着想要醒过来，但回回睁眼，都是满地的尸体和一双双死气沉沉却睁得奇大无比的眼睛。

这厢，沈欺霜也早已筋疲力尽，隐于魔障中的妖孽出招诡异，而她势单力薄，又身负重伤，功力大打折扣下，根本难以招架。刹那间，一把利爪穿腹而来，沈欺霜侧身一避，但还是被划出一道醒目的血痕，而这种利爪还在接踵而来，她退无可退，几乎没有生路可走，已欲赴死之时，却见一道天光降临！

"小虎？"沈欺霜惊诧抬头，来人却是小熊猫和李忆如。李忆如骑在小熊猫背上，脸上泪痕未干，可她递手时，却勉力展出一个笑来："快上来！"

沈欺霜搭上她的手，借劲一跃，跳上了小熊猫的背，两人一兽便横冲直撞，刺杀不少魔物。同时，天吒的刀光，也在浓稠的魔障中起承转合，腾云驾雾，不消片刻，分散的魔物被其锋芒逼至一角，王寅虎血染天吒，天吒炽焰灼灼，举过头顶，聚力斩去……

气流涌动，疾风灌耳，置身无尽雾障的苏媚抬头瞧见一丝星芒，正待定睛一瞧，却见一把劈山填海的刀刃，如玉山倾倒般，以绝对的碾压之势劈斩下来！刀锋没入她的心口，一口浊血喷涌而出，霎时间，云开雾散，灵台清明，她看见晴空下的百尺高崖，和面前，手持天吒的王寅虎……

"小虎？"苏媚徒手握住还欲深入的刀锋。当年在紫竹林时，他便是以此招击退了尸群，救下九死一生的她，而今这一刀斩下，却是取她性命……她眼中罩起一层薄雾，俱是不解与困惑。

王寅虎也愣住了。他斩的明明是孔璘分化的魔物，怎么会是苏媚？可仔细一瞧，四周魔物的确已经尽除，只是瀑布上那道永不殆尽的霓虹，却杳无踪迹……王寅虎恍然大悟，这些魔物根本不是孔璘本元所化，而是苏媚。苏媚替换了孔璘的本元，助孔璘金蝉脱壳，劫走七宝琉璃花！

　　王寅虎炯炯虎目终于一点一点黯淡下去。荒草摇曳，秋阳惨白，他冷视着她，满目悲凉："三魔器终于尽数落在孔璘之手，这就是你想要的，是吗？"

　　他孱弱的目光，似林间月光破碎，不甘的诘问，比刀还要利。可苏媚完全听不懂他在说什么，伤口的血流得越来越多，她感觉自己就像疾风中的残叶，摇摇欲坠，便往后一仰，他似乎失声喊了她一句，然耳畔疾风，将一切声音撕得粉碎。这一切于她而言，似梦非梦，亦真亦幻。旋身翻下时，她又看见了那四具尸体，亭亭玉立的绰约身段，躺在地上，被薄凉云雾，覆上一层白霜……

　　"欺霜，去，杀了她。"这时，清柔师太见苏媚受伤，立刻倚剑起身，矍铄的目光仇视着苏媚，凝神道，"她今日能协助孔璘杀你四位同门，来日，必成江湖一大祸害！"

　　苏媚于沈欺霜有恩，一路走来，两人更是交情匪浅，可四位师姐妹尸骨未寒，就横置在面前，双双黯然的眼睛无一瞑目……此时此景，沈欺霜愁肠百结，望着清柔师太，犹豫难断："师父……"

　　"去啊！"清柔师太痛心疾首，"你师姐师妹枉死，你难道不想为她们报仇吗？"

　　听得师父悲愤之言，沈欺霜终还是依言照做，持紧玉剑，一个腾飞落至苏媚跟前，口吻冷淡："苏姑娘，比武大会我欠你恩情，欺霜铭记在心，可今日我们本胜券在握，若非你，我们不会败得如此彻底，我师姐师妹四人，更不会无端丧命。"她缓缓提起剑，指着她，"是你杀了她们……"

　　这么大一顶帽子扣得苏媚有些莫名其妙，她正欲解释，清柔师太又呵斥道："狐妖擅惑，你还跟她啰唆什么？"

"弟子领命！"沈欺霜目光沉重，大声回应后，便歇步斩剑刺向苏媚。苏媚自不会任其宰割，尽管重伤在身，但是能勉强躲开沈欺霜的攻击。

看着她们你来我往的凶险过招，王寅虎立在一旁，从未如此心乱如麻过。今日他们大败重创，前功尽弃，苏媚难脱干系，尤其是四位仙霞弟子之死……可护她一生无虞的承诺言犹在耳，他明知苏媚该以命相抵，可心头滋生的恻隐之心，就如万千蝼蚁，啃噬着他一身铁血傲骨。

片刻的纠结，手无寸铁的苏媚已经落得下风，沈欺霜直接避开苏媚正面的攻守范围，自其百会穴穿刺。苏媚本能挥袖扬掌，虚步一挡，不知道是不是回光返照，这一瞬间，一股力大无穷的妖力自她颈腕爆流而出，其磅礴之势堪比覆城洪流，幸得王寅虎手疾眼快，魔刀一斩，劈裂洪流之势，才护下了沈欺霜的性命。

苏媚收力回掌，摊开手心自瞧着。这股来历不明的力量，让她害怕又畏惧，她抬头正要说什么，却见王寅虎只顾着关切沈欺霜，却不知自己左臂的伤口已撕裂到肩骨，半身的直裾玄袍都被血染尽。苏媚心下着急："小虎你的伤……"

王寅虎冷冷看了她一眼，这一眼，苏媚知道，他生气了。王寅虎松开沈欺霜，口齿温度，寒彻入骨，沉着嗓音问她："你们已经得到三魔器了，还不够吗？"

"什……么？"他绝情冷傲的态度，如同寒冰扎在苏媚心上。

"我都亲眼看见了！"王寅虎心如芒刺，整个身体都在隐隐颤抖，"你不是说离开异魔教吗？你不是说好好跟我在一起吗？为什么要骗我！"

这样决绝逼迫的质问，让苏媚潸然泪下："我没有，我一直在客栈……"苏媚试着去握住他的手，"我要你信我，信我一次，我没有……"

"信你？"王寅虎像是听到何等荒谬之言，讥讽冷笑一声，玉树身姿向后遥遥后退数步，半响，冷漠而镇定道，"可我再也不会相信你了。"

缥缈一句，于苏媚而言，不啻凌迟重辟，如下死令。

偏在这时，苏媚周身凝聚出一球状结界，结界薄如蝉翼，却严丝合缝，致密紧实，甚至隔绝一切声响，像是一个泡沫，乘着苏媚随风飘远，她几欲挣脱，可最后让她心灰意懒，放弃抵抗的，是王寅虎漠然置之的模样……

"我所修之道是惩恶扬善，不是诛妖除魔！"

"今后你只需信赖我，我一定护你周全，你若无处安定，我便给你一个家。"

"我想、我想跟你在一起，不是以朋友的身份，我想娶你。"

……

当初字字诚恳，如今句句剜心。

自城北密林后，苏媚自问从未骗过王寅虎，更未觊觎七宝琉璃花，将生死荣辱，全系于他，可他却不信她……苏媚垂下眼帘，王寅虎滴在地上的血，像烫进了她心底。包裹着苏媚的结界越飘越远，苏媚觉得自己就像一片落叶，无依无靠，随波逐流，直到她看到龙门邪域的山体轮廓……

一切都成定局，即便侥幸杀了苏媚，也于事无补了。

"三魔器聚齐，孔璘很快就会去五华山救魔尊，这场大战避无可避，天罡三十六剑阵……"踌躇片刻后，清柔师太凝重道，"必须尽快找到李逍遥，恐怕只有他有办法了。"

孔璘携带七宝琉璃花一回来，门下教徒此起彼伏地呼吁，便如那十万恶鬼出街，凄凉尖锐，张扬肆虐。三魔器首聚于异魔教，魔尊现世指日可待，孔璘心头痛快，兴致高涨，让这终年暮气沉沉的异魔教，久违地觥筹交错了一回，遥说上回如此热闹，还是他们月少主的生辰。

正如苏媚所料，那层结界是孔璘所为。"你对我做了什么？"苏媚直指孔璘，厉声喝问。

"做了什么？"孔璘大笑，转而阴恻恻地挑衅，"当年我们可说好了，你替我集齐三魔器救出魔尊，我替你杀李逍遥报血海深仇，如今，我们可都要大功告成了……"

"做你的春秋大梦去！"苏媚疾言厉色，怒声大骂，"我绝不会让你救出魔尊，祸害苍生！"

"怎么？跟你的小虎哥待久了，都开始满口苍生了？"孔璘目光一厉，还未发怒，啸狼倒率先拍案而起，以至于杯子落定之时已经四分五裂，主动请缨道："果然是个养不熟的臭狐狸，让我好好教训教训她！"说着，他便提着他力敌千钧的狼牙棒威风八面朝苏媚走去。结果他前脚一出，只听"嘭"的爆裂之音，后脚就被苏媚一掌掀回殿中，摔了个四脚朝天！

大殿瞬时炸开了锅。啸狼力能举鼎，重如泰山，能一掌将他掀飞者，功力绝对不俗。苏媚时常与之过招，二人对战个二三十回都分不出个上下，如今那小狐狸怎么可能有这等功夫了？

诸魔正准备一拥而上拿下蓄意滋事的苏媚，可好不容易逮到苏媚小辫子的啸狼岂肯便宜他人，立刻喝止："全部让开！今天本将非要亲手扒了这狐狸的皮！"

啸狼想动苏媚已经不是一天两天了，但此前苏媚于孔璘大有裨益，总处处护着苏媚，而今孔璘却是好整以暇高坐尊位，并无息事宁人的打算，众人也不去争，坐观一旁，都有意让啸狼施展拳脚。

啸狼摩拳擦掌，活动活动了筋骨，随即抡圆了狼牙棒，直截了当地朝苏媚的头颅砸去。苏媚左旋一避，但那狼牙棒看似沉重难移，可在啸狼手里却轻逸无比，当即回收撤力，力达于左，往其腰腹送去。苏媚本不欲与其纠缠，可见他出招咄咄逼人，直接双掌迎上！

霎时间，整个大殿，万马齐喑！

苏媚竟然徒手接住锯齿锋利、重达千钧的狼牙棒，而且只在一个回合间！啸狼作为孔璘的心腹，得孔璘一手栽培，功力本就不逊，这苏媚到底修炼了什么歪门邪道？而紧接着，苏媚掌心聚力，弓步一推，啸狼被他口口声声要"教训"的臭狐狸，连人带棒地再次掀飞数丈，摔个狗啃泥！

"这不可能！"啸狼气势汹汹地爬起来，喘着粗气，急火攻心道，"再来！"

啸狼足下一蹬，就直冲劈上！苏媚嫌他碍事，不打算再留情面，脚上一抬，竟轻而易举地把狼牙棒踩在脚底，啸狼健硕的魁梧身段也随之平平整整、结结实实地摔在地上，扑起一地灰尘。诸魔见啸狼不是其对手，立刻持戟上前帮衬，苏媚不厌其烦，直接踢飞啸狼的身子砸去，诸魔试图接住他们的大将军，结果被砸得人仰马翻。

　　"猖獗！"见得手下被她打得鸡飞狗跳，孔璘终于发怒，他起身一运力，五指运乾坤，苏媚便如他掌心玩物，被高悬于空。苏媚感觉四周有一股无形真气紧紧缠裹着她，整个身体如缚一层厚茧，动弹不得，一筹莫展，而孔璘岿然而立，目空一切的睥睨姿态，给人一种难以言喻的压迫，"我既能给你功力，也能收了你的功力。"

　　"难怪！！"啸狼听得这话，立刻开始诉苦埋怨，"又是您给的功力，我说这臭狐狸，怎么这么厉害！"

　　孔璘冷哼一声，弯刀的浓眉下燃起一把火，随之，那层"茧"倏然紧收，其力道之大，仿佛能瞬间将苏媚捏为齑粉，而周身妖力也如泄洪决堤，正在大量流失，隔空灌于孔璘体内。孔璘冷厉道："你别忘了当年，是谁给你的力量？"

　　随着"茧"越束越紧，苏媚脖颈面目血脉偾张，双眼充血赤红，眼球几乎要向外鼓出，就连声音都难以发出，只是几声短促而嘶哑的字眼："你……到底、对我……做了什么？"

　　孔璘森然一笑，完全一副运筹帷幄的胜利者姿态："我说过，从你踏入我异魔教起，你的一举一动，都逃不出我的掌心。"说罢，他五指一松，苏媚猝然摔在地上，她整个人像是才从水里打捞出来的，又或是像被吸干了一般，弱不胜衣，孱弱无力，仅存一息，苟延残喘着。

　　孔璘心满意足，转身命令："带下去，关起来，留着命，还有用。"

　　异魔教自被孔璘掌权后，便设置了炼狱，那是一处极为阴惨之地。异魔教中人，宁肯被孔璘一掌击毙，也不愿去那里一个将酷刑做到登峰造极的地方。傲澜听闻苏媚闹殿被关之事后，马不停蹄地去找孔璘求情，结果连孔璘的面都没见着，傲澜无计可施，焦急难耐下，竟寻死觅活以死相逼。

是以，整个异魔教都亲眼看见了杀伐果断的孔璘，被一个手无缚鸡之力的小孽龙逼得气急败坏，却又无可奈何的样子，最后孔璘还破天荒地妥协允了他一块通行令。诸魔对此啧啧称叹，并对傲澜刮目相看，但傲澜何尝不知，如今大战在即，孔璘正是要他献身炼药的紧要关头，岂可能让他出事。

炼狱之中腥味扑鼻，傲澜一进去，便忍不住打了几个干呕，可即便捂住鼻腔，也难以遮掩那腐肉烂骨的味道。里面没有天光，只有炽焰，像是成河的滚血，甚至能看见很多或妖或魔，被吊在炽焰旁，皮开肉绽的地方被烤得吱吱作响，那凄凉哀怨的叫声，惨绝人寰。傲澜吓得跳了起来，忽踩到物什，回头一瞧，竟是蒸煮过的半截手臂，瞬间，他腹中的东西一个翻天覆地，几乎要倾盆泻出。

此后他一直低着头，目不斜视，每步都小心翼翼，如履薄冰。四面牢笼耸立，地上血迹斑斑，白骨堆砌的沟道，一路蜿蜒前行。火光扑在地上，像是狰狞咆哮的怪物，阴森诡异。直到余光攫住一抹干净的红色，他这才驻足瞧去。

苏媚被碗口大的铁链锁在墙角，身上没有伤口，但整个人却毫无生气的迹象。唇寒齿白，萎靡不振，像挂在枝头的一片残叶，摇摇欲坠。幸好傲澜率先仔细打听了所有过程，才对症下药备好了滋灵汤，这碗汤方灌下肚，一股轻灵之气自她足下生起，笼罩周身，她睫毛一颤，寒潭眼眸轻启而开，率先映入眼帘的，是修短合度的轻逸身段以及面如冠玉的俊朗之姿。

是他吗？

苏媚想要看清，可是身体好生沉重，又感知不到四肢百骸，完全使不上气力，更遑论睁开眼睛看清周遭事物。恍恍惚惚间，便声如蚊蝇地喊了一句："小虎？"

傲澜一顿，半勺明黄的药汁溅在紫袍之上，晕染得触目惊心。

随着薄如蝉翼的轻灵之气渗透入体，滋灵汤起效逐渐加快，又不足片刻，苏媚面前深浅不均的模糊影子，已经勾勒出完整轮廓，她也终于看清了眼前之人，其轻蹙的眉眼下，无甚起伏，似乎意料之中："傲澜？"

傲澜神色反倒有些不自然，他低头忙着擦拭袍裾上的汤汁，随后又将装药的瓶瓶罐罐拾入布囊，手忙脚乱的，吵得叮当作响。苏媚没说话，向来她重伤不言时，都把他忙成了一团，习惯了。

待傲澜一切收拾妥当，苏媚以为他又要啰里啰唆地叮嘱什么，可这次他却没有。他沉默了很久，再次开口时，凝肃间竟颇含谴责之意："你明知孔璘不会放过你，为什么不逃？"

"我又能逃去哪儿？"苏媚也不知道自己为什么还笑得出来。明明身陷囹圄，朝不保夕，手腕上镣铐勒出的一道道红痕，可她仍觉得如释重负，"留在他身边，只会害了他。"

"你就这么在乎他？"

倚墙而蹲的苏媚，尽管早已气若游丝，但她仰头闭目，妩媚含情，不知冥想何事，含辞未吐，脸已瞬如朝阳初升，宜喜宜嗔。这一刻，傲澜才觉得他这个问题，明知故问得荒谬且可笑，便不等她答，已自行点了点头，极轻地道了一句："我明白了。"

"你明白？"苏媚饶有兴致地笑了笑，双目流盼，秀眉纤长，冰冰凉凉的口吻，调侃道，"你懂什么？你都没爱过人。"

"我……"傲澜正要反驳，却在苏媚抬头望他时，戛然而止了。苏媚见他目光时而浓烈，时而徘徊，时而温柔，心觉奇怪，正要寻根究底地追问一番，哪知傲澜却立刻转身去扒拉药罐子，并恰到好处地岔开了这个话题："孔璘给你输入功法，但他的功法邪念极重，稍动手脚，就可反客为主，控制你的灵识。"

"我猜到了。"她在大殿上激怒孔璘，就是逼孔璘吸走功力，纵然过程惨烈狼狈了些许，还成了阶下囚，但好在初衷达成，勉强也算功成愿遂，接下来只能兵来将挡，水来土掩。

傲澜自然也看出了她的心思："你是不是以为吸走功法，就自由了？"

听他这话，似乎没有那么简单，苏媚偏头："难道不是吗？"

傲澜似于心不忍，却不得不言："这些年，他给你传输了多少功法？那些长年累月沉淀在你体内的邪念，早已经在你的灵识里扎根，只要他想，随时都可以操控你。"

苏媚犹如五雷轰顶，默怔半晌，才问："你什么时候知道的？"

"你拿回五劫辟魔锥之后，我就在查这件事了。"那次傲澜虽以"梦游"搪塞了苏媚，但他自己却始终心存疑虑，后来翻遍所有古书医籍，终于在异魔教的一本经书中找到相关记载，便是以功法导入意识，操控灵体之术。这也是孔璘明知苏媚心存异心，不好掌控，却放任她肆意妄为的缘由。如今三魔器已经聚齐，孔璘却没有立刻诛灭苏媚，倒不像孔璘过河必拆桥的作风，傲澜思忖片刻，又道："孔璘从不养闲人，他不杀你，一定还有别的用处。"

"别的用处？"大失所望后，苏媚竟失声大笑起来，神色游离，状似疯魔，得意、狷狂，还有那股难以言喻的透顶失望，纷呈而现："不管什么用处，他都再也不能利用我伤害他了。"

傲澜不解："什么意思？"

"他不信我了……"苏媚笑了几声，眼中的光，却彻底寂灭了，迟来的痛，灭顶而来，"小虎他……不信我了。"

"苏媚？"

在傲澜印象中，苏媚一直是个非常要强的小妖。异魔教中人无一不对啸狼退避三舍，对孔璘望尘膜拜，只有她敢把啸狼当五大三粗的傻大个儿，敢站在孔璘殿前不卑不亢我行我素。她妩媚却桀骜，深沉又张扬，虽是天生的尤物，却从不以色侍人，一身狐媚之术，皆为复仇。她有满身荆棘，虽莺莺娇软，却从不示弱服输，倔强如她，何曾这般枯体灰心，惘然若失过？

不知过了多久，傲澜叹了口气，道："我还有一个办法。"

像是苍苍莽原中一抹萤火之光，映在了苏媚眼中："什么办法？"

"以业火淬炼洗涤，这个过程很痛苦，剥皮抽筋，反反复复，还有……"

"还有什么？"苏媚看着他，如同抓住一根救命稻草。

傲澜顿了顿，欲言又止半晌，转而释然一笑，云淡风轻地摇了摇头："没了。"

不知怎的，苏媚总觉得傲澜浅色的眸子中，有股惨烈的悲壮和浓烈的不舍，可业火反复焚身之痛，终归只是体肤之痛，在苏媚看来，是咬一咬牙就能挺过去的东西，还能一劳永逸，当是一条生路，可傲澜眼里，却是一片死寂。眼下，她也管不了那么多，只关心一个问题："何处有业火？"

傲澜犹豫了片刻，才道："鬼界，酆都。"

第三十五章 问寻酆都

三魔器首聚异魔教之事，很快江湖尽人皆知，它就像一个平地惊雷，"噼啪"一声，将才拨乱反正、日臻完善的江湖大势炸得面目全非。至此，天下妖魔对异魔教趋之若鹜，尽数投靠，短短数日，邪教日渐强盛，势焰熏天。须知滋蔓难图，再不斩草除根，后果堪忧，人界侠客也认识到这一点，纷纷齐聚大慈悲明宗，终日焦头烂额地对如何歼灭异魔教而争执不下。纵使燃眉之急，大厦将倾，千叶禅师也从未喝止过他们的喧哗与聒噪，只是淡定地添了一炷香，问："李逍遥还没有踪迹吗？"

当年蜀山因失去姜清，无法凑齐人数，仅能以三十五位弟子合成不全的三十六天罡剑阵，将魔尊形神牵制于五华山峰，孔璘若持三魔器破阵救主，年久渐松的天罡剑阵一触即溃。可他们如果故技重施，以完整的天罡剑阵对付混天魔尊，或许尚可一敌。

可遗憾的是，当年为困混天魔尊，蜀山结阵的三十五位弟子尽数阵亡，除了后来的李逍遥，现世无人能合成天罡剑阵，仅凭李逍遥一人之力，怕是……

这厢，清柔师太和沈欺霜去安葬逝去的同门，王寅虎和李忆如则快马加鞭地赶回了仙灵岛。李大娘一见王寅虎，脸色瞬间垮了下来，一副捶胸顿足的样子，俨然是要谴责他，但王寅虎来不及解释了，跟着李忆如就闯了进去，到房间拿出蜀山仪盘，李忆如以术法驱动仪盘，冲其大喊："爹爹！"连着唤了许多声，仪盘中央的铜镜上显现出的，仍是一片虚无之境。

"你们回来了？"

二人本揣测入神，这突兀的一声，着实将二人吓了一跳。王寅虎这才发现，房间另一侧还坐了一个女子，女子一袭苗疆装饰，看不出年岁，纵然满头华发，但身姿挺秀，靡颜腻理，唯独目光矍铄，有种岁月沉淀的浑浊和沉稳沧桑之色。王寅虎尚在打量，李忆如已经喜不自胜地扑了过去："圣姑婆婆？"

王寅虎恍然一惊，这才揎手致礼："圣姑。"

苗疆有黑白两族，圣姑是白苗族族长，法力最强的蛊毒巫师，有"天下第一"的医者称号，同时她也肩负守护女娲族的责任。她对赵灵儿甚至是前南诏王后青儿都有着莫大恩情。只是自赵灵儿仙逝后，便独自隐居灵山神木林中，极少现世，一旦现世，必是女娲神族有难。

"就你们二人？"她往门外扫了一眼，如目光一样沧桑却柔和的口吻迟疑道，"你爹爹没跟你一起出去？"

"我是偷偷溜出去的。"李忆如难为情似的吐吐舌头，默了片刻，忽又惑道，"不过圣姑婆婆也不知道我爹爹在哪里吗？"

"说来奇怪……"圣姑摇头，"月如病情加剧后，逍遥便将她送至老身家中，由老身全程照料，逍遥则每月都去陀江谷底，为林月如摘取延命之药草。原来逍遥不论多少事要处理，都会如期而至，并将仙剑派提炼的延命灵丹送来，从未失约。"说着，圣姑长叹了口气，脸色逐渐凝重起来，"然而这个月都过了月圆，却一直未见逍遥，老身便上蜀山一趟，但是他人并不在那里，这才来仙灵岛……"

"怎么会这样？"李忆如不安地绞着手指，眼珠亦是滴溜儿乱转，自言自语地讷讷念叨，"外公在江宁城举行的比武大会，爹爹也未去，那老和尚在荆州城举办的除魔大会，爹爹还是未到，如今连娘亲的药爹爹也不送了……"李忆如乍然慌道，"爹爹……不会是出事了吧？"

"这倒不会。"圣姑嗓音沙哑，却掷地有声，"你爹爹身为蜀山掌门，武功已臻入化境，冠绝天下，当今之世，怕也只有酒剑仙或剑圣能与之一战，许是斩妖除魔之时，误入结界，或是因什么事牵绊了手脚也说不定，逍遥这孩子，吉人自有天相，莫要杞人忧天。"

久立一旁的王寅虎多少也有些着急："圣姑可有其他法子寻逍遥哥的踪迹？"

圣姑这才打量起他来，只见他凛然七尺，气宇轩昂，有冷傲孤高之气质，却无盛气逼人的锋利。一袭玄纹云袖，含蓄风雅，却半分无风流少年的佻达，反而给人一种顶天立地的成熟与豁达。大抵也是攫住她明目张胆的打量，王寅虎这才想起还未自报家门："晚辈，杭州王寅虎。"

"我记得你。"圣姑面善从容，不知忆起什么，半晌，感慨道："时间过得真快，当年你一心想拜师李逍遥上蜀山学道之时，还是个半大孩子，这晃眼的工夫，竟都生得这般玉树临风，能独当一面了。"

王寅虎谦卑颔首，莞尔道："圣姑过誉了。"

圣姑望其和善一笑，这才回答他的问题："实不相瞒，老身已经用过苗族秘传寻人术'巫卜神法'，但也寻其踪迹不成。"这话一出口，见他二人大有惊疑担忧之势，圣姑又只得补充安抚，"可能是逍遥被困在什么特殊结界之内，导致'巫卜神法'感应不到也有可能。"

如今局势急迫，时不待人，王寅虎心中焦愁，却一筹莫展："孔璘已经集齐三大魔器，势必上五华山救混天魔尊，清柔师太说只有逍遥哥能阻止他，可……"

"什么？"圣姑打断他，那山沉水静的祥和眼眸之中，瞬时波涛大卷，层层翻滚，随后更是语重心长连叹三个"难怪！"后，方才沉声道，"难怪最近天象异变，怪事频出，原是群魔躁动，大劫将至。"圣姑看着李忆如萝卜大个的身体，眼中有难掩的顾虑，踌躇酝酿许久，才顾虑重重道，"本想着待你长大后再告诉你，现如今怕是要先冒险一试了……"

圣姑的欲言又止，叫李忆如和王寅虎面面相觑，不明所以。又不消片刻，圣姑似也决计不再顾虑，开门见山："你们可听说过回魂仙梦？"

"略有耳闻。"王寅虎若有所思，"传闻此术可借万物之灵，追魂溯源,踏破时空,穿梭往返于时空之间?"

"正是。"圣姑点头,"若想知道你爹爹身在何处,只有此法可以一试,但此术法只有女娲后人利用强大灵力召唤大地之力才得以催动。"

听得此言,李忆如颇有一副当仁不让的架势,立刻扯过袖子揩干鼻涕,坚定不移地望着圣姑:"那还等什么,请圣姑婆婆立刻教我施那什么大法!"

"你先别着急,你虽天赋异禀,灵力潜质无穷,但年纪太小,根基不稳,不能将此术施展自如,若是贸然修行,怕是难以承受,甚至走火入魔,还需取得一个能作为引发你灵力的法器,方可万无一失。"

李忆如当即恍然大悟般,将一把鎏紫流苏的金刚伞撑开,正气凛然道:"我有紫罗伞!"

圣姑兴叹两声,无可奈何:"寻常法器无法承载大地之力。"话罢,又是顿了半晌才道,"需得天蛇杖。"

"天蛇杖?"李忆如和王寅虎异口同声,蹙眉不解。

圣姑端立远眺,出尘如仙,徐徐道来:"天蛇杖是女娲神族历代相传的圣物,曾经过数代的灵力灌注与传承,其法力之强不可估量,如今这天蛇杖就供奉在玲珑福地……"

"这玲珑福地可是在酆都城边?"接话的是一旁的王寅虎。

"不错。"圣姑打量他一眼,见他功力浑厚又见多识广,淑人君子却有铮铮傲骨,不禁感慨后生可畏,如此也让她心安几分,嘱咐道,"此行麻烦你照顾忆如,酆都鬼蜮之地,万事小心。"

"晚辈明白。"

酆都为鬼之京都,传闻此地荒芜凋敝,白骨遍野,四季瘴雾迷雾,昼夜鬼火狐鸣,乃是活人止步的死寂之所,但几人抵达时,却赫然愣住。

"这真的是鬼城吗?跟寻常城镇也没什么两样啊?"李忆如环顾四周,却见城中熙熙攘攘的人影交织,鳞次栉比的翘角飞楼,门庭若市的店肆林立,还有一张张恬淡惬意的脸庞……

"是啊。"紧随其后的沈欺霜亦是同感。清柔师太带沈欺霜刚安置好齐弄霞四人的后事，便收到王寅虎的来信，得知李逍遥下落不明，清柔师太忧心忡忡，可眼下本就正道式微，孔璘又聚得三魔器，若蜀山掌门失踪的消息再一经传出，必然引起江湖动荡惶恐。权衡利弊之下，清柔师太选择不做声张，只命沈欺霜一人下山协助他们寻找李逍遥。沈欺霜见这鬼城生机勃勃，繁华欣荣，丝毫不似师父说的那般可怖阴森，也不由怀疑道："小虎，我们没来错地方吧？"

莫说她们二人，此时若非城门上矫若惊龙、铁画银钩地写着"酆都"二字，便是王寅虎，也很难相信这是酆都鬼城。遂，他双手撑在后脑勺，也四下打量一番后，道："按理来说，这是酆都没错，问问当地百姓就知道了……"

说着，便见湖边有一男子口吻生花，吟诗作赋，一吟一咏间，将悲欢惆怅，在口齿方寸间演绎得淋漓尽致，尤其那一句"相思相见知何日，此时此夜难为情"，竟足以令这川流不息的十里长街，骤然凄风冷雨之妙。

"公子好雅兴，将爱而不得，吟得如此深入人心。"

男子瞧了一眼来人，蓝衣玉剑，体态轻盈，言行文雅含蓄，有脱俗的林下风气，便回敬一礼，苦笑道："姑娘说笑了，什么雅兴不雅兴的，不过是在下心声罢了。"

李忆如从沈欺霜后面蹿出来，"咦"了一声，抢话道："既然相爱，又为什么不能相见啊？是人鬼殊途还是天各一方？"

三言两语，似触到男子心事，男子神情难喻，已不愿多说，只保持礼貌反问："在下瞧着几位不像本地人，是有什么事吗？"

沈欺霜这才回归正题："远道而来，有一事不明，想请教公子。"

"姑娘请说。"

沈欺霜端详湖中的潋滟晴光、含苞待放的十里芙蕖，斟酌着问道："听闻酆都乃鬼蜮之地，可我们见此地生机盎然，不似邪处，想确认一下，此处是不是酆都？"

"自然是酆都……"男子尚才开口，便被李忆如打断，"那怎么一个鬼都没有？"

男子摇头叹笑："不是没有鬼，是人鬼夹杂，你看见的人，有时候也未必是人。"

"啊？"李忆如登时汗毛一竖，当机立断地往沈欺霜后面缩去。男子继续慢条斯理道："酆都是人间与鬼蜮的交界之地，此处极为阴邪，人鬼邪灵夹杂，每到阴阳交替的黄昏之时，城中西北角的阴间灯笼挂起，鬼界之门大开，阴邪出没，恶鬼当道，觅活人为食，几位晚上可千万不要出来。"

"原来如此。"沈欺霜沉思片刻，又道，"多谢公子。"话罢，正要离开之时，沈欺霜又想到什么，回头道，"公子若是有烦心事，比起吟诗，直接说出来，或许心里会好过一点。"

"没什么，就是无双姑娘……她……"许是沈欺霜的面善和温婉，让男子不觉思起故人来，便没头没尾地说了几句，"自从那日一别，我千山万水寻来鬼都，不料她对我却是置若罔闻，形同陌路，无双蕙质兰心、知书达理，我却惹她气恼至此，一定是我不对，让她误会了。"

"如是误会，解开就好了。"

男子又是一嗟三叹，越发气馁："……她根本不给我解释的机会。"

见男子失魂落魄，悻然不乐，沈欺霜忽福至心灵，道："若公子信得过，可否将那位无双姑娘的所在告知我们，我们帮你带个话，述清缘由，不就迎刃而解了吗？"

"这……"男子犹豫间，竟似在懊悔自己竟早没想到这个办法，悔悟半晌后，整个人枯木逢春般，笑色浮面，语态激昂，"她就在城西的绝双客栈，若是我能与她和好如初，必登门拜谢！对了，我叫司徒。"

"原是司徒公子。"沈欺霜莞尔，"司徒公子大可放心，此事若成了，便是美事一桩，算是我们答谢公子的，倒不必登门道谢。"三言两语交代完毕，几人便往城西的方向而去。

此刻，绝双客栈，南北通透、错落有致，老板娘花信年华，青丝墨染，侧披如瀑，霜白的雪袍上绣着暗花纹理，虽算不上风华绝代，却也曼妙无双。傲澜一进去，便忍不住多看了几眼，苏媚倒是干脆利落，手撑着柜台，问："还有房吗？"

见到来客，老板娘也不着急，继续对镜点妆，欣赏刚描摹好的远山黛眉："二位一看，就不是普通人？"

"你也不是普通老板娘。"苏媚礼尚往来，回敬一笑。老板娘略顿，娇怜的桃花眼轻轻一抬，似要道什么，苏媚却已将银两放在桌上，干净利索："两间房。"

"姑娘爽快。"老板娘盈盈一笑，也不拖沓，收了钱，立刻差人拾掇了两间房出来，将钥匙给她。苏媚跟傲澜一前一后地往雅阁走，刚走到七步阶梯时，身后老板娘忽然哂笑一声，随后没头没尾地叮嘱了一句："二位客官记住了，不管晚上听到什么，千万别出来。"

"这是何故？"傲澜一回头，却发现柜台乃至大厅根本空无一人，适才那位妖娆风韵的老板娘，竟然凭空消失了？傲澜后背蓦然一凉，吞了吞口水，三步并作两步、慌慌张张地追上苏媚。苏媚回头瞧他一眼，幽然笑道："你看见的人，有时候，不是人。"

这句话一出，傲澜顿觉后背一阵阴风袭来，立刻又跟上一步。

"怕了？"苏媚笑他，"胆子这么小，还非要跟来。"

"我才不怕。"只要死不承认，就能守住他最后的尊严。

"是吗？"苏媚索性驻足不动，并意有所指地上下打量他。傲澜低头一瞧，这才发觉自己不知何时已经跟她并肩齐行，二人挤在一个单人通行的狭窄阶梯上。傲澜捂嘴咳了咳，也颇感难以为继似的，故作不经意地向前提了一步，随后一直走在苏媚前头，且为了消减心头的恐惧，他开始没话找话："那什么……你都做了这么多事了，孔璘为什么还能相信你？"

原先苏媚被关押于炼狱之中，她此次能顺利来到鄷都，占了一份天机。

自上次画妖困住李逍遥以来，孔璘为了镇压李逍遥，不让其逃脱，便寻一怨气极重之地安放幻魅画轴，而白骨遍野，厉鬼纵横的鄷都鬼界，显然是不二之选。近来李逍遥有所波动，孔璘担心画妖镇压不住，急需增派人手。然而如今异魔教势力虽扶摇而上，如日中天，但来者鱼龙混杂，孔璘本就生性多疑，虽容纳所有妖邪归投，却不轻易相信他们。思来想去，苏媚仍是他最好的人选，便唤她前来酆都。想到这儿，苏媚会心一笑，道："他可以怀疑我任何，唯独对李逍遥的恨。"

傲澜若有所思："这倒也是……"整个异魔教，怕是没有任何妖或魔，会比苏媚更想将李逍遥置于死地。

倏然间，苏媚又恍然想到什么，嘴角弯起来，有些意味不明地调侃："你也很厉害，平时做小伏低，唯唯诺诺的，没想到这一次你倒是长了胆，竟敢将刀架在自己的脖子上来恐吓孔璘？"她以一种看着自家孩子长大的欣慰脸色赞叹道，"不错，长本事了，你倒是不怕孔璘真杀了你。"

"……"傲澜觉得她简直没心没肺。

事实上，苏媚其实不算是一个很会表达感激的人，装腔作势地骗人她倒是游刃有余，可真要真情实感地感谢起一个人来，又觉得十分别扭，但傲澜对她的恩情，她会永远铭记在心。

苏媚的房间近些，进房后她便锁上了门，长廊尽头一股阴风袭来，傲澜怯生生地瞟了两眼空荡荡的柜台，尚且还没看见什么，脚下便一个激灵，风似的缩进隔壁房中。随后，只听房中一阵脚步窸窣，所有窗牖已被锁得密不透风。

二人各自回屋坐定后饮杯茶的工夫，便觉窗外喧哗渐止，静得诡异，傲澜早早将自己严严实实地裹进了棉絮中，苏媚则起身关窗，俯身一望，惊觉街道已是截然不同的景象：荒芜、凄凉、萧条……适才车马骈阗、人声鼎沸的街道凭空蒸发，取而代之的是空无一人、阒寂无声的空城。

落日将湮，诡谲的雾障从城边弥漫过来，晕染了灯火余晖，遮住了远山光景。

暮色四起，黑夜降临，这座城，才是真正的鬼都。

苏媚极目远眺，视线正四处环视阴间灯笼，倏然，房外传来"吱呀"一声开门音，幽怨而又绵长。苏媚本沉浸于万籁俱寂中，多少被惊扰到，她收回视线，关窗回身，就在这时，门口突兀响起三声敲门声，苏媚屏息一瞧，纸糊的门窗外并无人影矗立，可接下来，那敲门声越来越急促……

"不管晚上听到什么，千万别出来。"老板娘的叮嘱在苏媚脑子里飞速闪过，苏媚本也想充耳不闻，可那敲门声实在催得她心烦意乱，她索性取下短锥，握成可攻可守之姿，凝神警惕地过去开门。

她倒是要看看究竟是什么厉鬼邪神？！

门一开，她小腿便被什么东西冰凉的爪子一把抓住！苏媚丝毫未惊，而是将早已准备就绪的短锥顺势下刺而去，却在离其半寸之时，苏媚忽然收力，势如破竹的短锥戛然而止。

"你干吗？"清亮的锥锋下，傲澜那张脸已是苍白无色，惊恐又怯弱地质问她。

苏媚颇有些无语凝噎，觉得自己简直被其倒打一耙，便收起短锥和满腔的余悸，头疼道："你不睡觉，蹲我门口装神弄鬼的做什么？"

傲澜一副神秘兮兮的样子悄声道："这儿太古怪了，刚才还熙来攘往的，忽然之间，整个街上，一个人都没有！我看我们白天看见的那些人，根本就不是人！"

苏媚不动声色地说："你才知道啊？"

"你早知道了啊？"傲澜顿时楚楚可怜地望着她，戳手道，"我今晚想跟你住一个屋……"

"不行。"苏媚斩钉截铁，毫不迟疑。

"为什么？"

为什么……苏媚侧身望天，风起云涌的暮色，跟那晚一样深沉。她想起他出尘俊逸的身段，轻倚在雕花栏杆上，神色讳莫如深，口吻略有愠怒，眉眼却似三月暖阳，和煦而明媚："我是气你，三更半夜，怎么能让男子进你闺房。"遥想起来，恍若昨日。苏媚回神过来，长风穿廊，可栏杆之上，再无他孑然而孤寂的背影。

傲澜一脸受伤的表情，还在追问，苏媚不厌其烦，讪讪一笑："男女授受不亲。"

傲澜好悬没被她这个理由噎死:"我们是妖,又不是人,你我之间何时……"

尚未说完,一楼的客栈大门被人敲开,窸窸窣窣的一阵脚步声,至少是三人以上。苏媚立刻作势噤声,准备过去查看,傲澜却担惊受怕胆小得要死,一个闪步溜到苏媚身后,拖拽着她往房间去:"你忘了老板娘说的,晚上不管听到什么,都不要出去!"见他固执至此,苏媚本欲作罢,可偏是此时,底下传来一个男子声音:"有人吗?"

清朗温和而不失浑厚的嗓音,如一道惊雷灌体,让苏媚浑然一震,周身木滞,可也只是片刻的工夫,苏媚一脚挣开傲澜,但她没敢暴露自己,借着木柱掩饰,偏头悄悄往下看去。

柜台处,玄袍男人侃侃而立,潇潇背影凛然,如他背后的重刀一般,笔直又庄严。苏媚目光一软,心头翻涌的不知是何情愫,激涌澎湃,难以压抑,几乎要破喉而出,可她刚一张嘴,脑海里,他在彩璃谷时的绝情冷漠又赫然浮现,如千万银丝狠狠一拉,将她的心再次缠裹起来。

不过……他们来这里做什么?

"哟!"老板娘不知从何处出现,甜腻发鞠的细锐之音打断了苏媚的心思。不过这老板娘可不似适才那般爱搭不理,反而热情洋溢,言行举止逾越不淑不说,一见王寅虎,便两眼发光,神采奕奕,明目张胆地垂涎与欣赏,叫苏媚恨不能剜了她那不安分的眼珠子。

"这位公子气宇不凡,又生得这般俊俏,想来不是修道中人也是名门贵族?"老板娘风韵撩人,复还半遮半掩地端出一副忸怩不安、烟视媚行的娇羞模样问道,"不知……可有婚配?"

倘若面前是个妖邪,王寅虎倒是从容镇定,解决得干净利索,可偏是人族女子,反倒叫他手足无措,难以应对,只得略感不适地往后退了几步,率先拉开距离,尽量保持礼貌。可哪知这老板娘却得寸进尺,步步紧逼,直勾勾地看着他,似乎觉得他笨拙的反应,分外有趣。

沈欺霜见状,有意拦在二人中间,道:"我们是来找无双姑娘的。"

"哦？"老板娘适才描摹好的远山黛眉轻轻一挑，含春眼眸却毫不客气地将几人上下一扫，"你们找她做什么？"

王寅虎开门见山："替司徒公子传几句话。"

"传话？"老板娘似听到何等荒唐滑稽之语，忍不住笑出了声，随后那风韵的口吻，却似寒风刻薄锐利，"怎么，他是哑巴了，话都要别人来传了？"

沈欺霜见她如此反应，这才恍然道："莫非你就是无双姑娘？"

"怎么可能！"不等老板娘回答，李忆如已经率先否决，"司徒哥哥不是说无双姑娘兰心蕙质、知书达理吗？而且司徒公子文质彬彬，怎么会喜欢……咳咳……"意识到下面的话有些逆耳，李忆如便恰到好处截止了。

客栈老板娘怎不知她的弦外之音，凉幽幽地追问了一句："兰心蕙质？知书达理？男人都只喜欢这种吗？"

见老板娘目色欲渐锋利，李忆如知道自己的口无遮拦惹她不悦了，正不知如何圆场，王寅虎已经赔礼致歉："小孩不知礼数，还请姑娘莫要介怀。"

老板娘瞅了瞅举止风度的王寅虎后，那曼妙无双的身子一个蛇形走位，便绕到了王寅虎身前，饶有兴致道："我看你就挺温文尔雅的，不妨你告诉这位小妹妹，你是更喜欢妩媚妖娆的，还是……"她目光投向一旁娉婷秀雅的沈欺霜，"她这般温柔体贴的？"

无双的挑衅之语，如根细针，直挺挺地插进了沈欺霜的心窝，她敛声屏息，静待下文，而这下文，无非是王寅虎的答案。然王寅虎觉得这个问题冒犯到沈欺霜，让他略感不适，便迟迟没有作答，老板娘见状，便一副洞悉一切的了然神情，道："呵呵，他曾常夸我兰心蕙质、善良温婉，可我离开后，他还不是立刻跟个成天搔首弄姿的女人成了婚，什么非我不可，天下男人都负心薄幸，没一个好东西。"

听她想法如此极端，王寅虎索性问道："那无双姑娘可知，那位司徒公子让我们带的话，是什么？"

"不知道。"无双指尖轻叩杯弦，低下眼眸："也没兴趣知……"

王寅虎可不打算拖泥带水，卖弄玄关，无论她听不听，都直截了当开了口："他说他家母怕他伤心过度，郁郁而终，便让媒人择良人冲喜，与那位萋萋并无夫妻之实。"

杯弦上的纤纤玉指骤然停住，一杯倒影中，那曼妙无双的脸上，出乎意外和不敢置信，将适才那副事不关己碾得粉碎。王寅虎不知道他们之间的种种，更何况此为个人私事，不好贸然打听，便也没再说话，只是沈欺霜忽然温声劝慰道："我们也只是希望你们能解开误会，没有遗憾，不过既然司徒公子已经来到鬼都寻找姑娘，看在这情深意重的情分上，姑娘气他一阵子也就好了。"

暮色渐起，浑浊的光线下，已然瞧不见无双的脸色，不知那黯然间，她是否有那么一丝悔意，待许久，才杳杳道了句："我已经气了他三百年了。"

"三、三百年？"李忆如的惊恐来得后知后觉，"等等，所以你当时死了，你和司徒，都是……鬼啊？！"

"……"众人无语，以一副"你才知道啊"的神情望着她。

无双却没回答，只是抬头望了一眼门外暮气沉沉的街道，倏然温婉的口吻，泠泠清越："时候不早了，三位这个时候出去，沾到阴间的东西，可是要折阳寿的，不如留下来住一宿吧。"

"这……"李忆如游移不定，显然不愿与鬼共处一屋檐之下。可阴间灯笼一亮，鬼差当道，活人上街只会沦为果腹之食，以免节外生枝，王寅虎只好正色道："叨扰了。"

第三十六章
晚晴人间

　　絮叨完，老板娘便领着他们三人上楼。苏媚走神厉害，醒过神来，险些离身不及，电光石火间飞指弹窗，闹出响动引开他们注意后，使出轻功幻影之术，身如流沙般随风扬走。全程又快又急，悄然无声，只在合目之间便回到自己房前。却不想，傲澜还好死不死地堵在她门口，二人险些迎面相撞，苏媚收脚不及，别无办法，顺势一抓，拽着他一道回了屋。

　　锁上门后，外面脚步声越逼越近。苏媚贴在门窗上，听着他们谈笑风生的声音，心中说不上是惶恐还是紧张，失望抑或是不安，晦涩难明，五味杂陈，正愁绪绕心之时，忽然，王寅虎猝然停足，烛光下他巨大浓影堪堪与苏媚平对而立，沉重而巍然。

　　这一刻，苏媚的心，好像也跟着停了。

　　他……已经发现了吗？

　　"小虎哥，怎么了？"李忆如倒回来，好奇地望着踌躇不前的王寅虎。

　　不知道是不是错觉，苏媚感觉他好像往屋里瞧了一眼，那双似海深的灼灼虎目，淌出无尽温柔的光，顺着门的罅隙渗透进来，像烛光一样缱绻潋滟……不知过了多久，他才收回视线，口吻中是一抹意味不明的自嘲："没事儿，走吧。"

　　一窗之隔，终还是擦肩而过。须臾，外面便又断断续续传来他们的对话声。

"这是房钱。"王寅虎的声音一贯好认，扬时清朗，低则浑厚。

"不必了。"无双还是平淡无波，"还请各位帮我也传个话，当年我要送他的发簪被北面山上的妖怪顺手牵羊叼走了，他若能取回来，我便答应见他一面，这房钱就当是酬劳。"

李忆如义愤填膺的声音立刻蹿出来："明明是你误会了他，居然还要他去涉险？万一他有个三长两短……"

"那就是他窝囊无用！"无双掷地有声，口吻犹如袭来三九风月，骤然冰寒，"我又怎知他片面之词是真是假，若这份心意都没有，我如何能原谅他？"

"无双姑娘敢爱敢恨，果然非一般女子。"如此婉转清丽的声音，便是沈欺霜无疑，可她这语态中，竟有几分钦羡之色？只听她和缓应承道，"话我们一定带到，只是……"

声音渐行渐远，待外面安静后，苏媚静默地望着窗外冥冥靠近的雾障，不知在暗想什么，一直缄口不言。傲澜这时却漾出几分轻浮的笑来，恬不知耻地凑过去道："咱孤男寡女共处一室，不合理吧？"

苏媚没好气地白了他一眼，心道：刚不知是谁死皮赖脸要过来？

傲澜继续自言自语道："唉，你说都是男子，我来的时候，那老板娘爱搭不理的，这王寅虎一来，她就跟猫见了老鼠似的，恨不得扑到他身上去。啧啧，我在人界行医之时，好歹也被称一声玉面神医，哪里不比他长得好看了？"

苏媚："……"

如此喋喋不休了一会儿，可苏媚仍未理他，傲澜坐在桌上，也有些难以为继，无所适从，看着苏媚心不在焉，压抑低沉的样子，更是觉得这心被什么堵塞了般，窒息难挨，甚至有几个瞬间，他都想过去抱抱她，告诉她，这世上，不止有王寅虎，还有他……

百转千回后，傲澜终于下定决心表露心迹，酝酿出一副"不成功便成仁"的神态，郑重其事地开口道："苏媚，其实我……"

"不睡就滚出去！"苏媚终于忍无可忍，一个枕头砸过来，这个夜，彻底安静了。

翌日苏媚醒来时，神思游离地望了一眼青色的天，直到听到楼下传来动静，才恍然醒神，抓起趴睡在桌上的傲澜和包袱就夺门出去，傲澜迷迷糊糊的，彻底醒来时，人已经到楼下了。

"适才那位公子可知往哪个方向去了？"苏媚手撑着柜台，似乎有些着急。

无双拿那双被胭脂晕染得姹紫嫣红的丹凤眼端详她，若有所思："看来昨晚是你砸了我门窗？"

"无意之举。"苏媚抱歉一笑。

过了一会儿，无双才腾出手来往外指了指，慢条斯理地回答她上一个问题："出门往右。"

鄘都城就像一只巨大的夏蝉，晚上蛰伏不动，待朝阳一现，便撕心裂肺地叫嚣聒噪着，那川流不息的繁城也早就埋没了王寅虎的身影。苏媚其实自从来到鄘都，心里便一直起伏不定，隐隐不安，一种不可名状的心悸，像浓雾一样氤氲在心口，王寅虎的出现，让那种若隐若现的惶恐更是越发清晰，让她整个人都处于一种惊惶失神状态。

就在这时，苏媚肩头被人轻拍了两下，她心中下意识警惕起来，手下意识抚在短锥手柄上后，才转身回头，果然，一龇牙咧嘴、怒目圆睁的青面鬼头赫然占满她整个视野，苏媚大抵也惊了一瞬，但如果不是青天白日灼得那鬼头的"皮肤"锃亮反光，苏媚几乎就要拔刀相向了。

见她身躯紧绷一颤后，便没有了任何反应，那"青面鬼头"一歪，自我怀疑地"唉"了声，惑道："难道不吓人吗？"

"无聊。"苏媚没好气地翻了个白眼。

傲澜一愣，揭下鬼面面具后也翻过来仔细瞧了瞧："好像是不怎么吓人……"说着便还给了老板，提步追上苏媚。然一晚上的桌椅睡得他腰酸背痛，此时步子迈得太开，周身筋骨一牵动，疼得他又是一阵吱喝，哼哼唧唧道："你也真是心狠，半边榻也不分我，你以前向来不拘形迹的，如今怎么越来越重视什么'男女之别'了……？"

对于他的碎碎念叨，苏媚恍若未闻，且其思绪也不知已经落去何处，过了许久才突兀地冒出一句："你说他来酆都，是不是为了李逍遥？"

见她无时无刻不在惦念那个人，傲澜不免心口一紧，以至于良久，他才勉强堆砌出一脸的肃静："你是担心他救走李逍遥，还是更担心他知道这件事是你做的？"

这句话，叫苏媚猝不及防地愣住了。她筹备多年，无非复仇二字，可这一刻，她却有了比复仇落空还要畏怯的事。她沉默思忖良久，忽道："我和他注定有一战，可届时无论是对立，还是抉择，都不想再身不由己，做悖逆意愿之事。"苏媚抬眸迎视着他，认真道，"我们还是尽快设法进入鬼城吧。"

尽管她未明言，但傲澜俨然已知道答案，便淡淡牵了牵嘴角，道："好。"

不知是否错觉，苏媚感觉他这声风平浪静的回答，竟有种视死如归的平静。

鬼界之门就在阴间灯笼之下，那灯笼白日也显眼，挂在雕梁绣柱的殿堂楼阁前，那楼高大巍峨，远远便能望见。二人顺着方位，兜兜转转来到楼前，却不见鬼界之门，不过诡异的是，正常屋檐垂脊上的蹲兽向来挺胸抬头，代表荣誉与地位，且以兽镇脊，有避火消灾之意，但这里的五脊六兽却面目狰狞，鬼眼灼厉，似在俯身凝视每一个过界之人。

"看来这鬼界之门要晚上才会出现，且非人力术法可开。"两人盘旋周折许久，不得进入之法，苏媚也黔驴技穷，不免气馁。

"可晚上厉鬼纵横，最为凶残之时，活人进去，岂不是羊入虎口？"傲澜无精打采，怏怏道，"有道是白日入鬼城，不啻徒步登青天啊。"话罢，见面前人来人往，心道这些人长年居住于此，总知道些什么，便端着一脸友善拦了位老态龙钟的老爷子，问道："爷爷，您可知这鬼界如何进去？"

"这还不简单！"那老爷子果大手一拍道。

苏媚本觉得傲澜多此一举，但听老爷子如此慷慨一句，便立刻聚精会神地侧耳倾听，然这老爷爷却乐呵呵地来了一句："人死了不就进去了？"

"……"果然多此一举。

正当无语凝噎间，苏媚不知看到何物，忽牵过傲澜的手用力一掷，傲澜便一个"神龙摆尾"，与苏媚一道侧身隐于店铺一侧。傲澜自是大惊不已，一句"怎么了？"方至喉腔，苏媚便抬肘反锁住他脖子，将未出口的话生生原路塞回，随后她身子趋近，捂住他唇，嘘声道："嘘！"

傲澜静瞧着她，咫尺之距，她的眼眸，如是一扇天窗，盛满万千山水，清冷美艳，哪怕车马骈阗，倚裳连袂，城如鼎水之沸，却似都在这一瞬，万籁俱寂了。可惜，苏媚察觉不到，因她的目光，始终落在别处。好久，傲澜才顺其一望，那熙来攘往的人群中，一袭玄袍的男子，爽朗清举，周身凛然正气，锁着眉间几分风流。

原来九霄跌至尘埃，不过一眼之间。傲澜叹了口气："你……"

"别出声！"苏媚眉目倏厉，力道一紧。

这厢，李忆如抱着两袋糖炒栗子，拉着沈欺霜从人围中艰难地挤了出来，随后蹦蹦跳跳走在几人前面，边嗑着栗子边道："这司徒公子一听无双姑娘的要求，便二话不说往北面山去了。看来我们没看错，他还真是情深意重的好男子，反倒是这无双姑娘多少薄情了些，根本就不顾司徒公子的安危……"

王寅虎却不敢苟同："未必，知其者谓其心忧，不知其者谓其何求，你若不能感同身受，就不要妄加揣测。"

李忆如"喊"了声："小虎哥哥说话，怎么也这么文绉绉的了？"她摸摸后脑勺，嘟囔一句后，抢过锦八爷和小熊猫爪子里的栗子，问，"你们知道这是什么意思吗？"

饱经世故的锦八爷倒是听出了王寅虎话中之话："意思就是说，或许司徒觉得，为心爱之人而死，也是一种圆满。"

"噢！"听此一句，李忆如醍醐灌顶，"就像城北密林之时，小虎哥护狐姐姐那般吗？"

脱口一句，叫王寅虎轩昂眉宇蓦然聚成山峦之势，更让默立暗处的苏媚呆滞不语，噤若寒蝉……遥想不久前还发誓绝不辜负，可转眼就是仇敌对立，可叹世事无常。

李忆如"唔"了半天，又道："其实……我觉得那天狐姐姐状态有些许蹊跷，会不会是有什么难言之隐？"

锦八爷也举了个爪子："苏媚于我有恩，忽然叛变，我也未曾料到，总觉得事出有因……"它刚附和，小熊猫就嫉恨难平地打断它道："什么难言之隐，要亲手将我们小主人置于死地？！"

"呃……"锦八爷一顿，也道，"这倒也是……"

小熊猫又冷哼一声，一副苦大仇深的模样谴责道："我看是为了三魔器蓄谋已久，搞不好紫竹林救小主人那次，她就是冲七宝琉璃花去的。小虎，你说呢？"

话头转到王寅虎身上，苏媚竟也屏息以待，可王寅虎迟疑许久，却什么都没有说，苏媚有些失望，却不知王寅虎内心的挣扎，毕竟苏媚行径所造成的后果，已是铁板钉钉的事实，任他自欺欺人、绞尽脑汁为她开脱，可有目共睹之事，任何辩解，都显得苍白无力。愁绪纷杂的最后，王寅虎只云淡风轻道了句："……先办正事吧，我只知道这玲珑福地在酆都城边，可具体方位，尚且不知。"

经王寅虎这么一提，几人这才开始四处询问玲珑福地之事，然三人问了一圈下来，被问者不是连连摇头摆手，就是不耐烦的："不知道不知道！"急得李忆如两手往腰上一叉，怪讶道："我看他们哪是不知道，分明是不想告诉我们。"

沈欺霜却另有高见："我倒觉得，这些居民一听说玲珑福地时，是一副避之不及的样子。"

"这位姑娘所言不错。"接话的女子桃色罗裙透迤及地，鬓钗金雀，额贴花黄，虽身怀六甲，得丫鬟搀扶，但其身段仍有雍容华贵之美，颦笑之间，是簪缨世胄规范出的端庄典雅，"几位说的这个玲珑福地，早已今时不同往日，酆都百姓闻风色变，几位还是莫要前去。"

见这女子素不相识，凭空来此一句，难免叫他们疑窦丛生。王寅虎谢过女子的好心提醒后，又将信将疑道："我听闻，玲珑福地前有明堂，后有靠山，处藏风聚气的半山腰上，还建有女娲神庙造福一方，理应香火旺盛，又怎会让百姓避之不及？"

"此事说来话长。"女子喟叹一声，似乎有所顾虑，纠结半晌，方才浅施一礼，邀请道，"我是诸葛明月，冯府冯和元之妻，街道嘈杂，不是说话之地，几位若是不弃，不妨过府一坐，我与各位慢慢道来。"

不过问个路，搞得如此神秘兮兮的，苏媚觉得这女子形迹可疑，悄声问道："你知道玲珑福地吗？"

傲澜沉思："听名字应该是块风水宝地。"

"……"

正说着，傲澜忽见鬼般双瞳大震，而同时，苏媚也瞧见了叫傲澜这七尺之躯觳觫不止的东西：那是一个小男孩，他身着上好绸缎做的青衣锦服，圆脸矮胖，面目惨白无色，双瞳黑曜深陷，远远站立一旁，安安静静地矗立着，不动声色地望着那位自称诸葛明月的女子。

小男孩身上没有活人气色，飘然行于熙来攘往间，俨然是阴间之物。苏媚觉得不对劲，见王寅虎已经毫无戒备地与那端庄典雅的夫人一道离去，登时恼怒道："蠢货，什么人都信！"妖既可幻形易容，又诡计多端，王寅虎实诚本分，易轻信于人，常着了妖魔的道还浑然不知，苏媚谙熟其性，实难放心，便起身紧跟。

冯府坐落于东街，说不上富丽堂皇琼楼玉宇，却也是朱门绣户磅礴大气，外设两座巍峨石狮，顶造五脊六兽端立，假山奇石罗列，古树苍翠欲滴。王寅虎三人受待客之礼由正门而入，苏媚便飞檐走壁落至正厅上方揭瓦窥视。只是左右不见小男孩，倒是丫鬟侍女鱼贯而入，礼数周全地在招待奉茶。随后不久，冯和元姗姗来迟，苏媚瞧着他，淡平直眉，下颌方正，头戴水墨儒冠，脸上挂着春风细雨的笑意。

"这几位是……"冯和元看着他温婉的夫人，适才开口询问，诸葛明月已经盈笑相迎,"妾身在街上见他们要去玲珑福地,担心……"

"原来如此。"冯和元登时心领神会,自丫鬟手中搀扶过诸葛明月,温柔赞道,"还是夫人心善。"

他们心照不宣的夫妻默契,是懂得彼此的欲言又止,然王寅虎等人却一头雾水,听得不明所以。王寅虎放下奉来的热茶,颔首致意后,方才询问:"承蒙二位招待,无意叨扰贵府,只不过在下有一事不明,冯夫人说玲珑福地令酆都百姓闻风色变,究竟是怎么回事?"

"几位一看便是远道而来,可能有所不知。"冯和元摇头长叹了一声,"这玲珑福地本是圣洁之地,但从十几年前开始,去祈福回来者便接二连三离奇死亡,无一幸存,没有人知道是何缘故,倒是有些道士说是里面供奉的神像,是个祸害人世的邪魔外道……"

"胡说!"李忆如拍案而起,"女娲乃上古天神,怎会是邪魔外道!"

小小一巴掌,竟拍得锋芒毕露。冯氏夫妻神色微僵,看着这气势汹汹的苗疆姑娘,有一刻的怔神。沈欺霜见李忆如出言无状,便一把拉下忆如,让其循规蹈矩地正襟危坐着,王寅虎也知道冯氏夫妇只是好心提醒,并非恶意中伤女娲神族,也替其致歉:"小孩心气大,多有得罪。"

"不碍事。"他夫妻倒是清和平允,款语温言地劝诫道,"我们也是好心提醒几位,去与不去也是各位的选择。"

"在下明白。"王寅虎略顿,又道,"还请阁下告知玲珑福地的具体方位。"

见其态度坚持,冯和元也是无可奈何,语挚情长道:"既然少侠心意已决,冯某也不便多言。出了酆都城一直往北走,三百里处有一个水莲山,山中奇火长明,经年不熄,极难通行,但只要穿过火域,就是玲珑福地了。"

"多谢。"王寅虎情礼兼道,转而带上沈欺霜和李忆如二人,与其辞别,"既然如此,天色不早,我们便抓紧启程……"可这辞别之词尚未落地,内院传来一声剧烈的爆竹之音,王寅虎担忧地往里望去,冯和元倒是一脸坦然:"不要紧,是府上请的道士在布阵。"

"布阵？"王寅虎略有惊疑，这冯府上下结构严谨，有浩气凛然之气，不似妖邪窝藏之所，然沈欺霜和李忆如已经两眼炯直，蓄势待发，"府上可是有邪物作祟？"

　　"噢，这倒没有。"冯和元见她们已有剑拔弩张的架势，立刻讪讪笑道，"是为了我那未出世的孩子。"

　　"夫人腹中的孩子？"几人目光不约而同地望向诸葛明月，"这孩子怎么了？"

　　冯和元与诸葛明月四目一望，含情脉脉，却又氤氲着化不开的忧愁，相惜相怜，又无端平添几分悲怆，不知许久，才自顾念叨："看着别人共享天伦之乐，我便后悔不已，若是此阵再败，我便自我了结，斩了这六亲尽绝的宿命。"

　　王寅虎闻之大惊："这是何故，要自我了结？"

　　冯和元摇头叹息："我自出生起，便父母双亡，亲友非死即散，明月父亲生前为我论命，说我天煞孤星。天煞为祸，孤星为克，二者叠加，克亲友死八方，注定六亲分离，孤独终老。而明月自带福禄之命，命格奇重，若不入宫为妃，便只能嫁予天煞孤星，明月不愿被锁入深宫院墙，故许配于我。岳父临终之时，也告诫过，我们的孩子只要出世便会夭折，前面两个孩子皆已应验……"他目色沉痛，看着诸葛明月隆起的腹部，又是良久的沉默，才道，"这次明月请来道士，以七星灯阵，黜邪崇正，逆改星命，若不成……"他没再说下去，因后面之言，已是心知肚明。

　　"七星灯阵？"李忆如却挠挠头，奇道，"只听说过七星剑，这七星灯又是做甚的？"

　　"没想到你小小年纪，还知道七星剑？"冯和元勉力攒出一笑后，又继续道，"这位大师正是曾受七星剑主人也就是蜀山掌门李逍遥的指点，才得以推演出可逆改七星宫位的七星灯阵。"

　　"什么？"几人大惊，面面相觑间，俱是窃喜之色，便追问道，"那他是何时见到李掌门的？"

　　冯和元回忆片刻："约莫昨日还听他说前些时日和李掌门在蜀山小酌

了几杯。"

"前些时日？"王寅虎步履轻顿，思忖间，惊诧迫切后的大失所望，就如浓雾的骤聚骤散，紧跟后面的李忆如与沈欺霜亦是两手一摊，相顾无奈。须知李逍遥已久不回蜀山，这道士扯空砑光，大言欺人，十有八九是个沽名钓誉、骗人钱财的江湖术士，只是无凭无据，不好明言，王寅虎便后撤一步，与沈欺霜二人小声道："既然冯夫人帮我们一个忙，我们拆穿这道士，也权当还个人情吧。"

沈欺霜正有此意，率先抱剑在前，情礼兼道："不知可否让我们见一见这位大师？"

冯和元交疏吐诚，自是坦诚热迎："当然可以。"

与此同时，一瓦之隔上，苏媚胆战心惊，如履薄冰。毕竟此番她所窥视的，是卓尔不群严谨不苟的王寅虎，以及仙霞五奇之一、材优干济的沈欺霜……恰这时，又看见一仙风道骨、两鬓斑白的老道士，委实叫她心肉一颤，慌乱之下，险些自乱脚步，饶是身后一寒彻入骨的手稳扶了她一把，这才未曾暴露。

身后那人道："姐姐莫怕，这道士弄虚作假，装模作样，不足为惧。"闻言，苏媚这才静心细瞧，只见底下道士一手拂尘一手捻指，闭眸打坐，四周灯烛陈列二十八星宿图阵，却没有一丝道法涌动迹象，果然是虚张声势，假模假样，可后面这突如其来的声音分明稚嫩纯真，却有幽深阴冷之感，苏媚生来的警觉姗姗来迟，回头一瞧，竟是尾随诸葛明月的那阴间小男孩。

"请姐姐帮我一个忙。"小男孩倒是直截了当，不过初次见面就这么单刀直入求助于人的，于苏媚而言，还是头一回见，便饶有兴致地问了一句："什么忙？"

小男孩虽面色苍白如纸，但幽深眼眸却炯炯有神，真挚恳切道："请姐姐去一趟玲珑福地。"

苏媚觉得他此请求不啻狮子大开口，奇道："为何？"

小男孩目光真切，言语利索："我爹爹之所以是天煞孤星就是因奶奶生他之时去了玲珑福地祈福，我听阴界的鬼差说只要杀了玲珑福地的妖怪，天煞孤星便自行可解。"

苏媚恍然大悟："所以你便是冯和元先前死去的那孩子？"

"正是，我叫念元。"

苏媚这才意味深长地"哦"了一声，转而默了默，又事不关己道："你爹爹都说那玲珑福地险峻异常，有去无回，我凭什么为你一家子涉险？你若真有孝心，何不自己去？"

"我灵力不济……"小男孩黯然垂头，怅怅片刻，又胸有成竹地鼓励道，"不过姐姐灵力高强，一定有办法！"

苏媚不以为意，甚至自嘲了两声。如今举世混浊，荆棘满途，惨绝人寰的例子数不胜数，若桩桩件件她都要插足，可谁又能在她深陷泥沼时拉她一把呢？目睹双亲之死，至今流离失所，行尸走肉多年，仅存的悲悯之心，早已消磨殆尽。苏媚冷若冰霜，决然拒绝："我即便有这个能力，但和帮不帮你没有必然联系。"

她的冷面寒铁，漠然无视，早在念元的意料之中，因她话罢，四周阴寒之气渐盛，风转幽凉，拂面如冰，念元不慌不忙往下摇摇一指："那这个人，姐姐还要吗？"

苏媚顺其一瞧，竟见宅院远处的密林中隐隐约约有个人影，她定睛一瞧，竟是傲澜被五花大绑困于一树荫的浓影间动弹不得。而小鬼也已转瞬落于傲澜身后，那张惨白僵硬的脸勾唇一笑，有股强撑的阴恻奸佞。

"不自量力。"苏媚并无半分恼怒，只有满腔的讽刺。她飞身下檐，追击上去，念元见其锋利只盛不敛，立刻藏于傲澜身后，以此躲其攻击，哪知苏媚幻化为影，分散四周，忽然以腰为轴，旋身飞踢而来，念元一个错愕，便被其一脚踹开，与傲澜拉开数丈。

苏媚冷哼一声，继续纵身跃下，单膝一折，跪在念元脖颈之上。念元嘶哑着声音连连求饶，可苏媚神色锋利冰冷，秀掌更是立如匕首，并无半分恻隐之心。傲澜怕场面过于血腥，立刻闭上双眼不敢直视，过了好片刻露缝一瞧，却见苏媚已经扯下自己身上的麻绳，反将那小鬼五花大绑起来。

苏媚这循规蹈矩得如是捕快缉凶的行径已叫傲澜刮目相看，而苏媚下一个举动，更叫他瞠目结舌！只见苏媚盯着孤苦伶仃的念元，不仅没有半分责备，甚至有种烂泥扶不上墙的惋惜，她声色俱厉地谆谆教导道："与其学这偷鸡摸狗的伎俩，不如学点真本事！"

"姐姐！"念元也自惭形秽，悔恨不及，忍不住诉苦道，"姐姐息怒，我也是别无办法，我也想学真本事，可我在鬼界无亲无故，那鬼界又是逞凶肆虐之地，根本没有我的立足之地，我就想留在父母身边尽尽孝道，做一些力所能及之事，便心满意足……"

的确，鬼蜮之地，残酷非道，寸利必得，对于一个柔弱无依的孩子而言，能学点保命生存的伎俩已是艰苦卓绝，又遑论它是旁门左道还是内直方正。思及此，苏媚不由暗叹自己，子欲养而亲不待，她唯一能做的就是为父母报血海深仇，为此，她孤注一掷，何曾在意过与狼为伍的后果……想到王寅虎眼中的厌恶，苏媚便心中一痛，喟叹道："罢了，既长在弱肉强食之地，就该明白，求人不如求己的道理。"

这句话，她也不知是在告诫念元，还是与过去的自己和解，随后头也不回地转身离去，傲澜踌躇片刻后，还是于心不忍地解开了念元的绳子，随后赶紧跟上苏媚的步伐，问道："我们现在去哪儿？"

苏媚目视前方，掷地有声："玲珑福地。"

傲澜愣了片刻，忽又懂了。风穿枯叶林，卷起苏媚红纱如霞，袅袅婷婷，绰约桀骜，傲澜低眉款款一笑，轻声慢道："我没看错，你……不适合做恶妖。"

第三十七章 鬼情未了

抵达水莲山之时，淡天琉璃，晚云渐收，暮色蛰伏在郁郁苍苍的密林中，随时都能吞噬苍宇。苏媚站在山崖一望，目之所及，草黄树枯，满目苍凉，黑黝黝的洞口，轻烟漫笼，时淡时浓，像是远古猛兽的吐纳。

二人一前一后谨慎深入，洞口初入极窄，根茎纵横交错，里面却空旷无比，甚至建有一巍峨庙宇，只是多年无人供奉香火，又受山风肆无忌惮地舔食，庙宇早已破瓦秃垣，泥石剥落，就连神像也已面目全非，但从其盘踞的蛇尾和庄严的半截人身上来看，还能勉强辨认出女娲的尊容。

"女娲神像为何建造在这种地方？"苏媚困惑不解，这庙破败不堪，烛台上的灰烬，横着手指比画，能没其一半。墙壁剥落不均，有明显的打斗痕迹，还有遗留的血迹，但从色泽上足以判断已是陈血。她正悬着心暗自揣测间，傲澜忽惨叫道："我踩到死人了！"苏媚一惊，疾身上前查看，傲澜绛紫纹理的青靴下，果有一堆残肢断臂的白骨，只是这骷髅颅腔奇大，颌部极短，便摇头道："大惊小怪，你一个行医的孽龙，瞧不出这不是人族？"

傲澜神情更加精彩："不是人，那是什么？"

"……"苏媚气结，见他全然一副不敢看的架势，便伸手往那边遥遥一指，气定神闲："你瞧。"

不远处，白骨露野，尸首成山，横七竖八的猴子尸骨铺满一地，有的还有余温，鲜血溢出，画成沟渠；有些已经死了很久，变成干瘪的枯体，抑或是不见皮肉的寒骨。

傲澜面白目瞪，一脸惨状，苏媚倒是举棋若定，方寸不乱，只环顾四周："小心点，这儿的确蹊跷。"

洞中幽光隐隐，青烟氤氲，邪气森然，二人越往深入，越燥热难挨，便是七月流火的三伏天，都不及这里半分炎酷。行至半里，忽见壁岩之上有影影绰绰的火光，苏媚心道莫非这便是冯和元口中长明的"奇火"？她提快脚步，果然，深入贯连的第二个洞穴时，已是别番样貌：红岩赤石裂痕狰狞，分明无柴可燃，却匝地火轮高吐，刮刮杂杂地燃烧着，经久不息的明火，涌流着难闻的刺鼻异味。

傲澜察觉有异，立刻撕下半截衣衫，在手心施了半天术法，才变出一捧掌心的水。苏媚以为他口渴，便叉腰道："给我也来一口！"傲澜瞧了她一眼，无奈一笑："这不是喝的。"话毕，只见他将水尽数浇在撕下的衣衫上，随后直接捂上苏媚的口鼻，苏媚一惊，下意识要将其扯开，却见傲澜也给他自己系上了，这才有所迟疑，听他慢条斯理地解释道："这里的气味吸入过多，会导致人暂时性昏厥甚至死亡的。"

"是吗？"苏媚正将信将疑，忽传来一石破天惊的惨叫，侧目而望，只见燎天炽地的火焰中，一鬼影穿梭如魅，迎面砸来，苏媚眸光一厉，几乎本能闪身斜飞而避，迅疾如电的身手，使其免受一飞来横祸。她站稳后再定睛一瞧，那鬼影竟是一单薄男子。男子着装简约文雅，已然身负重伤，但眸光清冷，举目文雅，只是神情之间，悲愁难释。

苏媚将风韵娉婷的身段往前直直一立，神色戒备："你是何人？"

男子见到有人，立刻惊恐着神色，嘶哑着嗓音，不由分说地劝诫道："快……走！"

话音未落，只见那弥天大火中竟闪出一道体形庞大的浓影，在飞蹿的火光中一掠而过！苏媚尚未瞧出它的全貌，就只见得两颗尖锐的獠牙朝男子一口咬来！劲短力猛，攻势疾迅，绝非一般妖兽，苏媚眼疾手快，当即抽出短锥，凌空穿刺，锋芒迸裂开来，震慑到那庞然巨物，它不禁往后一缩，又瞬间匿去踪迹。

苏媚紧握短锥，靠近男子，冷声复问一遍："你究竟是何人？适才那东西又是何物？"

见苏媚身手了得，法术高强，男子收敛惊恐，不再告诫，而是瘫软在地，望着苏媚，气若游丝地恳请道："烦请姑娘出去后……替在下给无双姑娘传个话……"

"你是司徒？"苏媚豁然明朗，看来无双口中那北面山的妖，便是适才那东西。男子见这素不相识的姑娘识得自己，自是一惊，可未来得及多问，一阵窸窣响声再次打断他们的对话。前面滔天明火成幕，波云诡谲的妖物由远及近，聚拢成形。傲澜的腿已经抖成筛糠，但苏媚却不徐不疾，扶起有心赴死的司徒往后退了半步，颇为不屑道："自己的债自己偿，别在这里碍手碍脚！"

"姑娘？"司徒听得这话，登时愁眉不展，忧思萦绕，苏媚最是见不得男人这副模样，索性丢开他，直面妖兽去了。傲澜见司徒有苦难言，一副愀然不乐的样子，便拍拍他的肩，宽慰道："她最讨厌多管闲事，你还是留着命，亲自回去解释吧。"

说话间，刺刺飞蹿的火光中，一对幽森的眸光凝视着众人。苏媚也终于看清它的样貌：头顶一对大刀阔斧的鹿角，走势锋利流畅，突唇面长、纵目毛盛，还有副庞大的蛇身占据着大半洞穴，似乎稍稍伸展腰身，这洞就能瓦解崩溃，坍塌成墟。

傲澜匪夷所思地盯着那庞然怪物，只见它蛇尾探如长鞭，吐息厉如飓风，尖锐之音灌耳，直叫听者发怵。傲澜咽咽口水："这、这到底是个什么鬼东西？"

方问出口，听得妖物怒号咆哮一声，随后蛇身一摆，傲澜一声惨叫，人已被撞到数丈之外，与此同时，苏媚纵身一跳，直指妖兽口齿，妖物似感受到其锋芒，当即合口回身，动作之快急如旋踵，苏媚预料不及，竟被其撞至墙上，腹腔受力，当即猛咳不止。

"小心！"司徒急忙道，"这鹿妖鸠占鹊巢，利用女娲神庙聚大地之气修炼而成，难以应付！"

的确，这鹿头蛇尾的妖物皮骨远胜金石之坚，苏媚深知碰硬吃亏，便灵光一现，在鹿妖迎面咬来之时，下压锋刃，轻柔的身子堪堪与其下颚迅疾划过，道："你俩牵住蛇尾，我来应付鹿头。"

傲澜虽然畏惧，但伸头一刀，缩头也是一刀的事容不得取舍犹豫，便将摔得狼狈惨烈的身子支棱起来，与司徒齐声应好。

苏媚以退为进，凝心对战，这一狐一蛇，便在这一隅之地流星赶月，合目之间，不知已弯弯绕绕了几个回合。苏媚始终收敛锋芒，只躲不攻，轻灵身段左旋右闪，而其身后，鹿妖灵活如水，走位变化无方，盼顾自如。相较而言，傲澜和司徒两位"残兵败将"，显然尤为凄惨，一场战局下来，不知被蛇尾狠拍于石壁上多少次，悲惨地叫痛，简直此起彼伏。直到傲澜一个天旋地转，甩至洞口，才福至心灵，大喊："让鹿头和蛇尾掉转方位！"

"好！"在苏媚的引导攻势下，妖兽头尾很快掉转，使鹿妖背对洞口，尾摆洞外。那洞口狭窄，堪堪放下鹿妖一个尾巴，如此一来，利用地形优势钳住它尾部，正面则由苏媚防守，叫其卡在洞口，进退不能。傲澜和司徒这才得以喘息之机，可就在这时，苏媚力不支体般，速度骤然减缓，而鹿妖与她本就仅半尺之距，当即乘胜追击，以吞没之势朝其纤细腰身迅猛一口。

"当心！"

傲澜的心都提到嗓子眼了，司徒更是吓得闭上了眼睛，不忍目睹。

可令人瞠目结舌的是，那蛇在离其一寸之处时，竟蓦然停滞了。

原来蛇身跟着苏媚兜兜绕绕中，已经将身体绕成一团，此时忽然一拉，原本松弛的蛇身瞬间绷紧，打成死结，缩行不能，竟自我绊倒。苏媚也不拖泥带水，当即擒住机会，跃上鹿妖颅顶，蓄足力气于短锥，手起刀落，刺于鹿首额中，那鹿妖一声绵长的哀号后，猝然倒地不起。

"死了？"司徒木讷发痴，恍惚的目光不可思议地盯着地上流血三尺的鹿妖，好久才醒过神来，感激涕零地朝苏媚致谢一礼，"多谢姑娘救命之恩，来生做牛做马……"

"都做鬼三百年了，开口闭口怎还是人族那句最没用的话？"苏媚毫不领情地打断他，蹙眉催道，"别等来生了，赶紧过来搭把手，把这蛇尾挪开！"鹿妖瘫死在地，沉重难移，那庞然尸身与洞口严丝合缝，堵得水泄不通，司徒这才后知后觉，赶紧以残余之力，合力将蛇尾移开。

微微清风拂面而来时，苏媚长舒口气，死里逃生的感觉，让她释然一笑，道："如此，是不是替那小鬼将事情解决了？"

"应该是吧。"傲澜有气无力，回头一望，见司徒转头又附去鹿妖头上，便问，"你做什么？"

司徒低着头，一丝不苟地摸寻着："无双的发簪我还没找到。"

正当这，那鹿妖似有蠕动迹象，苏媚以为眼花，并不以为意，可突然那蛇尾锋利如锥，自司徒后背脊直穿而下，司徒怛然失色，失了分寸般张牙舞爪，瘫软在地，跟跟跄跄地后撤，而这洞中奇火燃烧，气流不通，刺激毒性如火如荼蔓延，苏媚和傲澜早已呼吸困难，昏沉无力地倚墙而蹲，根本无暇顾及，鹿妖却有回光返照之劲，一口利齿獠牙骤然张得奇大，以破竹之势，正对司徒背心一口咬去，生死攸关间，一道残影风驰电掣，一刹而过！

无双不知何时赶至，千钧一发之间，以三尺长绫绞死鹿妖，自己却被鹿妖利齿穿透，倒悬于其口齿之上，那一瞬，所有人噤若寒蝉，而打破这冗长寂静的，是司徒撕心裂肺的一声："无双！"司徒试图将无双从利齿上拔下来，可稍稍一动，无双短而急促的闷声呼吸，便叫司徒听得痛苦至极。

"一定有办法的，一定有办法的……"司徒慌不择路，想去堵着伤口奔涌而出的灵力，可灵力如决堤之水，怎么堵也堵不住。而无双目色涣散，勉力一笑间，袅娜风情殆尽，唯有淑雅柔情，写满眼眸，"别白费力气了，天地万灵，终有一死，何况，我们已经是死过一回的人了。"

"你怎么这么傻！"司徒痛心难抑，终泣不成声，一个劲儿地摇头，甚至望着苏媚,哽咽地央求道,"姑娘术法过人,一定有办法可以救救她,求你救救她……"

苏媚蹲身下仔细一瞧,却见那毒齿自无双胸腔穿过,径长两寸的创口,贸然拔齿,生魂碎尽,必将魂飞魄散,更遑论毒素已侵入五脏六腑,已是无力回天……司徒见她一脸讳莫如深,已然心知肚明,怔怔望着惨白憔悴的无双,泪湿衣襟,心如刀割:"为什么要这么做,为什么要来,你不是恨我吗……"

无双痴痴凝望着他,不记得已经多久不曾这般仔细端详过他,颤巍巍的指尖拂过他眼梢的泪痕,描摹着他清风和煦的眉眼,却不知自己眼中已是明暗交杂,好久,才奄奄垂绝道了句:"因我,后悔了……"

司徒微怔:"什么?"

"我后悔了,这三百年来,是我任性妄为,没有好好珍惜……"她浓妆艳抹的脸尽量展出一个尽态极妍的笑来,可黑暗一口一口吞噬着周遭光景,生命流逝得那样快而迅速,无双眼中余光未尽,仿佛还有千言万语,终也只是叹息一声,"可已……追悔莫及。"

"不不不!是我错了……"司徒抱着她泣不成声,低头凄凉道,"是我错了,是我不该娶她,是我错了!"他撕心裂肺地嘶吼着,重复着,傲澜上前安抚两句,他却一把抓住傲澜的胳膊,悲痛欲绝般自谴起来,"我们相识相恋两年,已是论及婚嫁的未婚夫妻,有天我们约在山冈见面……"他顿了顿,复又悔恨道,"都怪我,怪我耽误了时辰,不然,她也不会失足落崖,早早离我而去……"

傲澜也深感惋惜:"可这也是她粗心大意,你也无须过于自责。"

"不,是我负了她!"司徒望着无双黯然无光的眼眸,不愿接受她又要先一步离开的事实,抱头痛哭,"她离开后不久,我接受家里安排,便与婆婆匆匆成了婚,无双恨我,再不肯见我……"说着,无双的身躯已如琉璃铸就,破碎成片,从司徒指缝间飘散成烟,随风而逝……

司徒眼中空洞,木滞原地,难挨的寂静中,谁都没有说话,唯独苏媚二人透支的呼吸,一深一浅,打破这死一样的寂静。火光惨淡,落在庄严冰冷的女娲石像上，那良工巧匠雕琢的眼眸似也载满了悲情。

"这是什么？"无双魂飞魄散后，鹿妖那张参差不齐的血盆大口中，露出一褐色尖锐的发光之物，但傲澜对鹿妖的回光返照心有余悸，只是站在远处遥遥一指，可司徒瞧见，却死灰复燃般，毫不迟疑探囊取物，摩挲着那支色泽低调可纹理奢华的发钗，终于喜极而泣："我找到了！你说我找到发簪你就见我一面的，你回来，你见我一面好不好……"

凉风灌入洞中，漫天残叶挣扎，簌簌悲凉，司徒喊得嗓音沙哑，直至一切烟消云散，也无人应答。

"看来，无双姑娘也来这里祈过福。"傲澜幽幽叹了一句，而鹿妖庞然之躯也在这一瞬，轰然消散，化为本体，僵死在地，不过正常麋鹿大小。傲澜啧啧称奇，这才往司徒手中定睛一瞧，倏然有些惊疑不定，"等等，这发钗好像是翳影枝做的！"

一直抄手默立一旁的苏媚，此刻才搭话："翳影枝是什么？"

"翳影枝是鬼卒勾魂用的，可以穿越绝大多数结界。"他顿了顿，"包括鬼界之门。"

"当真！"苏媚登时眼前一亮，正欲上前求物，却见司徒紧握发钗，神色破碎，颓然于地，那种画地为牢的悲寂之感，竟让苏媚望而却步难以为继。苏媚踌躇徘徊良久，虽于心不忍，但还是出言打断他："司徒公子，有个不情之请，想借你发钗一用，用完之后，必定归还。"

司徒沉默许久，竟释然一笑："她都走了，留钗何用？"他缓缓起身，将发钗安安稳稳地放在苏媚手中，仰着头，虚无缥缈地问了一句，"你们说，来生，我还能遇见她吗？"

苏媚猝然一愣，抬头，却见司徒足下白烟袅袅，身体自行瓦解，如同柳絮凋零般，随着洞中气流涌流，追随无双的散魂而去。傲澜试图阻止，但苏媚知道为时已晚，司徒对无双的执念让他一直弥留鬼界，修成鬼魂，无法投胎转世，如今无双离去，执念既散，他便也随之形神俱灭……

可苏媚不知，司徒前脚离开，王寅虎等人后脚便抵达洞口。只是这一路上李忆如兴高采烈叽叽喳喳个不停，委实吵得他头疼，毕竟李忆如可是仅靠三寸不烂金舌，就将冯府那位以李掌门为良师益友自居的大师逼得原形毕露的，此事的确够她炫耀显摆一路，然这说得口干舌燥了，李忆如忽又想到一个问题："不过冯家夫妇为什么不太开心的样子？"

紧跟后面的沈欺霜笑她这才后知后觉，解释道："因为你不仅拆穿了大师，也打破了他们的希望。"

闻言，李忆如暗戳戳地绞了绞手指："那我们是不是做错事了？"

"倒不见得。"王寅虎沉声静气，一丝不苟，"对就是对，错就是错，那位大师骗人钱财，误人正事，就该受到惩罚。"说着，几人已经进入水莲山洞口，而他们也同样看见了残破的女娲神庙，以及满地猴子尸身……落日余晖穿透它们的毛发，像是盖上一层火焰般明媚的毛被。

三人神色巨震，王寅虎更是目色深暗："火猴是玲珑福地的守护神兽，一定是有人觊觎天蛇杖……"

话未说完，苏媚和傲澜受毒气所困，正气息孱弱地从里面出来，而王寅虎所有言语和动作都在与苏媚四目相对那一刻，彻底僵滞。苏媚何尝不是惊得噤若寒蝉，呆滞不语……明明客栈才见过，可这一眼，恍如隔世。

李忆如震惊地望着苏媚，眼中的失望和不可置信，化为一把利刃，指着苏媚，沈欺霜也玉剑紧握，素来岁月静好的脸上，竟翻腾着杀伐之气，似要出手，王寅虎却率先开口了："你们怎么会在这里？"

他的声音，冷冰冰的，很生硬，苏媚不知为何，心底慌乱如麻，以至于她着急解释起来时，竟然像极了心虚和怯弱："我只是受人之托……"

"受人之托？孔璘吗？"王寅虎生平第一次这么生硬地打断她的话。

苏媚猛然抬头，不敢相信他的口吻，竟如此轻蔑无情，傲澜却不买账，眉宇轻拢，不悦道："什么孔璘，就是念元，冯和元的孩子……"

"冯和元的孩子？"王寅虎觉得荒唐无比，目光下移，落在苏媚的短锥上，那双深不见底的眸子如同冰雪消融后蓄积的寒潭，冷冽穿骨却又有涟漪泛滥,"那短锥是我送你防身的,不是助你滥杀无辜的。"

"什么?"他的武断决绝,竟让苏媚感到好笑,可她眼中蓄满的,却是心念成灰的寂然,"你莫非以为这些猴子是为我所杀?"

王寅虎痛色隐现,眉宇起伏不定,却将沉默化为利刃,直挺挺地穿过了苏媚的心口。苏媚艳绝双眸紧紧逼视着他:"你说我只需信赖与你,你便护我周全,可我真心交付,你就是这么疑我的?"说着,她不忘将短锥送他身前,凄凉一笑,冷声道,"既然如此,你的东西,我还给你了,至于你的承诺,我也不要了。"

明明是王寅虎怀疑怒斥在先,可此时此景,他又如被万蚁啃食的愁苦难当,始终不接短锥。苏媚僵持片刻,再没了耐心,五指一松,短锥掉在地上,撞出的金石之音,在空旷的洞中经久不绝。那一瞬,王寅虎似看见万千盏星河的寂灭,可他捏紧拳头,咬紧牙关,不知是在克制欲拔刀相拦的怒和恨,还是抑制想将她拥入怀中的念和想。

沈欺霜本欲出手,见得王寅虎这般痛苦挣扎,迟疑了片刻,待再拔剑追出洞去时,外面崇山峻岭,日薄西山,早已没了苏媚的踪影。

八尺利锥,深刺入土,落日余晖映射而上,一抹淡淡的下弯弧,极具讽刺。

王寅虎极少这般失神,直到沈欺霜停足望他。她眼眸怆然,容色冷清,明明什么都没有说,却又似乎将苏媚在彩璃谷的罪行一一控诉。这一刻的四目相对,王寅虎如被冷水灌头,李忆如也于心不忍地摇着他的手,心疼地嘟囔:"小虎哥哥……"

虎煞率先蹿出来,摇着六亲不认的步子走在最前面:"都甭管他,魂又被勾走了。"

"抱歉。"王寅虎低低道了一声,却也不知对谁说的,随后拔起短锥,收于腰间,便提步跟去。

水莲山外奇峰罗列,山脉延绵,明焰在山中张牙舞爪地跳跃,火舌肆无忌惮舔食着荒壁红岩。神庙荒芜破烂,神像剥落不均,虽面目全非,可其威仪,却不减分毫。蒲团积满厚重的土灰,几人点起新香,拂去尘埃虔心诚拜后，方才往里去。

奇火通明，寸草不生，枯死的飞蛾，如同落叶覆地，满地火猴尸身，或肉腐发黑，或白骨森然，或僵硬发干，只有最上层的血迹鲜明。它们的伤口被火炙烤着，血淌成溪，沸腾着，如它们毛色一般，滚烫而鲜明。再往里走，明显的打斗痕迹预示着适才那场腥风血雨的惨烈激战，以至于此时，崎岖山洞，死寂弥漫，凝重悲绝，足以令他们所有人噤若寒蝉。

再往前百米，王寅虎冷汗涔涔，呼吸不畅，只觉心脉堵塞，窒息难挨，甚至开始心悸不安，四肢乏力。前面熊熊大火烧断去路，四周闭塞不通，王寅虎歇步大口喘息之余，回头一瞧，沈欺霜神情痛苦，虚弱不堪，和小熊猫一道倚墙而行。

"你们先走吧，不用管我。"见王寅虎欲来搀扶，沈欺霜婉拒后，索性打坐调息，压制不适与恶心，让瘫软的上身尽可能提起力气。王寅虎的情况并不比她强多少，看似身强力行，实则五内似已坍缩一团，让他呼吸短促，无处发力，只得艰难道："此地不宜久留，我们先出去找对策。"

"好。"沈欺霜并不推脱。从地底生出的无端奇火本就诡谲，这洞中之气不是毒瘴煞气，却又比毒瘴煞气还要厉害，不动声色地侵入五脏六腑，使人涣散脱力，思来还是小心为上。两人心中定计，抬头见李忆如玲珑身段，竟亭亭玉立于火光幢幢之中，那一袭橙黄衣衫与明火交融，矗立不动之时，颇为凝重挺拔。王寅虎见之，心下困惑，上前喊道："忆如，不能再往前了。"

"小虎哥哥。"李忆如似乎并无半分不适，继续往前走，看着遍布的火猴残骸、成堆的尸骨，心中悲切，问道，"女娲后人……真的能守护天下苍生吗？"

她有此一问，不免叫王寅虎惊疑。"当然了！女娲后人流着最正统的天神血脉，秉承女娲意志，以世代守护天下苍生为己任！"

"可都是因为女娲圣物，这些火猴才会全族被灭，它们也是生命……"李忆如失望悉堆眼角，"区区一个法杖，岂能与它们性命相比？"

"可也是女娲孕育了它们，赋予了它们生命。"王寅虎耐着性子温和解释，"它们是为使命而死，这是独属它们的荣耀，只有使命和责任，才能赋予生命意义。"

李忆如豆大的眼泪，砸落一地，摇头："忆如不懂。"

见其茫然无知，王寅虎也不知该如何向一个驹齿未落、满目童稚的小孩解释其中奥义，正酝酿措辞，这时沈欺霜善解人意道："就像你为你爹爹只身涉险，若你遭遇不测，会憎恨你爹爹吗？"

"当然不会！"李忆如几乎毫不犹豫。

沈欺霜温婉一笑，顺其而道："所以它们也不会厌恶你。"

李忆如倒也不笨，受她这一点拨，登时拨云见天，有些感同身受，而王寅虎吃惊于适才还虚弱不堪的沈欺霜片刻的工夫，竟已精神奕奕，正要开口问什么，又才惊觉自己的吐息清凉舒畅不少。沈欺霜也瞧出了他的疑惑，笑道："你只顾着和忆如说话，是不是都没发现自己已经过了这火焰？"

王寅虎这才回头一瞧，果然，奇火已落于身后，而适才李忆如走过之地，火帘全部落幕，尽数熄灭，且他们越往里走，呼吸越是顺畅，偶然间，似乎还听见泉水叮咚声响，以及闻到春风和煦的凉爽味道，王寅虎登时惊道："莫非是因为忆如身上承载着女娲后人的血脉？"

沈欺霜欣然点头："应该是。"

李忆如倒是一愣一愣的，仿佛有些受宠若惊。天蛇杖承载着女娲后人世代灵力，法力之强，可掀天扑地、兴云吐雾，为恐心怀不轨之人觊觎，前辈殚精竭虑，煞费苦心，才寻得这一神洞，将之安置。单从这长明不熄的奇火，就能看出其思虑之周全。

第二十八章 怒闯鬼界

失去奇火照明后，洞中一片漆黑，几人只能借着火折子和法器的微弱光芒摸索前行，其间，李忆如还不慎摔了一跤，可一抬头，竟见满目萤火争辉，照着洞中奇景。众人追下去扶起李忆如之余，也瞪大了双眼，惊奇不已。萤火引导他们继续深入，逐渐呈现眼前的，是一片生机盎然的绿地。绿地中央，一青蛇目载五彩琉璃，身如玉石透彻，不知是何所铸，静盘于一根法杖之上，有生人勿近的寒彻，也有让人心存敬畏的圣洁，这便是女娲三大神器之一"天蛇杖"。

王寅虎为之惊叹："应该是天蛇杖的灵气护住了这一片生机。"

说不上是胆怯还是敬畏，李忆如心中悸动不定，犹豫不决，又回望着王寅虎，王寅虎却摸摸她的头，鼓励道："这个得由你亲自去取。"

"好。"她郑重其事地点了点头，方才踏着葳蕤青草，如履薄冰地朝天蛇杖走去。

李忆如小心翼翼，方一握住法杖，上刻纹理竟如波纹流动起来，千变万化像是龙行蛇走，蛇眼更是迸出千般琉璃色泽，青玉铸就的蛇身中，有斑斓的物什盈盈流动，紧接着，一缕幽蓝火焰剥离而出。李忆如伸手一触，这火焰明艳却不灼手，活物一般随着李忆如的指尖缠绕而上，不比藤蔓的慢条斯理，它更如江流奔赴大海般激流勇进，顽强的生命力，让李忆如周身灵力随之隐隐澎湃。

"这是什么?"李忆如问。

"应该是魂魄。"接话的沈欺霜，"传闻妖灵死后，魂魄可寄生于法器之中，再经多年修行，可得重生。"

说话间，那团温暖的火焰果在聚拢成形，众人噤声不语，仿佛生怕稍有动静，就将它飘忽不定的"身子"吹得烟消云散。很快，一个瞳孔深陷、两撇白髯的火猴徐徐立于前。那"火猴"已是风烛残年，与众人面面相觑一番后，目光终才落在连天蛇杖都尚不能举托自如的李忆如身上。登时，他眼中万般沧桑涌来，不觉情绪过激，一声悲绝，石破天惊："苍天开眼，总算让我等到了女娲后人！"

李忆如怔住："您……"

那火猴感慨万千，一时悲喜交加："女娲孕火猴一脉，就是为了守护圣物天蛇杖和女娲后人，如今也算是功成身退了，可惜，火猴一脉，气数已尽……"若不是为了守护天蛇杖，火猴也不至于遭此横祸。见他哀号痛绝，李忆如更是愧疚难当，"对不起，是我……"

"切莫愧疚啊，小主人！"火猴族长体察心事，急忙截住李忆如，"能为大地之母女娲之神效命，是我们火猴一族的福分，如今看着天蛇杖物归原主，我总算可以安心了。"

许是在此之前，得过沈欺霜一言点拨，李忆如吞声忍泪，深鞠一躬致其辛劳后，葱白的小手牢牢握紧天蛇杖，一双黑白分明的炯炯水眸，熠熠生辉："您放心，今后您就在天蛇杖中修行，我一定会好好保护您的！"

李忆如萝卜个头，拍起胸脯来，竟也信誓旦旦，铿锵有力。火猴颇为欣慰，连乐道三声"好"字后，身影随风一散，化为盈盈流动的星火，从此天蛇杖中，又燃起一抹幽蓝之色。李忆如轻抚着天蛇杖，似能感到一股微薄灵力，凉幽幽的，如同缝隙中蹿来的春风，袭上她的掌心。

李忆如心下好奇，便又反复摩挲了一遍，不觉身体逐渐轻盈，待她意识到时，双足已凭空离地！

李忆如怛然失色，手舞足蹈地惶然大叫，而天蛇杖自行脱离她的掌控，与之悬空竖立，持平而升。王寅虎见情势诡异，心下紧张，本能拔刀欲上，幸得小熊猫及时制止他，并一脸激动道："别怕别怕，火猴灵魄点燃了天蛇杖，天蛇杖正在寄予她力量！"

"力量？"李忆如恍然大悟，却是又怕又急，道，"那我该怎么办？"

王寅虎这才镇定下来，思绪一转，问："圣姑教你的回魂仙梦还记得吗？"

"记得，但是……"

"试着施法，我们都在。"王寅虎冷静道，"忆如，不要害怕。"

"好。"李忆如无暇顾及太多，当即合目结印，默念咒语，果不其然，片刻之后，天蛇杖奇光汇聚，凝成一流动的画像。画中，是一处浑然天成的石洞，洞中怪石嶙峋，却摆有一亭一床一书案。碧波荡漾，水石莫分，红绸喜烛倒映寒潭之中，如同层层红色幔帐，纱浪透迤。

鸳鸯戏水的喜床前，一袭红衣的男人散垂的双鬓略有凌乱，深埋其中的眉眼，凝结着一层苦寒，将他年少的潇洒不羁、风流蕴藉冰封其间，而浮于表面的，是饱经风霜世故后浑然天成的侠义风骨。

此人，正是销声匿迹已久的李逍遥。

彼时，李逍遥立于喜床前，手执喜秤，缓缓掀开一个绣着鸳鸯戏水的红盖头，那盖头下面渐渐呈现出来的，是一出尘绝艳的清丽女子。"臭爹爹，我们如此担心他，他竟然跟别的女人！"李忆如只觉不堪入目，气鼓鼓的腮帮子颇有大义灭亲的愤慨，停顿片刻后，又不禁破口大骂，"臭爹爹，不要我和月如娘亲了，爹爹要抛妻弃女了！"

本处错愕的王寅虎听李忆如这惊世骇俗的一言，不由得扶额长叹："忆如，这不是别人，这是你生母赵灵儿，灵儿姐姐。"

忆如显然有些迷茫，沈欺霜也只是听闻过赵灵儿，却未曾有幸瞻仰过其容颜，此刻，他们看着画中女子，那女子深情款款，望着李逍遥嫣然一笑，那一笑，恬淡简朴，见之望俗，眉梢眼角，皆是春意，也难怪叫一代宗师魂牵梦绕多年。李忆如后知后觉，有些懊悔地嘲着手指："啊？"

王寅虎无奈，又问："关于你生母的事情，你知道多少？"

"只是听说她为救苍生，与水魔兽同归于尽，其余的爹爹也不愿说……"李忆如反倒有些委屈巴巴。

"罢了，此事说来话长，还是日后由你爹爹亲自告诉你吧。"王寅虎继续端详画中景物，道，"这地方是何处？"

李忆如仔细一瞧，骤然惊道："这不是水月洞吗？！"

水月洞有禁制，王寅虎从未去过，但仍有所怀疑："水月洞不是已经坍塌了吗？"

李忆如也困惑不解："那这是哪儿？"

王寅虎若有所思："会不会是虚妄之境？"

沈欺霜奇道："虚妄之境？"

王寅虎言简意赅："就是利用人的执念，制造出的幻境。"

他有这个猜疑也并非空穴来风。王寅虎幼时与李逍遥交情匪浅，对其生平事迹不说如数家珍，却也大致清楚。李逍遥年少时，曾跟李大娘经营客栈，后来李大娘病危，李逍遥救人心切，四处问医无果，于是上仙灵岛求药，遇见了一生挚爱赵灵儿。赵灵儿感怀身世、怜其孝心，将水月宫的紫金丹赠予李逍遥。但赵灵儿的姥姥却觉得二人情投意合，十分有缘，命他们在水月洞中完婚。

但事与愿违，新婚之夜，逍遥担忧姊姊病情，让赵灵儿帮他逃走，临走前，许诺日后补办，可是后来，仙灵岛被苗人攻破，水月宫惨遭血洗，天下将乱，二人肩负重任，只能将儿女情长暂抛脑后，直至赵灵儿殒身，李逍遥也没能兑现承诺，给她操办一场盛大婚礼。

而今显而易见，这画中镜像绝非过往回忆，而是用执念造就的虚妄之境。这种术法，王寅虎在余杭便见识过，与那画妖的幻魅之术如出一辙，但眼下所知太少，他尚不太确定，只能让李忆如继续施法。随后不久，场景不断扩大，最后呈现的果然是那幅幻魅画轴。

见王寅虎神色震惊而诧异，沈欺霜问："你认识？"

王寅虎眉宇深沉："寄宿于幻魅画轴的画妖，在余杭与她交过手，她能操控人的怨念回忆，使入画者深陷其中而不能自拔，幻魅之术，非常了得。"

李忆如倏然担忧紧张起来:"你是说爹爹被困在画中了?"

王寅虎点了点头,又道:"找这幅画在哪里。"

"好。"李忆如继续施法,过了一会儿,她赫然道,"在酆都鬼界!"

酆都长街依山而建,足有千百平米,此时红日高悬,行人如织,文人士子三五成群,在檀香轻扬处吟诗作对;算命先生徐徐而行,翻着破旧暗黄的道经,像煞有介事地为人占卜论命。店肆林立,此起彼伏的吆喝中,还有专述厉鬼者,用三寸不烂金舌,养家糊口。苏媚仰头,楼阁上五脊六兽鬼眼灼厉,牢牢盯视着城中人的一言一行。

"业火焚身之痛,不啻将身体揉碎了重组,你真的想清楚了?"毋庸置疑,这是一句废话。傲澜问完后一偏头,果然,苏媚目视前方,恍若未闻,傲澜心中踌躇,默了片刻,又道:"尽管他自始至终都不信你,也不后悔?"

苏媚总算睨他一眼,却不怎么友好:"我只是不想任人摆布,与他无关。"话毕,翳影枝隐透着一种破茧成蝶的神秘力量,在苏媚周身笼罩出一层浑浊的异光。她握紧着它,眼底的仇,竟来得坚毅纯粹,不含杂质,一如当年清澈。当然,又许是昨日王寅虎的猜疑,将她心中仅存的怨念毁于一旦,从此红尘恩怨斩绝,余生唯有复仇二字。须臾,回首见傲澜仍无动于衷,她又催道:"还不走?"

傲澜扭扭捏捏:"此一去凶险莫测,生死难料,我听说酆都有座北阴庙,我们要不要先去祈个福?"

"……"苏媚颇为无语凝噎,"历来只有神为人降妖除魔,何曾见过神替妖讨求公道,诛杀人族?"

傲澜徘徊不决:"可我听说北阴庙堂底下有几间享誉百年的铺子,里面的酥心脆和云中汤当称一绝,你一定喜欢,还有庙里的住持,传说他有生死人肉白骨的精绝医术,我也慕名已久,此番好不容易来此一趟,很想登门拜访,咱们要不要……"

"不要！"苏媚猜到他的打算，斩钉截铁地拒绝，并紧缩烟眉瞅着他："从玲珑福地回来以后，你就很奇怪，从街头吃到街尾，什么东西都很好奇，都要观摩试玩，我也一直迁就你，一直拖到今天才来鬼界之门，可到底是那些东西诱人，还是你在害怕逃避什么？"苏媚顿了顿，又深吸一口，直截了当地问，"又或者，你不想去鬼界了？"

"我……有吗？"傲澜难为情似的，摸了摸后脑勺，谦和一笑间，竟有抹若有若无的失落，转瞬匿于深邃的眼睫之下，"我只是觉得无双姑娘说得对，活着应该及时行乐，好好珍惜身边的人和事，莫要到尽头时，才追悔莫及……"

苏媚毫不客气地翻了白眼："我们去鬼界，是用翳影枝，又不是真的叫你去死。"

"可……"

见他欲说还休，苏媚便彻底没了耐心："你若真不想去，可以不去！"话罢，她便当即扔下傲澜，独自跑至鬼界大门前面。上面，几个苍劲有力的大字"鬼蜮之地，活人止步"悬于阴间灯笼之下，极其醒目。而此时，鬼门已现，鬼差未至，十万恶鬼整装待出，正是穿越结界的最好时机。

"等等！"傲澜一步追将上去，适才的顾虑多疑，顷刻荡然无存，但脸上却又露出那副视死如归的神情，决然道，"一起吧。"

他们谨小慎微地往里面踏了一步，在翳影枝的庇护下，术法不可撼动的鬼界之门，竟薄如蝉翼，轻如薄雾，一步既过，阴间世界也囊括入目。它与外面截然不同，这里云似浓稠水墨，遮天蔽日，一轮嗜血的红月，映射着昏沉暗浊的诡谲世界，肉眼可见的煞气萦绕四周，侵入心脉，虽不致死，也无攻击，却能无端消磨人之意志，若非翳影枝的力量，恐怕苏媚和傲澜早就丧失斗志，化为目光呆滞的行尸走肉。

"此煞气可压抑暴戾，维持鬼界太平，恶鬼一旦出去，失去这份压制，便会露出本性，在人间肆虐残杀。"傲澜很快洞察一切，谨小慎微地说完后，然苏媚却是漠不关心。苏媚只顾警惕四周，确认周遭是否安全，而乌沉沉的雾霭中，鬼魅似影似风，来回穿梭，却察觉不到已有活物混入鬼界。苏媚不由惊叹这小小发簪之神通广大，随后又小声询问："业火在哪儿？"

在她思忖期间，傲澜早已寻得路线："焚烧罪人之火，是为业火，想来应在恶鬼所受火刑之地。"

苏媚呵呵两声："焚烧罪人的火？"

"咳咳……"傲澜道，"这业火焚其罪孽，听说罪孽越是深重者，越是难以承受，不过你不算什么十恶不赦的劣妖，想来应该……"

苏媚打断他，神色凝肃，只关心一个问题："你有把握吗？"

"当然！"

"那就行！"

在翳影枝的庇佑下，二人肆无忌惮穿行鬼界，却也不时胆战心惊，只因刀锯、油锅、拔舌之刑，随地可见，甚至一铁树，巍峨高耸，枝叶密布，可仔细一瞧，枝丫上的"叶子"，竟全是贯穿的尸体。苏媚不禁作呕，可行于此地之人，脸上全是麻木冷血，无温无感，偶尔一两声惨绝人寰的悲鸣，也不过司空见惯。苏媚不禁汗毛倒竖，与傲澜误入多处刑场后，终才在一洞口处瞧见几个龙飞凤舞的字"炼狱火刑"。此处奇石悬空铺就，无涯深谷闪电不绝。等着受刑的孤魂野鬼循规蹈矩地排队等候，陈列如龙，或龇牙咧嘴，或神貌凶恶，或憔悴衰弱……各色各样，却都是满目呆滞，双目空洞。

池中业火翻滚熏灼，妖艳的火焰，卷如红莲之状，朵朵次第而绽，却不见一缕烟雾。监刑的鬼差奉公执笔，冷如寒铁，严加看守，这可叫苏媚犯了难。一来她是擅闯者，一旦现身，无疑自投罗网；二来，她需业火反复焚身，将孔璘的魔障全部剥离，可这里的鬼差不过是将恶鬼们推下去滚上一滚，便打捞而起，即便她化身顶替受刑的厉鬼，也达不到效果。二人思来想去，都得支开鬼差，可如何支开鬼差成了难题。

正无计可施之时，一小鬼前来通报："有一行人擅闯鬼界，命你们前去支援！"

苏媚一惊："难道是我们？"

"不知道。"傲澜却淡定地摇头，道，"不过正好。"鬼差离开后，受刑的小鬼们也一哄而散，业火周遭无人看守，两人蹑手蹑脚地进去，立刻落下洞口石门，从里面施法，加固封印。与此同时，鄷都城中的店肆已陆续关门，行人也加急脚步，不多时，这繁城似在瞬间被一扫而空，了无人烟。惨白的清辉被翻涌的阴云遮盖，夜如悬磬，不见星云，仅剩一盏灯笼，挂于城之西北，明如孤月。

得知李逍遥下落后，王寅虎等人也马不停蹄地寻至鬼界，彼时，几人已在鬼界大门前等候多时，见灯笼一亮，天生异象，他们立刻上前，试图生闯鬼门，却与里面扑出来的十万恶鬼迎面而撞。这些恶鬼凶残暴戾，逢人便咬，而他们救人心切，也无暇多想，拔刀便欲与之缠斗。然正交锋之时，一道异光自鬼界涌出，恶鬼瞬间消形隐匿，而四周，墙壁高耸，空无一物，几人似已被置于另一空间。

这里四壁高墙不见顶，而上刻纹理并非常见的虫鱼鸟兽或奇花异树，而是一张张怒目圆睁的厉鬼画像，活灵活现，呼之欲出，人站殿中，就如被万鬼怒视。几人神色戒备，面面相觑，王寅虎的魔刀也震颤不止，警觉道："这里蹊跷，小心点。"

三面墙壁挤满了形形色色的魑魅魍魉、鬼怪邪神，唯有大门正对的一面仅有一只恶鬼，这只恶鬼被刻画得更加凶残可怖，高大巍峨，但纵观全画时，又能清楚地感受到他的庄严与肃穆，且其怀中，还抱了一个熟睡的女婴。

"难道这里的鬼只吃童男童女？"沈欺霜道出这个猜测，吓得李忆如一哆嗦，赶紧躲在王寅虎身后去："小虎哥哥，现在可怎么办？"

"别怕，这应该是天鬼皇。"王寅虎分析道，"天鬼皇有个女儿，应该就是这个女婴……"话音刚落，李忆如忽面色尽失，忙不迭地后退而去，惊恐万状地叫道："鬼啊鬼啊！"众人顺其一望，只见天鬼皇怀里女婴，竟然悄无声息地将眼睛睁开了！

同时，壁画的狰狞鬼魅也目射幽光，龇牙咧嘴，如似复活般，纷纷露出极为暴戾的面容。更诡异的是，他们越是凝视壁画，越是感觉身临其境，好似厉鬼就在耳边磨牙嗜血，叫人毛骨悚然。

"这里蹊跷，我们……还是赶紧出去吧？"锦八爷刚提出建议，壁画上的女婴嘴唇竟就多了一抹阴寒的笑意，哭声如寒泉幽鸣，如泣如诉，哀怨凄婉，在殿中缠绵回响，经久不绝，辨不清是从何传来。

忽然，王寅虎衣角被人扯了扯，他一回头，见得李忆如脸色青白交加，颤巍巍地指着壁画："不见了，女婴不见了……"

众人抬眸而望，果不其然，壁画上的女婴不见了！

气氛紧绷，如弦上之矢，四周寂静，落针可闻。这时，一声如风铃般轻灵的笑声从头上传来，众人抬头一望，那是一朵巨大的七瓣菱花。菱花中央的女孩除了声音和外形，周身没有一丝稚气，反而独立又强大，神秘又阴辣，尤其那双深不可测的眸子，似能探幽索隐，穿透人心，阴恻恻地笑问："你们要入鬼界？"

周遭戾煞两气浑浊，沈欺霜立刻将云纹剑紧握，提气运息，反观王寅虎，一贯沉稳，有条不紊，沈欺霜也大抵知道他底气何来。鬼界不同于异魔教，异魔教裂冠毁冕，拔本塞源，早已不是当年，但鬼界自锁妖塔崩坏以来却安土息民，说不上鸥鹭成行，但比起往年也是大整乾坤，如今即便与酆都百姓也是昼夜分治，互不干涉，想来这恶名远扬的鬼蜮之地，应是循规蹈矩树有礼法之地。

王寅虎固然救人心切，但李逍遥失踪一事是否与鬼界有关还有待考证，暂且不想坏了两界邦交，便谦和道："我们并非蓄意滋事，实在是有急事，想寻一条通往鬼界之路。"

"通往鬼界之路？"小女孩如听笑闻，冷不丁道，"活人入鬼界，只有死路一条！"话毕，周遭气流激涌，平地起风，诡谲的肃杀之气充斥四周！几人察觉异样，霎时回头，后面滚滚雾瘴袭来，聚成一位袒胸莽汉。莽汉周身血黑纹理顺着经脉遍布全身，立在雾障间，眉眼黧黑，身彪体魄，形如无悲无喜的鬼魅，却给人以来势汹汹的压迫之感。

王寅虎自认已敬退一尺，可如今看来他们猜错了，这鬼蜮之地，非人文礼俗可通，一场恶战，已避无可避。彼时，莽汉四肢大开，嘶吼铮鸣，背后无数雾状触手以飙发电举之速，铺天盖地袭来。王寅虎率先拔刀，手中天吒削金断玉，那密不可分的触手一斩则散，却络绎不绝，层出不穷，就连起初抱头鼠窜的李忆如也撑开紫罗伞，与众人一致御外，如此，三人三兽，各守一方，竟才能与诡谲万端的触手持平。

这厢是风声鹤唳生死搏斗，菱花上的女孩却在悠闲地隔岸观火。她纤玉小手正摩挲着一根寒铁锻造的钩链，那钩链上的倒齿曜黑锐利，寒光凛凛，惬意地垂于空中飘荡，如蛰伏深林的精悍猎鹰，正蓄势待发，不动声色地寻找目标，一旦目标锁定，双翅一展，震以雷霆之力，一招毙敌。

只守不攻的战术并不能持久以战，王寅虎决计改变阵形，以自己为诱饵，引开大部分攻击，而其余人等给沈欺霜打掩护，确保沈欺霜拳脚施展自如，能一举击杀其本体，如此一来，便能打破被困局面，占得主动优势。果然，他们分工协作后，登时兵贵神速，那触手很快应接不暇，被打出豁口，沈欺霜则趁机单手挽花，摇腕之劲，势如卷帘，朝莽汉天灵盖凌空挥砍！

可就在这时，一抹幽冷的寒光折射入眼，王寅虎回头，原来小女孩早已看透计谋，正将计就计，把手中钩链瞄准落单的李忆如！而他们皆被密如蛛网的触手绊住手脚，唯独被"保驾护航"的沈欺霜行动自如。王寅虎无暇多想，当即舍弃计划，大喊道："七七，先去救忆如！"

"好！"沈欺霜凝身返迁，剑锋急转，紧承上招之势，力透剑锋，斜劈遁地挑来的触手后，那触手竟化为煞气，顺着沈欺霜的吞吐而浸入四肢百骸。刹那间，她体内灵力如被千钧大石重压，神识也模糊淡化，有种梦魇缠身时身不由己力不从心的无助，与此同时，抡圆的钩链在浑厚的瘴气中呼呼作响，随即"叮当"一声，利钩急如旋踵，朝李忆如脖颈送去！

形势紧迫，可李忆如孤立无援，慌不择路之下，她受王寅虎点拨，立刻撑开紫罗伞，展开双足，前弯后弓，用力平推，竟也与送来的钩链僵持片刻。但力量实在悬殊，须臾间，紫罗伞呈炸裂之势，李忆如惶恐，索性两眼一闭，也就这合目之间，一道青光迸裂，炫耀夺目，叫众人掩眸而视，而铁链随之"铮"的一声断裂成片，碎落一地，连同那些乌烟瘴气的触手被一扫而空。

"天蛇杖？"鬼界女孩重伤在地，却支起残破的身子，望着李忆如身后青光大绽的法杖，它圣洁而悲悯，清澈亦强大，同时兼具不怒自威的仪态。小女孩匪夷所思之余，竟是万千感慨："女娲后人？你是……李逍遥之女？！"

上一刻还如临大敌的李忆如见自己竟"横扫千军"，登时袖满春风，轩轩甚得，将下巴高高抬起："怎样？怕了吧？！"

那小孩面露愧色，正要道什么，却被王寅虎一声急促的"七七"打断。沈欺霜悬空一滞后，竟四肢下垂，舍剑收芒，垂头丧气状如行尸走肉，王寅虎大感不妙，飞蹬落至沈欺霜身前，捡起被摈弃在地的云纹剑，可无论他如何摇晃或嘶喊沈欺霜，沈欺霜都恍若未闻，一直矗立原地，双目无神，呆若木鸡。

"她的灵力脉搏皆无异象……"锦八爷肥滚滚的大肚腩摊在她手腕上，像煞有介事地把脉道，"应该是瘴毒所致。"

第三十九章 欺刀争画

此时,那名莽汉受天蛇杖所伤,功力大损,九尺魁梧之躯,瘫在地上,如墩奇石。王寅虎神色阴沉至极,拳头紧握泛白,步步逼近,而天吒刀锋蓄力而起,直指对方!鬼界女孩见情势不妙,立刻开口:"等等,大哥给她灌入的煞气只是暂时压抑斗志,让人放弃抵抗,过不了多久,煞气随着呼吸排出体外,自然就解开了!"

王寅虎身形一顿,看着神秘莫测的鬼魅兄妹,半信半疑。

"我是魑妹,他是我大哥,天魑皇。"不知是不是天蛇杖的圣洁之光将女孩诡谲莫测之气摧毁于无,此刻她自报家门时,竟语挚情长,字字诚恳,就连适才那魁梧粗鄙的莽汉起身凑近李忆如时,也谦和有礼,与适才判若两人,揖手赔礼道:"不知是恩人之女,适才多有得罪。"

"恩人?"李忆如猝不及防,与众人面面相觑。

天魑皇如实道:"我父亲也曾被关于锁妖塔之中,幸得李掌门摧毁锁妖塔才得以重见天日,后来我父亲又受掌门点拨,从此洗心革面,有意整顿鬼界,使其归为正道之列。"

"我就说这鬼界和那个恶贯满盈的异魔教不一样,一看就是遵守礼法之地!"得知前因后果,最先吓得要逃之夭夭的锦八爷立刻腆起大金肚子,乐呵呵地拍马屁。

李忆如等人却是大为震撼,感悟万千,尤其王寅虎,在他看来,李逍遥兵不血刃收归鬼界，既是机缘，也是实力，而他什么时候，才能有这般成就呢？这厢魑妹会心一笑，不见悲喜的脸也不见半分孩童稚气，反而成熟内敛，冷静沉着，继续道："按照鬼界规矩，打赢这家人便能见其家中长辈，你们既赢了我和哥哥，便可以直接见我的父亲天鬼皇。"

"好生奇怪的规矩啊。"李忆如绞着手指匪夷所思后，又踌躇道，"可现在不行，我们得等沈姐姐……"

"她不能去。"魑妹干净利索，"鬼界煞气弥漫，充斥着鬼蜮大地，你是女娲后人，有神族血脉，煞气无法伤你，但这位女子肉体凡胎，一旦进入鬼界，便很难再度醒转，而这位侠士……"她视线滞留王寅虎身上，俨然有些犹豫，而这时天魑皇斩钉截铁地断定道："他可以去。"

"当真？"李忆如有些喜出望外，魑妹却拧眉困惑，"可他也是肉体凡胎。"

"我知道。"天魑皇望着王寅虎，凝肃且肯定道，"我不知你是何来历，但适才我与你缠斗数个回合，煞气多次灌入你体内，你都毫发无损，可见体质异人。"

王寅虎思来想去，应该是他生辰命格特异所致，但李忆如有些顾虑："所以你是猜的，那万一……"

"没事儿！"魑妹踮起脚尖，用胳膊肘锁住她大哥的脖颈，信誓旦旦地承诺，"猜错了，我就让他吃一年的土沙！"

见他们胸有成竹，李忆如倒放心了些许，只是担忧沈欺霜："那沈姐姐又怎么办？"

"好办。"王寅虎不徐不疾地接过话，"有劳锦八爷带她出去，我们去见天鬼皇。"

之前还嚷嚷着要离开这是非之地的锦八爷现在显然有些不乐意："为什么是我？"

之前异魔教一战后，锦八爷和沈欺霜相互扶持了一段时间，王寅虎只是觉得他们或许彼此了解一些，正要据实回答，李忆如却灵机一动，狡黠道："因为你兜里的那些钱，在鬼界可是没有用武之地的，难道你想去鬼界做个穷鬼？"

锦八爷听罢，当即勒紧裤腰带，扶起沈欺霜，一副当仁不让的神情道："祝你们一路顺风！"

"……"

魉妹五指结印，菱花聚合，高不见顶的荒墙随之消散。环顾四周，他们仍置身于鬼门之前，酆都十里长街灯火尽熄，唯独阴间灯笼燃着森幽幽的绿光，照耀着万千魑魅魍魉坎坷的面容。锦八爷不禁一哆嗦，而后幻大身形载着沈欺霜离开，王寅虎等人跟随魉妹踏入鬼界。

与苏媚不同，他们所行之路荒凉、凄厉，只见千座孤峰，基连穹顶，倒悬而立，形同天之锯齿，而整个地界不见水脉，无边无际的血池，聚如滔滔海浪，枯骨垒作礁石，象征着鬼蜮之地千百年来的血雨腥风。天鬼皇的王座便是这血海之心，掌控着整个鬼蜮大地的脉络，可此时，巨岩凿就的王座上一声惊拍，震起血池千层怒涛。

"李恩人被困于鬼界？"天鬼皇的脸本就生得方正宽厚，这一怒起来，额上一朵蓝色怒焰暴跳不止，"李恩公剑术臻入化境，当今之世已无敌手，我这鬼界，哪有这般厉害人物，能不动声色地将其困于我眼皮底下！"他蹲下粗粝庞大的身躯，望向李忆如时，凶暴之气以肉眼可见的速度收敛无遗，"小忆如，赶紧告诉我这到底是怎么回事？"

"我也不知道……"李忆如见天鬼皇毫不知情，这才慌了，眼泪将落欲落地抽噎道，"小虎哥哥说，爹爹被困在一个画中世界，那画现在就在鬼界……"见她哽咽地道不明白，一旁王寅虎赶紧接话："是山川社稷图。"

"山川社稷图？"天鬼皇惊疑，"那不是姜杨两国之战时，离后绣来请求齐国出兵之物吗？"当年姜杨一战，引起天剑之变，轰动六界不说，姜国国灭之后，万千英杰战死沙场，可战场不见一缕孤魂，鬼差屡次搜捕，皆是空手而归，此桩诡事，至今仍是鬼界未破的悬案。

"正是。"王寅虎声沉气缓，徐徐交代，"此图被摒弃于浮尸万里的战场之上，汲取了成千上万的冤魂和怨念而成的无上至宝，它里面寄宿着一只女妖，此妖炼化了登峰造极的幻魅之术，可将人之怨念，化为牢笼，将入画者永世囚禁。"

"难怪！"多年未解之谜得以解答，天鬼皇连叹三声"难怪！"，随后李忆如是又气又恼："那个妖怪利用我爹爹对娘亲的思念迷惑爹爹，爹爹一定是太想念娘亲了，才会中术，还请鬼叔叔帮帮忙，一定要找到爹爹……"

"忆如不着急。"天鬼皇怒火未平，长叹一声后，安抚她道，"我马上调遣鬼差，便是将这鬼蜮大地翻个底朝天，也一定要将李恩公找到！"郑重答毕，天鬼皇便命心腹秦儒和魍妹兄妹着手去查。那秦儒骨瘦如柴肤青面白，长眉细眼飞转起来，似比他们还慌张些许。天鬼皇交代完毕，回头见王寅虎仍忧心忡忡，便问："这位侠士还有什么顾虑？"

事实上，王寅虎以为李逍遥被困鬼界，与天鬼皇脱不了干系，但这天鬼皇位高权重，却不拘形迹，言行举止极为敞亮，既然如此，画妖与李逍遥素不相识，为何要对其动手，甚至藏身鬼界？王寅虎百思不解，暗自揣测半晌后，又自顾念叨起来："山川社稷图是以怨念为原力，莫非……"他似忽然醍醐灌顶，忙问，"鬼界怨气最盛之地是何处？"

天鬼皇不假思索："炼狱刑场。"

炼狱刑场血光蔽日，残肢遍地，枯骨成山，极度阴惨，尤其那些触目惊心的刑具，惨绝人寰的酷刑，莫说李忆如，就连王寅虎都觉心惊肉跳。天鬼皇却披风猎猎阔步在前，踌躇满志地解释这些都是惩罚生前作恶多端的人时，却不知紧跟后面的二人面对他的得意之作，一直捂嘴作呕，不敢正视。

暗红血雾黏附着绛紫煞气聚成稠云，在鬼界上空浮浮沉沉，经久不散，如同红墨洒入泥坑，搅一搅，混作血泥，浑浊不清。而此地鬼灵受煞气抑制，万般凶厄嘴脸，都肆放着丧气，徐徐而行。这煞气，大抵就是维持鬼界和平的缘由，王寅虎正如是想着，随波逐流的鬼影中忽然闪出一个行走极快的人，他似在躲避什么，时隐时现的，王寅虎心觉蹊跷，便拔刀借势，追将上去。

"怎么了？"天鬼皇见他行色匆匆，赶紧询问李忆如。一直缩头缩尾的李忆如尽管一直寸步不离王寅虎，但此刻亦是一头雾水，探头张望："像是瞧见了什么人……"边猜疑，边提步紧跟天鬼皇，这天鬼皇虽是鬼中之王，有着凶神恶煞的模样和粗狂不羁的躯体，但李忆如却觉得他很是亲和可靠。二人一前一后追上去一瞧，两刑道中间的闸门过道中，王寅虎以一夫当关之势，持刀凛立，而被截于其间的，竟是秦儒和异魔教的掌旗使孔璘。

"秦儒，孔璘？"天鬼皇黢黑的脸色阴沉又困惑，"不是让你和魈妹他们去查画轴一事吗？还有孔璘怎么跟你一块儿？！"

秦儒顿时目左顾右盼，将心虚二字写得明明白白："我正好瞧见掌旗使大人……"

"画轴！"秦儒支支吾吾的，话尚未说完，李忆如眼风一扫，登时瞧见孔璘藏于身后之物，急道："小虎哥哥，大魔头手里有画轴！"

"幻魅画轴？"王寅虎也瞧见了，也就这刹那间，他豁然开朗，天师陵寝一战后，画妖为何凭空消失以及上述困惑环环解开，如同几股清流并进体内，只是不知苏媚是否一直知晓此事。王寅虎没再多想，当下直接拔刀仆步横扫，一个燕子抄水便欲夺其身后画轴。

可他单枪匹马，岂是孔璘对手？孔璘召来长戟，单手持器，一抽一挑，在这逼仄的空间中行云流水地撩刺起来，甚至逢跟必进，招招承接上式。明明是王寅虎堵人过招，却敌不过老奸巨猾的孔璘，孔璘出招诡异阴狠，连着压制王寅虎三招后，开始挑逗王寅虎的刀法过于保守，王寅虎一直留心他身后的画轴，大抵是关心则乱，一直力不从心，很快应接不暇，渐处下风。

李忆如见王寅虎应付吃力，着急地揪着天鬼皇的袖袍。天鬼皇自认对孔璘知根知底，他有虎狼之志和丧心病狂的手腕，却不是惯用诡计的小人，利用画轴困人栽赃于鬼界，似乎不像他的行事作风……天鬼皇尚在疑窦丛生摇摆不定之际，直到李忆如这一喊，才发觉他们的缠斗已是如火如荼，难分难舍，便祭出一掌，打偏孔璘的一招独步上穿，导致孔璘失手于王寅虎,被王寅虎一个趁危斜砍,逼退数步。

"鬼叔叔干得好!"李忆如不禁拍手称赞,但王寅虎并未乘胜追击,而是斟酌下一步走势。

孔璘瞧了眼对自己出手的天鬼皇,冷飕飕地揶揄道:"天鬼大哥,你我也算生死之交,纵然所求不同,但我今登门拜访,你也不至于联合外人与我动手吧?"

"臭魔头!"李忆如拦在天鬼皇前面,气势十足地冲其嚷嚷,"快将我爹爹还给我!"

"少套近乎!"天鬼皇早不吃孔璘的软磨硬泡,正了正色,顺着李忆如的怒怼质问孔璘,"听说李恩公被困于画中,这事是不是你做的?"

天鬼皇的严肃庄重,有股难掩的雄霸之气:"若真是如此,我今日必要你有来无回!"

"你说李逍遥?"孔璘故作茫然,事不关己地反问,"他不是在蜀山吗?你这不分就里地问我要什么人?"

"你说谎!"李忆如斩钉截铁地指着孔璘的鼻子道,"我爹爹就在你手中那画轴之中,你赶紧还我爹爹!"

作为万魔至尊,孔璘养尊处优风光半世,这还是第一次被人指着鼻子骂,且对方还是个乳臭未干的黄毛丫头,登时急火攻心未能反驳,而天鬼皇见其一时无言,也痛心疾首道:"若没有李恩公,我们如今还在锁妖塔内,你不知恩图报也就算了,竟还设计囚禁李恩公?!"

孔璘魔功高深莫测,却并非只用逞能之用,他很清楚,如今形迹败露,遮掩无济于事,这鬼蜮之地,他单枪匹马不占上风,且敌对又是王寅虎和女娲后人以及整个鬼族势力……再三权衡利弊后,他忽定计于心,展出阳奉阴违的嘴脸,给天鬼皇赔笑道:"天鬼大哥,哪有你说的那么严重,只是异魔教如今正处于生死存亡的紧要关头,我只是想请李掌门帮个忙……"

天鬼皇对孔璘的多副面孔习以为常,根本不给他辩解的机会:"少废话,交出画轴!"

孔璘为难道："那将李掌门请出来后，天鬼大哥可要帮我请李掌门帮个忙……"

天鬼皇根本不卖他的面子，言简意赅道："到时候再说！"

山川社稷图的一针一线，绣满天下沧桑柔情，让人不禁驻足流连忘返，此刻画轴收裹后握于孔璘手中，却像一柄承载万千邪恶的利器。王寅虎认定孔璘不会轻易倒戈卸甲，眸子一直牢牢锁定他的一举一动，然孔璘这回却很是识时务，僵持片刻后，将画轴交至秦儒手中，再由秦儒递呈给天鬼皇。

"这大魔头当真这么听话？"就连李忆如都觉得匪夷所思，回头来低声询问。

"那当然！"天鬼皇志得意满，仍笑得粗犷，"当初我与孔璘被困锁妖塔，那都是过命的交情！"

小熊猫觉得他过于恃无恐了，便凑近王寅虎："你说这天鬼皇知不知道孔璘已经聚齐三魔器？"

王寅虎也看了一眼自信不疑的天鬼皇，斟酌道："应该不知道。"

"……"

就在几人暗自揣测时，秦儒已毕恭毕敬将幻魅画轴双手奉至天鬼皇跟前。可就在他扬起袖子欲抬手取过时，秦儒手中鱼骨短匕"刺"的一声刺进他的胸膛！纵使天鬼皇身经百战，然反应未及，一抹血光入眼，那鱼骨刺已拴其内骨，而秦儒随即飞身旋转，鱼刺随其搅动深钻，致使天鬼皇剧痛难抑，面目狰狞。

"天鬼皇！"

"鬼叔叔！"

王寅虎和李忆如瞠目而视，惊慌出手，但秦儒迅猛有力，且转瞬抢回画轴，身如浮光掠影般一扫而过，迅速归位，那行云流水的动作俨然是早有预谋。小熊猫和虎煞登时毛发倒竖，纷纷亮出利爪獠牙列阵在前。天鬼皇虽受得重创，却隐忍不发，目眦欲裂地瞪着秦儒，不可置信的口吻中，是怒发冲冠的悲愤："你……竟敢……叛我？！"

秦儒笑而不答，冷漠阴笑间，自有几分凄凉和诡异，至于适才的卑躬屈膝，早就荡然无存，更可恨的是，纵使他才做了这等忘恩负义之举，却不影响他立刻择良木而栖，转身向孔璘奉出画轴聊表忠心，而对于天鬼皇这痛心疾首一问，完全置之不理。

见他二人狼狈为奸，天鬼皇更是急火攻心："你二人，本座都曾真心结交，可你们为何联手叛我？"

孔璘闲情雅致地摩挲着画轴，幽幽道："不是叛，是从未忠过。"

天鬼皇没听明白："什么？"

"起初我们在锁妖塔之时，你曾说过，待他日破塔而出，必与我联手荡平蜀山，如今，你可还记得这句承诺？"

孔璘说的这个起初，还是当年混天魔尊被残缺的天罡剑阵镇压于五华山后，正道一鼓作气，将孔璘等一干魔教领袖尽数关入锁妖塔之时。在锁妖塔中，天鬼皇和孔璘两位邪教头目得以结识，只是后来，孔璘被困吸妖坛，天鬼皇重义气，便用头撞吸妖坛，那一撞，虽然撼动了吸妖坛让孔璘得以顺利逃出，自己却被困于吸妖坛内，直到八年后，李逍遥破开吸妖坛，摧毁锁妖塔……

"出塔之后，我首先整顿魔教势力，也曾多次找你共谋大计，你却翻脸无情，教我改邪归正？"孔璘讥讽道，"鬼蜮之地，还妄想列入正道，荒唐！"

听到这里，王寅虎大致捋清楚了："所以你便精心培养了鬼灵秦儒，将其安置在天鬼皇身侧，虚与委蛇骗取信任，再伺机谋权篡位，将天鬼皇取而代之，如此一来，你便以为异魔教就能将鬼界势力尽数囊括？"

"不错。"孔璘阴恻恻地冷笑道，"不愧是少年名捕。"

"休想！"面对昔日好友和忠臣的合力背叛，天鬼皇怒急发笑，那笑声狷狂凄裂，如细针扎穿耳膜般尖锐，"既然如此，今日你们二人谁也别想离开！"

话毕，天鬼皇手一用力，拔出鱼骨刺，但其胸腔却因此破碎成一拳大的窟窿，聚合的妖力自其汩汩溢出，如同大火肆虐屋舍时，浓烟滚滚的窗牖，吓得李忆如双手捂唇，不敢出声。可天鬼皇视若无睹，他双臂大张，一股强大的吸附之力横卷而去！

"不好！"孔璘立刻力灌三叉戟而抓地，可那吸附之力异常强盛，周遭飞沙走石，疾风灌耳，王寅虎等边侧之人退避三舍，无法靠近，更遑论阵法中央、身单力薄的秦儒。秦儒挣扎片刻，便如激流中的扁舟，被一冲而去，脖子直挺挺地落进天鬼皇碗大的虎口中，惨白的脸直面天鬼皇的悲愤！

秦儒心惊肉跳，求救于孔璘，可孔璘却并没有相救之意，而是携画欲逃，准备过河拆桥，将他弃之不顾，秦儒这才终于怕了，双手吊着天鬼皇的腕颈，瑟瑟发抖地央求道："您不能杀我！"

天鬼皇食指紧扣他脖颈脉搏，冷哼一声："叛徒，有何杀你不得？"

秦儒道："您不是常教导我要知恩图报吗？孔璘对我有再造之恩，我也是受人之命，忠人之事，您不能杀我。"

"天鬼皇也对你有知遇之恩，你还不是痛下杀手！"李忆如听得他这般歪理，立刻为天鬼皇打抱不平，随后气冲冲地道，"鬼叔叔，你别跟他客气！"

李忆如这一句于天鬼皇不啻火上浇油，天鬼皇狠狠盯视秦儒的那双怒目，仿佛能直接将其五马分尸碾为齑粉，以至于他开口呵斥时，亦是唾沫纷飞："你个不识好歹的东西！"话毕，他五指并拢，长指如同一把宽厚且利的重刀，竟在秦儒还在喋喋不休地求饶之时，就以闪电之速，削去了秦儒的头颅！场面惊悚却不血腥，只是李忆如还是惊得躲至王寅虎身后，却只见尸首分离后，秦儒化为一缕白烟，融入鬼界这浑浊的天色中。

这厢，孔璘以为能借秦儒转移视线，奈何王寅虎手疾眼快，直接灭顶一刀，斩断他的逃生阵法，孔璘只能另谋他策，如今天鬼皇虽重伤，然功力仍强盛不减，孔璘深知此地不宜久留。

王寅虎见他欲往外撤，便即刻命虎煞堵其退路，逼迫孔璘正面出手。孔璘知道功法于他无用，全程只动三叉戟，只见那利戟上穿下刺，横扫如影，而王寅虎以腰带臂，以肘带刀，时而接刀缠头，时而弓步斜刺，动作连贯不歇，使得他即便初处下风，但强毅果敢的倔强打法，很快便叫孔璘漏失数招。

"这小兄弟年岁不大，刀法竟如此了得！"天鬼皇只觉王寅虎刀法规整，却又暗藏变幻，实在引人入胜，便未着急出手，而是一旁观战。

恰这时，孔璘被前后夹击，难免要瞻前顾后，且应付虎煞需动魔功，而转身面对王寅虎又得立刻收住功法，如此变换数十个回合后，孔璘终于失手，运术挡刀，王寅虎见机行事，刀锋直戳而去，穿其魔障，孔璘这才大感不妙，可彼时，天吒刀锋斜削其胸膛，只听得一声瓦裂之音，孔璘前襟盔甲破裂，布帛撕碎，画轴便顺其刀刃滚向王寅虎。孔璘神色大震，索性身体前倾，受其一刺，伸手夺回画轴，王寅虎看穿他的意图，便将刀回收，致使画轴滚落于地，随后弓步潜身一扫，画轴落于小熊猫足下，被其衔得。

见丢了画轴，孔璘却狂妄大笑起来，随后双手运乾坤，鬼界万年浑沉、缓缓流淌的浊天，竟风起云涌，聚如峰峦。天鬼皇见状，上前怒喝道："布风阵？孔璘你疯了！"

李忆如小声询问："布风阵是什么？"

"不是什么好东西！"天鬼皇虽是嗤之以鼻的态度，可如临大敌的急迫却显著易见，催促道，"你们拿着画轴赶紧离开，我来对付孔璘！"

王寅虎踌躇道："不行！您身负重伤，我们岂能……"

"在我鬼界地盘，他无奈我何！"天鬼皇郑重嘱咐道，"你留下来也帮不上忙，赶紧救出李恩公，一定要护他和小忆如安全离开！"

在天鬼皇的号召之下，鬼界大军已经秩序出动，王寅虎见得那巍峨严谨的部署，这才放心了些许，道："那您也多保重。"

见他们欲留天鬼皇善后，孔璘心知不能让其得逞，便掌聚飓风，大言不惭道："谁也别想离开！"话毕，他大鹏展翅而来，可千百条鬼军钩链同时朝其穿插而去，那钩链纵横交错，密致织如网，却有条不紊。孔璘不紧不慢，轻喝一声："不自量力！"随后飓风平地起，只听鬼军哀号惨叫之音，回荡在这鬼蜮之地，经久不绝，而鬼界上空大雾聚起，万籁俱寂，层云的峰峦散开，浊天愈渐浓厚……

"人类常因一人而牺牲更多，这就是他们愚蠢所在。"孔璘欣赏着自己杀人如麻的手，竟有些怡然自得，转而又瞅了一眼岿然无虞的天鬼皇，讽道，"大哥，原来你跟他们一样蠢。"

天鬼皇拳头紧握，愤懑道："因为你一个人，祸害整个异魔教，才是真的愚蠢！"

孔璘饶有兴致："哦，此话怎讲？"

天鬼皇信誓旦旦："待李掌门平安归来，必铲除整个异魔教！"

此时，尘埃落定，孔璘这才发现，废墟之中并无王寅虎等人的身影……得知自己精心策划的计谋还是毁于一旦，孔璘冲冠眦目，赫然而怒，可就在这时，腥浓的风中，忽然送来一丝气息。那气息甘洁清澈，独属苏媚，这让本恼怒不休的孔璘如沐清风，骤然间，他有种大局在握的自信，猖獗一笑："那可未必！"

第四十章
潜龙浴火换狐生

话一落地，只见孔璘经脉逆走，眼生异光，正准备施法控制苏媚，天鬼皇在一旁盯了半晌也没看懂这招式，便也立刻出手，喝道："看你还有什么花招！"说着，铁青的脸色一黑，鱼骨刺赫然朝其亮出。

与此同时，业火池旁，红莲烂漫，苏媚足临怒涛，清晰地感受到一股异常的魔力在体内滋生，它如洪水猛兽，不受桎梏与控制，且其势不可当，瞬间席卷而上，覆灭整个灵海，可似乎一瞬间，又平息下去。

她清楚，那是孔璘在试图控制她，只是她却不知为何中断……而这好像是一声警告与催促，迫使她前进，她终再无暇瞻前顾后，立刻摒弃一切恐惧，合目纵入怒火。

鬼界业火不同于异魔教的熔浆，它作为十大酷刑之一，妙在焚人精魂而不伤其体肤，叫人尝尽剥皮焚身之痛，而非取人性命。苏媚初入火池，便如同游弋于滚油之中，火焰昊昊，热不可耐，剧烈灼疼，瞬间遍布周身，随后，怒火撕扯着形神，粉碎着精魂，恍恍惚惚间，她甚至能看见自身魂魄从肉身剥离，精气聚集，如同成群结队的萤火分股溢出体外，这一刻，经脉在体内乱窜乱撞乱行，仿佛要从体内爆流而出，怒火更是贯穿于体内任何地方，从里到外，无一遗处，苏媚只觉自己在形神俱灭的边缘，垂死挣扎着。

"苏媚……"看着苏媚痛不欲生，岸上的傲澜亦是焦心难耐，趴在池旁，神色慌张，手足措乱，"是不是很疼？"

事已至此，放弃，等于前功尽弃，苏媚觉得他说了一句最无用的废话，她无暇作理。其实傲澜心底也清楚，她一定觉得自己懦弱胆怯极了，可要他眼睁睁地看着苏媚受此苦难，竟似比她还要难以忍受。许久，他苦笑一声，忽道："罢了，今次之后，你至少能随心所欲，好好活下去……"

耳畔火鸣不绝，苏媚并未听清他说的话，只是见他眼中光色阑珊，眸光晦涩，欲说还休中，暗藏着讳莫如深的忧愁，如同波涛汹涌的黑暗，蕴藏于眼底，而那眼眸一闭，傲澜跃身纵入池中！霎时间，血莲高绽，业火澎湃，将浑浊的天，烧出一段嗜血的红霞。

"傲澜？"苏媚猛然惊恐，"你发什么疯！"

她得助于内功深厚，尚能承受个一时三刻，可傲澜功法微薄，此举无疑飞蛾扑火。苏媚四处寻找无果，最后索性潜进业火。明火烤灼双目不能睁，只能借以灵识去探物。苏媚食指生光，点启百会穴，只见一庞然巨物拔地而起！苏媚赫然起身，傲澜浴火而出，一身龙骨自布帛破开，硕大的龙鳞、轩昂的龙角……这是苏媚第一次见傲澜的本体，那巍峨磅礴之躯竟与其温玉的人皮大相径庭！

"傲澜，你要做什么？"巨龙身如磐石，鳞如生铁，可将苏媚紧紧缠绕时，温凉的鳞片似玉石熨帖亲肤，不一会儿，苏媚烧焦的肌肤就焕如新生，一股勃然有力的妖气正渡于她的四肢百骸，那正是孽龙的精元之气。与此同时，业火一道接着一道，雷鸣闪电般从地底蹿出，尽数落在傲澜外鳞上，初时还能相抗一二，不久有些许星火熔破坚如硬的鳞身打在苏媚身上，而其无以复加的疼痛，如火如荼，无休无止，蔓延全身，直至将苏媚逼出赤狐妖身。她尚且如此，更遑论替她扛下几乎所有业火的傲澜。

他向来胆怯懦弱，贪生怕死……苏媚不知他究竟要做什么，但她清楚，再这么继续下去，傲澜必大伤本元，性命难保。她扯破嗓子想要问个明白，奈何孽龙的哀号震耳欲聋，将她的声音悉数盖过。

"什么声音？"外面王寅虎一行人路过时，也听见低沉的龙吟之音，断断续续，悲惨至极。

李忆如循声张望一番后，忽紧贴着身侧黢黑的石墙道："好像是这里面？"

王寅虎目光甫一扫过来，严丝合缝的石墙竟破开一道裂痕，猩红之物流窜出来，好似一缕破晓的朝霞。几人错愕片刻，王寅虎很快意识到那是什么，骤然失色大喝道："闪开！"说时迟那时快，王寅虎话音刚落，"嘭"的一声巨响，黢黑厚重的石墙四分五裂坍塌滚落！业火喷射，如一道道燃烧的箭矢；熔浆爆流，如同奔泻的洪水！幸亏王寅虎反应迅猛敏捷，抱起李忆如落至高处，才幸免于难。

几人惊魂未定之余，往那石室中一瞧，登时瞠目结舌。石室崩裂，怒放的红莲中央，一条紫黑的孽龙仰天咆哮，浴火而生，仿佛随时都会被业火撕裂，形神俱灭，而他磅礴身躯盘踞在一赤狐身上，那赤狐形神分离，魂不附体，张牙舞爪的妖身狰狞如怪，根根经脉赤红暴起，好像随时都可能爆体而亡。

"这刑罚也太厉害了，将元神都给烧出来了。"小熊猫在李忆如肩上啧啧称叹。

"快走吧，小心那个大魔头追过来了！"李忆如一边检查画轴是否有恙，一边催促大家绕其而行。可不知怎的，王寅虎却迟迟没有动，他视线一直滞留于那赤狐身上，怎么也挪不开，直到李忆如催他，他才赫然惊醒，正欲举步离开，忽然，那赤狐显出残缺的半个人形来，王寅虎登如五雷轰顶。

"苏媚？"那张脸在融融火光中，如霞映澄塘，明明未施粉黛，面相狰狞，可在他眼中，依然绽如舜华，尤其那炽焰的狐尾给她惊鸿绝世的容颜增添浓墨重彩的一笔。这时，李忆如后知后觉地也认出来了，惊疑不定："狐姐姐？"

那龙率先闻见人声，他长须一动，微微睁眼，可那双淡如琉璃的双瞳却早已涣散无力，只是模糊间，瞥见岸上背着刀，昂昂而立的王寅虎时，他回光返照般，瞳孔骤然紧缩，随即龙鳞倒竖，一股莫名悲愤直冲脑门。他高吐出怒火，似在告诫、宣泄，可最后，他又长舒一口气，那种由心而发的释然，让他周身笼罩着一层柔光。

紫鳞，黑足，蛇身鹿角，无须思考，王寅虎便知道他的身份：世间最后一尾孽龙"傲澜"。

业火高涨，火舌飞卷，将他们缠于池子中央。不知怎的，业火舐食到孽龙，似更为汹涌，仿佛猛兽馋食，吃得津津有味。傲澜龙鳞被其生生熔化，血遇火烧得刺刺作响，生出股股浓烟，很快，他浮于体外的精魂失去气血的依撑，被火舌逮住，猛地一扯，四分五裂！紧迫间，不知是谁倒吸了一口凉气，随后苏媚声嘶力竭的"傲澜！"更是响彻寰宇。

不是说业火要不了性命吗？可他生魂淬尽，焉有活路？

苏媚面目崩溃，一遍遍地质问，而她自己那些外溢的精气却在傲澜精元之气的牵引之下，重新聚为光绸，从业火中淬炼而出，如一层莹动的衣裳，罩在了苏媚身上，一点一点，融入经脉，重塑体魄。这一刻，一个沉重而悲愤的猜想在苏媚脑中滋生，可她难以独断，或是难以相信。她一双剪水瞳眸冰封着所有情绪，盯着傲澜支离破碎的魂体，问："为什么？"

看着转瞬之间容光焕发的苏媚，傲澜竟释然般浅浅一笑，那种大功告成的喜悦难以掩饰，可嘶鸣的言语，却证明着他已近油尽灯枯："要想彻底洗涤你经脉中的魔气，不仅要业火反复焚身，还需孽龙精气作引，方可全身而退。"

"什么？"苏媚才凝聚的三魂七魄，仿佛又碎得一塌糊涂。倘若她早知道摆脱孔璘的代价是以傲澜神魂相抵，这鬼界，她无论如何，也绝不踏入半步。她终于明白，那日傲澜风平浪静之下的视死如归并非她的错觉，他早就打算好了，以自身性命，换她自由。

苏媚张了张口，却说不出任何话来。她明明该对他的恩情感恩戴德不是吗？可苏媚更多的却是恼他瞒着自己，擅自做了抉择。

傲澜眼中留恋缱绻，似有千言万语，可见她这般难以言喻的难受模样，却什么都没说，只是唇齿翕动，轻道了一句："你不用难过，我即便不是为了你，也为了阻止孔璘……"

苏媚不解："阻止孔璘？什么意思？"

他轻叹了一声："孔璘留着我，其实是想待魔尊复活后，以我筋骨滋补疗养魔尊尘封已久的肉身。你知道的，我可不想成为他们的药，成为他们身体的一部分……"说着，他强装泰然自若的神色不经意间抹上一丝黯淡，赤红令虽解，但却在他身上留下了不可抹去的印记，只要孔璘活着，他便不可能摆脱孔璘的控制，如今孔璘三魔器已聚齐，与其届时成为魔尊复活后的一剂药，不如现今为他唯一的念想做些什么……

他顿了片刻，又苦笑一声："苏媚，你要好好活下去，也千万不要因为我，而自责内疚……"话毕，他便以残余之力，直接将苏媚从火中捞起，送至王寅虎身旁。苏媚这才慌了，挣扎回头时，只听"轰隆"一声，几道绚丽的烟火一刹即过，傲澜随之沉进业火之底，火面平静无息，静如死寂。

苏媚对于王寅虎的出现，却并无任何惊喜之色，只是惊慌无助，几近恳求道："小虎，你救救傲澜，三魔器之事他从未插手，你救救他，好不好？"

王寅虎却长长地叹了口气道："苏媚，他已经……"

"已经什么！"苏媚不愿接受那样的事实，不管不顾地打断他，"他曾经救过那么多人，你们就不能救救他吗？"

王寅虎心如刀割地看着她："苏媚……"

就在这时，苏媚忽然看见黑岩之上有些周边泛着绛紫色泽之物。似乎预感到了什么，她小心翼翼地靠近，只见那东西如同均匀剥落的礁石，有瓦片大小，覆盖池边，层层叠叠，堆砌极多。不知是胆怯生畏，还是灵力受损的缘故，苏媚竟然周身颤抖。她顿挫地伸出手来，迟疑地拿起一片，就在体肤相触的一瞬，苏媚双目大瞪，神色呆滞，脸上血泽如潮水般霍然褪尽！

那是龙鳞！整片整片被烧焦的龙鳞！

王寅虎从未见她如此失神过，仿佛只需要一句话，就能叫她分崩离析。

　　"苏媚，你该清楚……"王寅虎终于开口，可一望进她狭长的水眸，又于心不忍起来，虎煞终才忍无可忍了，当即一跃而出，直接道："这鳞都烧焦了，肯定是死了！孽龙鳞甲坚不可摧，但业火能化去其血肉和精魂，当初千叶禅师用锁龙阵生擒四方孽龙时，便是取的鬼界业火，你难道不知道？"

　　苏媚整个人都往后退了一步。

　　王寅虎看着她纤纤玉足撑着孱弱无力的身子时，就如一把钝刀割在了心口上。

　　虎煞知道这层渊源，纯粹是因王寅虎当初暗查过傲澜的来历，但苏媚却毫不知情，毕竟在认识王寅虎之前，除了三魔器和李逍遥，任何事于她而言都无关紧要，甚至她和傲澜何时相识也全然未曾留意，只是不知何时每次负伤回去，耳边总有个唠唠叨叨喋喋不休的数落声……

　　苏媚仍不愿接受虎煞的这个说法，可王寅虎和李忆如的眼中，都呈现一样的悲悯与惋惜，这让她的反驳忽然没了底气。

　　"不可能！"苏媚斩钉截铁断了脑中想法，不容置喙的口吻，是自欺欺人的倔强。直到一个轻风细雨的柔和声音传来，她才蓦然停止了一切动作。她循声望去，只见傲澜绛紫长袍缚身，可华发披散垂落，一身素净，无一饰物，立于业火上空，如同一团带有色彩的影子，飘忽不定，闪烁其间，似乎一阵疾风，就能将之席卷。苏媚清楚，那是死后待散的魂魄。

　　这一刻，慌乱、恼怒、害怕……纷杂的情绪从苏媚眼中溢出，却也叫傲澜百感交集，终于有一次她的眼里只有他了，可他却只是故作释然地喟叹一声，只是不觉红了眼眶："如今，你我都已完全脱离异魔教的掌控了，不是正合我们所意，有什么好难过的……"

　　四周，残垣断壁上，红莲业火汩汩流淌，像是一道道狰狞的伤口，染着触目惊心的鲜血。苏媚却身如泥塑，仿佛大风一刮，就能坍塌一地。

"为什么不告诉我？"

"还记得我第一次见到你吗？"傲澜游弋上空，神思飘远，似忆起美好的事物来，唇边忽携起几分笑意来，"那时天朗云清，我倚墙奏箫，恰见你一袭红衣箭步路过。手持蜻蜓断玉刺，曲眉丰颊，生得三分明媚七分妖娆，却落落穆穆不失桀骜，目不斜视一顾前行，就连啸狼那些嚣张跋扈的部下都敬退三分。"

苏媚错愣地将他望着，却不说话。

"我听说你是妖狐，为复仇拜投孔璘麾下，所以相识后，我时不时劝诫你：'人生得意须尽欢，快活一天是一天，就像我一样。'那些话，并不是开玩笑的。"傲澜自顾自说起来，却又渐凝神敛色，认真起来，"我族被灭，唯独我苟延残喘，你也常揶揄我心无抱负，安于现状，是缩头乌龟，可你怎知，孽龙一脉，自诞生于天地，便以屠戮为生，仇恨和野心是我们世代相承之物。我族人常道，只有仇恨能让战斗不止。可后来认识了你，才发现，原来仇恨可以与良善并存……"

"苏媚，仇恨的确可以驱使你前进，但绝不能是你的全部，我希望你能随心所欲，为自己而活。"傲澜严肃起来，也毫不失君子的俊朗，"未能替族亲报仇或许是我的错，但我此生最大的遗憾，就是默默守护你都已是奢望……"

苏媚彻底怔住。她忽然想起从玲珑福地回来后，他那些反常的举止和要求，那个时候，她明明察觉他言行举止有异，却不管不顾，甚至驳回了他所有要求。如今回想，什么寺庙祈福、拜访前辈、好吃贪玩……他不过是想在余生未尽的日子里，多和自己待一天，多做一件事，多留一些回忆罢了，可她怎么说的？

——不！

——你在逃避害怕什么？

——又不是真的叫你去死！

他终其一生，不过谋分平安喜乐，却因为她，屡屡赴汤蹈火。

闭上眼睛，悔恨谴责如同附骨之疽，啃噬得人坐立难安。

"一定有办法的！"苏媚的眼泪也再难止住，大颗大颗滚落，融进业火之中，"刺"的一声，仿佛滚油溅水。她开始反复重复着这句话，随后竟直接徒手伸进熔浆之中，她以为收集龙鳞，留住傲澜最后的残魂，就能将之复生，可苏媚多么聪明的人，怎可能不知精魂散尽，肉身已毁，他再无生还之机，这本就是傲澜预料的结果，只是苏媚自欺欺人的失常反应，却出乎了他的意料。

那业火瞬时又偾张起来，王寅虎见状，怛然失色之余，箭步上前，试图阻止，可苏媚却一味固执，不肯懈怠，从滚烫的业火中，捞起一片又一片的龙鳞……没有人可以阻止她。

"苏媚！"

许是历经魂魄反复的剥离与灼烧，周身气脉尚不能运行自如，终是体力不支，昏倒过去，一直守在身旁的王寅虎堪堪将其捞入怀中，深沉的脸色，隐忍着万千疼惜。

"你不会又心软吧？"虎煞简直恨铁不成钢，"你忘了是她害死了仙霞四奇，是她助孔璘取得三大魔器，她可是孔璘的心腹！"

"我管不了那么多！"王寅虎急赤白脸，五内如焚，理智从未如此散乱过。

"行！"虎煞同样眦目怒吼，暴跳如雷，"那李掌门你也不管吗？万一这又是孔璘的诡计你又当如何？！"

王寅虎这才如被凉水灌头，冷了个彻底。他回头一瞧，李忆如紧抱着画轴，沉默不言，小熊猫也警惕地盯着他怀中的苏媚，不敢怠慢。他的心瞬间悲凉下来，酝酿踌躇了许久，才冷静道："对不起……"

李忆如有些心疼："小虎哥哥……"

"你们带着画轴先走吧。"王寅虎打断李忆如，破釜沉舟的决心，让他整个人都沉寂下来，"但我不能丢下她。"

李忆如知道王寅虎并非意气用事，更知道当务之急是救她爹爹，可骨子里的义气却让她无法做出忘恩负义、过河拆桥之事。而这厢，傲澜本忧心不已，但见王寅虎态度如此，反倒放心了许多，只是他魂魄越来越微薄,深知自己所剩时间已经不多:"王少侠,你听说过,业火焚身之痛吗?"

此言一出,王寅虎骤然抬头看他,心却仿佛被人攥进手中,悬着一口气问道:"你想说什么?"

"盗取五劫辟魔锥,彩璃谷一事,苏媚此前所作所为并非本意,她从未想过伤害你们。一切皆是孔璘幕后操纵。她为了摆脱孔璘的控制,才选择了以业火焚身,洗涤魔气。"

王寅虎闻言不敢置信,更是抱紧了苏媚。

傲澜的目光又重新回到了苏媚身上,唇边三分春色的笑,豁达而欣慰,可欲说还休的眸子,却填满了伤悲和遗憾,他声色暗哑道:"王少侠,请好好善待苏媚。"

王寅虎郑重点头,而与此同时,傲澜残魂凝聚的身体也在业火的熏灼下,一点点地消散而去……

雾色灰白,碎云游离,唯有朵朵业火,盛放得滚烫……

苏媚醒来之时,暮色微凉,晚云惨淡,细细环顾四周,见轻便的书案,上置端砚、宣纸和摆放工整的墨笔,旁侧是一六角香几,稀有材质雕成,上置檀香,袅袅升起,勾勒着千般图样,又随风而逝。房中央悬着一幅字画,其婉约挺秀的笔锋,与这清雅布局相得益彰。

她打坐调息,却发现周身气脉如同潺潺清泉,贯通经脉,俨然被人调息过,但又与往常大有不同,她丹田清澈,如置空无之境,却有股厚积薄发的罡劲之力,暗暗蕴藏其间,就好似远古巨龙沉睡的谷底,大致上风平浪静,细嗅却肃杀气盛。

这时,外面一阵窸窣的脚步声,响得短促又急切。苏媚本能收声屏息,静观其变,狐狸耳朵极尖,听声辨距不在话下。只听那人上了门外三步石阶后停下,随后竟是李忆如银铃的声音,笑着调侃:"小虎哥哥,你都守在这里多久了,还不敢进去呢?大丈夫敢作敢当,认个错不就好了?"

说话间,一阵轻盈脚步已率先抵达门前,苏媚目光一闪,立刻五指挽花，捏出结印，化身残影，瞬时拉开数丈之远，与此同时，沉木做的门恰被推开，沈欺霜端立门中，含辞未吐，气若幽兰，如同独立雾中的芙蓉，笼罩着新月的清晕。

"是你杀了她们！"彩璃谷时，她悲绝撕裂的控诉声声在耳，苏媚深知她对自己恨之入骨，便以戒备之色提防着她。可沈欺霜脸上却不见悲喜愤怒，只是将手中吃食端来，置于桌上："这里是寺院，只能吃素斋，你且应付应付吧。"

苏媚有些难以置信。玲珑福地之时，她还剑拔弩张，这忽然端茶送水，态度大好，实属让苏媚有些受宠若惊。

见她迟迟不动，沈欺霜自也知她心中所想，低头默了片刻，随后清冷至极地开了口："鬼界之事我听说了，你既受孔璘所控，我仙霞派明辨是非曲直，不会将仇算在你身上。"她一泓清水般的眸子抬起，淡然睨她一眼，又意味深长地道了一句，"你且放心。"话毕，她转身离去，行色略见仓促。

"沈欺霜！"苏媚下意识喊住了她，"你师姐的事，我……"

她摇头打断她，却没回头，只是淡漠道："我知道我不该恨你，可看见你我总会想起死去的同门，抱歉。"

苏媚一时不知该说什么。不管个中缘由为何，仙霞四奇死在苏媚手上却是毋庸置疑的事实，即便沈欺霜向自己寻仇，苏媚也无话可说，可她偏是这副善良大度的隐忍模样，反倒叫苏媚于心不安，不知所措。

等等……她怎么会知道？

"傲澜？"苏媚喃喃念着这个名字时，体内一股气脉直冲天灵盖抵达百会穴，记忆便如狂风卷起的薄纸碎片，拼接成画，而那一瞬，仿佛也有什么东西，在脑海中打碎了。

沈欺霜刚带上门出去，苏媚便仓皇起身，作势夺门而出，可手方落上横闩，李忆如忽又雀跃而至，莽莽撞撞地推开门，险些撞上苏媚，一见是苏媚安然无虞，立刻喜极而泣："狐姐姐，你可算醒了！"说着二话不说地抱着苏媚的胳膊，一把鼻涕一把泪地哭泣起来，"对不起狐姐姐，是我们误会你了，让你一个人受那么多委屈……"

苏媚却觉得这中间遗落了什么，她眸子氤氲，迟疑道："那、傲澜怎么样了？"

她眼中薄弱的期待，让李忆如猝然一顿。那日傲澜蓄足最后的气力，道出的每一个字都为苏媚。李忆如见苏媚目光专注，仍在等待回答，便只能勉力一笑，随后答非所问却信誓旦旦："狐姐姐，以后我们会陪着你的，还有小虎哥哥，我们都会陪着你的！"

只此一言，无须多问。

苏媚闭上眼，心如止水的眉眼间，泪悄无声息淌成行。

终究……

"忆如。"李忆如还在喋喋不休什么，可苏媚没再仔细听，开口打断她时，声音苍白无力，"让我一个人待会儿吧。"

"好。"李忆如见她颓然无力，整个人仿佛刚从水里打捞出来的那般涣散瘫软，没有生气，便也跟着怏然不乐，但默立良久后，还是依言离开，只是走到门口，忽又想起什么，便一边留意着苏媚的眼色，一边小声道："对了，狐姐姐，那鬼叔叔虽赶走孔璘，但鬼界死伤惨重，就连魍妹、天魑皇都身负重伤，后来还是念元带我们出来的，你先在这开封城千叶禅师的摩诃寺院好好将养……"她顿了顿，又往外瞧了一眼，才继续低声嘟囔道，"小虎哥哥很自责，你昏迷的这些日子，他一直守在门外，不敢见你。"

苏媚没回答，她真的累了，倒在床上，周身散了架一样，再难提上一丝气力，闭上眼睛，想好好休整，可眼前却全是那日的场景：剥落的龙鳞、飞卷的业火，以及灌耳不绝的龙之悲吟……她时常埋怨，他们为何死得那样洒脱，两眼一闭不管不顾，独留她孑然一身地活在这兵连祸结的乱世，承受这么多的伤悲和仇恨？

她眼眸周遭漾开一抹淡淡的水痕，却也不知不觉昏睡过去，唯有那些残缺的只言片语，在脑中氤氲不散，挥之不去。

"不仅要业火反复焚身，还需孽龙精气作引，方可全身而退。"

"仇恨的确可以驱使你前进，但绝不能是你的全部，我希望你能随心所欲，为自己而活。"

"我此生最大的遗憾，就是默默守护你都已是奢望。"

苏媚蓦然惊醒过来，外面已是弦月如钩。风烛影长，山涧袭来的凉风更似镀了一层薄冰，寒彻入骨，吹得她坐卧难安。苏媚推门出去，山川卧如长龙，盘踞星河之下，静默无言，王寅虎仍老老实实地坐守在石阶处，挺拔英姿却垂头不语。

苏媚无暇去揣摩他的心思，掌起一团狐火，扔在王寅虎面前，蹿起的火星子惊得王寅虎往后一仰，而这时，苏媚已经靠着他坐下，围着狐火取暖。

"你打算坐到什么时候？"她的声音很是闷沉。

王寅虎自觉往旁边挪了挪，余光瞟了一眼苏媚的脸色后，低声道："对不起，答应你的事情我没做到……"

意料之中的一句道歉，只是苏媚仍不知该怎么去答。原谅他？可她的确恼他之前的所言所行，怒他的言而无信。说好护她周全，却对她次次舍弃。她那颗骄傲的自尊心告诉她，绝不能重蹈覆辙，绝不能轻易原谅！可又怎么办呢，眼前这个人，有着她喜欢的风姿，也曾为她不管不顾，就是叫她恨不起来。

第四十一章 入画擒妖敞心扉

"那你接下来怎么打算？"王寅虎也知自己愧对她当初的托付，所以并不着急她的回答，将视线落至别处后，又转开了话题。

"我？"苏媚缓缓低下视线，肤如皓月的腕颈处，脉络清晰可见，她指尖顺其轻抚，默了半晌，口吻却出奇地坚毅，"我能感受到傲澜的力量，我要用这股力量，手刃孔璘，替他报仇雪恨！"

闻言，王寅虎竟有少许失落，大抵不曾想过，她的打算里并没有他。是啊，一个为她付出生命的男人，和他这个一而再再而三舍弃她的人，孰轻孰重，本就无须掂量，他有什么资格去争她心中那一席之地。苦涩蔓延唇角，他淡淡一笑："或许，傲澜并不会想让你替他报仇。"

"什么？"苏媚没注意听。

王寅虎也不知自己同傲澜争个什么劲，便摇摇头，失笑一声，道："没什么，无论你做什么，我总会陪着你的。"顿了顿，他又想起什么，斟酌问道，"不过，你还记得之前我们在余杭遇见的画妖吗？"

这一句，直接将苏媚的心提到了嗓子眼。她想，既然王寅虎出现在鬼界，那幻魅画轴困李逍遥之事，他十有八九已经知晓一二，只是不知他究竟掌握了多少。为避免先露马脚，苏媚还是故作镇定，随后蹙眉、摇头、装蒙，一气呵成。

王寅虎得到这个答案，不知怎的，长松了一口气："我们得知那画妖后来投入孔璘座下，孔璘用它擒住了逍遥哥，并将这画轴放在了鬼界，我们这才前往鬼界营救。"说着，他便又黯然神伤起来，"只是拿到画轴，仍无法破解其幻魅之术，喻大哥说千叶禅师或许有办法，但千叶禅师这两日例行闭关，我们只好暂且等着。"

王寅虎一股脑儿说完，才察觉苏媚神色异样苍白，偏头看她："你怎么了？"

"没什么。"苏媚讪讪一笑，脸色却有一丝几不可察的惊措，"只是没想到李掌门这样的高手，竟然也能着了孔璘的道。"

"是啊。"王寅虎也喟叹一声，深感赞同。孔璘不仅魔功高深，而且善运兵力与法器，如今更聚齐三魔器，不啻如虎添翼，这江湖，怕再鲜有敌手，报仇，又谈何容易？苏媚又问："那你们可知孔璘为何擒李掌门？"

"听清柔师太说，是因为天罡三十六剑阵。"王寅虎坦言道，"孔璘聚齐三魔器，势必上五华山复活混天魔尊，但当今之世，还有一个人可以结出天罡三十六剑阵，那就是逍遥哥，孔璘大抵是为避免节外生枝，所以先行对逍遥哥动了手吧。"

苏媚心口悬起的大石这才落地，看来他还不知道整件事是她所为。事实上，孔璘本无擒李逍遥之心，是因苏媚拿聚齐三魔器的条件作为交换，他才将目标盯上了李逍遥，而如今被冠以如此说辞，倒也很是顺理成章。

又或者，其实这才是孔璘真正的想法，否则，孔璘岂会为她如此大费周章？

苏媚恍然大悟。这些年，她自以为与虎谋食，其实孔璘是将计就计，把她利用得一干二净。既如此，世上常道无人能出李逍遥左右，如今孔璘又无人能敢战，倘若这二人酣战一场，她是否能坐收渔翁之利呢？

这一夜，她注定无法安眠。

傲澜身死，她意难平，此生不亲刃孔璘，她难解心头之恨，而复血亲之仇已指日可待，眼见大计将成，断无再放弃之可能，只是她和王寅虎，怕是今生，再无可能……本就使命相悖，何能相守？苏媚暗暗一叹。

醒来时，日头高悬天镜，阳光成片铺下，给大地裹上一层金丝华服。苏媚起身披衣，然手方往旁边一挪，一冰凉之物冻得她一激灵。她目光随之扫去，定睛一看，床缘处，正摆放着那支饱藏犀利的短锥。短锥锋芒无匹，明显被重新打磨过，可短锥仍可回炉重造，但他们却再难破镜重圆。

将短锥规规整整束于腰间后，忽有一阵肉香扑鼻而来，苏媚拨开床帷，只见厅中的八仙桌上摆放着一青铜温鼎，鼎下炭火快尽，但揭开盖子，里面的米饭仍冒着腾腾热气，但鼻子告诉苏媚这里面不仅仅只有米饭，于是她拿起勺子往下一扒拉，果然，油滋滋的焦黄土豆和炒香的鲜嫩鸡肉显露出来，香味滚滚浓郁，令人垂涎三尺。

苏媚虽馋，却又无法再心安理得接受他的好意，透过窗上薄薄的一层纸，看见外面仍有个人影晃动着。她不知为何，心中别扭着一股小劲，便只将门开了一道缝隙，故作一副不以为意的清高模样，扬声道："都悄悄进过我屋了，还装什么正人君子，有事进来说。"

道完，却见外面迟迟没有动静，苏媚心下称奇，索性出去一瞧，却压根没见着王寅虎，只有一圆口圆脸的和尚拿着扫帚，涨红着一张脸，一头雾水地将她巴巴望着："这位女施主，可是与小僧有何误会？"

"……"苏媚气结了半晌，又才问道，"坐在这里的那位背刀男子呢？"

"原来姑娘是找王施主？"小和尚肉眼可见地长松一口气，道，"师父今日出关，已将他们请至殿中商榷事宜了。"

他们商榷的，无非是如何破解幻魅画轴，营救李逍遥一事。苏媚眼珠一转，也要急着前往，那小和尚却微笑着将其拦下，心平气和道："施主，师父交代过，您不能离开这个院子。"

苏媚一愣。风和日丽，却不闻鸟啼，她这才惊觉这寺中小院静得诡异。她举步环顾，这才赫然发现，十八罗汉重聚坐镇，已将这小院围得密不透风。

而这厢，千叶禅师因三魔器重聚孔璘之手而忧心忡忡，尽管闭关两天，神色仍欠疲惫，但见王寅虎等人，还是和缓堆出笑来，将殚精竭虑悉数掩下："鬼界之事，南松已尽数告知，几位为救李掌门，身涉险境，虽值得赞耀，但也实在莽撞行事了，理应告知仙门各派，毕竟兹事体大，又关乎李掌门安危，我想各派都将义不容辞。"

王寅虎莞尔，回敬一礼后，方道："我们当时也是救人心切。"

千叶禅师了然点头，复又语重心长地叹口气，欣慰道："不过大家都平安无事，便是最好不过了。"

但王寅虎却始终忧心另一个问题："可苏媚？"

"王少侠大可放心，老衲不会伤她。"千叶禅师知他心中所想，"但她盗取九转回魂珠一事尽人皆知，如今这江湖她难有立足之地，我设此举，又何尝不是在保护她？"

王寅虎恍然，才惊觉自己竟以小人之心度君子之腹了。

"那画轴，可否借老衲端详一二？"

"当然。"王寅虎再无犹豫，回头示意李忆如，才发现李忆如早已迫不及待，她小心翼翼地将画轴从包裹中取出来，又谨小慎微地走过去，将其递呈给千叶禅师，仿佛颠一下都唯恐伤及她爹爹："我们就是为了此事来的，盟主爷爷，请您务必救出我爹爹！"

"施主放心。"千叶禅师郑重道，"李掌门乃武林之砥柱，我绝不允许魔教中人伤李掌门分毫！"

话毕，千叶禅师缓缓接过幻魅画轴，瞬间，那里面蕴藏强大魔力，竟使之大惊失色："幻魅画轴？"

沈欺霜和李忆如也相觑一惊，随即异口同声道："您认识？"

"曾在余杭交过手。"千叶禅师长话短说，转而百思不解地看向王寅虎，"不过她的魔力为何增长如此迅速？"

王寅虎琢磨片刻，久困于心的问题猛地豁然开朗："画妖汲取怨念而成，难怪孔璘会将之放置在鬼界！"

"原来如此。"千叶禅师辗转一番后，面露凝重，"看来各位暂且还需等待几日，莫要轻举妄动，容老衲再想想法子……"

"不能等啦！"李忆如焦灼不安道，"爹爹在这里面一定受尽了折磨。"

"那可不一定哦。"这时，锦八爷忽探出一个脑袋来，咳了声道，"他不是刚大婚嘛，现在新婚燕尔的，指不定多快活呢。"

众人："……"

下一刻，锦八爷就被李忆如的三寸不烂金舌骂到直接打洞钻地，而千叶禅师也在李忆如的软磨硬泡下，选择了妥协："既然这位施主坚持，那就只能冒险一试了。"他转身吩咐喻南松，"将为师给你的传音法螺给王少侠。"

"是。"

李忆如也好奇地凑上去端详，正觉它除了色白与寻常海螺无甚区别时，千叶禅师便已徐徐交代："此为传音法螺，可与老衲心息相通，老衲用法力将你们传送画中后，你们找到李掌门或是遇见任何变故，都务必用此物告知，老衲便施法将你们传送回来。"

李忆如闻之大喜："太好了！还是有办法的嘛！"

千叶禅师却无奈叹息："这办法颇为冒险，虽有老衲的法力护持，但画妖仍会探索你们的欲念贪妄，一旦定力不足，就会深陷画中，故而你们进去后，一定要多加小心。"

"知道了，盟主爷爷！"李忆如完全还不知道自己将要面对的是什么，脸上只有马上就能见到她爹爹的欣喜，"劳烦盟主爷爷快施法吧。"

"等等。"王寅虎倒有诸多顾虑，只见他转过身去，与久立一旁未曾言语的沈欺霜道，"七七，你与逍遥哥并无渊源，此番，就不要去涉险了吧。"

喻南松也道："是啊，多一个人多一分风险。"

可惜，沈欺霜虽性格内向，却绝不是贪生怕死之辈："小虎哥你帮了我这么多，也让我帮你一次吧。"王寅虎迟疑着，正欲说什么，沈欺霜又坚持道，"更何况，我答应过师父，一定要寻回李掌门，若李掌门有事，我又如何跟师父交差？"

"这……"王寅虎顿了顿，只好作罢，"好吧，那万事小心。"

"嗯。"

沈欺霜紧随进阵，却不见喻南松眼底的担忧。

千叶禅师舒展画轴，将其置于众人上空，随之闭眸运息，手中佛珠飞动，很快，画中闪出一道佛光，如同帷幕垂落，将几人深深笼罩其中。王寅虎仅一个合目之间，光幕消散，周遭景致随之大变，而沈欺霜和李忆如也不见踪迹。且他所处之地，更叫他为之惊愕——床几、桌案靠窗而置，做工精巧格局大气，收拾得一尘不染，竟与他在盛府的房间分毫不差。王寅虎推窗一望，果然，外面碎石铺就甬路，建有四面抄手回廊，视线穿过对岸的月洞门，甚至能依稀瞧见远处的校场……这果然是盛府！

"师父……"王寅虎喃喃念叨一声，随即夺门而出，少见的惊慌侵染于举止中，显得整个人冒冒失失。可他方穿过曲折游廊，便见到一月白华服的青年男子，那男子身轻如燕，眉淡如水，却手持与之清冷气质格格不入的重铁大刀，且其招式的起落间，正是他谙熟于心的魔刀刀法。那人瞧见他，便收刀停身，奇道："师兄，今怎如此慌张？叫师父瞧见了，又该数落你了。"

"喻大哥？"王寅虎匪夷所思地唤出这一声后，又拧眉不解，"你为何唤我师兄？"

喻南松步履轻缓，款款笑道："你忘了，当初若非师兄你在师父面前力保，我现在还不知何去何从呢？我虽长你几岁，但现如今同门习武，咱不分长幼次序，只依资历排辈，我理应唤你一声师兄。"

可王寅虎清楚记得，事实并非如此。当年喻南松背负血海深仇，前来寻求依靠，可师父却将之拒之门外，无论王寅虎如何求情，盛尊武都绝不松口。世人都道盛尊武铁石心肠，就连王寅虎也曾埋怨过。可后来才明白，喻南松体质偏于阴柔，不适于魔刀修行，而盛尊武早受天吒魔气侵蚀，已是自身难保，爱莫能助。

王寅虎沉思片刻，恍然间醒悟过来，看来是画妖盗取了他的记忆和怨念，造就了虚妄之境！

不过在这里，是否真的可以见一见师父呢？王寅虎如是想着，便也问出了口："那……师父呢？"

喻南松扬扬眉："里屋呢。"

盛尊武一袭栗色银边的袍裾，立在窗前，不知冥想何事，负着手，伟岸的背影，投下一片浓厚的影。忆起那些五脏六腑都要撕裂般的咳嗽声以及痛心疾首的叱咤，王寅虎竟有些忐忑，甚至敬畏不前。

走神间，一阵轻微的脚步和衣服的窸窣声响起，王寅虎抬头，盛尊武恰转过身来，瞅见他，似略感惊诧，那双斜飞入鬓的浓眉便习惯性皱起："你这孩子，怎生进来没个声响？"说着，盛尊武坐回木椅上，单手沏了杯茶，"不过你来得正好，我正有事与你商议……"

许是见他精神矍铄，容光焕发，记忆中的病色憔悴已然荡然无存，王寅虎竟一时忘了给予反应，而盛尊武便是最厌别人这副呆若木鸡的样子："你这孩子怎么回事，杵在那里话也不说！"

尽管王寅虎心知肚明，眼前这人，只是幻象所构，但那惟妙惟肖的神态模样，却也委实让他不忍打破："没、没什么，见师父身体大好，小虎太开心了。"

"你这是盼着为师身体不好？"

"小虎不敢。"

王寅虎立刻低下头去，盛尊武见他态度诚恳，便敛眉顺目，继续道："过两日你爹娘要来，你准备准备。"

"我爹娘？"王寅虎不禁大吃一惊。他爹娘早已离世，尽管这画妖幻境有偷天换日的本事，可这些不可磨灭的记忆，却给他当头一棒。他想，他必须赶紧找到沈欺霜和李忆如，若是她们也沉溺于这样的虚妄之境中，那麻烦就大了。

念及此，王寅虎不舍般看了师父最后一眼，随即毅然转身离去。从盛府出来，街道上人影如织，车水马龙，每个人都刻画得栩栩如生，活灵活现，仿佛真的血肉之躯。而就在这时，擦肩接踵中，一抹脱俗的红绸，叫王寅虎浑身僵滞。似乎是惊、是喜，也是不可思议，他久久矗立原地，复杂纷呈的脸上，不知该作何反应。而那一袭红衣的女子，幽韵撩人，柔桡轻曼，一步三摇越走越近，最终停足于他身前，柳眉轻拢，怨道："说好以后要一起走的，转眼你就不见了，可叫我好找！"

喧哗聒噪的街，似万籁俱寂了，王寅虎听见自己迟疑而顿挫的嗓音："你怎么来了？"

苏媚双手环胸，故意盛气凌人地瞥他一眼："我不来你怎么办哪？"

"苏媚……"自以为水火不侵，可一见到她，王寅虎心中却万般动容，抑制不住四肢的冲动，伸手想要将她揽入怀中，苏媚向来不拘形迹，见他欲动不动，磨磨叽叽，索性两手一张，率先投怀送抱，牢牢环住了他的腰。王寅虎先是一愣，随后哑然失笑，正要回抱之时，她却忽在他耳边轻唤了一声："小虎哥……"

几乎就是这一瞬间，一记响亮的大锤重重击在王寅虎的心中，他下意识推开这眼前人，利索果断之姿，如避开毒蛇猛兽般，与之迅速拉开距离，随之声色沉稳，决绝道："你不是她！"

苏媚俨然有些不明所以，焦急道："什么是不是她，我是苏媚呀，小虎哥？"

"她从不这样唤我！"王寅虎双眸笃定，口吻深沉，见她还欲伸手前来，但王寅虎却再无怜香惜玉之心，直接蓄力一掌，在她举步而来时，掌落其心口，猛一发力，直接将"苏媚"击败在地。

"小虎哥你做什么？""苏媚"摔在地上，虽吃痛不已，却楚楚有致，娇怜柔弱之姿，我见犹怜。

王寅虎却不为所动，仍冷冷地看着她："我想到谁便能见到谁，哪有这般容易的事，画妖，我已识破你的诡术，收手吧！"

"你竟可以不被幻魅之术所诱？""苏媚"忽起身，惊诧的眼潭中透着一丝寒芒与阴险，"命格特异，果然非凡。"

王寅虎却不打算与之过多纠缠，拔出天吒，直指其脖颈，语态生冷："她们在哪儿？"

"自是美梦之中。"画妖幻化的"苏媚"笑得猖獗得意，挑眉道，"你即便找到她们又如何，现实里的爱而不得，在这里都可以相知相守，没有人会愿意跟你离开。"

"心上人固然重要，但肩上的担子更重。"王寅虎坚信，"她们不会放任自己的沉沦。"

"是吗？"画妖悠长的口吻充斥着悲怨之气，可忽然间，她像是改变了主意，又饶有兴致道，"不过，你尽管一试。"话毕，她竟瞬间烟灭于王寅虎刀下，而周遭幻境，也在千变万化，不一会儿，王寅虎所处之地，绝壁凌空，高插云霄，登临其间，西眺皑皑雪峰山静云动，东瞰莽莽平川含烟凝翠。这气势之雄景观之奇，便是名画之手，诗圣之笔都不及万分之一。

这便是声名在外的仙霞派。

王寅虎曾寻沈欺霜，来过一两次，虽目前还不知画妖话中之意，但当务之急是寻得沈欺霜，便急忙顺着峭壁绝崖上的千层梯，熟门熟路地绕上仙霞岭，便听远处传来一些女子的嬉戏声。王寅虎心中一喜，忙上前探看，只见云蒸霞蔚间，几名蓝衣玉剑、身姿毓秀的女子聚作一团，王寅虎粗略一数，不偏不倚，正好五人，再仔细一看，竟正是早已散于生死之间的仙霞五奇。

只见那柳逐霓眉眼灵动，如同一泓清泉，饶有兴致地盯着沈欺霜，坦率直言的天真面貌一如往初："沈师姐，我看那个王寅虎挺有风度的，对你也有意思，上回见面，他瞧你的那双眼睛，目不转睛的，指定心中多欢喜你呢。"

"你……你在说什么，可不要取笑我了。"沈欺霜脸色娇红，急忙颔首垂目，神色闪躲。

厉凌云却是抱剑一旁，不冷不热道："直勾勾地盯着女孩子也叫有风度，我看就是登徒浪子一个，欺霜，你别听她瞎说，这男人再好，都不如手中有一把好剑来得可靠。"说着，一本正经地拍了拍沈欺霜的肩，"你根基不错，好好修行，必得大用。"

沈欺霜被她们这三言两语调侃得张口结舌，齐弄霞见状，莞尔一笑，目光柔和地接过厉凌云的话："可不是每个女子都跟你一样，有名扬四海的鸿鹄之志。所谓窈窕淑女，君子好逑，那王少侠声名远扬，为人又宽宏良善，习得一身武功绝学，若与沈师妹情投意合，也不失为一桩美事，我这个做大师姐的，只希望，你们都能有一个好的归宿。"

"是啊是啊！"柳逐霓对此小鸡啄米似的连连点头赞同，随后思绪又自顾自地遐想远去，"沈师姐这么好看，不知道穿上婚服又是何等惊艳呢？"

"想什么呢！"梅胜雪忍不住摁了摁她的头。就在众人以为她要数落柳逐霓过于"畅所欲言"时，只听梅胜雪爽朗一笑，道："沈师妹的婚礼，自然是要办在沈家堡的！"

"……"沈欺霜不禁一脸羞愧，红了双耳："你、你们……都说到哪里去了……"

玉砌栏杆外，默立良久的王寅虎竟也被这些调侃惹得面红耳赤。其实如今想想，当初年少之时，尚不懂人情世故，贸然送人传家玉佩，多少有些不合时宜，纵使两人仅道义之交，却叫外人误会了去，俨然不利她的名声。正懊悔之际，只听那厢的梅胜雪忽又奇问道："不过，欺霜你不是还要去趟杭州吗？怎么这么快就回来了？"

"我……"沈欺霜有些难为情似的，腼腆道，"不知怎的，忽然，很想念你们，所以就折返回来……"

听得这腻歪一句，仙霞四奇不约而同地"咦"了一声，笑她一向内敛不善言辞，忽然说这些话，直叫人骨酥筋松。可王寅虎听进耳去，眼中却满是疼惜。他清楚，沈欺霜这句并非"忽如其来"，而是压制已久。仙霞四奇之死，让她难以释怀，所以怨念成疾，造就如此幻境。不过当务之急，应该是让她脱离幻境，而非继续沉沦。

"七七！"见她们还娓娓不倦相谈甚欢，王寅虎虽于心不忍，却还是赫然现身，出言喊她。

仙霞五奇闻声回头，甫一瞅见王寅虎，脸色竟骤然剧变，随之"铮"

一声，五把利剑同时出鞘，清凉的剑锋萧索锐利，不约而同地齐齐指向王寅虎，连同沈欺霜也目色戒备，形同陌路，冷漠询问："你是何人？"

王寅虎惊愕之余，厉凌云又冷声道："大胆妖孽！竟敢直闯仙霞派，好大的胆子！"经这一呵斥，王寅虎这才自我怀疑地将自己打量一周，察觉并无异样后又一脸坦然道："七七，我是小虎……"

"你分明是妖怪的模样，为何说是小虎？"沈欺霜义正词严。

"妖怪？"王寅虎暗暗揣摩片刻后幡然醒悟。不容置疑，这其中必然是画妖动了手脚，才会令她错认自己。画妖此举，无非有意挑拨离间，让他们互相残杀，而困死于画轴之中。

王寅虎不免焦急："七七，这是幻境，我们一起进来的，你忘了？她们都是幻象，你可莫要被其蒙骗了！"

梅胜雪等人冷哼一声，寸步不让："妖言惑众，分明你才是妖孽！"话毕，几人提剑摆阵，掷地有声的御剑口诀、变幻飘逸的挽花剑式，竟将仙霞派的"白虹彤霞"使得炉火纯青，几乎可以以假乱真。迫在眉睫之势不容王寅虎迟疑，见沈欺霜仍无动于衷，他当下灵机一动，解开左臂层层缠裹的绦带，早已饥肠辘辘的虎煞登时破空现世，在其庞大灵体带起的磅礴之气下，所谓的"白虹彤霞"竟然不堪一击，一一溃败。

"虎煞？"与此同时，沈欺霜醍醐灌顶，只觉灵台那团阴翳赫然散去，她登时大梦初醒，再见眼前之人，刀笔身挺，目光灼灼，一袭玄衣紧袖，承载着风华正茂，轩昂气度。她赫然惊诧："你果真是小虎！"说着，她眼中喜色又猛地褪尽，张皇着转过身，只见上一刻还与她嬉逐打闹的仙霞四奇竟在虎煞的吸纳下，身体肢解破碎，裂成道道白光，最后化为烟雾细沙，尽数吸入虎煞体内。

"不要！"沈欺霜怛然失色，下意识伸手阻拦，可为时已晚，而虎煞也并未作理，只是打了个嗝，随后吧唧吧唧嘴，做出评价："味道一般。"妖力越浓，味道越好，这些如此不堪一击，断然只是画妖灵力变幻的一部分。王寅虎见沈欺霜容色苍白，知道适才之事触及她心中痛处，一时不知如何安慰，踌躇道："七七，她们只是……"

"我明白。"沈欺霜强撑着镇定打断他，可神色却渐渐黯然下去，"师姐、师妹她们早已经……都是我的错……"彩璃谷一战，如果不是她走神失手，仙霞四奇也不会断送性命，想到这儿，沈欺霜便心如刀割。她欲言又止，缓缓闭目，等着心头那阵绞痛过去后，又是许久的顺息，才喑哑道："对不起，小虎，我不知怎的，竟然陷入了幻境，险些对你动手……"

"不碍事，这画妖魔力强大，入画者很难不中招。"王寅虎顿了顿，有些心疼地看着她，"倒是你，逝者已逝，不要过度伤心，也切莫自责，我们一定会找孔璘，为她们报仇雪恨！"

"嗯。"

默了片刻，王寅虎又问："七七，你遇见忆如了吗？"

"未曾。"沈欺霜这才想起正经事，担忧道，"她年纪尚小，怎能承受幻境的诱惑，我们得赶紧找到她！"

"是啊！"王寅虎也忧心忡忡，敛眉沉思，"想来，她应该是在仙灵岛。"

第四十二章
拨云见道思苍生

　　随着沈欺霜幻境的湮灭，巍峨瑰丽的群峰褪去色彩，坍缩成一无边无际的虚空之境。烟波浩渺，悬足而立，人如蜉蝣，难辨方位，仿佛沧海之一粟。沈欺霜紧跟王寅虎身后，每临空踏出一步，便心生一阵惊寒之意，反观王寅虎，信步于前，如履平地，伟岸健硕的身段，是临危不惧的从容与镇定。

　　他行至几步，忽若有所思地回过头来，想起刚刚七七幻境的调侃，深暗的脸色上所浮现的，竟又是一副难以为继的踌躇之色："七七，冒犯一下，可否……将手递与我？"

　　"嗯？"沈欺霜不明所以间，王寅虎已将自己掌心坦然撑于她面前。那双手，刚劲有力，骨节分明，不见杀妖诛魔的粗粝，只有舞文弄墨的文人秀气。沈欺霜不知怎的，竟问也不问，便鬼使神差地将手放置上去。

　　十指紧扣，肌肤相触，沈欺霜骤然间，心如鼓捣，只觉心头有只小鹿，横冲直撞地，仿佛要挣开胸腔的桎梏，一跃而出。她迟缓地抬起头来，那一瞬，她看见他眼底映射的，全是娇措无知的自己。这样宽厚温暖的掌心、深沉如水的眼眸，几乎要将她心化成了水去。

　　倘若这是幻境，沉溺其中又如何？

　　当这个想法跳出来时，沈欺霜被自己的"大胆"吓了一跳，这时，王寅虎又缓声道："闭上眼睛。"

她抿唇，点了点头，依言照做，无由来的莫名期待，让她两耳潮红。她是喜欢王寅虎的，她很确定……这个临危不乱又坦率正直的男子，一直是她小心翼翼珍藏于心尖上的仰慕之人，所以……就尽管"大胆"一些吧。

渐袭耳的海浪声，仿佛她起伏不定的心口般，波涛汹涌。

"可以睁眼了。"

缓缓睁开眼时，王寅虎已经松开她的手，挺拔颀长的身却与她背对而立，没能看见，她眼底蓄起的欢喜与炽热，只是道："果然，只要凝神幻想，就能抵达心之所向。"话毕，再回头时，一抹几不可察的惆怅不解，已将沈欺霜眼底情愫扫荡无遗，一阵冷风过境，沈欺霜顿时恍若大梦初醒。

云海苍茫，水天一色，而岸上，惊涛环绕，怪石嶙峋，几座别致庭院，在小溪纵横灼灼桃花间，立得端庄又幽雅。

"原来你是……"沈欺霜欲言又止，因她已被自己所生的"非分之想"羞红了脸。她急忙转过身去打量周遭景物，掩下那满脸的娇羞无措："这便是仙灵岛？"

"不错。"王寅虎并未留意到沈欺霜因自己适才之举而在心头激起了层层涟漪，惊喜道。王寅虎拨云见天般，引着她继续往前。

两人绕过几处庭院，果然听见一阵耳熟能详的银铃笑声，偏头一望，一树灼灼桃花，绚烂如霞，漫天花雨下，一桌一椅，三两茶具，摆放得慵懒而惬意。李忆如正坐在石桌上，欢畅地摇着腿，而端坐于她前面的男人，二十七八的年纪，一袭藏青长衫，举止生风，漆黑如墨的长发，已沾染少许白霜，虽容止可观，望之俨然，却藏着几分风沙侵蚀的沧桑。

"那就是李掌门吗？"沈欺霜常听她师父谈及蜀山掌门人李逍遥，也时时听到江湖中人赞其风骨与侠气，如今一见，果如传闻。

"未必！"王寅虎神色凝肃，不见半分欣喜。沈欺霜见状，脸上敬重登时敛收无遗："你是说，他也是……"

这时，李逍遥似乎发现了他们，李忆如也转过头来，登时喜出望外：

"小虎哥哥！"

"小虎？"李逍遥似有迟疑。他们二人虽同村长大，但多年未见，印象中，耿直、憨厚、老实就如刻进王寅虎骨子里的标记，可辗转多年，那虎头虎脑的男孩，已生得修长高大。长久的打量后，李逍遥唇轻轻弯起，一丝欣喜爬上眼梢，可又在一刻消失殆尽！

只见王寅虎勾腕抖劲，撒手掷刀而来，李逍遥毫无戒备，但身手敏捷，纵使王寅虎这一刀干净利索，携破竹之势，但李逍遥回避之姿，行云流水从容有度。李逍遥问道："小虎，你为何与我动手？"回应他的是魔刀的一声铮鸣。魔刀没入岩壁三尺，王寅虎阔步紧随而来，握掌成拳，斜方横扫，李逍遥单手与之交锋之际，王寅虎回身取刀，李忆如见状，惊恐万状地失声大喊："小虎哥哥，快住手，他是我爹爹呀！"

"忆如，他不是你爹。"沈欺霜拔剑而来，"这是画妖所幻的虚像！"

"画妖？"

沈欺霜眼中愁雾浓郁，氤氲不散："你入画之前千叶禅师如何交代的，可还记得？画妖利用心中怨念，造就幻境，我们入画是为了救你爹爹出去，你可不要反被这些幻境所困。"

李忆如一头雾水："可我爹爹就在这里啊？"

"他不是你爹……"

"多说无益。"见李忆如身处幻境执迷不悟，王寅虎知道再多口舌，都不及快刀斩乱麻，直接叫这"李逍遥"原形毕露来得直截了当。

王寅虎绝不拖泥带水，招招蕴藏雷霆之力，精纯醇正的魔刀之下，任何妖魔都将形神俱灭。但那"李逍遥"也毫不逊色，自始至终，应对自如，二人刀锋交接，"李逍遥"多次长剑震颤，不得不松剑而又接握，王寅虎以为是可承之机，乘胜追击之时，但他又剑式急转，矫若惊龙，其中万端变幻，竟叫王寅虎心中唏嘘。

沈欺霜见王寅虎对战吃力，立刻上前协助。沈欺霜内力收敛，手法飘逸，其剑亦是讲究招式间的贯连程度，以及力道方向的严加把控，完美遵循所承之学，本已无懈可击，但"李逍遥"的剑，褪去华丽的虚招和外在束缚，只讲究速度与精准，二者相较，人剑合一的"李逍遥"何止更胜一筹，简直是以横扫残叶之势，将沈欺霜循规蹈矩的剑术拆解无遗！

"剑术，在于变法，才能出其不意，故步自封，只会为世俗所淘汰。"纵使被前后夹击，但"李逍遥"仍游刃有余，"姑娘适才几招，皆是蜀山剑派早些年的剑术演变而来，不知姑娘从何处习来的？"

仙霞派从创立初始，就光明磊落，而仙门各派，各有传承，最忌讳的便是盗学盗艺。沈欺霜作为根正苗红的仙霞弟子，所使之剑竟被说成蜀山早已淘汰的古早剑法，自然心有不悦，但想到画妖的手段便是激怒人心，汲取欲念，便索性不作理会，又竭力而起，持续交锋。

这厢，王寅虎内力雄厚沛然，尽蓄于刀锋，以"砍"式，与"李逍遥"互拼硬功，可这"李逍遥"的内力虽不比王寅虎精纯刚猛，但却绵绵不断、源源不竭，守中含攻，攻中带柔，正逐步递增，仿佛深无止境。王寅虎不禁心中胆寒，这"李逍遥"内力调动如此之大，却眉目温和，不动声色，足以见得，此人几乎是已到绝顶之境。

王寅虎想来，他生平所遇人物之中，除却千叶禅师、谢沧行等寥寥数人能有此修为，便只有一代宗师李逍遥能臻此境界。而之前在仙霞岭的对决中，画妖虽能将仙霞四奇的剑式使得惟妙惟肖，却无法发挥其真正的剑意而不堪一击。但面前之人，不仅轻描淡写间就拆解了他们所有的招式，甚至功力高深望尘莫及，远在画妖之上。若非李逍遥本人，王寅虎实属难以想到第二个解释。

思忖间，五招又过。"李逍遥"的内力泊然绵长，虽难攻难克，却并无任何歹意和杀气，这刹那之间，无数疑端霍然袭上王寅虎心头，他登时恍然大悟，然一声"住手！"还未破开喉腔，沈欺霜玉剑忽然失手落地，而"李逍遥"闪身回击，以指替剑，径取沈欺霜的要害！

"爹爹住手！"

"七七！"

王寅虎和李忆如异口同声，满目的担忧与惊恐，呼之欲出。而李道

第四十二章

遥仅二指下钳，便有穿云裂石之势，即便收指回力，也是轻而易举，如捻落叶。是以，在他二人话音未落之时，李逍遥指尖已在离沈欺霜脖子一寸处堪堪落定，偏头过来，看着惊慌失措的王寅虎，淡然的眉眼，有风徐来："不打了？"

"不打了，不打了！"王寅虎连声应答箭步过去查看欺霜的伤势，确认无恙后，才回头去瞧李逍遥，心中顾虑烟消云散，喜悦这才姗姗来迟，他不禁惊喜道："你果真是逍遥哥？！"

李逍遥收回手去，长剑回鞘，扬眉奇道："我难道还能是别人？"

"但别人有可能是你。"王寅虎摸摸后脑勺，略失尴尬地笑了笑。沈欺霜也有些不可置信，讷讷道："竟……真的是李掌门？"她适才竟大打出手……沈欺霜顿时面露愧色："……久仰李掌门大名，适才……多谢李掌门手下留情……"

她还没有说完，王寅虎已经抢话揽责坦然道："不关你的事，都是我误判……"

"不碍事。"李逍遥并不在意，反而认真打量了一番王寅虎，"不过小虎，多年不见，没想到你的功力竟已如此浑厚。这刀法虽略带魔性，但被你使得大开大合，一股浩然正气蔚然成风，几乎与你根骨相辅相成，莫说是同龄人，想必你如今在江湖之中，也已名列前茅了。看来这些年，你倒是勤学苦练，很是用功啊？"

事实上，王寅虎自幼都在追寻李逍遥的脚步，希望能如他一样，天下将乱，有舍我之慷慨以及救济世人的担当；群魔出动，有震慑之神威以及力挽狂澜的能力。如今能得他这一称赞，王寅虎欣喜却又受之有愧："师父倾囊相授，我不敢怠慢，不过，与逍遥哥相比，尚且相去甚远。"

"我？"李逍遥忍不住摇头叹笑起来，"唉，我可比不上你，我像你这么大的时候，估计还在客栈削木剑玩呢！"忆起年少趣事，二人相视一笑。过了一会儿，李逍遥的目光又落在沈欺霜身上，困惑道："不过这位沈姑娘的剑法似与蜀山派师出同源，但又掺杂着一些魔族武功，以至于其剑招剑式剑意都截然不同了，不知师承何派？"

沈欺霜曾受过清柔师太的叮嘱，说是在外遇见李掌门，应奉其话为师命，便不敢有半点遮掩，如实道："晚辈沈欺霜，自幼拜于清柔师太座下，武功尽承仙霞派，但以前晚辈在比武大会上使的一招'御风术'也曾被江湖中人误以为是蜀山的'御剑术'，不知是否真的与蜀山有何渊源，毕竟这门派创立之史，也从未听师父提及过分毫。"

"原来如此。"他若有所思半响，但只字未提，只是莞尔笑道，"没想到你就是近来声名大噪的'仙霞五奇'之一的沈女侠，日后若有机会，我理应登门拜访清柔师太，顺便叫我蜀山弟子与你们五位师姐们切磋切磋，也叫他们长长见识，什么是巾帼不让须眉。"

本是褒奖捧赞之语，可沈欺霜眼中却光华散尽："李掌门言重了，只是，怕没有这个机会了……"

见其脸色讳莫如深，李逍遥瞧出端倪，不禁蹙眉："发生了何事？"

王寅虎不忍沈欺霜将那日的惨烈复述一遍，只好暂时将这话题略过："说来话长，逍遥哥，此地不宜久留，我们先回去，日后再详说吧。"

"回去？"对于李逍遥而言，这仙灵岛便是他的家，王寅虎这突如其来的一句"回去"委实让他有些不明所以，"回哪里去，我好不容易找到……"他顿了顿，环顾一周后，忽着急道，"灵儿呢？忆如，你娘亲呢？"

"爹爹，那不是娘亲，那是妖怪！"李忆如跺跺脚，愁苦地再次解释道，"我先就给你讲过了你还不信，还说我讲胡话，都说了是那个什么幻魅画轴给你造就的幻境，那娘亲是画妖变的！"

李逍遥不惊也不怒，只是耐着性子摸了摸她的头，温声责备起来："你娘亲怎么可能是妖怪呢？倒是你，不老老实实待在仙灵岛上，这么久都不回来见见你娘亲……"

"逍遥哥。"王寅虎实在难以忍受他所敬重之人，竟被一幻魅画轴欺骗成这般模样。他目光如炬，不禁对他郑重其事道："忆如所言句句属实，这一切都是幻魅画轴的幻术，都是假象！"

"幻魅画轴？"李逍遥仰头半天，半信半疑间，却是不以为意的淡然：

"你是说，我这段时间与灵儿的所经所历都是假的？是幻象？"

语罢，他的眼眸，是寒潭归于死寂后的无波无澜："所以，你们就是为了来告诉我，我的灵儿，并没有回来？"

"逍遥哥……"怎么他完全一副早就洞悉一切的神色？

不等王寅虎回答，李逍遥已怅然失笑起来，那从容自若竟摊碎一地，清风眉眼已盛满悲秋："我本以为，此生便是死在这里，也是和灵儿在一起，幻境又如何，我终归能够再和她……共度此生。"

风，好像把海浪吹息了，王寅虎不再说话，又或者，是不知该说什么。世人大多只闻李逍遥潇洒不羁，侠肝义胆，却从未见过他这般失魂落魄，消愁难断的模样。他想，到底是多深的执念，才能让位列宗师之人如此执迷不悟。

王寅虎好像忽然明白了那画妖的话，满足人之痴嗔贪妄，使人沦陷画中美好，就是画妖的卑劣手段。可比起外面的呕哑嘲哳、爱而不得，谁都更向往于画中的笙磬同音、相知相守。就如李逍遥，能与故去的亡妻在这样的无人打扰之境厮守终生，换个角度来说，又何尝不是一件幸事？

不知过了多久，李忆如憋屈着嘴，忽然小声呜咽起来，那声音越哭越大，最后捂着眼睛，号啕大哭："可是爹爹，你还有忆如啊，爹爹难道也不要忆如了吗……"

"忆如……"李逍遥深长的叹息，似扯痛了心口，他弯身揽过李忆如，将她起伏不定的小身板牢牢安抚在胸膛里。李忆如仍是泣不成声，哽咽的嗓音略带责备："还有月如娘亲，月如娘亲也在等着爹爹……"

只此一言，醍醐灌顶。李逍遥颓然的眼帘蓦然撑开："对，月如……"他抬起头来，斜飞入鬓的剑眉聚如山峦，"你月如娘亲怎么样了？"

李忆如拧着嘴，眼泪吧嗒一下砸在他爹爹的肩头，含糊半天，才摇头："圣姑说，不太好……"

"莫不是已经误了时辰？"李逍遥忽着急起来。

"嗯……爹爹已经很久没有去送药了，所以，月如娘亲她……又加重了……"李忆如的答案，叫李逍遥愁肠百结。当初若非林月如舍命相救，忆如又岂能平安降世？而如今他好不容易又寻得救活她的法子，他却又……

李逍遥愧疚难当，神色恍惚了许久，才摇头自谴："我竟然……放纵自己沉沦了如此之久?!"悔恨懊恼汹涌而来，无处发泄，李逍遥隐忍痛色，将五指深埋入发冠之中，本就被沧桑染尽的脸，忽然之间，似苍老了许多，"爹爹糊涂，竟然不顾你月如娘亲的安危，还要忆如涉险前来相救……"

"只要爹爹平安无事就好。"

父女二人相互慰藉，安抚半晌，李逍遥才看向王寅虎："小虎，你说得对，我们得赶紧回去，孔璘想用'灵儿'来说服我解开天罡剑阵，虽在画中，但我理智尚算清醒，一直未应，孔璘必然不会罢休。"

果然是为了天罡剑阵！王寅虎自是毫不迟疑，拿出传音法螺告知千叶禅师。转瞬间，几人脚底便生出一道佛印。那佛印聚作锐利夺目的金光，逐渐壮大直至膨裂，刹那间，埋没吞噬着周遭一切人事物，再睁眼时，足下是严丝合缝的檀木板，抬头，佛祖慈悲的眼眸，凝视着世间万物。而这时，千叶禅师已步履轻缓，落至李逍遥面前，慈眉善睐，极为温和："李掌门，这些时日，受苦了。"

"说来惭愧。"李逍遥不禁长叹，作为掌门人、父亲、丈夫，他竟然为了一己痴妄，摒弃肩上的责任与担当，任由自己沉沦不醒，实在有辱他人对他寄予的厚望。寥寥寒暄几句后，李逍遥已在李忆如对画妖滔滔不绝的谩骂里，捕捉到一些蛛丝马迹："异魔教最近可是又闹动静了？"

"不错。"千叶禅师缓缓点头，白眉之下，那双虚怀若谷的浅眸，难得凝重几分。他语重心长地叹了口气，过了片刻，转身与王寅虎等人道："各位辛苦，如今江湖情势堪忧，最近诸多事宜老衲还要与李掌门细说，就先不招待各位了。"说着，又吩咐喻南松："你先带几位施主回房休息。"

众人心领神会，便依言离开，唯独李忆如，死皮赖脸地留了下来。

长风过境，浮云横生，缭绕在崇山峻岭间，如层帷幕，遮住万千山川，凡世俗景，苏媚坐于堂前，只觉此寺虽静，却不足以静心养性，反而波云诡谲，叫人心神不宁，如坐针毡。斜眼望去，十八罗汉恪尽职守，仍守着院子寸步不离，苏媚未曾轻举妄动，倒也不是她贪生怕死，只是不知何去何从。

三魔器集齐之后，她作为孔璘的"得力助手"，没有了任何利用的价值，主动摆脱异魔教的同时也被异魔教所摒弃，而如今江湖，早无她安身立命之所，逃？她又能逃到哪里去？没有了亲人，没有了朋友，仅剩他们，可苏媚也不知哪天，他们这段相濡以沫的患难之交，就被她自己亲手撕成粉碎。

忽然，一阵急促而沉稳有力的脚步声传来，苏媚识得这脚步声，猛地抬起头来，果然，他踏着落叶，负刀而来，浑然天成的浩然正气中，是不失俊逸文雅的刚阳魅力。

"消灭孔璘，大功告成之后，我们回杭州，见我师父！"苏媚还未开口，王寅虎已经箭步过来，高大顾长的身姿端立在她面前，语出惊人道，"苏媚，再也不要离开我了！"

苏媚被他这没头没尾的一句弄得一头雾水："怎么了，忽然这般……"

"我想好好跟你在一起。"从见到李逍遥的执念开始，王寅虎就暗暗下了这个决定。大抵是这一路上，见过太多的爱而不得，他明白，身处乱世，相爱比相守更可贵，王寅虎字字虔诚道，"以前我总想等一切尘埃落定，可如今江湖动荡不安，没人知道下一刻又会出现什么变故。"

他的一本正经，仿佛叫苏媚豁然开朗。

是啊，只要还能在一起，哪怕一刻，哪怕明知是错的，哪怕没有结果，也是好的。没人知道未来会发生什么，与其届时去遗憾、去后悔，还不如好好珍惜还在一起的时候。更何况，她又如何能拒绝这样深情款款、热忱而又真诚的他。那样好看的眉目，连紧紧蹙起时也不失分毫的英朗。她甚至看见他眼中碧波荡漾，涟漪起伏，凝望着她时，仿佛要将深情倾盆倒来，不知不觉间，二人竟越凑越近……直到她卷翘的眼睫轻扫在他脸上，王寅虎才猛然惊醒般，赫然拉开距离，那双一向沉稳的眼眸，竟方寸大乱："忘了，这是佛门净地……还是……"

"……"苏媚不禁被他这榆木脑袋惹笑了。

可明知结局却不顾结局，于苏媚而言，又谈何容易？

不多时，李忆如蹦蹦跳跳地从房中出来，苏媚第一眼，却只看见她身后那道凛然而萧索的背影，目光一迎，苏媚心头浪掀千丈，愤恨瞬时击胸。

李逍遥似乎察觉异样，当下朝她疾步走来，那凌然气势，仿佛云山迎面崩来。

苏媚心弦一紧，五指悄无声息地握紧了短锥，就在李逍遥越逼越近之时，忽然，一双温暖的手蓦地挽过她，苏媚猝不及防往侧一偏，反应过来时，已被王寅虎护在身后。

"逍遥哥，她叫苏媚，是我……朋友，虽是妖，但心地善良，从未害过人……"王寅虎解释得张皇失措，可李逍遥深暗的眼眸却如天河明暗，时清时浊，他盯着苏媚，斟酌良晌，却竟是松下一身气力般，暗叹了一声，道："你的灵泽，跟……灵儿……很像。"

"灵儿姐姐？"

"娘亲？"

几人一愣，正不明所以，李逍遥已自顾自地苦笑一声："可她不及你这般芬芳妩媚，也没有你眉眼间的半分风情。"顿了顿，他又苦笑一声，自嘲道，"倒也不知，究竟觉得哪里像了？"

这掐头去尾的一句，也叫苏媚一头雾水，她厉着神色正要回话，可这时，李忆如已沾沾自喜道："难怪我一见狐姐姐就觉得很是亲近！"

听得此言，苏媚一顿，看着李忆如那张与李逍遥有着几分相似的脸，她眼底情绪翻涌，似乎有一束张扬的火正在熄灭，而逐渐变得空洞无神……她一步一步往后退去，转身离开，仿佛在逃避什么……

亲近？是啊，苏媚见她何尝不是如此，她曾经多希望这个女孩子，一生欢喜无忧，幸福安康，可为何她是仇人之女，而自己将亲手毁她的幸福……

邪教势力日趋壮大，如火如荼，不少被镇压多年的山头妖王都揭竿而起，先后灭掉数个小门小派，作为献礼以向孔璘表达衷心，以至于所有门派弟子噤若寒蝉，个个枕戈以待，仿佛混战一触即发。而今江湖大势，已如弦上之矢，短短半月，来摩诃寺寻求庇护的弟子络绎不绝，但千叶禅师一炷香一蒲团，敲着木鱼不动如山，直到某个星烛长明的夜，一封佛印加持的密信，以十万火急之速，抵达仙门各大小门派的掌门人之手。

"高凌五岳，秀甲九州"，便是峨眉山的气势。新来的弟子怀奇环顾四周，只见群峰耸峙，飞瀑流泉，巍然屹立，势如屏障，它以高傲清冷之姿，将俗尘隔断，聚集天地之灵气，置身其间便心旷神怡，忘却过往而泰然自若。然，此时，清柔师太展开密卷，却浑身僵滞，唯淡泊的清丽水眸，骤聚层层波澜。怀奇见状，操起还未褪尽稚气的幼怜嗓音，忧心道："师父，怎么了？"

"无碍。"清柔师太揉了揉轻蹙的额，"只是弑亲之仇，即将大报。"

"那不是好事吗？"怀奇大喜后，又道，"那师父为何还闷闷不乐？"

"我想……也应该算是好事吧。"清柔师太很少这样举棋不定，"孔璘已动身前往五华山，千叶禅师唯恐其大计将成，率众仙派齐聚龙门邪域围剿魔教之徒，李掌门和王寅虎等人则前往五华山，拦截孔璘，而此一战，若胜了，'异魔教'这脉拥有神族血统的种族，将被永生冠以'邪魔'之名，彻底消失于九州大地。"

不知是不是错觉，怀奇竟从她平缓的口吻间，捕捉到一丝的惋惜和痛心，怀奇并未在意，只是若有所思道："难怪千叶禅师这般沉得住气，原来是在坐等时机，如今龙门邪域没了孔璘坐镇，那异魔教岂不是不堪一击？而孔璘没了后备支援，对战李掌门和王少侠等人，定然输得难看！"

清柔师太却笑她年纪尚幼未经战事，空有一腔匡扶正义的心，却不知背水一战后一败涂地的惨痛："正邪开战，必造杀戮，仙门大半弟子非死即伤，或胜或败，都算不得好事。"话毕，清柔师太又凝神许久，"去通知你大师姐，让她率所有弟子，遵从蜀山号令，踏平异魔教！"

"遵从蜀山号令？"怀奇又是莫名一惊，困惑道，"那师父呢？"

清柔师太紧握杯壁，声音忽低沉得骇人："为师要上五华山，亲自了结孔璘性命！"

此话一出，竟叫怀奇不寒而栗。怀奇再不敢插嘴，收心敛性后毕恭毕敬地离开。却不多时，清柔师太独自一人回到卧室后，从落兵台底的暗格层中取出一旧红的木匣。木匣以枷锁封存，打开之后，里面却只有一把剑鞘。剑鞘两尺一寸，尘封多年，积了灰尘，仍寒意流淌，冷如风霜。细看，其身玄铁铸就，厚度适中，握之有劲，上刻祥云纹路之走势威严壮阔，竟是蜀山样式。

清柔师太笑意浅薄，纤细如玉的指尖自剑身轻抚而过，可目光却始终望向窗牖外苍茫的天色，云海翻涌，既有云卷云舒的释然，也有云囤雾集的凝重，她收回视线，幽幽叹息："女儿终于可以为你们报仇雪恨了，只是，娘，原谅女儿不孝，此事关乎江湖生死存亡，我……不得不这样做。"

第四十三章 各生筹谋

九起九伏的蜿蜒大山，由东北而南下，途中顿开玉屏，分支五脉，故为"五华山"。五华山端丽庄严，领袖诸山，层峦叠翠，绿波汹涌，足临顶峰，万家灯火、山川湖泊，一览可尽。偶有奇石矗立其间，立如佛祖，也有巨石横悬，挡人去路。李忆如正要去端详一似人非人状的奇石，便听身后王寅虎一本正经道："据说混天魔尊的形神被牵制之后，其形便如一尊似人似魔的巨石，矗立林间。"

听得这话，李忆如不禁打了一个寒战，立刻缩回手来，再看那石头，便再也不觉得它神奇可爱了。她三步并作两步，紧跟上她爹的步伐后，就理直气壮地告了王寅虎一状，李逍遥却只是回头，与之相视一笑。

而彼时，李忆如那双天真无邪的眼睛，仍瞪得奇大无比，惑道："不过爹爹，那三魔器为何能让魔尊复生？"

李逍遥将独行在栏杆上寻找平衡的李忆如一把捞了下来，娓娓道："因为啊，当年我蜀山仙剑派集结门中数十位弟子施展天罡三十六剑阵欲将混天魔尊歼灭，但其中一名弟子为情所困，被困于锁妖塔中，剩下三十五位弟子无法将剑阵施展完全，只能将其形神牵制于五华山，那魔尊身死之际，将自身魔力灌注于三样魔器之中，伺机反扑……"

然李忆如听罢，其重点却在于："他们要三十六个人才可以施展剑阵，爹爹一个人就可以！"她毫不吝啬一句称赞，捧着乐开花的脸崇拜道，"爹爹好厉害呀！"

李逍遥不禁呵呵一笑，笑得很是谦和："那是因为爹爹手中有七星剑，这剑阵要收要放，都取决于这把七星剑。"

"那爹爹还是很厉害，可以拥有七星剑！"李忆如不放过任何一个可以夸赞她爹爹的机会，噘着嘴一脸骄傲地说完后，又才问道，"不过爹爹的七星剑为何从来只见剑身，而不见剑鞘呢？"

这个问题，不知叫李逍遥想到了多少年前的陈年旧事，不过思绪飘远再回过神来时，李忆如仍炯炯有神地将他望着，他便开始一本正经地敷衍："这还得从当年入锁妖塔救你娘亲一事说起，但此事说来话长，咱长话短说，就是这剑鞘吧，爹爹也没见过。"

"……"

说笑间，王寅虎背上的天吒徒然颤动，怒震不止，看来孔璘就在附近。

往前不远，只见一偌大的流水祭台横悬崖际。祭台四周，戈壁荒山，无溪无河，可台上之水源源不竭，凌空飞下，虎啸龙吟。孔璘和一行魔族中人正立于水上，水中倒映着一个个臼头深目的枭蛇鬼怪。端其灵力，便知都是些来头不小的妖王魔头。

此刻，他们正摱甲执锐，严阵以待，那一脸藐视轻佻，仿佛胜券在握。

风压弯了深草，都似蓄力的长弓。

苏媚不知道孔璘是什么时候察觉到他们的，他的目光一如既往地目空一切，傲气凛然地将他们扫视一遍，良久，铁造铜铸的脸，挤出一个难看的笑来："李大侠，本座已在此恭候多时。"李逍遥和王寅虎不知他暗藏什么阴谋诡计，尚且还在警惕打量之时，沈欺霜手中那把云纹剑竟已先发制人！

只听沈欺霜素来温柔细腻的嗓音忽声色俱厉，怒斥一声："孔璘，还我仙霞派的命来！"随即，冷风拂面，浓重的杀气打破沉静，沈欺霜柳枝腰身如离弦之矢，带起寒冽剑气直逼孔璘！孔璘抱守本元，岿然不动，其身后抱琴的红发黑唇半人半蝎的妖女神色微变，同时轻捻一根长弦，"铮"的一声曲音颤动，瞬间夺人声势！沈欺霜只觉那诡谲的琴音，仿佛在耳边炸开一道惊雷，五脏六腑便如被扭曲蹂躏般难以忍受，甚至恶心作呕，而此时，琴弦所振发的劲力，已径直将她剑气之力弹空！

"沈姐姐！"若非李忆如及时唤出小熊猫将其稳稳驮住，沈欺霜必失足落于瀑布之下。

王寅虎也收刀上前，关怀伤势。沈欺霜尽管内息紊乱，右手脱力，也只轻描淡写地摇了摇头，但眼中愤恨却翻滚不息。苏媚知道她心中之怒，那种看着仇人近在咫尺，却无法将其手刃于刀下的无能为力，她深有体会。良久，苏媚拾来地上的云纹剑递给她："孔璘羽翼丰满，比以前更难对付，小心为上。"沈欺霜接过剑，却没有谢意，只是淡淡眄她一眼，随后咬紧下唇，冷冷盯着孔璘，不再说话。

李逍遥与沈欺霜交过手，知其功力虽算不得顶尖，但也出挑不俗，能将其一招制服者，绝非泛泛之辈。正如猜想，但见那黑蝎妖女胜得一筹后，还欲乘胜追击，将内力汇聚于指，再拨琴弦！李逍遥暗道不好，当即旋足侧涌，快如残影，挡在几人身前，一掌"穿云掌"破空击去！女妖觑见掌势来袭，立刻退步避掌之余，仍不忘暗箭伤人，自暗袖间刺来三根绣花针，那针细不可见，快不留影，直逼李逍遥天灵！

李逍遥也当机立断，收去掌力，二指上钳，竟稳稳地夹住飞来的细针，女妖得意的笑容彻底僵住，因为从来没有人可以徒手接住她的飞针！就在此时，又见那功力深不可测的男人手腕一抖，三枚绣花针横飞如线，以更峻急之势原路射回！女妖猝不及防，尚未来得及有所动作，便听三声铮鸣，手中七弦魔琴，竟不偏不倚，断弦三根，而那男人，长身挺立于疾风之中，阴翳冷厉的眉眼，沉静如水。

女妖心神大震，收琴退于孔璘身后："孔大人，这人好生厉害。"孔璘并不怒斥其无能，反而意有所指道："这便是蜀山掌门，李逍遥，你说厉不厉害？"女妖听罢，似后怕般，怯怯后蹑一步，仿佛暗庆自己幸好收手及时。

须臾，孔璘忆起什么，斜眼噙笑，忽问道："听说你将幻魅画轴带回了蜀山？"幻魅画轴汲取太多怨念，使之铸就强大魔力，李逍遥和千叶禅师商榷一番后，决计将之带回蜀山镇压。

但不等李逍遥开口回答，孔璘已洞悉一切般，笑得阴恻："美其名曰是将其镇压，实则，莫不是你李逍遥思念亡妻成疾，想将其据为己有？"

李忆如哪受得了别人如此明目张胆地对她爹爹出言不逊，气得双脚跳起，愤懑道："你胡说什么呢？我爹爹……"

"争辩无益。"褪尽年少的轻狂傲气，李逍遥早已沉稳如山，轻言细语地打断李忆如后，仍是一贯的从容不迫，"孔璘，你诱我入幻魅画轴之中，我尚可不与你计较，但你若还执迷不悟，妄想复活魔尊，别怪我剑下无情！"

孔璘恍若未闻，反而踌躇满志，引以为豪："复活魔尊是我族唯一的希望，我身为掌旗使，自然是以此为毕生大业，倒是李大侠，何必冥顽不灵？与其做个小小的蜀山掌门，不如助我魔族统治三界，届时，分你做个人间首领，又有何不可？"

李逍遥不屑一顾："魔族统治三界，人间必然生灵涂炭，我绝不允许你们这群乌合之众，染指人间安宁！"

"魔族统治人间有什么不好？"孔璘轻嗤，狞笑，"看看你们的世界，都是一群虚假伪善、道貌岸然的人在主张所谓的正义！"

王寅虎也愀然作色："人间自有律法，岂是如你所说！"

孔璘哈哈大笑："律法有何？只有力量才能主宰一切！"

话毕，他身后妖魔倾巢出动，一场混战拉开序幕！那红发女妖只是餐前小菜，彼时这些妖魔使诸多不同邪术，所修不同道行，集齐攻来，哪能一一拆解了去？苏媚或攻或守，连往后撤，强撑体力才勉强独善其身。妖魔都是从弱肉强食之地杀出来的生灵，欺软怕硬是他们的天性，见得沈欺霜适才为琴魔所伤，便专挑她这软柿子捏。

苏媚得空回首，就见得沈欺霜那一方白刃肉搏，短兵相接间，剑光、刀影不断闪烁、陨落，妖魔连连出招，招招发狠，引得山河变色，幸得王寅虎一直以魔刀镇守，护其左右，二人分进合击，方占得一丝上风。

"狐姐姐，小心啦！"这时，李忆如一声焦急大喝，苏媚醒过神来，恰见得一"扁头螳螂"的巨妖前肢劈来，势同两把锋利的镰刀，竖切而下，苏媚当即巧妙侧避，再偏头一瞧，李忆如逃开了她爹的保护范围，正撑着紫罗伞，如朵色彩斑斓的诱人蘑菇，在无数魔爪利齿下抱头鼠窜的同时，还时不时甩出一两个不痛不痒的术法，时而整蛊到一两个魔物，还得意得咯咯直笑，却不知那些妖魔盯视她时，垂涎的眸子炯炯生光，散发着邪恶凶残之意味。

"胡闹！"苏媚见她还有心玩闹，莫名动怒，正欲过去，可忽然，一大片七彩妖蝶扑面而来，乱去了视线，与此同时，混战中的李忆如也被一个"巨物"挡了去路，她小心翼翼地挪开伞面，仰头一瞧，那"巨物"竟是孔璘盔甲捂实的大腿！

孔璘如同巍峨巨人，以完全笼罩藐视之姿，俯视着她，那脸上猥獗的笑，肆无忌惮，满是奸邪之色："女娲后人，别来无恙。"

"大魔头！就是你让画妖困住了我爹爹！"李忆如愤起怒骂一声后，便直接掷出紫罗伞。伞临空飞转，旋作满圆，平地卷风，且其边缘齿轮，更是飞快如刀，削铁如泥，仿佛数道紫色惊雷蕴藏其间，威力巨大。可这在孔璘眼中，也就不过小儿把戏。只见孔璘随意抄戟一挡，巨大的魔力与紫罗伞轮齿相撞相磨，持恒不过须臾，一道花火刹那闪过，随之，紫罗伞陨落于地，伞骨尽断……

这厢，苏媚以术法挥去七彩妖蝶后，再没有见到李忆如，李忆如之前所在之地只剩锦八爷在群妖足下四窜逃离，大喊主人。苏媚心中担忧，而偏在这时，一把重刀又朝她砍来，苏媚当即抽出短锥横挡胸前，两道劲力对峙之时，又趁势飞踢短锥，短锥以破竹之势没其胸口，那妖瞬间倒地不起，苏媚这才用目光睃巡周遭，试图寻找李忆如的身影，恰王寅虎也正回身望来，二人齐问："忆如呢？"

皆是一无所知。

下一刻，他们不约而同地朝李逍遥那处望去。群魔忌惮李逍遥的功力，谁也不敢主动发难，只是围作一个圈，将其里三层外三层地包围起来，步步紧逼。李逍遥握剑挺立，安若泰山，唯眉头几不可察地一蹙，俨然也在估量如何最快结束这场战斗。

王寅虎倒不担心他，只是视线从他身边略略一扫，不见李忆如的踪迹后，正要出手，这时，那混乱的妖群忽并列整齐地让出一条道来，孔璘正擒着李忆如不慌不忙地走过来……

李忆如娇小无依的身板，挣扎起来的力气与孔璘相比，尚且不及挠个痒痒的疼痛，无计可施的她便在嘴上又咒又骂："大魔头，大坏蛋！我警告你赶紧放开我，否则我爹爹一定将你异魔教夷为平地……"嚷嚷着，转头瞧见李逍遥，脸上的固执和倔强瞬间溃散，变得又怕又惧起来，焦急地大喊，"爹爹！爹爹救我！"

"忆如？！"李逍遥那颗沉寂已久的心似乎已经很久不曾这样动荡过。苏媚也愀然作色，跳出来道，"孔璘，有仇报仇，有怨报怨，找个小孩算什么本事！"

孔璘不以为意，看着李逍遥阵脚大乱的神色，脸上却已是胜券在握，不由仰头大笑，口出命令："李逍遥，你若想要你女儿安然无虞，就去解开剑阵！"

李逍遥拳头已经攥得发白，却是寸步不让："孔璘，你用画妖变幻成灵儿模样，想诱我解开剑阵，我已经说过绝无可能，在画中周旋多日，如今竟又想用我女儿要挟？"

"爹爹不要听他的！"得知孔璘抓自己竟是这层缘故，李忆如不由暗自谴责自己又因贪玩给他们惹麻烦了！眼中怯弱悉数敛收，蓄足气势地鼓起腮帮子，一脸倔强道，"爹爹你自幼教导忆如，要以大局及苍生为重，忆如不怕这个坏魔头，爹爹不要为了忆如做错事！"

"好一个以苍生为重！"孔璘生怕李逍遥当真因此动摇，打断李忆如后，不屑一顾道，"人类都是自私自利的，眼底哪有苍生！李逍遥，我倒是要看看你心中，是天下苍生重要，还是女儿性命重要！"

话毕，孔璘再不给他们商量的机会，当即携着李忆如往剑阵的方向而去。苏媚这才意识到事情的严重性，低声讷讷一句："孔璘他要做什么？"反倒是王寅虎无暇细想，果断道："逍遥哥，这里交给我们，你去救忆如！"

"好……多加小心。"

李逍遥分去内力于七星剑中，指尖擒来咒法，卷起风雨欲来的狂烈气势，一阵飞沙走石后，他已身形稳健地蹬入那澎湃的滚云中，将乌云密布的天，凿开一道光柱，而瞬间不见踪迹。

"速战速决。"王寅虎并不打算在这些杂七杂八的妖王魔头上耗费心神，凝神道完，刀携狂风骤雨，左拨右挡，上劈下砍，洪水般的攻势之下，将那百鬼众魅逼得原形毕露，张张青面獠牙的凶残面貌被激扬的水泼得淋漓狼狈。这时，抚琴的蝎女残琴一响，肃杀之音响彻，所有妖魔瞬间重整旗鼓，随之悲愤而尖锐大叫："撕了他，给孔大人复命！"

沈欺霜和苏媚见情形陡然急转，妖魔来势惊人，立刻一挺长剑、一挥短锥，齐齐上阵，与王寅虎成"三足鼎立"之姿。此法退守坚固，攻招凌厉，群妖无法攻克，徘徊周遭，倒给王寅虎蓄力之机，反手便是一招"裂地击"，其威力巨大，直引得光整平滑的祭台轰隆作响，四分五裂，上面的水四冲开去，群妖大多趋退自如，倒是那法器残缺的蝎妖应对不及，惨叫一声，跌落裂缝之下，又被暗泉冲击而上，直跌崖谷。

"都是妖魔界厉害的角色，不好应付。"苏媚见他们几人也都好不到哪儿去，整整截截的衣袍，都或多或少有几处破损，漾开一丝嫣红。王寅虎也敛气沉声，道："眼下救忆如要紧，若有法子，能困他们一时三刻也是好的。"几人正商榷之时，忽听锦八爷吃痛地叫喊，原来，锦八爷本缩小身形伏藏在小熊猫背上，结果混乱中不知被哪个妖魔一刀削了下来，摔了个四脚朝天。

"锦八爷，你没事儿吧？"沈欺霜担忧寻问。

"我没事儿，但我包袱有事！"锦八爷的包袱算是一门法器，任何物什一放进去，便能缩得极小。而那一刀堪堪落在锦八爷的包袱上，包袱受损，灵力消失，里面之物瞬间膨胀变回原样，只听一阵叮当乱响，满地金银珠宝分散一地,将锦八爷埋得严严实实!王寅虎不禁摇头心叹它真是视财如命,却又无意间瞟到一幅水墨画,登时灵机一动,与苏媚四目一对,二人俨然是想到一路去了。

"七七,你先顾好自己。"王寅虎偏头嘱咐完毕,不等沈欺霜询问一二,已纵身一跃,与苏媚二人旋步如电,落至锦八爷处,拾起地上画轴。沈欺霜俱是不解,却见王寅虎解开左臂绦带,而苏媚五指挽花,二人并足齐立,两手紧握,一抹红色流光自他们紧扣的十指婉转流动,而虎煞雪白烙印也在熠熠生辉,二者之力缠绕重叠,竟渐渐融为一体,随之,那普通的一幅画轴竟赫然展开成幕,生生化出一道虚门!

"那是什么?"小熊猫和沈欺霜这才瞠目大惊。

王寅虎和苏媚也没想到竟然成了,眼中欣喜诧异,仿佛不是出自他们的手笔:"虎煞吞噬了画妖的部分妖力,我将其和苏媚的媚惑之力结合重现画妖幻术,但其魔力远不及画妖,我们也只是姑且一试。"

媚惑之力与画妖妖力看似交织,实则分工协作。媚惑之力使周遭所有妖魔丢兵弃甲,丧失斗志,而目光呆滞,呈浑浑噩噩的痴迷状,如木偶般凑近画前,逐一跌入虚门之中,而画妖微薄的妖力却可生出一种无形的异变之能,将普通字画瞬时化为虚无之境。很快,妖魔被尽数收纳于画轴之中,而五华山巅恢复往常寂静,唯有悬于山崖之下的千尺瀑布,仍在虎啸龙吟。

当锦八爷艰难地从它万千家财中爬出来时,气得两眼一闭,好悬晕了过去:"这可是我收藏的名画!价值连城!!"

小熊猫恍若未闻,且建议道:"画既是生门也是载体,倘若将画烧了,它们还如何回来?"

锦八爷听罢,有一种不好的预感。连连劝阻道:"别别别……画是小事,就是这种作为,也、太残忍了吧,我和苏媚都是妖,这么对待我们的同类,我们会寒心的……"它话音未落,就见一道火光袭面,噼啪作响,画竟已被苏媚一团狐火焚为灰烬,那干净利索之姿,叫锦八爷不敢置信,便指着她,痛心疾首道,"苏媚……你你你……暴殄天物啊你？！"

"锁妖塔都倒闭了，这些暴戾凶残的妖魔留着不杀，等它们祸害人间吗？"苏媚不以为意，反倒催促，"磨磨叽叽做什么呢，赶紧去救忆如！"

天罡剑阵在山谷对岸的绝峰之上，那是一座直插云霄挺拔于天地的独屹绝峰，宛如天神遗落人间的一根绣花针，竖插于这九州大地之上。途中有个悬空栈道，栈道尽头是一条铁索，贯穿于两山之间，凡夫俗子自是过不去，但会点轻功的，一个借势足矣，当然，诸如李逍遥这般臻入化境者，铁索都是用不着的。

几人刚一过去，才察觉整座山在隐隐颤动，抬头，竟见天空飞剑如蝗，以搅动山海之势，翻云覆雨。云雾缭绕的山涧风起云涌，日月无光，雷鸣闪电蕴含其间，薄雾冥冥，仿佛一场滂沱大雨倾盆降至……王寅虎骇然道："不好，剑阵被启动了！"

"不可能！"沈欺霜有些难以置信，"李掌门怎么可能会真应了孔璘的要求……"

说话间，只见这绝峰之巅平整得仿佛被巨刀削过，所有光景，一览无余。而孔璘披风猎猎，盘膝而坐，四周仙剑结印与七座星宿位置呼应，巨大的鬼面石像坐于其中，不见威严庄重，而是以一种难以言喻的压迫俯视着万事万物，周遭魔气萦绕，扰人心神。"想必这就是混天魔尊的形神化身？"王寅虎刚说完，又见七星阵法之上，李忆如被一团瘴气束缚，悬于半空，动弹不得，只是望着乌云滚滚的天，声泪俱下地失声大喊："爹爹，爹爹不要！"

再走近些，几人才看到，狂风大阵的滚滚乌云中，李逍遥独剑迎万剑，在雷鸣电闪中穿针引线，可他的身法走势倒不似在闪避万剑攻击，相反，他更像是将所有剑的攻势引在自己身上……王寅虎暗暗一琢磨，登时恍悟："剑阵一旦启动，就会攻击进阵的所有人，孔璘这是以忆如要挟，启动剑阵后，逼着逍遥哥去抵御剑阵！"

"然后利用群妖牵制我们，他则一门心思唤醒魔尊！"苏媚也已经想到了，便又目扫四方，奇道，"那三魔器呢？"

"哈哈哈！你们来得太晚了！"回答她的，是孔璘猖獗的大笑。而他的笑声不再狂妄自大，也不再唯我独尊，他冷如黑铁的脸上反而焕发着一种明媚而诡异的光辉，仿佛韬光养晦八年之久，到今天，才终于可以大放光彩。

刀未动，杀气已生，所有人胆寒心怯，而山谷，充斥着凄寒凌厉的血腥之味。

王寅虎越众而出，亮出天吒，沉静道："杀你，什么时候都不晚。"

长风漫卷，山川屹立，绝峰之巅上，王寅虎右手一抄，刀挟劲风，朝孔璘击去。他们相距七八来丈，但王寅虎出刀极快，转瞬将至，孔璘甫一偏头，一抹精芒夺喉而至，他当即以肘击偏，使其刀锋失了准头，但那刀锋竟又弯曲，自他脖颈打了一转，断去数缕毛发，再重执回其手中。

这一瞬的危紧，竟叫孔璘感到一丝窒息和局促，而王寅虎轩昂之姿如是刀削斧砍，有山的坚挺与伟岸，也有古松的苍劲和坚毅。很多年了，没有谁的刀锋，能如王寅虎的天吒这般，屡屡侵犯他。孔璘咧嘴狞笑，他竟然有一丝兴奋，那种嗜血的兴奋，在他血脉里叫嚣着。这八年来他已经很久没有真正地放手一搏了。

"之前为了夺得三魔器，不曾痛下杀招，不过，还当真以为你们几个喽啰，就能在本座面前嚣张了？"

话毕，孔璘弓步稳扎，长戟画圈，竟直接搅动逆风成势，以摧枯拉朽之力，覆灭而去！

不必失足坠渊，单是这罡风，就能将人撕成粉身碎骨！

王寅虎刀锋竖插入地稳住身形，同时转首叮嘱众人小心，忽然，一声虎啸长吟划破天际，下一刻，所有罡风如漏斗沙砾，如数装入虎煞口中，虎煞真气运转数回，风势竟又原封不动地朝孔璘尽数袭回，本叫其自食一回恶果，王寅虎却惊觉右臂火辣一疼，他本能缩身伏头，原是孔璘又自侧向击来，若非他本能闪避，怕伤的就不仅是臂肘，而已身首异处了。孔璘这出手和应变之快，委实让人匪夷所思。

"拳头都还握不紧，便就妄想除魔卫道，看你能卫哪门子的道！"王寅虎早已习惯了他那张嚣张跋扈、暴戾恣睢的面目，并不吭声，心中只有一个信念——绝不能让其倾覆人间！

王寅虎和孔璘已交手数回，对彼此武功路数和御战攻守或多或少都有些许了解，王寅虎见自己刀法屡屡被破，索性一改往日走势，就如李道遥点拨沈欺霜那般，不必循规蹈矩，而是屡加变化，才能出其不意而制胜。于是他上身置前，挑刀后刺，反使"真炎斩"，竟也有大开大合的雄伟壮阔，其一劈一斩，更带石破天惊的震慑气势，再加上王寅虎手法轻逸迅疾，腕劲灵活有力，孔璘吃了几招后，又趋退如电，很快看破了王寅虎的心思，立刻连拆王寅虎数招。

苏媚和沈欺霜见情势不妙，握紧短锥长剑，齐齐上阵，三人合力，对其前后夹击。可无论王寅虎再如何出其不意或连环出招，沈欺霜如何变换剑法，却总在孔璘的防守之外，三人已是配合得天衣无缝，可一节一点间却总差了一口气。攻势难以深入，伤不到孔璘分毫。斗至酣处，忽听一声吃痛的大叫，原是孔璘蓄力于锋刃，震开苏媚之余化去其攻击，一道劲力横扫而来，苏媚便觉胸口一窒，五脏一遭翻天覆地后，她重重地砸在地上，头昏脑涨。

"苏媚?！"王寅虎着急万分。

忆如更是泪如雨下，歇斯底里地喊道："不要管我，忆如不怕！"

"忆如？"模模糊糊的，昏沉无力间，苏媚撑起身子来，能隐隐约约看见被魔障束缚成茧的李忆如。

第四十四章
决战五华山

沈欺霜深知孔璘善于声东击西，做乘人不备之事，见苏媚并无大碍后，赶紧劝说王寅虎不要分心，叫孔璘占去了先机施展拳脚，他们都将性命不保。王寅虎立刻收心凝神，与沈欺霜一道齐力压制孔璘。王寅虎从未遇到过如此棘手难对的劲敌，缠斗数个回合，他二人却近乎碰不到孔璘一片衣衫。可见这些年，孔璘一直隐藏真正的实力，便是为了今日一战。

当这个想法浮出脑海时，孔璘也正观测王寅虎和沈欺霜二人，见王寅虎心神略分，刀法露出破绽，便暗运几口内力附于掌心，王寅虎见其双掌立圆抢摆，化为挑掌，当即防守，却殊不知孔璘避实击虚，并未攻击他，而是径直自其身侧借过，穿云裂石的一击，竟直挺挺地落在沈欺霜腹腔上！

瞬间，一口鲜血自沈欺霜口中喷涌而出，沈欺霜受力，如同一颗被人狠狠掷出的石子，飞纵出这绝峰之巅，跌向万丈深渊。苏媚怛然失色，王寅虎更是不顾自身性命，当即撤力，而孔璘借势一掌，正欲落在王寅虎后背之时，但见一抹白光闪过，孔璘掌心一疼，竟被割出两道极长的血痕！

那是两片薄如蝉翼的细冰！且不说这人能藏于暗中不动声色，单是两片薄冰，便能四两拨千斤，化去他掌中之力，便知这来人，绝对不容小觑。

　　孔璘看似面不改色，心中却已开始担忧。此战，他不知还能坚持多久，不知还能为魔尊争取多长时间，他看向身后，那尊盘坐如山的冰冷石像仍纹丝未动，可他这心底，却已阵脚渐乱……这厢，王寅虎已惊慌失措地落至崖边，"七七"二字还未出口，便已瞠目结舌，似乎有些不敢置信，讷讷道了声："……清柔师太？"

　　"什么？"虎煞听得这一声，也略有惊诧，此起彼伏的山丘被那一袭灰蓝的道袍踩在脚底，清柔师太袍裾猎猎，轻逸出尘，一手拂尘白须如雪，另一手则扶着孱弱无力的沈欺霜，见她掌心生烟，将真气化雾，灌入沈欺霜体内后，那师徒二人，便一步一步踏着万丈深渊，如履平地般行走而来。

　　沈欺霜向王寅虎摇头表示自己无碍后，转而仍不忘礼节，向清柔师太拜施一礼，但清柔师太却径直走向孔璘，那越众而出的淡泊姿态，如其口吻般冷若三九风雪："孔璘，我们的账，也该清一清了。"

　　孔璘兀自好整以暇般，冷冷笑道："我大功即成，你来阻我，莫不是想要……"他顿了顿，意有所指道，"大义灭亲？"

　　众人眉间一蹙，似还在斟酌何来的"大义灭亲"，清柔师太已化身成一道残影，疾穿而去，喝道："废话少说！"

　　这厢是短刃相接激烈凶残，而锦八爷和小熊猫则在七星阵下，被一道极强的屏障拦在外面，看着痛苦万状的李忆如，只有干着急地跺脚大喊："别忙着打架了，倒是救救我小主人啊！"

　　话音刚落，一道霹雳电光应声破下，"嘭"的一声，那道无形的屏障，如琉璃破碎一地，四分五裂成片！小熊猫望之，不由大喜，回头道："小虎，还得是你……"话戛然而止，因为一步之遥外手持短锥的并非王寅虎，而是目光凌厉的苏媚。此刻，王寅虎刀光如影，正和沈欺霜一起协助清柔师太牵制孔璘。

　　"竟然是你？"小熊猫有一瞬的错愕，左顾右盼不知如何答谢，便略迟钝了片刻，才低声道，"多、多谢了。"

苏媚却立刻开口催促："快去救忆如！"

"好！"小熊猫驮着锦八爷一跃而至李忆如身侧，随即吐出一团白雾，那雾丝丝凉凉，与魔障融为一体，随即不久，魔障竟烟消云散，如冰雪消融。李忆如获救后，脸上惊慌却不见少，只因清柔师太、沈欺霜、王寅虎联手应付孔璘，其势之猛自是不必多说，但孔璘竟仍不见一丝败相，委实叫人唏嘘，而苍穹之顶的李逍遥，被万剑拦截包围，那剑阵之力难以抵消，更是叫她心急如焚。她想去帮忙，又恐如之前一样，越帮越忙，眼下只有空着急的份……

清柔师太的进攻方式诡秘无常，就连沈欺霜都眼花缭乱，尤其那长剑，青芒逼人，饱藏锋利，其一招一式，甚至能招来霜寒之利！只见阴沉的天，在其剑气纵横之下，竟狂风卷雪，水化成冰，那冰凌临空停滞时已蓄势待发，如弦上之矢，随即，清柔师太手中之剑一引，冰矢听其号令，如身披银甲的精英士兵，列阵穿刺而下。撼动心神的场面，叫沈欺霜等人叹为观止！

孔璘不及之前那般得心应手，方攥住一道白影自右目刺来，他侧身挥戟拨开，但见那冰矢灵巧似活物一般，自断两截，再次弹射而来，虽已是精妙无比，奈何孔璘魔功高深，只见他使出分身之术，峻急如电的身段，一个浮光掠影，在空中留下数道残影，顷刻便化去了攻击。

其速度之迅捷反应之灵敏，属实令人瞠目结舌。王寅虎的天吒也够快，但在孔璘的三叉戟下，几乎是被完全压制，锋芒甚至不如沈欺霜的仙霞剑术游刃有余。苏媚暗暗思忖不解，清柔师太忽道："孔璘熟悉天吒刀法，不要再用天吒了！"

天吒刀法本就出自异魔教，而月柔霞创立之初，又常与孔璘切磋，孔璘参悟刀意，甚至可以信手拈来。苏媚不知他何时看过天吒刀谱，但眼下孔璘的出招，确确实实在刻意压制天吒。

王寅虎似乎有所顾虑，若手无寸铁，本就不占优势的他又如何能取胜？苏媚眼珠一转，却福至心灵，也道："你生辰特异，最厉害的不是刀，是你自己！"

不畏万千术法的王寅虎，本身就是一把利器！

王寅虎见孔璘长戟重不达十斤，长不过九尺，却轻而易举就将他含以雷霆之威的天吒荡了开去，其功力可见一斑。王寅虎连刺五刀，孔璘本以为他会依苏媚所言，立刻弃刀，不想他忽然灵蛇吐芯，再次蓄力击来，前势未消，后招又到，孔璘的进退看似自如，实则步伐踉跄，幸得他及时补救，才没将狼狈叫他人瞧了去。

但长戟很快再次力压魔刀，魔刀不甘示弱，两两制衡，皆不可深入，而就在这时，王寅虎忽然摈弃刀柄，双手蓄力，挺掌猛击，直接使出"穿云掌"第六式"云出无心"打向孔璘左肩。孔璘恍悟原来他是在诱敌深入，如此，他不松开三叉戟而单手接掌，必然裂骨臂断，但若弃兵，并不利己，可掌风来势凶猛，形势已是迫在眉睫，不得已，孔璘只得遂其意，松戟接掌。

"铿锵"一声，刀戟坠地，尘土飞扬。孔璘虽接下其掌，双臂却被震得酸麻，后退三丈余远，而王寅虎又是一掌"云出无心"以排山倒海之力接踵而来。孔璘不敢怠慢，全力正面应付王寅虎，如此，后方空门大开，苏媚寻得契机，捡起魔刀趁虚而上，与沈欺霜同时发力，二人利刃长驱直入，径向刺其后胸！

眼瞅那携三分寒芒的两柄利器就要没入孔璘空门，可诡异的事发生了，孔璘周身似乎有股无形的墙，薄如蝉翼，却坚不可摧，拦截了利器不说，那上面还有股极强的黏力，二人手中利器既刺不进去，也收不回来，就这样悬浮衡立，就连劲力也被其化解了去，立消失于无形。

"偷袭？这就是你们正道之风？"孔璘抢先避去王寅虎一掌之余，回过头来，犀利的眸光，仿佛一片极深的阴影中折射出的一抹幽光，缓缓落在苏媚身上时，无端生出一股阴寒之意，"怎么，不想报仇了？"

苏媚目纵怒火："你也是仇人！"话毕，她狐爪如钩，那鲜红的指甲，仿佛见血的匕首，直戳戳地要剜其双目！但孔璘一早瞧出端倪，怒斥一声："不知好歹！"当即内力一震，沈欺霜见机闪开，苏媚却不为所动，生吞下喉咙漾出的一丝血腥之味，锋利如刃的狐爪在孔璘双肩硬生生抓出十道血口。

孔璘轻哂："有长进啊，看来那孽龙精气果真好用，可惜，我养了这么多年，便宜给了你！"话毕，他两臂伸展，以囊括之势，蓄来一道蛮劲，朝苏媚袭面盖去！

这是让妖魔形神俱灭的力度，可苏媚生生受下。孔璘这才察觉此刻的苏媚不复往日娇媚，似乎暗藏一股诡秘而古老的力量，来势汹涌，眼神坚定，举手投足之间满是肃杀之气。

孔璘竟久违地升起一丝寒意，而就在此时，苏媚也不知哪来的一股力量，火热、沸腾、力足，顺着经脉而蓄于天吒，两力交融后，竟无排斥，而是无端生出一股炽焰，在原本寒光凛冽的锋刃上灼灼燃烧！

孔璘大喝一声，苏媚便感觉那股黏力逐渐减弱，她登时两手一挺，带着炽焰的锋刃竟直接将孔璘那层"护盾"破开一丝裂缝，然尚未深入，孔璘已给她小腹重重一击，喉腔那股血腥登时喷涌出来，王寅虎大惊失色，呵斥苏媚赶紧退开，但苏媚哪肯松手，她双目坚毅，咬紧牙关，推刀之力不减分毫。

孔璘当下连拳带掌，雨点般打在苏媚腹上，苏媚只觉周天如有洪水涌进，经脉全乱，一股内息倒涌而出，苏媚强行压下，又暗自运劲，手中锋刃带着雷霆之势扯开孔璘背后那层硬如冰山的"护盾"，那层仿佛坚不可摧的冰层，刹那瓦解破裂，苏媚当即转腕扬刀，通身功力全数凝于刀尖，转瞬直插孔璘后心。

孔璘颤痛，竟心生胆寒："……疯子！"回身一掌由内带出的罡劲风势，将苏媚连人带刀扫落数十丈，王寅虎见势抖腕翻掌，朝其天灵盖泰山压顶亮掌而来，孔璘当即化拳为掌，二人两掌相接，"轰隆"一声，一道惊雷，四面炸响，整个山顶，摇摇欲坠。

能够接住王寅虎这消魂灭道的"大无量手"，孔璘几乎已是穷尽毕生之力，而后王寅虎掌风变幻，劲风逼人，孔璘与他两掌缠斗不止，都是勉强力行了，且王寅虎在上，他处下，本就不占优势，是以一番较量后，孔璘索性抽力任其蓄力而来，欲反招擒王寅虎脖颈，王寅虎撤力回挡，俨然不及，便也顺势而下擒其脖颈。这是两败俱伤的打法，若非指力惊人者不可为。

便在这千钧一发之际，孔璘双目大睁，随即跳了开去，避开了王寅虎的灭顶攻势，原来，沈欺霜见孔璘全力应付王寅虎，便不动声色地乘剑刺来，欲穿其心腹，而失了"护盾"防守的孔璘遇上沈欺霜全力一击的长剑攻势，便一连退去数步，却又在陡然间，戛然而止。

只见长剑如练，自其腹横穿而过，孔璘周身一滞，似有一道气墙，从体内爆出，破损散去，布帛碎尽！

众人错愕，随即大喜，原来竟是清柔师太出其不意，给其致命一击。

清柔师太神态依旧冷漠无温，桀骜秀丽的眉眼淡若琉璃，毓秀笔直的身段，如同手中真气灌注的剑锋，挺拔有力。孔璘侧棱而望，却是满目的不敢置信，他狠狠盯视着清柔师太，眼中的不甘与愤恨，目眦欲裂："不可能，我不可能会败在你姜、姜……"

可惜，清柔师太没再给他说话的机会，长剑逢时一收，孔璘受力前倾，倒在地面。

"牺牲自己，也要复活魔尊？"清柔师太凑近他，看着适才那猖獗狂妄的姿态，此时已是奄奄一息，气脉垂绝，她眼中竟浮现一丝悲悯，"孔璘，你到底为了什么？"

孔璘支起残缺的身躯，往后看去，不可一世的眼中，仍是不服输的嚣张气焰："我虽死了，但是……魔尊终将重现人世，率领……异魔教……众生……统治六界……"气息垂绝的口吻，几乎已是用尽余力，可偏在这时，不知他又瞧见了什么，那双狂暴猩红的怒目，竟忽然大放异彩。他哈哈大笑起来，无法掩饰的激昂和兴奋，让他整个身躯都在颤抖："大功即成！魔尊重现！我异魔教必将覆灭人间……"

众人被这诡谲猖獗的笑声所慑，面面相觑，惊觉背脊发凉。

片刻，李忆如荷包传来声响，正是蜀山仪，看着镜中接收到异魔教传来的讯息，她那张脏兮兮的脸总算露出一丝笑色："你们快看！"

蜀山仪所呈现的镜像中，异魔教已经分崩离析，尽数魔人被屠，黑烟滚滚，白骨露野，龙门邪域被翻滚的岩浆沉没……李忆如见孔璘还如此嚣张，便要拿去给孔璘瞧，却被王寅虎下意识拉住："他既已没命活了，就别给他看了。"

李忆如不解，偏头看他，苏媚也愣了片刻，但转瞬便明白王寅虎的良苦用心。其实王寅虎也深知他死得其所，但这一刻，却仍愿给他余留一丝尊严，让他满载希望地死去，这份宽宏与良善，孔璘自是不知，他始终望着那蠢蠢欲动的"石像"，从满怀热忱与尊崇到力不支体双眸黯然："真……是……遗憾……竟无缘……见到……魔……尊……大人……成……就……大业……"这是他魂飞魄散前，说的最后一句话。

苏媚恨他，却也觉得他可怜。孔璘在异魔教手握生杀之柄，已经只手遮天，手持三魔器，更叫天下正道退却三分，他本可以成就一方霸业，坐拥魔教至尊之位，可他却为"知遇之恩"执意涉险……孔璘虽凶残暴戾死得其所，可他对混天魔尊的满腔忠心，却是可圈可点。他这一生，做着身为异魔教掌旗使该做的事，在世人眼中，他的确恶贯满盈，但在魔族史上，他却青史留名。

"苏媚？"顿挫的声音，打断了苏媚的思路，她刚回过神来，人已经被他一把揽在怀中。

纵使在城北密林时，二人已当众吐露心声，却从未有过越礼行径，是以，王寅虎这明目张胆的举止，委实惊得几人舌拆不下，可苏媚依偎在他怀里，却从未觉得如此安心踏实过。

"下次，不许再这么傻了。"他极少这样严肃地指责她。

"嗯。"苏媚任由他的双手牢牢锁紧自己，而她眼眸氤氲片刻，只是道，"傲澜那样爱潇洒游历的一个人，却被孔璘囚禁了一生，你说，他若知道我用他的力量，与你们合力打败了孔璘，应该……会很开心吧？"

"一定会的。"王寅虎应答后，复又冗长而沉重地叹息一声，"可他更希望你能好好活着。"他将苏媚更紧地搂在怀中，仿佛害怕她再受到一丁点伤害。苏媚枕在他颈窝中，目光穿过丝丝缕缕的发，落在那个御剑如梭的男人身上，她的眉眼又渐渐寒冷凝重下去……

虽已风平浪静，但王寅虎却觉得事情没这么简单："他明明手握三魔器，又为何宁死不见他亮出三魔器？"

话音刚落，那盘踞的巍峨"石像"骤然一颤，黝黑的精芒，自裂缝间破石而出……

与此同时，天象骤然剧变，积来的滚云携着苍雷，聚于山岗苍穹之顶，险峻高危的山顶隐隐震动，四周远近山岭，不知何时已被魔障盖住，如同浓墨入水，与天地胶着不散！李逍遥察觉异样，环顾四周，万籁俱寂中，除了剑的铮鸣，还有闷雷炸响般的心跳。

一声一声，接踵而来，苍劲有力，仿佛一个远古的庞然巨兽正在苏醒！

原来，孔璘早在他们赶来之前，将三魔器放入了魔尊体内……

"是魔尊醒了！"李逍遥急忙起身，面朝众人，神色凝重地交代道，"此地危险，小虎，你带着所有人立刻离开。"

"那怎么可以？！"听得这话，王寅虎斩钉截铁地回绝，拔刀同其并立，俨然一副决不后退之姿，沈欺霜、李忆如等人更是如此，即便负伤在身，也要与之共进退，就连清柔师太也道："李掌门莫要说笑了，这种时候，我们岂可能为求自保弃您于不顾？"

李逍遥知道他们重情重义，可如今局势不一样，是以领受好意后，还是摇头拒绝："这件事，只有我能做，你们留下来也帮不上忙。"

天罡剑阵由三十六位道法高深者，以剑意驱动阵法，借星辰之力镇压邪神。如今阵法虽设，但施术者道法不比当年，一旦魔尊借以三魔器之力，破开天罡剑阵，其崩灭之力，锐不可当，其他人不可再在此处久待。

李逍遥深知，孔璘之所以千方百计地困住自己，并不是他忌惮自己，而是知晓这武林只有他李逍遥一人可驱动七星剑的剑意。

因为天罡剑阵受七星剑引导，而李逍遥已臻化境，倘若他合五行之力，拼尽全身修为加之在七星剑之上，以此调动驱阵者残余剑意，加固整个三十六天罡剑阵的威力，甚至可比当年三十六人所结之阵更强大。

如此一来，定是成为魔尊复活的一大劲敌。

交代清楚后，李逍遥便改防守为攻，而攻在于引导。他御剑如风，飒沓如星，手中剑诀一捏，银光乍起，剑意暗生，七星剑划破苍穹，借力延伸，在陡然之间，星辰破云而绽，汇聚成芒，笼罩于李逍遥周身，而下一瞬，万剑如矢，随着他的目光，指向滚云之下那座拔地而起的绝峰！

天罡剑阵已成，可强大的反噬，同时也在压迫着他灵海与经脉……

王寅虎自少时便知李逍遥剑术了得，却从未有幸见过他施展真正的实力，只听世人道七星剑出，群星错移，昼夜颠覆。王寅虎初听这个说法自是不信，可此时，李逍遥一改内敛的防守走势，而霍然间大开大合，他两指运转乾坤，便能号令万剑，在闪电交织中趋避自如，以一己之身，搅动山雾薄云盘做来势汹涌的天云旋涡……其气势之恢宏，正如传言，一字不差！王寅虎竟一时看得入了神。

整个山巅，摇摇欲裂，遍地飞沙走石，枯叶尘土更是弥天盖地。王寅虎等人几乎还未看清魔尊的全貌，剑矢的光芒已如潮涌至，几乎将其完全笼罩！

由三十六位武艺超群的蜀山弟子合成的天罡剑阵，在李逍遥一人的带动下，每一把俯冲的剑都疾如流星、势如破竹，它们汇聚成擎天光柱，普照鬼气森森的魔障烟涛！他们瞧不清里面战况，只能焦头烂额地待在一旁，心急如焚。

"大敌当前，莫要自乱了阵脚。"清柔师太轻捻拂尘，倒是一派的心平气和，"魔尊刚苏醒，力量尚未完全恢复，李掌门的天罡剑阵却锋芒毕露，未必就落得下风。"

果不其然，不消片刻，只见天罡剑阵聚拢成光将魔尊巨大的身形完全压制，魔尊肉身被封印多年，如今瘴气魂魄以及失去已久的力量适才汇聚，尚且还未完全归位，又遭李逍遥剑阵力压，那些魔力几乎又要被冲散了去，可不论他怎么抵抗，却始终独木难支。

"三十六人，怎么会有三十六之力？"魔尊血目大睁，神态狰狞，而天光之下分明只有李逍遥一人，可使出的天罡剑阵怎会聚齐蜀山三十六之力？他难以置信，难道李逍遥真有如此能耐，竟以一人合成三十六天罡剑阵……

这时，天罡剑阵爆出三道炫目光柱，锋芒直逼天际，他大感不妙，却无力抵抗，只剩洪钟般的声音撕裂而咆哮着："我等了数十年才得以重见天日，竟然又败在你蜀山剑下，李逍遥，我不服！"

光柱如洪流爆开，所有人都被其势震开，王寅虎借天吼抓稳后，正欲将苏媚护入怀中，却见黄沙漫天间，她祭出短锥后又蓦然化身赤狐，如团血色火焰，朝那三道无法直视的光柱中冲撞而去！

"苏媚？"万剑归位，爆出的光芒气贯长虹，势不可当，王寅虎声嘶力竭，大喊其名，可她如易逝花火，转瞬不见踪迹。她为什么要进去？蜀山剑阵专克妖邪，她进去做什么？王寅虎的脑子乱成了一锅粥。

须臾，白光散去，魔障消融，天复往日清明，四周尘埃落定。

李逍遥御剑乘风而下，却在落地后不住往后趔趄两步，倒在地上，扶剑支地。众人一拥而上，担心不已，李忆如最是惊慌，跌跌撞撞地朝李逍遥狂奔去后，吓得几近要哭了出来："爹爹，爹爹你有没有怎么样？"

"小伤，无碍。"李逍遥抚平她紧蹙的细柳眉，苍白如纸的唇角淡淡牵出一个笑来，"只是耗费了太多气力而已，没什么大不了。"

"那就好……"李忆如刚松一口气，可李逍遥却猛地喷出一口鲜血在地，几人脸色剧变，焦急关切，李逍遥却只是摆手道："不要紧……不要紧……"可他眉间阴郁，冷汗涔涔，明显是在隐忍痛楚，连李忆如一个小孩都看得出来他已经身负重伤。而他只是拭去血迹，强撑体态，继续道："虽然魔尊已经形神俱灭，但是他的力量仍在三魔器之中，强大的魔力依然存在……所以，再不能让其落入心怀不轨之人手中……"

听他说着，李忆如也分心睃巡四周，哽咽道："那……爹爹，三魔器去哪儿了？"

"在我这里。"冷冽刺骨的生硬声线，仿佛是从幽静苦寒之地传来。循声一望，苏媚延颈秀项，秾纤得衷，一袭红绸嗜血，手握三件魔器，站在萧索凄凉的孤峰之顶，瑰姿艳逸，盈盈自持，远而望之，灼若朝霞，挺若芙蕖。

"苏媚。"不知是不是错觉，王寅虎只觉此刻的苏媚，目射寒芒，瞳现异色，凝睛于李逍遥之身，手中短锥清凉如辉，越握越紧……他有些惴惴不安，因为上次苏媚这般时，曾亲手将李忆如推下高崖……

王寅虎不知道苏媚要做什么，他只想走到她身边去，想将她持器的手拽进掌心，化去她周身的寒芒，可好像，一切都来不及了……下一刻，苏媚凤眼忽立，身体前倾，将毕生之力蓄于短锥，再以破釜沉舟的决绝之势，刺向李逍遥毫无防备的后颈！

所有人都未惊觉戒备，只有三丈开外的王寅虎五内震骇，他双目充血，厉声大喝："苏媚……住手！"说时迟那时快，其余人等还在忧心李逍遥的伤势，王寅虎已经百步穿杨，以迅雷不及掩耳之势撞开众人，矫健如影的步伐，借势阔步横滑，截在李逍遥身后，以身挡短锥！

其实，他是来得及拔刀的，可他却任由那把寒铁锻造的锐利短锥，携着疾风骤雨，破衣入体，穿骨断脉，毫无保留地刺穿胸膛。

颜如舜华的苏媚，此刻脸上，却是珠沉玉碎般的死寂："小、虎？"苏媚与他，不过咫尺之距，万籁俱寂中，二人两两凝望，满目震惊，却俱是无言。

李忆如花容失色，颤颤巍巍地站起来，精巧稚气的脸上，凝滞着万般惊恐："狐姐姐……你这是……做什么？你不是、已经脱离控制……了吗？"

王寅虎却不是这么想的，他神色恍惚无常，李逍遥点住他血脉后，他看着眸子这样冰冷、狠绝、反复无常的苏媚，明明自己喘息艰难，可灵台意外清明至极，那久困于心的疑惑，也因这一穿刺，而云开雾散，了然于胸："所以……是你将画妖带到了仙灵岛，困住了逍遥哥？"

此话一出，李忆如犹如五雷轰顶："什么，怎么可能是狐姐姐……"她那双天真无邪的剪水灵瞳，因匪夷所思的震惊，而悬珠欲泣："不是你对不对，狐姐姐，怎么可能是你……"

苏媚没说话，她呆滞地盯着王寅虎的伤口，眼睁睁看着那温热的血一寸一寸浸透玄袍，顺着短锥上流畅的纹理，浸透她十指。倒戈相向、反目成仇……这一天，终究还是来了，她知道，她逃不掉的。苏媚深吸一口气，咬了咬牙，道："对，是我。"

孤峰之上，骤然间，阒寂无声。

质疑、揣测、恼怒、怨恨……席卷而来，疯狂地侵虐着每一寸土地。

"为什么？"王寅虎痛心疾首，眼底是汹涌的黑，是滔天的怒。可苏媚见他眼有怒恼之意，更是委屈巴巴，压抑已久的怨恨，终于不受控制地决堤而来："我父母皆死于他剑下，我难道不该报仇吗？！"她撕破一切情绪的羁绊，扯着嗓子厉声质问。

字字句句铿锵落地，震得山岗万马齐喑。李逍遥亦是一顿，自始至终都静若寒潭的眸，总算泛起一层波澜："杀你……父母？"

"呵！"苏媚怅然若失，凄厉大笑，冰凿的冷眸，恶狠狠地盯着他，"李逍遥！你和林月如害得我家破人亡，如今你做了扬名立万的大侠，可还记得苏州的隐龙窟？"

"隐龙窟？"陈年往事如潮涌至，李逍遥方才后知后觉，迟疑道，"你难道是？"

"不错。"苏媚狭长幽深的眼睫森然而阴恻，"我就是那狐妖和蛇妖的女儿，我活着，就是为了报仇雪恨！"

第四十五章 一妖覆峨眉

苏媚说得何等斩钉截铁，义正词严，可莫说众人，就连王寅虎也是一头雾水，茫然无措。这时，李逍遥周身清澈沛然的气泽忽湮灭沉落下去，一丝悔意和歉疚，渐浮于眉梢，良久，才顿挫道："没想到，竟然是你。"

"爹爹，到底怎么回事？"李忆如急得像是热锅上的蚂蚁，"爹爹和月如娘亲怎么会杀狐姐姐的爹娘？"

李逍遥悻悻一叹，毫无遮掩与回避："当年，我误以为灵儿被蛇妖所虏，一路循着妖气而上，恰在隐龙窟中遇到蛇狐二妖，当时救人心切，未问缘由，只当是妖便赶尽杀绝，如今想来，到底是我莽撞行事了，那蛇狐二妖，鲜有作恶，虽有劣迹，但罪不至死，是我顾虑不周，错杀生灵。"

"所以……"李忆如脸上的颜色一点点地褪尽了，"真的是爹爹杀了狐姐姐的爹娘？"

"嗯，爹爹做了错事，必须负责。"李逍遥承认得干净利落，举止是一贯的坦然，"苏姑娘，你既要寻仇，我无话可说，但此事可否由我一人承担，月如已经重病，我……"

"休想！你死了，我很快就送林月如下去见你！"苏媚寸步不让，飒气十足，话毕，她素手高扬，运术蓄力，三件魔器飞转而起，还尚未启动，其中蕴含的强大魔力，已足以让人退避三尺！

"苏媚，你冷静一点！"王寅虎唯恐她一时冲动，铸成大错，出言劝阻。可苏媚端立于云蒸霞蔚的穹庐之下，身后万顷山川跌宕起伏，她周身萦绕着诡谲煞气，冷得生人勿近："你们让开，我不想伤害你们。"

"不要啊，狐姐姐……"李忆如泪如雨下，声嘶力竭，护在她爹爹身前，泣不成声地苦苦哀求道，"狐姐姐，求求你不要这样做，不要伤害我爹爹，他是忆如的爹爹啊……"

"忆如……"看着李忆如情绪崩溃的慌张貌，苏媚何尝不是心如刀绞。这个傻姑娘，年纪不大，却仗义坦率，遇到好玩的、好吃的，总是第一个想到她；明明对她的来历一无所知，却诚心相交，甚至将她带入避世多年的仙灵岛；就算被她亲手推下百尺高崖，险些丧命，都还固执地相信"事出有因"……

可为什么，这人却偏偏是李逍遥之女！

苏媚永远记得那一日，春寒料峭，一道剑光横天而降！李逍遥手执三尺长剑，携林月如破洞而入，粉碎了隐龙窟数百年的安宁，她心中所向披靡、战无不胜的父亲竟然三招就败其剑下；她更不会忘记，她的母亲声泪俱下，跪求他二人饶其性命时，满脸的仓皇与惊恐……

一滴眼泪自荒寒的眸中，悄无声息地滑落。良久，苏媚轻嗤一声："你可知当年，我娘也是这么求他的，可他却又是怎么做的？"她心如死灰，面无血色，淡漠地俯视着那父女二人，口吻却阴狠又凌厉，"手起刀落，何曾留情？"

"狐姐姐……"李忆如的喉腔，仿佛卡了一根鱼刺。

王寅虎从不知道这些，那日业火池中，傲澜的话言犹在耳，可惜他还没来得及问报什么的仇，真相便已抽丝剥茧，呈于眼前。长久以来，他们生死相护，王寅虎自认对她的脾气秉性了如指掌，可时至今日，他才知自己其实从未认识她。玄色衣袍已被血浸透，王寅虎惨白着一张脸，谢绝了沈欺霜的搀扶，一步一血印，小心翼翼地朝苏媚靠近："三魔器一旦启动，人间生灵涂炭，后果不堪设想，我知道，这不会是你想看见的……"

"你不要过来!"他再走几步,伤口裂至心脉,他会没命的。苏媚整个人都在颤抖,仿佛他的每一步,都踩在了她的心口上,见他仍置若罔闻,苏媚慌不择路,拿三魔器怒指着他,"都说了不要过来!"

王寅虎依言顿住,可血却仍涌流不止。

"仇恨驱使你前进,但绝不是你的全部,傲澜的话你也忘了?"他分明浑身是血,可这样云淡风轻的眉眼下,仿佛只是淌了一身的水。他朝苏媚款款一笑,一如往昔的春风和煦:"我说过,你若无处安定,我便给你一个家,苏媚,你如果……"

如果什么呢?可惜,他终归没能说出来。这话音未落,他一阵猛咳,大口大口地呛血,一阵狠过一阵。血淋湿在他惨白的脸上,触目惊心,面目全非,他也猝然失力,颓然摔地,望着苏媚的那双眼睛,仿佛有缕光,在一番明灭后,熄了……

"小虎!!"她们歇斯底里地呼喊,震得苏媚肝胆俱裂。

"已经伤及心脉,怕是只有李掌门的冰心诀才能拖个一时三刻。眼下,救人还是寻仇,哪个要紧些,你自己好好掂量。"清柔师太目光始终紧着王寅虎的伤,可字字都击在苏媚的心口上。

若此刻她杀了李逍遥,报了这血海深仇,但王寅虎便极有可能……

处心积虑地得到三魔器,不过是为了报仇雪恨,可为什么,会是这样的结果?

苏媚揪心断肠,痛苦难耐,只觉身体僵若泥塑,被风一吹,便踉跄几步,轰然坍塌于地。

"弑亲之仇,不共戴天,李逍遥,仇,我日后再找你算!"许久,苏媚终于踉踉跄跄地支起残破的身子,转身离开,那样决绝果断的眼底藏着一抹难掩的黯然与落魄,她深深地看了一眼昏迷不醒的王寅虎,便再无留恋,转身离开。

李逍遥虽元气大伤,但还是拼出最后一丝真气,灌输于王寅虎的经脉之中,清柔师太见他也只是强撑,便盘膝坐于其后,也将自身真气灌输给李逍遥。二人真气沛然而至，交融并进，才将王寅虎的血止住一点点。这时，李逍遥才想起什么，忽念道："对了……九转回魂珠有起死回生之功效……"

"什么？"众人惊愕之余，李逍遥已经夺步而去，在崖谷的边缘喊住了苏媚。

"苏姑娘。"李逍遥态度诚挚，没有分毫宗师气势，只有为人丈夫的担当与稳重，使得他整个人似乎忽然之间，沧桑衰弱了许多："所有的错，我愿全部承担，但请你，将九转回魂珠，还给我……"

苏媚回头，眼底充满了恨和怒："你说什么？"

李逍遥用着温柔的口吻，却端着寸步不让的态度："请你，留下九转回魂珠。"

苏媚闭了闭眼，咬牙切齿："休想！"

斩钉截铁地说完，苏媚转身欲走，可腰身却被人一把抱住，低下头去，李忆如黑白分明的眼睛楚楚可怜地望着她，犹豫着、小声踌躇道："狐姐姐……你能不能把九转回魂珠还给我，我想救月如娘亲……"

苏媚听罢，竟笑了，笑得那样孤寂、凄凉，如同寒雨中凋零的蔷薇。李忆如心中歉疚不已，却还是含着泪，硬着头皮，一字一顿道："狐姐姐，求求你，忆如不能没有月如娘亲……"她将头深深地低下去，"对不起。"

那一刻，苏媚的心仿佛被人狠狠地揪了一下。

三魔器在手，可她觉得，攥在手中的，是林月如的命，只要狠狠一捏，大仇顷刻得报。可看着泣不成声的李忆如，她又觉得它是一颗糖，只要递给李忆如，她就不哭不闹，展颜欢笑……一时的恻隐之心，让苏媚愁肠难百结。正抉择之际，李忆如泛滥的两眼赫然大瞪："狐姐姐小心！"说时迟那时快，李忆如话音未落，一股阴柔劲力迅猛而至，苏媚猝然受力，一声闷哼，栽倒于地，满口鲜血直溢。

苏媚顾不上伤势，立刻点住穴位，强掩痛色，端起一双狡黠阴冷的目光巡视而去。只见一道白光一闪即过，被一毓秀男子执于手中。男人骨节分明的十指一抹，竟将那道白光摊成一柄纸扇摇风。

"喻大哥？"

喻南松闲淡漠然地摇着折扇，和千叶禅师一前一后从传送法阵中缓步而出。还未开口，李忆如已率先果断地拦在苏媚前面，慌张道："喻大哥，你不要伤害狐姐姐！你知道的，她不是坏妖！"

喻南松平静祥和的俊俏脸庞，没有任何情绪起伏变化。倒是千叶禅师捻着佛珠，顾虑重重地沉吟道："她如此处心积虑，就是妄想得到其强大的魔力，如今魔尊虽死，但她若吸收三魔器的力量，仍会成为新的魔尊，后果不堪设想，这三魔器绝不能落入这妖狐手中。"

李忆如毫不犹豫地果决道："狐姐姐不会这么做的！"

"那可未必！"话毕，喻南松径直绕过李忆如，折扇"唰"的一声抢圆离手，化为锋利飞齿，直劈苏媚眉心！速度之快，眼不可见。苏媚索性往后一仰，方险之又险地将其避开，岂料那折扇自旋一周后，又如回旋镖一般原路返回！情势急转，李忆如无暇多想，当即翻身一跳，死死吊住喻南松运术的双手，钳住他的行动，使折扇陡然偏去数丈之远。

"狐姐姐，快走！"李忆如将整个身体吊在喻南松的手腕上，口吻略显吃力和紧张。

苏媚神色凝滞，愕然道："你……"

"快走啊！你打不过他的！"李忆如死抓喻南松，指尖几乎嵌进肉里，溢出丝丝血迹，却仍咬紧牙关，斩钉截铁地说道。

像是一股汹涌暖流，赫然扑来。苏媚望着倔强又真挚的李忆如，沉重与悲欢在心中交织。

可笑可叹，事到如今，肯不顾一切救她的，竟然是……仇人之女……

峡谷长风狂吟，割刮着眉眼，像是悲悯地嘲笑，又像是无奈地讽刺，苏媚紧攥拳头，而李忆如的声音，如玉石般滚落心口，砸出一道又一道的口子，抬头，云开雾散，苍山尽显……

她闭了闭眼，听见一声凄凉的叹息……

罢了……

一声响动，三件魔器从苏媚手中丢掷过去，果断决绝。

李忆如蓦地一愣："狐姐姐……"

千叶禅师反应极快，当场佛袍一扬，三枚魔器尽收囊中。苏媚并未在意，只是看着神情复杂的李忆如，心口仍有一股不服输的劲儿，自嘲道："没有这魔器，我照样报得了这血海深仇！"

话毕，她转身跃崖，如道虹霞，消失于云海林木间，而青色的天宇，仍笼罩着一层灰蒙蒙的雾。

自苏媚交出三魔器，这场"剿魔之役"终得告捷，此战，正派可谓大获全胜。另外，五华山一役，千叶禅师深谋远虑，为重振江湖正气讨恶剪暴，除邪务本，由此打破世人对他仁慈心善、优柔寡断的固有看法，而彻底坐稳武林盟主之位。

不久，王寅虎因伤情得李逍遥冰心诀稳定后，与正道之士再聚摩诃寺，商榷三魔器保管之策。

武林半数之人提议将三魔器交予千叶禅师全权保管，但亦有人站出反对，说是鸡蛋不能放在一个篮子里，若摩诃寺一旦失守，又是一场腥风血雨云云。面对下面各执一词的唇枪舌剑，千叶禅师始终镇定礼佛，清柔师太见各派争论不休，众说纷纭，这才站出来道："既然大家皆有此顾虑，不若将三魔器分开保管。"

众人一听，登时起身附和，赞声一片，却也有人困惑："怎么分开保管呢？"

"这还用说，当然是如今的三大仙门各守一物！"有人一拍大腿，当机立断。

千叶禅师也谦和一笑："三大仙门各守一物，使正派呈三足鼎立之势，既互为牵制，也能和衷共济，通力协作，清柔师太思虑周全，如此甚好。"说着，千叶禅师点开一木匣，取出七宝琉璃花，云淡风轻的眉眼，是一副运筹帷幄的安之若素，"那这七宝琉璃花不若还是由清柔师太保管。"

清柔师太一双淡远的青黛眉微微拧紧，大抵觑见她的为难，千叶禅师善解人意地询问："清柔师太还有何顾虑？"

"倒是……没有。"清柔师太敛神含糊一笑，就吩咐了沈欺霜接下这蕴含无上魔力的七宝琉璃花。随后，千叶禅师又当着各派修士掌门之面，将五劫辟魔锥封印在大慈悲明宗，而九转回魂珠事后也被千叶禅师亲自送往李逍遥房中，如此，三魔器的保管方得完善。

可这一战才定，千叶禅师又未雨绸缪，警告众派，不能掉以轻心，而该广纳门徒，重振江湖。号召一响，不少血气方刚的青年才俊纷纷登山求学，其中大慈悲明宗拜学求艺者更是络绎不绝。照此趋势，大慈悲明宗成为当今江湖第一大势力已是指日可待。

江湖势力此消彼长的喧哗聒噪，淡去在古树参天林木深幽之中。此刻，一座钟灵毓秀的山隐藏于浮云之间，当东曦破晓时，寒烟四起，葱茏的枝丫纵横交错，将乍现的天光，粉碎成一地星末。

"云开雾散，天虽晴朗，可日头过足，恐有大雨来袭，可别又出什么变故才好……"圣姑捣着药，愁眉不展的双眸如同古木林般幽暗深远，不知看的是天象还是如今的江湖。片刻，她又意味深长地叹了一口气，混沌的目光往里屋瞧去，里面一女子安卧于榻上，容色苍白见青，身段纤美见骨，拭去年少的骄傲跋扈，如今，病骨支离憔悴无力，即便霞光破窗而去，却仍不见一抹艳色。

晨风轻抚，风铃脆响，那女子眉头骤然一蹙，痛色在眉间浮沉，她指尖微动，双唇轻启，似乎很想说话，可挣扎辗转半天，却只断断续续、杳不可闻地道出四个字来。

"莫失……莫忘。"

圣姑蓦然一滞。"莫失莫忘"，天涯莫失音，相离莫相忘。若她所料不错，那是蛊虫铃铛，一为"莫失"，一为"莫忘"。双方一旦系定，"莫失"一摇，"莫忘"必应，除非生死一方，否则再无方法可解。她曾在李逍遥尘封的木匣中看到过一对，只是，从未听它响起……

便在这时，灵山东面的结界传来异动，圣姑赫然一惊，心道她这深山老林已许久不曾有人踏足半步，此番十万火急的来势，倒也不知道是何方神圣。她推门而出，眯起眼睛，手持木杖，暗浊的目光倏然矍铄，戒备着四周。

"圣姑婆婆！"忽然，欣喜若狂的清越声音，惊得满林飞鸟乱窜。圣姑是未见其人先闻其声，只听见李忆如那振奋高扬之音，在空中久久回荡："我们有好消息了，月如娘亲有救了！圣姑婆婆！"

抬头一望，一把长剑破云穿林，逆着晨光驰骋而来！待长剑落地，上载的王寅虎、李忆如、李逍遥三人皆是风尘仆仆的迫切之貌，尤其李逍遥，那双历来沧桑的眼眸，竟平添几分明亮，他收剑立于圣姑面前，言简意赅地复述一句："圣姑，咱有好消息了！"

圣姑却愀然不乐，拧着眉眼，将李逍遥上下端详一番后，神色又逐渐讳莫如深起来，答非所问："逍遥，这么久没消息，你究竟去哪儿了？还有，你身上的伤又是怎么回事？"李逍遥矫健敏捷，实则气息早已紊乱，不知抑住多少声咳嗽后，才蓄起的这满目凝肃与稳重。旁人不知，但圣姑却一目了然。

李逍遥只是讪讪一笑，继而将那生死血战，一语带过："一点内伤，不足挂齿。"

见他不以为意的轻率态度，圣姑不免有些愠怒，一双淡远的柳眉赫然间满含威仪，道："年轻人就是喜欢逞能，看你脸色就知道伤势不轻，恐怕随时都有可能丧命！"

"啊！爹爹竟然伤得这样重！"此话一出，李忆如陡然大惊，吓得面如土色。

站定一旁的王寅虎亦是匪夷所思。这一路过来，他竟未察觉李逍遥有半分不适，甚至敬佩他以一己之力合成天罡剑阵后，体内功力竟还沛然如初。可如今看来，他明明身负重伤，内力溃散，却还不动声色地将自身真气灌输给他……王寅虎愧疚难当，心头情绪复杂。

圣姑见李忆如惶恐失措状，心有不忍，又转而安抚："别担心，有圣姑婆婆在，马上医治，你的爹爹还有得救。"

李忆如半信半疑，仍是忧心不已。

"我没事，你们先别管我了。"李逍遥救林月如的心急切，又寻回重点道，"对了圣姑，这是九转回魂珠，有起死回生之功效，如此，月如可是有救了？"

"哦？"圣姑凝神一愣，急忙道，"老身瞧瞧。"

当年林月如葬身于锁妖塔后，由于心中执念未消，尚存一丝游离魂魄依附于肉身，后圣姑和韩仲晰利用巫蛊之术，将其魂魄留在肉身，助其复活，但她魂魄过于薄弱，这些年极少醒转，而肉身一直靠草药将养着，方才经年不腐，倘若真有物能让人回魂重生……圣姑急忙接过李逍遥递来之物，可方一触手，却觉得不对劲儿："九转回魂珠蕴含无穷魔力，可此珠平平无奇，怎……像是假物？"

李忆如一愣，随即跳起来，信誓旦旦道："不可能，这是盟主爷爷亲手送来的，怎可能是假的？"

李逍遥也点了点头："途中未曾离手，不可能会是假的。"

圣姑眼睛转了转，又将其仔细掂量一番，那是一个掌心大小的球体，上有层层布帛缠裹，但灵力感知，的确又没任何魔力波动。见他们几人神色一致凝肃确切，圣姑又将布帛一一解开，但当珠子完全呈于眼前后，圣姑神色竟骇然大震："这……你们没有打开看过吗？"

"怎么了？"见她这般反应，几人也提心吊胆。

圣姑脸色凝重，沉声慢道："这珠上有一种非常罕见的剧毒，此毒无色无味，但只要沾上一点，必死无疑，即便是有老身在，也无力回天！"

"什么？！"众人闻之大惊，瞋目而视。就连小熊猫都按捺不住，从李忆如肩上跳下来，眼珠一转，怀疑道："难不成是……"

"事情尚未明朗之前不要妄加揣测。"李逍遥立刻出言打断，但尽管小熊猫逢时住口，可那未出口的名字，却已是心照不宣。

风吹帘动，满室寂静，所有人的目光都担忧着王寅虎的反应，不过须臾，只见王寅虎心神不宁地道了句："不知其他两件魔器是否有恙，我们得赶紧去通知清柔师太和千叶禅师。"

"是啊，若是染上剧毒，后果不堪设想。"李逍遥神色沉郁，卑陬失色，继而又满怀歉疚道，"幸好有圣姑在，否则，月如……"众人见他嗒焉自丧，亦然不自得，正踌躇着要安抚一二，此刻李逍遥又长眉一立，欲作势离开,"我得去找到真的魔珠,这是月如唯一能活下来的机会……"

"站住!"圣姑素来祥和的目光骤然锐利,颇有一副不容置喙的强硬姿态:"这几个月,你哪儿都不许去,留在老身这里,好好养伤!"

"可是……"李逍遥愁眉不展,心中急切,圣姑却正容亢色:"你如今再强运功力,一身武功废尽都不足为奇,你去了又能如何,还不够给途中妖魔塞牙缝!"

王寅虎听罢,亦是焦急万状,五内如焚,急忙劝阻:"是啊!逍遥哥,你放心养伤,这件事交给我们去办!"

面对圣姑的言辞阻拦,李逍遥只好妥协,且王寅虎的心性他是有些了解的,知他从小就正直勇敢,生性良善,且秉持年少初衷,一心匡扶正义,如今更是将"穿云掌"和"天吼刀法"两大绝学练得炉火纯青,实乃江湖翘楚,想来调查魔珠一事交给他,可比自己这个病秧子强多了。

如此,李逍遥也不再坚持,三言两语交代完毕,圣姑便拉着李逍遥回里屋医治,王寅虎也揣起忧愁之事,正欲马不停蹄地赶往开封,然才尚走出篱笆小院,就见一月白华服的男子,手持一柄水墨面扇,行色匆匆地赶来。

"喻大哥?!"王寅虎步履促停,错愣片刻后,仍有些愕然,"你怎么来这儿了?"

"小虎,你们没碰魔器吧?"喻南松口吻焦灼,开门见山。

"没有。"王寅虎无暇深想,如实道,"所幸圣姑及时发现魔器上染剧毒,还未曾使用。"

喻南松这才展眼舒眉,如释重负道:"那就好,师父发现那假的五劫辟魔锥有剧毒后,怀疑其他两件魔器亦是如此,便命我和另一名弟子连夜追赶你们和仙霞派……"

"有劳千叶禅师费心了……"王寅虎致谢一礼,转而又问,"那千叶禅师没事吧?"

喻南松神色骤然阴郁沉闷下去:"师父他老人家……中毒了。"听得此言,王寅虎和李忆如俱是大惊,许是恐他们担忧过甚,喻南松便又补充道："不过放心，师父功力深厚，立刻压制了毒性，现在正闭关驱毒，应该没什么大碍。"

尽管如此，可王寅虎心口还是笼罩了一层挥之不去的阴云："抱歉，都怪我粗心大意，要是及时发现，千叶禅师也不会……"

"小虎，这不是你的错。"喻南松喟然长叹，打断他后，又一副欲说还休之貌，"我们怀疑，只怕是……"

"苏媚？"王寅虎见其沉吟不决，便不动声色地接过他的话。

"嗯……"喻南松知道王寅虎与苏媚情深意重，但考虑此事关乎江湖动荡，非同小可，容不得他于心不忍，"五华山之事，我们皆已尽数知晓，如果真的是她所为，那三魔器也必然还在她手中，难保不会再次对李掌门下手，你们要万事当心。"

王寅虎捏拳闭眼，深吸了一口气，不知被其压抑下的那翻滚情绪究竟是什么，只见他默然良久后，方才一贯镇定道："我明白。"

"那便好。"喻南松原本还担心他悼心失图或萎靡不振，如今看来，倒是他多虑了。过了一会儿，见日头已抵达苍穹中央，喻南松也决计不再耽误时辰，告辞道："我还要回去复命，且师父闭关，门中还有诸多事需要我去处理，就不奉陪了。"

"好，辛苦喻大哥。"

话毕，喻南松健步如飞，笔挺毓秀的身影很快被密林隐去。李忆如本想也跟着王寅虎一道去开封，却怎料无意撞见这番话，此时见王寅虎脸色讳莫如深，不由从后面拽了拽他的衣角，仰头与他道："小虎哥哥，其实……我觉得以狐姐姐的为人……不会做这样的事……"

王寅虎何尝不曾深以为然，可此时，他只是深深叹息一声："可不是她，又会是谁呢？"魔器自苏媚交出后，前后只经过李忆如、千叶禅师、李逍遥之手，这三者断然不可能做如此之事，唯独苏媚，动机时机同时兼备……

第四十六章
一妖覆峨眉

夜来寥星零落，晚风渐寒。王寅虎踱步河畔，临风而立，他本想出来平心静气，可潺潺河水不息，就如他忧愁难消，片刻后，他索性拔刀点地猛然起势，借朗月清辉，以魔刀功法，斩杂念，静心气。

矫若惊龙的刀锋踏破虚空，承势而上，游走四身，一招一式，越来越急，越来越烈，疾时骤如闪电，贯穿惊雷，缓时云卷云舒，身轻如燕。冷月无边，刀光如雪，那些前尘往事，也随着刀式的起承转合，接踵而来……

"当着孩子面杀她母亲者，我瞧着，也不见有多良善。"

"他是我唯一的至亲。"

"我活着，就是为了报仇雪恨！"

……

王寅虎心浮气躁，下一刻，重刀飞出，一声铮鸣，正中树干。

落叶纷纷间，忽传来一窸窸窣窣的脚步，慌乱无章，局促轻快。

"谁？"王寅虎目光如电，视线投掷而去的同时，人已飞身如影，疾穿抵达，拔刀、闪身、拦路，所有动作一气呵成，可当手中寒气凛然的锋芒指向那秾纤得衷的延颈秀项时，王寅虎敏捷的身姿，却彻底僵滞原地。

"苏媚……"短短两个字，如同一声深沉的叹息。

苏媚寒眸秋水，望着径取自己要害的刀锋，神色的惊疑不定间，是化不开的伤悲："你……要杀我？"

听得此言，王寅虎这才后知后觉急忙收刀，可这一贯烂熟于心的动作，今次，却被使得手足无措。待刀仓皇入鞘，他整个人又恢复一贯的从容不迫，迟疑道："你怎么会在这儿？"

五华山一战时，苏媚行刺李逍遥未果，后交出三魔器，至此销声匿迹，王寅虎所知如此，却不知苏媚其实一直在他左右。苏媚心中牵挂王寅虎，更因出手伤他而过意不去，便一直暗中尾随，直到适才那突来的一刀，才乱了阵脚露出破绽……当然，这些，她断然只字不提，只是平淡了问了一句："你伤好些了吗？"

"嗯，已然大好。"他似乎心不在焉，除此一言，便再无别话。

残云星斗不言静默，唯独袍裾猎猎张扬。相顾良久，王寅虎才在这悲凉的风中，找到自己喑哑而顿挫的声音："苏媚，我想问你几个问题。"

苏媚深长的眉眼轻轻上挑，明艳又张扬："你问。"

他踌躇片刻，才斟酌道："你……还恨逍遥哥吗？"

苏媚一怔，随即侧身几步，毫无遮掩的言行举止，是锱铢必较的决绝严谨："我说过，弑亲之仇，不共戴天！"

他望着她，愁绪纷杂的眼，忽寂如灰烬："所以……九转回魂珠上的剧毒，真是你所为？"

苏媚赫然回头，瞠目大惊外，是一脸的茫然无知："你说什么？九转回魂珠上有毒？"

王寅虎言简意赅："三魔器被人调包，且皆被染上剧毒，所有人都怀疑是你所为。"

苏媚心中不由得"咯噔"一声，却拧眉紧盯着他，声音沉闷而寂寥："所有人……也包括你吗？"

王寅虎猝然一愣，包括他吗？这个问题，或许连他自己都不清楚。明明只有她才有作案时机和动机，明明所有证据的矛头也都指向她，可他却始终无法说服自己去相信。思绪一番后，他没有正面回答，而是选择背对她，喟叹道："算了……你走吧。"

"话都没说清楚，怎么就要我走了?!"苏媚反倒不依不饶起来，反复纠缠着他，端着一副士可杀不可辱的架势，竟还有些咄咄逼人，"既然你怀疑是我，为什么又要放我走？你那么敬重你的逍遥哥，不该拿我去见李逍遥，与他当面对质吗？"

"别闹了！"王寅虎忽声色俱厉，打断她的胡搅蛮缠，神色焦灼道，"要是逍遥哥和圣姑真发现你在这里，你如何能全身而退！"

苏媚似乎被他严肃的样子吓到了，足足愣了片刻后，竟是展颜一笑，眼中的光，骤然而亮："你……果然还是担心我？"

"我怎能不担心你。"王寅虎几乎是脱口而出，"我以前不知你父母之事，可如今即便知晓，却也无能为力，我没有理由劝服你忘记仇恨，可又不能任由你去伤害逍遥哥……抉择两难……"这种无能为力，让他心如芒刺。他低眉凝视她时，深情翻涌的眼眸，是自我厌恶的无可奈何："苏媚，我别无他愿，只要你……好好活着。"

寒烟笼罩山川，清辉斑驳林中，王寅虎的眉眼，也悄然镀上一层凄寒的凉意。

苏媚明眸氤氲，心中却阵阵绞痛："小虎……"

"事情尚未水落石出之前，你暂时就不要出现了。"字字句句，几近央求，话毕，王寅虎扬长而去。其洒脱决绝的姿态，似乎生怕再多纠缠片刻，他又会做错事，以至于而后苏媚说了句什么，他没有听清，只是虎煞探出脑袋来，若有所思地点了一句："忽然觉得，她也没那么坏，明知忆如是仇人之女，却还次次舍身相救……"

王寅虎猛然一顿，再回头时，溪水河畔，落叶无声，杳无一人。

此一别，便又是一轮阴晴圆缺，苏媚果如他所言，销声匿迹，再未出现……

本是如他所愿，可他心底，却落寞横生，荒芜成疾，李忆如见他终日心不在焉，魂不守舍，大抵也知其担忧何人，于是借以"通灵之术"，热衷于从各种飞禽走兽口中，打探外界江湖之事，可一番打探下来，未得苏媚半分蛛丝马迹，倒是将如今江湖局势摸清了个大概。

异魔教分崩离析后，当初趋之若鹜的妖邪逃窜四散，对其避之若浼，此举，本以为正道分工协作，蔓引株求，已将邪恶势力一网扫尽，大获全胜，可怎知，百足之虫，至死不僵，异魔教虽早被夷为平地，但流散的部众仍有蜂巢蚁穴，占取一隅之地，为虎作伥。经此一役，仙门已死伤惨重，元气大伤，皆是心有余而力不足。

当这些有关江湖动荡的消息传入王寅虎耳朵时，王寅虎忧世之患，终日焦心劳思，但圣姑交代过，李道遥之伤危及性命，疗伤前十日不可中断，不能打扰，且李道遥心系天下，若是知晓此事，也断然不会袖手旁观。王寅虎再三纠结下，决计隐瞒实情，和李忆如率先前往仙霞派。如今千叶禅师也已身中剧毒，这仙门之中，只有仙霞派清柔师太能出面主持大局。

蜀中峨眉，灵气充盈，拾级而上，飞瀑流虹，大小宫观，累计百户，可容纳千余弟子。

可这一夜，得知魔教余孽趁大局未定，竟各自为政，祸乱一方，清柔师太拍案而起，命沈欺霜率三十名弟子连夜下山，拨乱反正，平定江湖。偏在这夜的亥时三刻，沈欺霜等三十一人还未走出峨眉，只见云遮星幕，山雨欲来，天地一声古钟悲鸣，响彻云霄，震撼大地。就连数里开外的居民都惊坐而起，披衣掌灯，推窗张望，登时瞠目结舌，只见屹立云霄的峨眉山往东倾斜半寸，饱藏的灵气，一泻千里，以掀波起澜之势，朝周遭群山冲击，卷云覆海，山河滔滔。

明势已是如此恢宏壮阔，气吞山河，而苍郁森然拿云攫石的丛木林中，却还有深藏一股暗流，它们蛰伏多时，见机便倾巢而上，露出饥肠辘辘、凶残暴戾的可怖嘴脸，鹰撮霆击般直逼金顶！

"不好！"沈欺霜怛然失色，立刻率众人打道回府。可终为时已晚，她们不过一个往返，仙霞岭便不复往日云蒸霞蔚。入目之地，残垣断壁，尸横遍野。凄烈的哀号与惨叫，混于苍宇之上，那层翻涌的雾瘴，与夜一色，愈渐浓厚，转瞬已是熏灼滔天，笼罩山海。

一番查看下来，弟子已尽数被屠，鲜有生者，众人心底骇然、悲愤。叹这屠杀的速度之快，手段之绝，实在令人发指。沈欺霜却无暇伤悲，此番群妖逼山，只怕是为七宝琉璃花。见其余弟子忙着救死扶伤，悲天悯人，她便独自前往后山，直奔封存魔器的上虚境。

　　还未走进，但见一道霓虹横贯天际，霸道绝伦之势，划破长空，粉碎云霄！

　　沈欺霜意识到什么，她心跳如雷，加快御剑，抵达上虚境时，她却犹如五雷轰顶，周身麻痹，以至于整个人，几乎是连摔带倒地落了地。只见上虚境门厅前，四散横倒的尸体不计其数，个个蓝衣玉剑，眉清目秀，皆是芳华正盛的妙龄少女！

　　她们周身不见一丝伤痕，却也没有一丝生人之气。

　　沈欺霜心寂如灰，一步一步，小心趋近，片刻，她蹲下身，伸出冰凉如玉的指尖，颤巍巍地探上一弟子鼻息，怎料，那弟子的尸体竟如同沙石堆砌而就，在她指尖触碰之时，瞬间瓦解粉化，轰然坍塌一地，陈铺为一地金沙。

　　刹那间，沈欺霜容色惨白，惊怖后退，这时，峨眉山顶，风从四面袭来，寒彻穿骨，狂卷天地，满地尸首受风力摧残，皆轰塌一地，化为金沙，随风扬逝，瞬时，玉石砌成直入天镜而不染尘泥的上虚境，竟然黄土漫天，眯人双眼……

　　沈欺霜彻底傻眼了。七宝琉璃花的威力，她曾在月凉山听说一二，只道是花开瞬间，霓虹破天，待其收拢成蕾，血肉之躯，化为满地金沙。而今亲眼见到，她才知其可怕……

　　尘埃落定，空旷寂然。沈欺霜抑住心中悲痛，怅然若失地抬起头来，才发现一红衣女子端立在无相天境的阵门前。她心下一惊，那样明艳张扬、邪魅横生的倩影，她竟觉似曾相识。只见那女子右手短锥幽暗晦涩，凌厉无比，左手七宝琉璃花，绽出猩红的光芒，侧棱而望时，无上魔力，似乎信手拈来。

　　"你是谁？"问话之时，沈欺霜手中的云纹剑，已悄悄拔出两寸。

红衣女子似也惊魂未定，闻声不由一颤，回头看来时，炽焰照亮了那张熟悉的眉眼，沈欺霜满眼匪夷所思，竟然真的是她！怎么会是她？！

不比以往的邪魅而桀骜，此时的苏媚，仿佛做错事的孩子，神色惊乱，行事仓皇，见到沈欺霜，眼中竟是畏怯和害怕、心虚和不安，她左顾右盼一番后，心下一横，扔下手中利器，化身赤狐，衔着七宝琉璃花，翻身下山，落荒而逃。

沈欺霜无暇多想，提剑就追，然方御剑而行，一股至邪至强的罡风从上虚境中爆破溢出，直击云纹剑身！剑锋受损，失了准头，几遭颠簸下，沈欺霜跌落在地，而从上虚境中奔出之人，一袭道袍凌乱不堪，头上木簪断裂，青丝垂落遮面，狞嘴大笑，状似癫狂。

沈欺霜呆滞原地，满目震惊，怛然失色地盯着那人许久，才听她声色喑哑地轻唤了一声："师父？"

清柔师太周身真气与魔力融合，练就一种浑然天成的诡邪之力，猖狂大笑，五官狰狞，似人非人，似魔非魔，只那如画黛眉，绝俗容色，还能瞧出几分寻常的气度来。

数日后，峨眉山脚下一倚水而建的客栈中，不少因响应千叶禅师号召前来拜师学艺，扩充仙门的女子听闻这桩事，个个面面相觑，匪夷所思，望着那座拔天倚地、巍峨笔直的仙山，震颤不已："传闻清柔师太齑盐自守，恬淡无欲，怎会是这般模样？且这么大一仙门，怎么可能一夜之间被屠？"

店小二神色凝重，如有亲临："还不是因为这仙霞创始人清柔师太得七宝琉璃花后，竟然练功入魔，屠杀亲招的满门弟子，一夜之间，整个仙霞派血流成河，无一生还，简直残暴至极啊！"

有人觉得荒谬："不是说有人看见是那位红衣女子拿走的吗！"

"那红衣女子就是当初城北密林时盗九转回魂珠的妖狐！"小二神秘兮兮煞有介事道，"城北密林一战，所有门派都出手了，唯独清柔师太作壁上观，说不准，她们就是一伙儿的。"

店小二这话一出，四座皆惊，整厅沸然，偏这时，"铿锵"一声刀鸣，突兀而响，店小二一颤，闻声看去，适才在那吃茶的那位正气凛然的背刀男子已不见踪迹，独剩那古灵精怪的小女孩屁颠屁颠追在后面，焦急大喊："小虎哥哥，你等等我……"

王寅虎和李忆如寻上山，所见正如店小二所言，整个仙霞岭不见一个生人。这仙霞派道法传承要的是阴柔奇骨，顾名思义，传女不传男。清柔师太以免登徒浪子扰人清修，引来浊气，便定下男子不得入内的规矩。王寅虎以往来此，都被其森严守卫拦截在外，进行逐一盘问，但此番，他却是畅行无阻，甚至顺风顺水地登上峨眉主峰的绝顶之巅。

纵横远眺，蟒川之上仍是山静云动，含烟凝翠，换作往常，许能一睹仙霞弟子的林下风华，然而此刻鹰击长空，浮云漫卷，满目空旷寂寥。

再往上数百阶梯，娇怜的仙山千疮百孔，遍体鳞伤，王寅虎停足怔住，黯然无语。只见无数女尸叠层横摆，垒若丘陵，肃杀萧瑟之气充斥四周。

李忆如瞠目结舌，一股悲恸随着蔓延的血腥腐烂之气猛然席卷心头，豆大的眼泪登如滚珠。

尸体虽已被风雨侵蚀得腐败不堪，可从其残留的姿态还能看出她们的临死之状，或手持长剑，保持着战斗之姿；或筋骨狰狞，遭受过非人的折磨。甚至有些已经被妖邪之物撕成碎片，肉骨分离，触目惊心。

"她……们……"李忆如顿足失色，如鲠在喉，王寅虎见状，惊措之余下意识捂住了她的眼睛，可即便闭上眼睛，与生俱来的女娲之力能将她们死前的惨状尽数呈现。她颤抖着声线，问："谁能将仙霞派屠至这般？"他们自然不信那些江湖传言，可如今见得曾云蒸霞蔚的仙霞岭变成这般模样，不免心头凝重："仙霞派莫不是真如传闻所言，被……"李忆如悲悯哀怜，欲言又止。

"不会的！"王寅虎不知何时已执刀在手，"清柔师太不可能做出这种事！"陈血铺地，满目寒尸。王寅虎忽想到什么，登时刀收鞘中，开始一具一具地翻找，那样汲汲皇皇的迫切又恐惧之貌，也让李忆如面若死灰："沈姐姐？"

可他二人翻遍整个仙霞岭也没瞧见沈欺霜半片衣衫。

李忆如疲惫的身体靠在墙上，看着王寅虎深暗的眼色，讷讷道："或许沈姐姐已经逃出生天了……"

王寅虎却盯着旮旯处残留的金沙暗暗出神……传闻七宝琉璃花，花开瞬间，霓虹破天，收拢绝蕾，血肉之躯，化为满地金沙……尽管王寅虎不愿相信传言，可彼时有些疑惑却蓦然浮上心头挥之不去……他想起村民们的闲言碎语，想起彩璃谷初见清柔师太使剑时，他便看到那出神入化的剑法中蕴藏着魔功心法，难不成这一切真如传言……

仙霞派由清柔师太白手起家，一人创建，虽不比蜀山有千年底蕴扎根深厚，但这建派年间，清柔师太以扶危救困为念，率领门下弟子，也创下无数传奇义举。她凭借一己之力，使这别人口中揶揄的"区区女流之辈"誉满江湖，名满天下。尽管她安弱守雌，不争俗名，也能成就如今这举重若轻不可撼动的仙门地位，实力可见一斑。

只是可惜，十年荣光，一朝没落，实难不令人扼腕叹息。

如此之人，又岂可能与魔有染？

二人悲怆之时，忽然，王寅虎身前赫然爆出一道白光，他本能抬臂遮眼，顷刻，白光画方，闭合回环，在陡峭绝梯上形成一道虚空之门！门内混沌不见光景，白雾缥缈难揣归途。李忆如陡然一跳，一个缩身藏至王寅虎身后，王寅虎倒是处事不惊，将这来历不明的门仔细一打量，心中忽有了定数，道："道家法门……我知道她们去哪儿了！"

踏入门中，青石嵌白玉，铺成十步九折的水上小径。二人往前，但见涧边萍藻，淑德方高；池中芙蕖，清气含芳。瀑布飞湍拨起层层薄雾，如曼妙轻纱。置身其间，仿佛误入瑶池仙境。但石为苍宇，四壁寒墙，可见此地并非瑶池，而是一水洞。正勘探处境，便见一青衣道袍的女子盘膝而坐，她双目紧闭，神色苍白，提剑默立一旁的女弟子，蓝衣玉剑，纤秀挺拔，如蛾之眉，不画而翠。

"是清柔师太和沈姐姐！"李忆如雀跃而起，喜出望外道，"她们果真没事！"

见她二人平安无事，李忆如心中欢喜过甚，闷怀顿释，一蹦一跳地过去，拉着沈欺霜问东问西。可沈欺霜眼底秋水泛滥，却始终抿唇不语，只字未言。王寅虎见其缄口沉默，神态却是欲说还休之貌，大抵猜到一些眉目，便揖手躬身，礼数周全地行去一礼："清柔师太。"

　　"你们来了。"清柔师太嗓音空灵轻柔，有气无力，抬头睁眼时，却见她清眸浑浊，已是疲倦不堪，仿佛伤筋断骨，内力溃散之状。王寅虎当下大受震撼，心道清柔师太功力之深，世人只能望其项背，如今孔璘已死，当今武林，还有谁能将清柔师太伤至这般，甚至一夜之间，颠覆峨眉？！

　　王寅虎再也按捺不住，心急火燎道："仙霞派到底出了何事，为何外界传言说是您……"

　　"已经传去外界了？"清柔师太打断他，波澜不惊的声音中，饱藏嫉恨。

　　王寅虎黯然点头，随即诚道："……路上听了不少闲言碎语，这到底是怎么回事？"

　　面对他的焦急关切，清柔师太却是沉了沉眉，重重长叹："仙霞派突遭横祸，我不会善罢甘休，可此事我自会处理，今日请你们前来是有一事相求。"

　　见她避之不谈，王寅虎没敢再追问，因清柔师太这一"求"字，属实让他受之不起，忙道："师太请说。"

　　虽已声名狼藉，受百姓猜忌，但清柔师太毫无蔽伤之忧，当下语重心长娓娓道来："前些日子，我夜观天象，见妖星大盛，此时紫气东来，此乱定然从西而起……"她仰头而望，仿佛心有余悸，愁思道，"煞气弥天，经久不散，怕是大祸将至！"

　　王寅虎闻之大震，而李忆如已率先惊呼："莫不是又有人拿三魔器复活魔尊去了？"

　　"魔尊已经形神俱灭，不可能复活！"王寅虎凝神静气，答得斩钉截铁："如今逍遥哥重伤待愈，千叶禅师又闭关驱毒，本想让清柔师太主持大局，怎料……"这一切都过于巧合，王寅虎心中隐隐不安。

清柔师太闻之亦是忧心忡忡："乱从西起，开封必然危矣。千叶禅师功力尚未恢复，喻南松武功倒是不错，同龄人中出类拔萃，可始终初出茅庐，未经磨炼，让他应对，怕也是褚小怀大，绠短汲深。而今仙霞派门人所剩无几，希望你们能够担起大任！"

王寅虎虽年少，好在稳重成熟，顾全大局。虽弱冠之龄便担如此重任属实为难，可除却他，清柔师太目前也别无他选。

王寅虎心头沉重，但也毫不推辞地端起慷慨赴死之势，抱手郑重应承："师太放心，小虎必当竭尽全力，护百姓安宁，并找出屠杀仙霞派之人，给死去的仙霞弟子一个公道。"

听此一言，一直缄口不言的沈欺霜忽深深地瞧了他一眼，眼底讳莫如深，意味不明，却似藏着绞心之痛。

清柔师太虽早已脱尘看破生死，但是想起自己座下弟子，如今几乎只剩沈欺霜一人，心下也是有股悲痛暗涌，她对沈欺霜和王寅虎他们的个中纠葛大概了解一二，只是这灭门之事与那狐妖脱不了干系。

王寅虎此般应承下来的，不仅是破案之责，还是一份与苏媚斩断羁绊的决心……眼下清柔师太并不是非要他们倒戈相向，她也是想要一个真相和结果。

迟疑片刻，她又辗转道："你们此次前去，我还有几样东西给你们，可助一臂之力。"话毕，清柔师太起身，将几人引去池畔左侧。左侧倒无甚特别，独有一垂立青石墙，若刀削斧砍般整洁平整。清柔师太停足矗立片刻，忽抬手拈花，附于墙面，只见水光盈动，迸裂数道银光，一闪即过！

其余人等正着手打量，清柔师太已沉声道："王寅虎，这是给你的。"

"给我的？"王寅虎剑眉轻蹙，不明所以，只举步往前，细细端详。银光绽过，青石墙上形成贝联珠贯的文段，上书之字，铁画银钩，刚劲有力，如剑锋凿就，刚柔拙巧，气势磅礴。王寅虎一目十行，笼统大意后，这才赫然回头："天吒的功法残卷？此地怎么会有？！"

"你应该知道天吒曾也是月柔霞之物？"

王寅虎点头，目光却已迫不及待地钻回青石墙的字里行间中去："听师父说过。"

清柔师太指尖顺着墙上气韵流畅的笔锋游走："此地，便是冰火洞，当年月柔霞和姜清的隐居之地。"言及此处，她那双淡水眉眼，竟几不可察地浮上一层笑意，"也就是我爹娘生前居所。"

她说得何其云淡风轻，可于王寅虎几人，却不啻平地惊雷，甚至连沈欺霜都以为自己误听，犹豫不决道："师父的……爹娘？"

对于这些大惊小怪，清柔师太倒是泰然自若："不错，我便是月柔霞和姜清之女，我的俗名，叫姜婉儿。"

王寅虎若有所思："合父母之名，自称清柔真人，又取母亲一字，创立仙霞，开派教徒……"他喃喃自语间，又恍然大悟，语态不免一时有些突兀，"难怪那日孔璘说您'大义灭亲'，如此说来，那混天魔尊可是您的祖父？"

对于他的口无遮拦、直言不讳，清柔师太不仅丝毫未怒，甚至略带赞赏，惊觉此人果真才思敏捷，人中龙凤。而沈欺霜反倒有些不可思议："这些……我都没听师父提及过。"

"这事儿说来话长，我极少对人提及。"清柔师太望之和蔼一笑，"不过我想，你们都曾听过蜀山弟子和魔尊之女相恋的故事？"

终于插得上话的李忆如立刻跳起来举手，争先恐后道："我知道我知道，就是镇压混天魔尊之时，被孔璘设计骗入锁妖塔的蜀山弟子，那个魔尊之女为了救他，只身独闯锁妖塔，结果两人都一去无回。"

"是啊，我爹娘倾心相付，真心相爱，心有善恶之分，却早无人魔之别……"芙蕖灼灼，薄雾如纱，清柔师太回望这一隅仙池，言谈间，神思却早已飘远，而他们也在清柔师太口中，得知那段流传已久的故事全貌。

当年孔璘设局诱姜清入锁妖塔后，月柔霞紧随而去。锁妖塔中戾气熏灼，月柔霞找到姜清时，肉体凡胎的姜清早已被折腾得不成人形，月柔霞急忙为其运功疗伤，却牵动胎气，加之她此前与蜀山掌门交手，伤得极重，腹中孩子全凭一口真气护着才无性命之忧。但此时气散，月柔霞深知自己气数将尽，于是将毕生功力传给刚出生的孩子，她却就此身亡。

姜清痛心疾首，恨不能自刎相陪，可刚出世的孩子，就像一口巨鼎，压在了他肩头。于是强忍丧妻之痛，简葬月柔霞，守其芳冢数年，并在闲暇之余，将蜀山剑法糅合魔功一起传授于姜婉儿。直到异魔教战败，孔璘也被独孤宇云打入锁妖塔中，姜清才从孔璘口中得知当年自己抛下天罡剑阵的部署后导致蜀山损伤惨重之事，他愧疚难当，深感自责，再加上旧疾缠身，最后郁郁而终。

"原来如此……"王寅虎听来全貌，心中疑惑终才散去，喃喃自语道，"难怪师太剑法之中竟有魔族功法……"李忆如亦是情绪悲落，甚至对面前这个素有"淑质英才"之称的掌门人徒生悲怜："师太竟是在锁妖塔中长大，那里的处境一定很艰难。"

清柔师太摇了摇头，口吻倒是一派恬淡："我虽然打不过孔璘，但那些年在锁妖塔中结交甚广，于是联合塔中妖邪将孔璘骗入吸妖坛内，倒也将他关了一段时日。"

"原来是师太将孔璘关入了吸妖坛！"得知此事，李忆如情绪陡然高涨，转而又愤愤道，"可惜后来叫天鬼叔叔着了他的道，活活帮他受了八年的罪！"捶胸顿足一番后，又奇道，"那师太又是怎么逃出来的？"

"后来……"清柔师太顿了顿，低声道，"后来，你爹爹入塔之后，便将我救了出来，你爹爹那把七星剑，便是在塔中所得……"她迟疑了一下，又才道，"那是我父亲生前的佩剑。"

"什么？原来爹爹的七星剑是师太父亲的！"李忆如两眼瞪如铜铃，惊诧不已，"难怪我爹爹会觉得仙霞剑法之中有蜀山剑诀呢！"

当年蜀山与魔族一役，何等惨烈悲怆！锁妖塔崩塌成墟，又是何等惊天动地！可如今，也都不过沦为人们的茶后闲谈。清柔师太感慨，时光荏苒，转眼经年，年少耿耿于怀的事，都不过一场云烟旧梦。这时，王寅虎又斟酌道："小虎还有一事不明，坊间谣传师太入魔又是怎么回事？"

得此一问，清柔师太的目光不着痕迹地往沈欺霜扫去一眼。沈欺霜仍是颔首不语，可眼底的寒烟秋水，却藏尽了千言万语。清柔师太手中拂尘掂量片刻，不答反问："最近，你们可有苏媚的消息？"

听其言及苏媚，王寅虎不知怎的，脑海中全是苏媚那句掷地有声的："弑亲之仇，不共戴天！"

他心头猝然一紧，那种不好的预感再次浮上心头："难道……遭此变故，真的与她有关？"

见他悬石在心，问得谨小慎微，清柔师太纵使于心不忍，却最终还是不徐不疾地点了点头，告知实情："我入魔，是因为七宝琉璃花，而这七宝琉璃花，便是为她所盗。"

听此一言，王寅虎的三魂六魄仿佛被人狠狠抽出，又狠狠踩躏过，以至于他整个身体，僵若槁木死灰："……不可能是苏媚，不可能是她，她不会这么做的！"反复重复，不知是在试图说服他们，还是他自己。

清柔师太又是长叹一声，这才将所有经过如实说来。原来，异魔教教徒多是蚩尤后裔与人类混血，可隐藏魔性而隐于世井之中，与人类共处生存，但七宝琉璃花却能让异魔教教徒魔性大发，神智丧尽，而状似疯魔。

第四十七章
冰青既出往不反

　　那日结界一破，峨眉突遭异变，清柔师太料来者是为七宝琉璃花，便匆匆赶去镇压魔器的上虚境。果不出她所料，擅闯者直捣腹地，正握七宝琉璃花欲走！而那盗窃者，红绸玉颜，妖而妩媚，一把短锥，落地如雷。二人交手之余，七宝琉璃花自启，清柔师太受其强大磁力召唤，体内罡气几欲爆体而出，力量与内功难以持恒之下，她自封心脉，才未曾酿下大错。

　　红衣、短锥……王寅虎却还是无法认定那人就是苏媚，可沈欺霜也告诉她，那日的苏媚，仿佛做错事的孩子，神色惊乱，行事仓皇，见到沈欺霜，眼中竟是畏怯和害怕、心虚和不安，她左顾右盼一番后，心下一横，竟扔下手中利器，化身赤狐，衔着七宝琉璃花就翻身下山，落荒而逃。

　　"砰"的一声，那把由王寅虎亲手铸造的短锥也自沈欺霜手中滑落坠地，吹毛利刃，锋芒毕露。"她留下的。"沈欺霜眼底萧瑟悲凉，可声音却出奇平静，"即便如此，你还是不信？"

　　王寅虎的所有动作情绪，仿佛都在这一刻定格了，只有眼中那一片黯然灰烬，彰显着他已经痛至极点。他道："不可能，以她的功力根本不可能做到……"

　　沈欺霜积蓄已久的眼泪夺眶而出。她只知他作为捕快，有执法如山的决绝；手持天吒，有斩妖除恶的信念，却从不知，他对苏媚，深信不疑而情深法弛……

"我亲眼所见！不会错的，她启动七宝琉璃花，我仙霞派无数弟子，尽死她手！"沈欺霜第一次这样疾言厉色，心底委屈如潮水涌来，"我绝不可能看错，上虚境前，她手持短锥，怀揣魔器，甚至出招与我对峙，绝对是她苏媚无疑，可你为何就是不信，难不成，我会拿我仙霞弟子的性命与你玩笑不成？"

铁证如山，王寅虎尽管不信却也无话可说，只能紧持刀柄，半坐于地，沉稳的心跳，如闷雷响彻胸膛。

见得他如此这般，清柔师太暗暗叹了一口气，又走至沈欺霜身侧，坦然道："欺霜，你跟我来，为师也有东西给你。"

"是，师父。"将缱绻目光从王寅虎身上收回，沈欺霜转身附礼应答。

面对苏媚之事，李忆如全程未语，许是有太多的震惊与困惑，又许是不知该说什么，只是陪着王寅虎，并未跟随。而清柔师太与沈欺霜一路分花拨莲，踏水而行，回到了原处。

"跪下。"沉声静气的两个字，落地有声。

沈欺霜一愣，随即双膝落地，伏剑于侧，依言照做。

"仙霞派突遭横祸，死伤无数，我身为掌门，没能保全弟子，已是罪不可恕，如今本该出面挽回大局，缉拿真凶，但体内魔性觉醒，又有人蓄意散播谣言，已无法执掌仙门大权，让世人信服……"

清柔师太这一言一句，宁淡无波，可潺流入耳，却叫沈欺霜心如刀割，她始终俯首不语，却不知早已泪湿衣襟。

"你当行出色，又温顺善良，仙霞剑诀也已练得十之八九，是我仙霞掌门不二人选，希望你能担起大任，率领门中剩下弟子，重塑仙霞往日威仪。"

这时，沈欺霜才猛然抬头，深秋水眸，骤然荡起千层巨浪："师父？！"

"接剑。"清柔师太并不给她震惊的余地，话音一落，只见一把青芒逼人的长剑自冰泉之中破水而出！此剑削石如泥而过水无痕，横置于沈欺霜面前时，剑罡震出，鸣声如泉。清柔师太道："此为神剑冰青，乃万年冰泉凝聚而成，威力浩大，凡人难御，但可助你修行，提升功力。"

"冰青剑……"沈欺霜首次睹其风华，便是五华山一战，当时清柔师太手中长剑如练，剑气如霜，纵横万里，实在惊为天人。冰青剑是仙霞至宝，也是清柔师太的佩剑，沈欺霜不敢收，只将身子端得更低："可弟子……功力微薄，涉世尚浅，掌门之位，实在愧不敢当。"

"你是愧不敢当还是根本不愿？"清柔师太玉质天成，凛然生威。

沈欺霜神态游移不定："师父，徒儿人微言轻，功力尚弱，自是不敢当……"

"罢了。"清柔师太打断她，嗓音沉郁顿挫，似有愠怒，"既为仙霞掌门，一要立身正气，匡扶救世，惩恶扬善；二要苦练道行，勤修剑术，再攀高峰；三要虚心处世，宽以待人，严以律己；四要戒情戒欲，淫心不除，尘不可出……"清柔师太看着纤骨端立的沈欺霜，眼低悲愁蕴藉，"你……终是放不下他？"

沈欺霜蓦然一顿，池中光影绰约翩跹，一如她眼底明灭间的踌躇不定："师父，徒儿只是……"

"不用解释，我给你考虑的时间。"清柔师太一舒广袖，"但这冰青剑，你且先收着，我受七宝琉璃花的影响，不知何时又会如那日一般发疯成魔，必须留在冰火洞中借寒气抑制魔性，但此开封一行，乃凶险之兆，你留着剑，或许用得着。"

沈欺霜心中如蚁啃食，却见清柔师太态度坚决，只得抬手接剑。

剑长三尺二寸，刃如寒霜光可鉴人，沈欺霜方一触及剑柄，上附入骨寒气如潮涌至，无法抵御亦难以驾驭，其彻骨之寒，竟有骨裂之疼。沈欺霜咬牙力挺片刻后，竟忽又灵泽清透，如圣水洗涤，沛然而至的剑气远胜之前。

"欺霜定缉回真凶，替师姐们报仇！"

清柔师太不知冥思何事，看着她却没再说话。

两日后，几人告别清柔师太，回到仙霞岭。昔日的琼楼玉宇，桂殿兰宫，已是残垣断壁，满目疮痍。沈欺霜本已静如止水，可触目一瞬，终还是乱了方寸。她抬手捂唇，可喉腔却如被针刺，几番哽咽后，她转身背对众人，矗立云崖间茫然哀叹，手中冰青寒芒微凉，徒增一抹悲寂。没人知道她在想什么，只知她走神得厉害，甚至王寅虎唤她多次，她都恍若未闻。

"沈姐姐一定很难过，小虎哥哥，我们先不要打扰她吧。"李忆如扯扯王寅虎衣角小声道。

王寅虎缓声点头，随即目光又落至远处高楼仙霞派的藏典阁。

在不通人烟的绝峰之境，造一精美绝伦的地上天宫，其规模之恢宏，本就令人赞叹称奇。但是，其中最广为流传让人津津乐道的，仍是仙霞派的结界。传闻创派之初，曾有人目睹天人造访此山，并留下一钟，此钟化于无形，口含大地，顶朝苍宇，将整个峨眉笼罩其间，可抵万千妖邪踏境，染指天地灵气。这传言是实是虚，早已无从得知，但峨眉的结界，确令诸邪胆寒三尺。

且不说苏媚是妖，单是以她的功力，便不可能破开此罩，如今，这是王寅虎唯一的突破口。

藏典阁囊括万卷奇书、武学秘籍、史书经传，目不暇接。内设五楼，插架万轴，浩如烟海。王寅虎东翻西找，李忆如也借助灵力快速查阅，可奇怪的是，这受世人赞颂的结界，藏书阁中却仅有几处无关痛痒的着墨。

"要不还是去问问沈姐姐吧？"李忆如凑过来，俨然已有些疲倦。王寅虎又连着翻了几卷，仍无所获，才无奈妥协，"只能如此了。"

二人正欲下楼，屋檐传来窸窸窣窣的脚步声。"有人！"正百无聊赖的小熊猫察觉异样，当即两耳竖起，炯炯有神地警觉四方。王寅虎凝神一探，这时，三楼又是一阵噼里哐啷的巨响，如是惊雷落地，震耳欲聋。几人追上去一看，只见一抹红影从二楼窗棂一掠而过，转瞬即逝，仅剩撞翻的书架，散落一片狼藉。

"好像是狐姐姐？小虎哥哥……"李忆如惊慌地回过头来时，王寅虎早已夺门而出。

荒草摇曳，浮云成帷，黢黑的石崖后，苏媚长袖卷收，紧贴墙壁，看着那道玄色黑影，如离弓之矢奔逸绝尘，疾冲而去。她仰天长舒一口气，却又在低头的瞬间，心如刀绞。事到如今，她该如何去面对他？

那夜弦月如钩，清亮又锋利，而整个仙霞岭，血肉化沙，遮天蔽日……苏媚闭上眼睛，竟也隐隐颤抖，仿佛那夜惨烈，仍在眼前。

"苏媚？"谙熟的清丽之音，忽如闷雷炸响耳际。苏媚心头一惊，陡然睁眼，九丈远的逼仄断崖上，沈欺霜蓝绸青丝，执剑凛立，萧瑟纤柔的身段，清冷桀骜、雅而不俗，影影绰绰间风华尽现，可苏媚与之四目相对时，却能清晰地感受到那扑面而来的杀气与怨怒。

苏媚暗叹不妙，正欲遁身离开，却听身后长剑出鞘，一道青虹横贯天宇，落叶纷崩，剑挟劲风罡势，风驰电掣而来。苏媚受强大剑势所迫，举步回身欲避，可那剑竟顷刻间夺其脖子前两寸之地，叫苏媚进退不得。而御剑的沈欺霜，眸如刀锋冷冽穿骨，几近是咬牙切齿："真的是你？！"

她踌躇道："我知道我说什么你都不会相信，可……"

"自然不会信！"沈欺霜打断她，音色微颤却是斩钉截铁，"师父说得对，妖狐善惑，我早就不该信你！"话毕，她弓步一跃，剑往前送，凌厉招式穿云裂石，不见半分容让。沈欺霜武功底子本就出类拔萃，如今手握神剑更是如虎添翼，苏媚稍不留神，那如织剑影，赫然又似青蛇吐芯，夺喉而至！苏媚不觉沈欺霜剑法已精湛至此，心中唏嘘，当即双目一定，撤步斜滑，躬身避之，白瓷玉颈便堪堪擦刃而过！

沈欺霜收剑回身，运力须臾，连着又是几招。立劈横抹，点刺撩崩，接踵而来，沈欺霜步伐轻快，腰似蛇形，脚踏八方，而步行九宫。一时之间，纵伸横逸，剑光如织，沈欺霜将苏媚攻守一一破开之余，也斩尽了自己所有的后路。这是玉石俱焚的打法，也是无奈与悲愤的天人交战。

这样的心情，苏媚刺杀李逍遥时，大抵也曾有过。苏媚妄想阻止，可手无寸铁，无法断其利、阻其锋，而沈欺霜出招连绵不绝，且功法在神剑冰青的加持下，已胜过苏媚半截。苏媚本就不愿与其争锋，一直未使全力，痛吃数招后，灵力不济，逆风之势更难翻身。

沈欺霜剑如飞凤，疾如旋踵，寸步不让。苏媚想来她对自己怕已是恨之入骨，一味回避不过徒劳，便狐尾滚转，一身抢圆，叫沈欺霜无从下手而被迫停下攻守，与此同时，苏媚趁机从怀中掏出一物什朝沈欺霜迎面扔去。沈欺霜往后一仰，本能抬手一接，定睛一瞧，落于掌中之物，是一盏七宝琉璃花。不过，这七宝琉璃花虽完好无缺，却冰冷无温，暗无光泽。她正困惑不解，苏媚已幽幽开口："这便是我从你们仙霞派拿走的七宝琉璃花，一假物，又如何杀得了人？"

"呵呵！"沈欺霜五指运劲，七宝琉璃花四分五裂，碎作一地，在天光下，倒也散射出几道流光溢彩来。沈欺霜仇视着苏媚，冰冷寒彻的目光，似乎蕴藏了几分讥讽："如今才拿个假的七宝琉璃花来忽悠我还有何用？我亲眼所见，你又有什么可狡辩的？"

苏媚一向觉得沈欺霜拘谨口拙、不善言辞，可如今，张口结舌、理屈词穷的竟是自己。

这一刻，她才觉自己竟然百口莫辩。

"我仙霞派与你无怨无仇，你为何下得了如此毒手？！"沈欺霜手倚长剑，步步紧逼，那温婉贤淑，被满腔恨意撕为粉碎，凄声厉道，"今日我就要为同门手足报仇雪恨！"

话音一落，沈欺霜点剑而起，势若风动。苏媚正思对策，长剑已迅猛而至，她退却数步，旋身飞转，赤尾抢圆，以做护盾，可那青芒逼人的利剑，吹毛断发，破盾如纸。这一瞬，苏媚也终于看清沈欺霜所使之剑：通体寒冰铸造，刃如风霜，坚挺与柔韧并济，虽薄如蝉翼，却陵劲淬砺，可谓锋芒无俦。

长剑没其心口一瞬，沈欺霜却是怛然失色。她和苏媚虽谈不上是莫逆之交，却也曾患难与共，纵使因王寅虎产生过隔阂，可苏媚对她，也从未生过歹意……

可是，又能怎样？仙霞派覆灭之事历历在目，深仇大恨如汹涛沉浮在心头，将她这一丝恻隐之心蚕食殆尽……她必须杀了苏媚，必须替同袍报仇雪恨！强烈的意志力在她脑海里反复呼喊，她心中发狠，突一发力，身随剑动，如鸷鸟乍飞，剑气亦陡然转急……

"欺霜！住手！"忽然，一声苍雷贯耳的呼喊响彻云霄。恍然一眼，她看见王寅虎负刀疾走而来，玄袍深沉，目光灼灼，扫向自己时，竟是那么怒不可遏。

可他为什么要愤怒？又或者说，为什么时至今日，他还是站在苏媚这一边，为什么要一次又一次地给她机会，纵她作恶，从除魔大会到彩璃谷，再到如今整个仙霞派被屠，为什么他永远都站在苏媚的身边……思潮翻滚的一瞬间，一股掺杂不甘、嫉妒和愤恨的思绪再也压制不住地冲上心头，沈欺霜身形未曾停歇，长剑使得更加湍急有力，而她从未真正掌握过冰青，但此时茫茫剑意，一泻千里，去势惊人。

苏媚还没来得及应对，长剑已插入其心口五寸，势在一招毙命，而面前，沈欺霜双足落地，裙纱猎猎，随即决然将剑拔出，清冷的剑锋引出温热的鲜红。

苏媚倚石而立，喉腔呛血，溢出唇齿，一口狠过一口，终于体力不支，双目一黑，往后倒去。大仇得报，沈欺霜本该如愿以偿，可她心底却无半分欣喜。

"苏媚！"

沈欺霜心头一紧，转首瞧去，只见王寅虎虎目大睁，惊恐与绝望，夺眶欲出。沈欺霜不知道为何竟然有些心虚害怕？仇敌伏诛，她理应痛快。

罢了！

沈欺霜马上收剑立一旁，尽力用冷漠掩饰眼中的不忍，也不再看两人一眼。王寅虎负刀疾步赶去，仓皇如他，却在接近苏媚之后一刻，小心翼翼地将苏媚揽在怀中，仿佛捧着一盏随时破碎的琉璃灯。她周身极冷，体寒如冰，心口血溢不止，面容失尽的脸，仿佛附上一层惨白的雪霜。

一滴滚烫的泪，砸在苏媚脸上。王寅虎不觉双目通红，将她抱得更紧，试图将自己的体温全部渡给她。可是没有用，冰青剑的寒意，已渗透苏媚五脏六腑、奇经八脉，根本无可抵御。只够苏媚眉头轻蹙，模糊意识清醒片刻。她指尖凉意横生，轻轻划过他颈部轮廓，勉力牵出一笑："小虎……"

"你醒了？"王寅虎眼中，好似有一抹光，被骤然点亮。他迅速将苏媚抱起来，急切道："你别说话，我带你去找韩仲晰，他一定会治好你的。"

"已经……来不及了……"苏媚明白自己气数将尽，已经无力回天，颤巍巍的指尖紧扣在他衣襟处，"小虎，你听我说完，好不好？"

这样的柔弱无力的声音，叫王寅虎呼吸一顿。他终于放下她，心头却仿佛哽咽着一把钝刀，堵着心口，隐隐作痛："你说，我听着。"

她抵着他温热的下颌，胸腔内沉浮不定的气息，让她音色也在隐隐颤抖："九转回魂珠上的毒……不是我下的，三魔器……我也……确确实实……交还给你们了，你们……一定要小心，幕后……有人……在操纵一切……"

王寅虎闻之心神大震，可苏媚已近气息垂绝，她艰难地仰头望他："仙霞派的结界……是我破开的，但她们……不是我杀的……"她又强撑着，要从王寅虎怀中撑起的模样，目光直直看向他身后的沈欺霜，"沈……欺霜，你连仇人是谁都不知道……"

神剑冰青忽脱落在地，一声金石之音，如泉水潺潺，不绝于耳。

"你这话……什么……意思？"一丝不好的预感浮上心头，沈欺霜脸色青白，这狐妖到最后还想蛊惑人吗？

但苏媚已无力与她解释，她口吐鲜血，将王寅虎衣襟拽得越来越紧，悬珠欲泣，几近央求："小虎，你信我……我没有杀人……"

"我信你，我相信你！苏媚，你别说话，我带你回仙灵岛！"王寅虎心如刀割，却仍在佯装镇定，可那双深海的眸子，早已经涟漪泛滥，"我相信你……"

"如……此……便好……"得君一言，苏媚身体彻底放松，嘴角含着一丝释怀的笑……妖力流失，苏媚的形神已逐渐依稀模糊，仿佛一阵风都能将她散去。

"苏媚……"王寅虎神色惊恐,却又不敢用力抱她,生怕稍稍用力,她破损的形体就像泡沫一样消失。

苏媚躺在他胸口,听着他沉稳又急促的心跳,心底太多的不舍、太多的遗憾,可一切都来不及了……她目光黯然涣散,最后只望着苍宇中那一团散不去的雾,心里道了一句:"阿爹阿娘,女儿来见你们了,女儿无能,最终……也没能替你们报仇……"话毕,她紧拽他衣襟的手逐渐失力,垂落于地……妖力散尽,苏媚体化形销,变回赤狐,柔弱无骨地蜷缩一团,风轻拂而过时,血浸毛发,凝结成珠,那温软的身子,也逐渐冰冷僵硬……

王寅虎始终保持着半跪的姿势,迷惘空洞的双眸,僵若磐石的躯体,就像一尊干枯的塑泥,随时都会坍塌破碎。沈欺霜清楚,那是因为他心神俱裂、万念俱灰,她更清楚,她做了一件永远不会被他原谅的事。

可为手足报仇,她做错了吗?

"你为什么不多给我一点时间?"王寅虎忽然开口,却声如冷铁,扫过来的目光,前所未有的锐利深沉,"我答应过你一定会查明真相,你为什么不多给我一点时间?!"

劈头盖脸的质问,叫沈欺霜不知所措,好久,她才定了定心神,道:"你知道的,结果都是一样的,我和师父亲眼所见,你为何就是不信?"

王寅虎怅然若失,摇了摇头,却再没说话。

头顶的苍穹,灰蒙蒙的,不见天光,石隙处逆天而生的野草,也荒败枯萎,在凄切的风中,萧索摇曳。不知过了多久,王寅虎顿挫的身影,才摇摇晃晃地站起来,抱着怀中这团通体鲜红却冰寒如雪的赤狐,一步一步,蹒跚趔趄着,渐行渐远……

"你去哪儿?"沈欺霜心下着急,出声喊住他。

可他再没有回头,只有望了望云雾涌动的天色,云淡风轻地叹息了一声:"我答应过要带她回去见师父,答应过会给她一个家,杭州……她应该会喜欢杭州吧?"

沈欺霜的心仿佛被人狠狠剜去一刀,双眼也在这一瞬罩起一层水雾,没由来的歉疚，汹涌而至。沈欺霜不由自主地朝他靠近一步："小虎，对不起，我……"

"别过来！"王寅虎决然果断的声音，粗暴闷沉，"你已亲手杀了她，从此以后，你我……死生不见，永不往来。"

沈欺霜彻底愣住了。她张了张口，一股剧烈的寒风灌口，喉腔撕裂般的疼，她哽咽道："小虎……"

话方出口，天吒已应声出鞘，直挺挺地插入沈欺霜足前寸步远的岩石之中，火光四溅，穿云裂石。王寅虎定了定足，总算回头，可那张俊朗无俦的脸，此刻却如紧绷之弦，他道："我再也不想见到你。"

暴怒与愤恨，隐忍在他蹙如山壑的眉宇，话毕，他便收刀负于背，抱着血泊中的赤狐转身离去。

沈欺霜蓦怔风中，水眸凄切，看着他远去，却一句话也说不出口。

苏媚一死，大仇得报，沈欺霜本该如愿以偿，可她心底却无半分欣喜，反而怕得手足无措，甚至不敢置信，因她从未想过，她真的会亲手杀了苏媚。而王寅虎的恨强烈、决绝、见棱见角，竟叫她不敢有半分解释与求饶之心。

不知过了多久，沈欺霜一个人跌跌撞撞，狼狈地下了山，举目四望，乌云敛伏，阴谷生风，仙霞岭的光辉和荣耀，被晦暗冥寂的天色淹没，而无处不在的荒芜与衰败，给千峰抹上层透骨的清寒。

"这位姑娘，见你色白见青，必有苦楚，若无处可去，就去摩诃寺吧，那里啊，可以让世人忘却一切烦恼。"抬起头来，水雾朦胧中，一位面目和善的阿婆端着慈祥的笑。

纵然是一向和善的沈欺霜，此刻也没有多余的力气端出笑来附和阿婆，只是浅抿了嘴唇，作势就要绕道离去。

旁边几人见状，也忙过来劝慰道："看你是仙霞派弟子，如今仙霞派遭此横祸，不如去摩诃寺避避难吧。"

"是啊是啊，千叶禅师大慈大悲，普度众生，必能帮助姑娘渡此难关。"

的确，千叶禅师德高望重，功法深厚，或许不仅能出面为仙霞派讨回公道，还能净化她师父周身魔气？

思及此，沈欺霜不再打算耗费时间，道谢后便朝开封而去。

开封城热闹非凡，繁华绚烂，人影如织，不似其他市井那般嘈杂聒噪，反而异常和平，形形色色的路人来来往往，姿色各异的脸上是一致的和蔼与慈祥。各方人士纷沓而至，除却仙门弟子、善男信女，甚至还有不少达官显贵结驷连骑，随踵而至。

喻南松取了经文过来，便见得从五湖四海聚来之人济济一堂，他们摒除门楣之见，身份之别，不分尊卑贵贱、功法高低，各自手持佛珠，虔诚端坐，没有一丝杂念杂音，这样的安静，反倒让人震撼心神。他恍然觉得，这才是真正的盛世和平。

这时，一淡眉细眼的扫门僧敛起袍裾进来，附在喻南松耳边说了什么，喻南松竟听得眉头紧蹙，当即折扇一合，便和那扫地僧一道出了门。

暮鼓已响，声声悲鸣，庙廊的绿荫遮天蔽日，苍翠的菩提直揽苍宇。侧门的青石小径上，雨水未干，淅淅沥沥，偶有千足虫，在泥沫中探食。沈欺霜颔首垂头，盯着一隅水洼倒影，默不作声，就像在风雨中沉浮飘零的花叶，清怜孤弱。

"欺霜？"喻南松疾步过去，见她风尘仆仆，四肢冰凉，又将身上衣袍取下，罩在她身上，拧眉询问，"你怎么一个人来了？"

"喻大哥？"沈欺霜声色顿挫，满腔心酸不知从何说起，酝酿许久才抬起头来。但喻南松似已洞悉她眼底悲寂，慌忙撇开视线，略显遮掩道："仙霞派的事我已听说一二，本想去找你，但门中事宜繁多，师父又闭关，一直没有腾出空来……"他拳头攥得发白，生涩道，"对不起，喻大哥没有及时赶到……"

"这跟你没关系，喻大哥不必自责。"沈欺霜摇了摇头，而绝望、无助、悔恨，在她故作释然的明眸里纷呈涌现。喻南松过意不去，便道："不过你还有什么事可以直接跟我说，我可以替你解决。"

"我……我……"沈欺霜凄切地将他望着，仿佛犯了弥天大错，吞吐半天也难以启齿。喻南松于心不忍，甚至那么一瞬，他手再往前一伸，几乎就要将沈欺霜颤抖不止的纤秀双肩揽入怀中。他安抚道："你若不愿说，便不说……"

"喻大哥。"沈欺霜却打断他，木怔道，"我……我杀了苏媚，我亲手杀了她……我以为她盗取七宝琉璃花，重伤师父，杀我同门。我情急之下，便一剑将她杀了……"她的声音就像蚊蝇一般，黏黏糊糊地没有底气，却又一触即溃。

许是长期吃斋念佛的缘故，喻南松听罢，只是微微沉了沉眉，捋完前因后果，叹息一声，道："你没有做错，我师父以前便算出苏媚会给江湖带来大祸，只是没想到会应验在仙霞派。"

沈欺霜却一个劲儿地摇头，惘然失意的眼怆然泣下："可小虎，他……恨我……"

听得此言，喻南松猛然一怔，而那与她双肩仅咫尺之距的手也陡然收回，将满腔复杂情绪藏于袖袍中："所以，是因为他，你才这么伤心？"

不知是不是错觉，沈欺霜感觉他整个人瞬间阴沉冷森下来。正要辩解什么，喻南松又闷沉道："既然如此，你不去找他，又为何来找我？"

"我只是……不知道该怎么办了……我来，是想请千叶禅师出面，为仙霞派主持公道，还我师父清白，除此之外，我不知道我还能做什么……"沈欺霜不明所以地仓皇解释着。

"找我师父……原来如此，原来不是来寻我的……"他苦笑一声，脸上是"自作多情"后的难堪与失落。

"喻大哥？"沈欺霜不知他为何忽然态度大变，而这时，喻南松敛了敛心神，回过头来时仍是亲和有礼，可眼底却暗泽无光，出奇地平静道："你放心，师父一定会出面给仙霞派伸张正义，我给你找个厢房，你好好休息，我去禀明师父。"

近来开封阴雨不断，雾沉的天像是倒灌的河水悬于天幕，沈欺霜在房中等不多时，竟不觉间昏沉睡去。

晚上寒意袭来，喻南松送来刚织的棉被。向来修行中人睡意极浅，可窗外之雨大有掀覆河山之势，沈欺霜仍无醒转之色，大抵是一路颠簸劳累得狠了，即便喻南松给她掖完被子，那张玉质天成的脸，还是前所未有的平静。只是这一刻，喻南松的心，却乱了。

不知是从何时起，他不染俗尘情欲的心，会随着她的喜怒哀乐、颦笑举止而浮沉不定，犹豫片刻后，他竟仓皇起身离去，仿佛再多凝视一刻，便会做出何等僭越无礼之事。

醒来之时，已是翌日辰时，沈欺霜无暇顾及身上多出的棉被，而是懊恼自己正事未办竟然酣睡，实在有愧师门，便草草拾掇一番后，着急忙慌出了门。

摩诃寺院中，所有人恭默静守，似乎在这里，无论是作恶多端、心术不正之人，还是狂妄自大、野心昭著之人，一入寺院，便能心存敬畏，诵一段经，焚一支香，就能放下一切。

很多人火急火燎赶进寺院，却不足半刻钟就听入了神，当即盘腿跪于拜垫之上，双手合十，虔诚聆听。沈欺霜敛袖收神，也远远致敬一礼，但因肩负要事，并未过多停留，而是受一和尚领路，径入后院，前往主殿拜见千叶禅师。

寺院四通八达，格局布置大致相近，绕得沈欺霜晕头转向。和尚始终沉默寡言，引路在前，走起路也像是不着地似的，轻快无声，足过无痕，可见内功不俗。沈欺霜心中称奇，忽闻前方人声大噪，嘈杂不堪，尤其凄婉哀诉或低声啜泣在这佛门净地格外突兀。沈欺霜心一咯噔，本能循声而去查看情况，就在这时，那一语不发的和尚不知使得何种诡异手法，竟恍若幽灵般，端着合十的双手直挺挺地拦截在沈欺霜前面。

沈欺霜心神俱惊，怯退一步，而和尚只是心平气和地挤出一抹淡然的笑意，指引道："沈施主，这边请。"

沈欺霜拧着眉目，将和尚上下打量一番，问道："前面有人在争吵，你没听见吗？"

小和尚不动声色浅笑了之："寺中人来人往，有口角之争也是在所难免。"

第四十八章
慈悲寺中闻世悲

沈欺霜将信将疑，踟蹰片刻，便作势跟和尚离开，怎料，沈欺霜只是虚晃一晃，待和尚放下戒备，她立刻趁机越墙，落至另侧。果不其然，沈欺霜站定后一瞧，只见院后设有一门，门外一群布衣百姓噙着一汪秋水泪眼婆娑地往里张望着，一鬓发苍白的老妇人更是紧拽着一男子的手臂，皱纹纵横交错的脸沧桑而倔强，声嘶力竭地哀求道："你不能再去了！这么下去你会没命的，你听为娘的话，好好就医，好好就医一定可以痊愈的……"

"就医？就什么医？"男子龇牙咧嘴，言行粗暴，二十出头的年纪，却已面目沉疴，印堂黧黑，憔悴的姿容俨然已是病入膏肓，可他精神亢奋，傲慢无礼，"人是救不了人的，只有神佛才能成为人类的救赎，我只要虔诚拜佛，即便死后也能通往极乐，再无生老病死。"

"糊涂啊！！"老妇人痛心疾首，"只有建功立业为民谋利者才有此殊荣，你以为什么人都能得道成仙吗？"

"人人皆有佛性，皈依佛门就能进入西方极乐世界！"男子认定死理，方头不劣，甚至咨睚凶戾，不顾老人身体，将其一把推滚在地，居高临下地俯视着他双膝渗血、面目抽搐的母亲，冷漠道，"母亲，你年事已高，不如也剃度出家，以免死后入地狱受尽酷刑！"

"你、你？！"老妇人气得揪心断肠，捂着心口几欲昏厥。男子却恍若未见，甚至蓄起一脸的和善平静，朝西方天宇拜去一礼，随即便将哀怨横生的母亲弃之身后，拖着羸弱的身体跌跌撞撞地奔往寺院中殿。沈欺霜本欲前往阻止，却见老妇人剜心痛哭，浑身战栗，便急忙先去搀扶老妇人，询问缘由。

老妇人见沈欺霜相貌端庄，知书达理，便一嗟三叹地将经过和盘托出。原来，这男子自幼体弱多病，多年来一直卧病在床，因而性格孤僻沉郁，郁郁寡欢。上月他母亲带他来摩诃寺祈福，却不知怎的，听了庙中和尚诵了一段经后，他便豁然开朗，身心舒畅，每日前来拜祭，家里人本以为是件幸事，可后来却越来越不对劲儿……男子起初只是每日来上炷香，到后来一来便要祭拜一个日夜，甚至开始杜绝服药、饮食，仿佛中蛊入魔了般，终日沉溺礼佛念经，对其他事宜漠不关心，且开封连逢阴雨天，湿气极重，致使病情加剧，可男子却风雨无阻坚持入寺，而今才不过半月，大夫说他已时日无多，再不卧床修养治疗，回天乏力。

泣诉完毕，老妇人已是泪流满面，可沈欺霜却心头存疑，奇道："那他知道自己的病情状况吗？"

老妇人抹了抹眼泪，酝酿半晌情绪，才哆哆嗦嗦道："怎么不知道，大夫之言我尽数告之，可他根本不听劝阻，说什么要飞升极乐，脱离人世苦海，再这么下去，他就得将自己活活折腾死不可……咳咳……"

"婆婆，您别着急。"见老妇人情绪过激，四肢冰冷发颤，沈欺霜赶紧劝慰道，"我这就去将他找来，我们一起劝说他跟您回去。"

"有劳你了姑娘，你是好人啊！"老妇人千恩万谢，感激涕零道，"这摩诃寺的人没有一个人愿意帮我们，你是好人，谢谢你啊姑娘……"

"没有一个人愿意帮助你们？"沈欺霜困惑。千叶禅师心怀天下，造福一方，若真有此事，岂可能坐视不理？正疑虑横生之际，衣角忽被人紧紧拽住，沈欺霜一惊，陡然回神，一个小男孩正仰着头，噙着泪，眼巴巴地将她望着："还有我爹爹，他叫李昌元，姐姐，你能不能顺便帮我也找一找我爹爹，我想爹爹了……"

沈欺霜蹲下身去，揩去男孩眼梢的眼泪，郑重承诺道："你放心，我一定将你爹爹找来。"

沈欺霜往中殿赶去，这是另一个道场，甫一进去，沈欺霜便深受震撼，只见中殿之人尽是老弱病残、贫疾交加者，他们苍白沉疴的面色、憔悴脱力的体态，都似身患不治之症，致使整个中殿暮气沉沉，可尽管如此，却无半分喧哗与吵闹，所有人噤声凝神遵纪守法，而他们朝拜的中央矗立着一巨石佛像，佛像凿刻得慈眉善睐，似能宽恕一切对错，容纳世间悲欢，抬头望之，就能心沉气静。

可这样死寂般的沉静，反而波云诡谲，让人毛骨悚然。

沈欺霜紧了紧剑柄，目光四周睃巡，可尚未找到适才那名男子，只见跪在尾后的一灰衣男人忽然翻肠倒肚，涕泗横流，伏在地上撕心裂肺地咳嗽。他的声音泣血穿肠，在这寂静之地显得尤为突出，可周遭之人面目冷漠，恍若未闻，只顾诵经诵德，对其不闻不问。沈欺霜心有愤慨，却还是第一时间赶过去察看慰问。男子正值壮年，却体瘦骨露，面无血色，手臂淤青溃烂，脖颈红疹密集，病骨支离的面容不难看出已是行将就木之人。

"我带您去找大夫吧。"沈欺霜用剑架着男子瘫软的四肢，神色焦虑。可男子一听这话，菱靡衰弱的惨白脸登时铁青不已，纵然尸居余气却也不知何处猛提一口气力，将沈欺霜霍然推开，哆嗦着唇齿，奄奄一息含糊道："我……我……不去，佛祖……马上……就会来接我去……去往极乐世界，我……不能离开……"

见他危在旦夕还如此冥顽不灵，沈欺霜非常气恼，但还是沉着气，尽可能耐着性子道："如果再不去请大夫，你就会死在这里，你明白吗？"

"我不会死的。"男子气若游丝，半睁半闭，脸上血色也渐渐殆尽，可他对此漠然置之，甚至极尽气力阴森一笑，幽幽得意道，"我……李昌元……会成佛……成神……不老……不死！"

"你是李昌元？"沈欺霜蓦然一顿，蛾眉轻蹙，"你儿子就在寺外等你，你连儿子也不要了吗？"

"儿子？"两字落地，男子先是错愕，惘然须臾，而后又似看透生死般付之一笑，"俗世之物罢了，让他自生自灭，自悟其道吧。"话毕，他便拖着病骨支离的衰残身躯朝中央石佛蹒跚走去，碎碎念叨，"寺里中人……会用……业火剥离病魔……助我们飞升得道……通往极乐……"沈欺霜跟上去一看才赫然发现，石佛盘下，十来具病死的冰冷尸身陈列摆放着，而男子也躺在其中闭目安息，等待死神的降临，等待业火将他们熔为灰烬。

见他如此固执己见，不负责任，轻贱生命，沈欺霜有些气急败坏，喝道："你看看这些死去的人，不过一具无人敛收的枯骨，哪有什么极乐世界，死了便什么都没有了！"她凛然指着岿然石佛，"你看看你们祭拜的是什么，一块冰冷的大石头而已，你们身后有家人有孩子，那才是你们该诚心对待的人！"

她的声音振聋发聩，所有虔诚默拜者都闻声望来，连闭目安息的李昌元也孱弱地睁了睁眼睛。

沈欺霜意气激昂，继续谆谆善导："佛自在心中，人生就是道场，做好自己，行好善事，才是真正的佛，而非抛妻弃子，不顾己身，麻木地拜祭一个石头。"

有人面面相觑，有人感怀泪目，良知和人性在泯灭的边际挣扎拉扯，岂料，就在他们将要醒悟之际，有人朝沈欺霜扔来石头，扬声怒骂："你不可以侮辱我们的神佛！"

一语既出，一呼百应，所有人登时着了魔一样谴责她、唾弃她，要将她打入地狱。

张牙舞爪的丑陋姿态，眉飞色舞的无知嘴脸，竟叫一向温顺的沈欺霜怒火中烧。

"那你们看清楚了，它究竟是神佛还是石头！"咬牙切齿道完，沈欺霜却率先一愣。面对无知受苦的百姓，她什么时候也这般果敢急躁了，如此行事倒像苏媚了……

苏媚？忽然间，她的心像是被人狠狠揪住，又狠狠一捏……

见这些人仍冥顽不灵，沈欺霜决计再不多费口舌，当即两指运气，欲将巍峨石佛一劈为二之，可这时，却见一檀木禅杖竖劈切来，将其指腹之力轻巧化去！

沈欺霜不由为之一愣，随即转身一瞧，来人却是……千叶禅师？他着褐袍，手捻佛珠，和善的眉眼微微下沉，似有不悦，倒是紧随其后的喻南松脸色惊变，欲说还休中有种难以言喻的担忧。这时，千叶禅师已语重心长地开口质问："沈施主何故闹殿？"

沈欺霜毫无遮掩隐瞒，起身诚然禀道："千叶禅师，这些百姓似乎遭受了什么蛊惑，才会不顾身体一味参拜，还请一查到底！"

"蛊惑？何以见得？"不知是千叶禅师生来淡漠，还是习惯了平心静气，只是拿余光轻睨一眼沈欺霜，道，"我们大慈悲明宗为民除害，一直深得民心，这些人也是虔诚参拜，只为求道升仙，愿死后不受地狱之苦，如何就是被人蛊惑了，我看你才是在妖言惑众！"

"千叶禅师？"沈欺霜不解一向和蔼良善的千叶今朝为何不分青红皂白，出口伤人，正待争辩，可忽然，周遭一阵劲风杀意忽平地而起，十八根直挺挺的木棒破风袭来，锁八方，定乾坤，以全面包围的绞杀之势，抡圆而来！

沈欺霜怛然大惊，可左右避无可避，只能化出护盾作防，而仅此一瞬，刚韧有度的木棒纵横交错，缔结出的强大网阵之力，直接将她牵制于空！大殿外的四方长廊上，十八位金刚罩体的青年和尚，合手念咒，眼如鹰视。

"千叶禅师？"沈欺霜被牵制空中，心中大惑不解，喻南松更是于心不忍，默然侧身一方，故若罔闻，全无出手相劝相救之意。这时，千叶禅师才气定神闲，慢条斯理地宣判其罪："沈欺霜大闹殿堂，扰我寺清净，先行关押地牢，严加看守。"

"什么？"沈欺霜不敢置信。她不明白千叶又为何对寺中百姓诡异的行为视若无睹，更不明白，一向宽以待人的千叶禅师，竟然不分青红皂白，将自己囚禁……猛然间，一个可怖的猜想浮现脑中，她神色苍白地问："难不成，这一切，是你……"

可惜，她话未说完，千叶禅师一声令下，网阵聚力，她便被关在暗无天日的地牢之中。

外面的天色并不比地牢好些。李忆如寻来摩诃寺时，沉郁的云囤聚如山，犹如一头猛兽蛰伏在天宇之上，注视着人们，似乎随时都会塌陷而下，吞噬大地。尽管如此，李忆如却仍走出一副"天不怕地不怕"的气势，大张旗鼓地骑着马高的小熊猫，在人潮拥挤的寺外招摇过路，本就不喜上街的锦八爷有些胆怯，谨小慎微道："我们会不会太招眼了？"

"就是要招眼，这摩诃寺这么多游客，我找不到小虎哥哥他们，不招眼点，他们又怎么能找到我？"提起这件事，李忆如稚嫩的脸瞬间臭了下去，磨着两颗虎牙骂骂咧咧，"哼！他们竟然甩掉我自己走了，真是不仗义，明明说好一起来开封的！真是太过分了！！"

那日李忆如从仙霞派的藏书阁下来时，王寅虎和沈欺霜已分道扬镳，各行一道，当然，她自是什么也不知情，只知清柔师太要他们来开封，后来找不见他们二人，她便自行和两只灵兽一路骂骂咧咧寻来开封。不过这开封中人倒是奇怪，即便她骑个大熊猫招摇过市，竟也无一人诧异，只是各自忙于脚程或手头事务，既不三五成群，也不交头接耳。

一直到摩诃寺门口，才有人上前指了指小熊猫，询问道："这是熊是猫？"经这一问，便就有很多人围了过来，李忆如盯着小熊猫琢磨半晌，便就反问来人。但也不知是不是这一问题过于复杂了，竟叫那人想得头疼欲裂，半晌给不出答案。李忆如觉得没趣极了，顺口甩了句："没睡醒的猫。"那人一听，信以为真，其余人等也立刻附和，李忆如寻思一会儿，又改口说是熊，他们又不假思索，继续附和，逗得李忆如咯咯直笑。

"早闻开封百姓爱好和平，街坊邻居从无争执纠纷，如今一见，果然名不虚传。"小熊猫叹完后，李忆如便立刻点头赞同。

在这世井街道之中，闭上眼睛便是空旷无垠的荒郊，睁开眼睛，熙熙攘攘的人群井然有序，属实奇观。

"我见这些人木头做的一样，也没有四处传扬的趋势，那我们还要继续招摇过市吗？"锦八爷问道。

"唔……"李忆如正犹豫不决间,他们已走出冗长的街道,到了一个极为宽敞的场子中,可抬头的恍然间,他们却被眼前一幕吓得顿足失色,目眶心骇!

烈阳当空,炎阳炙人,场子中央木架的高台上吊着十来具人尸,尸体在曝晒之下,皓白的唇裂出几道殷红的血口子,他们周身不见鞭笞刑法的伤口,像是被活活饿死的。还有一个老妇人瘦出了树皮一样的皱褶,且膝盖还有旧伤,以至于骨头戳破了肉皮,引来蝇蛆蚕食。最幼者尚且八九岁的模样,稚嫩的脸颊发腐溃烂,又青又紫,滚出脓水。

底下行人来去匆匆,仿佛根本看不见台上的凄惨。

李忆如只觉心惊肉跳,背脊发寒,从小熊猫背上纵下后,便伸手拦下一位路人,两眼呆滞地讷讷问道:"这台上之人犯了什么错,竟然要受到这种酷刑?"

这人二十出头,一身书生意气,很是亲和随性,彬彬有礼,可其不徐不疾的口吻中,却是泯灭人性与良知的残暴和阴暗。他道:"不尊重神佛者,我们便将其悬吊高墙,曝晒九日。既命授于天,自有天收。"

云淡风轻一句,直叫李忆如魄散魂飞:"你们?你是说,是你们开封百姓所为?"

男子仍笑得和善安详,春风怡然:"我等既入摩诃寺拜神佛座下,便有权替天行事。"

"替天行事?"李忆如汗毛倒竖,觉得他们简直不可理喻,"不信佛也是罪?小虎哥哥说过,即便有罪,也该由官府以法惩治,你们擅自处置,这可是滥用私刑,官府不管吗?"

"阿弥陀佛。"男子似乎没有任何情绪,仍是浅笑至礼,"人界官府,岂敢管神佛之事?"

话毕,男子转身远去,淡淡的一抹身影在人海中殆尽,像是袅袅檀香融入云雾,分不清谁是谁。李忆如觉得此事蹊跷,千叶禅师大慈大悲,为民谋利,又岂可能向民授意,让他们做出如此丧尽天良之事?李忆如越想越不对劲儿,便拽着两只灵兽直奔摩诃寺。

摩诃寺门庭若市，拥堵的人群仿佛一垒堆砌的重墙，李忆如奋力一挤，不过蚍蜉撼树，见在这挨肩搭背之地实在寸步难行，李忆如心急火燎，情急之下，便让善于遁身钻地的锦八爷先去打探情况，自己和小熊猫则在外接应。

锦八爷义不容辞，当即哧溜一声，在落地如雨的脚步下左避右闪，来回穿梭，凭着稀薄的记忆很快抵达千叶禅师日常清修的禅院。院中宁静，不见生人，刚柔并济的一个"佛"醒目挂墙，东阁西楼，悬钟架鼓，拔天倚地的玉石佛像矗立房中，而千叶禅师持一木鱼和一佛珠，虔诚打坐，喻南松一袭月白华袍，端身颔首，立在其后一步远处。

甫一撞见二人，锦八爷心中自是一喜，正要将身子从洞隙中探出，却听默立的喻南松忽然开口，他的声音沉郁而纠结，锦八爷察觉氛围不对，立刻潜身回洞，蛰伏聆听。只见喻南松始终低着眉："师父，我们这么做，究竟是对还是错？"

千叶禅师浑浊的眼睛中，似有万般的沧桑，他轻声沉吟道："南松啊，你要明白，如今贪官污吏横行，致使百姓民不聊生，锁妖塔崩塌又使万千妖魔纵横人间，人界正处水深火热之中啊，若想长治久安，除非三界和平共处，否则，世间杀戮，将永不可能停歇。"他顿了顿，又意味深长地睨了喻南松一眼，"若不借用三魔器，又得要多少个像你爹这样的英雄好汉的血肉才能填出一个盛平社稷？人类的力量还是太薄弱了。"

"师父为三界和平殚精竭虑，这一切徒儿都明白。"喻南松眉间忧患隐隐，欲言又止，"可是，徒儿只怕……"

"怕蜀山中人还是你那好兄弟王寅虎？"千叶禅师不为所动，看着焚尽的香，踌躇满志道，"王寅虎跟你一样，也是明事理之人，想必他看见这样的盛况，也会明白我们的一番苦心。"

他口中"盛况"便是寺院大殿。大殿之中，五湖四海聚来之人济济一堂，他们摒除门楣之见，身份之别，不分尊卑贵贱、功法高低，各自手持佛珠，虔诚端坐，没有一丝杂念杂音……这样的安静，反而震撼人心。

"那……欺霜呢？"喻南松问得有些谨小慎微，"师父要将她关至几时？"

千叶禅师一顿，又继续敲着木鱼，漫不经心道："如今大局初定，我们的计划也才刚刚开始，还不能贸然放她，以免她多生事端，不好收场。"言及此处，千叶禅师似又仔细琢磨了一番，转而恢复一贯的谦卑慈爱，望着喻南松长叹道，"为师知道你对这位沈施主有情有义，但是南松啊，那些大闹寺院之人的下场你也看见了，不用为师动手，开封百姓也会将他们置于死地，为师将她关押，也是在保全她。"

"师父之言徒儿都明白。"喻南松斟酌了片刻，又一副难以为继的模样，恳请道，"那……可否让徒儿去劝劝她？听说她这几日滴水未进，徒儿担心……"

"去吧。"落地两字，温和有力，千叶禅师不着痕迹地睨他一眼，神色淡漠，"但是你要明白，只有归顺才能保命。"

一字一句，宛若惊雷降世。锦八爷一直收声屏息，好险就被一口气给憋死过去，此刻，见那师徒二人一前一后地出了门去，锦八爷方才敢深吸换气，随即马不停蹄地原路遁回。李忆如还在摩诃寺外焦虑不安地来回踱步，锦八爷便自土中一跃而起，带着满身灰泥一头扎进了李忆如怀里，仿佛受了惊的鹿。

李忆如正要调侃它是不是捅了蜂窝时，锦八爷已急切道："主人不好了！他们将沈欺霜关起来了！"

李忆如登时喉头一噎，随即惊惑道："谁将沈姐姐关起来，这里可是盟主爷爷的地盘……"

"就是千叶禅师！"

斩钉截铁的一句。李忆如大抵愣了好一会儿才反应过来，陡然觉得这是无稽之谈，摇头叹笑道："别闹了，盟主爷爷为什么要关沈姐姐？"

"我也不知道。"锦八爷方才还信誓旦旦，这时又稀里糊涂，"我就听他们说什么有个计划，要三界和平共处什么的……"锦八爷也深知自己没有实证依撑，仅凭这不得要领的三言两语很难让人信服，忽灵机一动道,"我们可以跟着喻南松,跟着喻南松就能找到沈欺霜!"

见它说得像煞有介事,李忆如便也收敛了几分嬉戏,且事关沈欺霜的性命,只能是宁可信其有不可信其无。李忆如当即凝肃道:"这一路沈姐姐救了我多次,如果她真的被关在摩诃寺中,我绝不能袖手旁观。"

夕雾四起,灯影彷徨,喻南松途经大殿时,蛰伏已久的李忆如立刻使用隐身蛊尾随其后,深深浅浅的屋舍轮廓矗立周遭,李忆如左顾右盼,惊觉这关押之地并非"牢",而是一座荒芜废弃的禅院,且更为诡异的是,禅院之中既无重兵把守,也无枷锁铁链,仅是枯枝败叶,碎瓦寒墙,何以困得住沈欺霜?

琢磨困顿之际,步履轻快的喻南松似有所察觉般,猛一顿足回头,却只见得烛影闪动。

他眼珠一转,便又转身继续前行,却不知烛灯旁的李忆如被他陡然一瞟吓得噤若寒蝉,憋得面目涨红。

殿中神佛屹立,众相庄严,好整以暇地监视着各揣心思谨小慎微的二人。

又绕过重重殿宇,到了一处方形塔院。喻南松在一松门做的门前停留片刻,才敲了敲门,却不等应,便已自行推门而进。

木门开合间,长风横灌而进,撩动满室惊乱,沈欺霜憔悴的眼斜斜睨来,瞅见来者是喻南松后,她又继续默然背倚漆红大柱,面不改色间,唯独冷寂的眉眼,几不可察地染上一丝怒火。李忆如眼里的天真更是惊得四分五裂,两眼形如锥子般要在喻南松后胸活活刺出两个洞来。

她万万没有想到,德高望重的千叶禅师、温文尔雅的喻大哥,竟然真的会用如此卑劣下作的手段,将柔软无依的沈欺霜独自囚禁于此。而且沈欺霜周身穴位都有佛印禁制,难怪这小小一间破庙,就能将剑法超逸的沈欺霜禁锢。

第四十九章
误将佛魔作圣明

此刻动手显然没有胜算，李忆如虽急不可耐，但也知道量力而行，没有贸然现身，而是选择静观其变。

喻南松还是一如既往的和善文雅，提着食盒走到沈欺霜身侧，只是沈欺霜自始至终都未曾分去一眼。

"喻大哥，为什么？"沈欺霜忽然开口，色淡如菊的琉璃美眸透着一股倔强劲儿，"为什么要蛊惑百姓，为什么要囚禁我？"

早料到她有此一问，喻南松自顾理好碗筷，低垂着眉眼，平静道："我们没有蛊惑众生，只是以我们的方式，超度疾苦众生。"

"超度？"沈欺霜不禁摇头苦笑，满目谴责与凄凉，"可我只看见了那些人的盲目无知、无孝无德！"

一针见血。喻南松知她心中的忧虑悲愤，可他也有自己的艰辛和苦衷，反复斟酌下，他只是莞尔一笑，选择避而不答。良久，沈欺霜冷寂着眉眼，凝视前方的空旷，忽又问："三魔器跟这件事有没有关系？"

她有此一问，并非空穴来风。五华山一战后，接触三件魔器的只有千叶禅师和苏媚，假设苏媚临死之言句句属实，便只有千叶禅师一人有机可乘，只是一直以来她都不敢往此猜想，更不敢相信淡泊名利的千叶禅师会有此野心，可怎料，她这突如其来的一问，竟诈得喻南松猝然一颤，勺中浓汤洒在他月白华袍上，晕染的纹路走得惊心动魄。

觑见他这一瞬的心虚张皇，沈欺霜缓缓抬起了头，浑滞涣散的眸子渐渐聚起寒光。

不知过了多久，喻南松才神情难喻地长叹一声，低哑道："欺霜，我不想骗你……可我师父之所以这么做，也是为了天下苍生。"

此言一出，晴天霹雳，沈欺霜仿佛听见心头石沉大海的声音："所以……我猜对了？"她声色缥缈，"可，怎么会……？"她不敢置信，以至于嗓音都在发颤，"难不成……两件魔器是你们调包，我仙霞派，是为你们所屠？！"

面对她揪心断肠的质问，喻南松心如刀割，几番欲言又止后，才于心不忍地转过身去，语重心长道："我还不能告诉你，可你要相信，师父也是为了天下苍生！"

"天下苍生？"沈欺霜觉得荒谬无比，一向雅正的她终也怒不可遏，神色悲怆，万念俱灰，所有情绪在脸上分崩离析。

"九转回魂珠上的毒……不是我下的，三魔器……我也……确确实实……交还给你们了，你们……一定要小心，幕后……有人……在操纵一切……"

"仙霞派的结界……是我破开的，但人……不是我杀的，我没有杀人……"

苏媚临死之貌，镌刻脑中挥之不去，这"幕后之人"沈欺霜便是挖空脑中骨髓，也不可能想到会是满口仁义道德的千叶禅师。

她痛心疾首，闭上眼睛，却恍然瞧见那日仙霞岭的峭崖之上，她操戈披犀，手中冰青陵劲淬砺，随之前挑，茫茫剑意一泻千里……

她杀了苏媚，干净利落。

忏悔与自责，犹如附骨之疽，叫她无处可遁。

是她错了，大错特错。

这一刻，一个沉重而大胆的猜疑，继续在她心口炸开："铲除异魔教后，千叶禅师为安抚武林，故意当着武林众派的面将三魔器各放一派，可所有人都不知道，他交出去的两件魔器根本就是假的。他在九转回魂珠上下毒，因为苏媚与李逍遥有弑亲之仇，误导我们将矛头指向苏媚。

"以苏媚倔强敢为的性子，被人诬陷蒙冤，必然刨根问底也会揪出此人。所以她知晓九转回魂珠是假的后，首先就去仙霞派鉴定七宝琉璃花的真伪，而千叶禅师中毒是假的，实则是以闭关驱毒为由掩人耳目，独自前往峨眉尾随苏媚，藏于暗处，利用真的七宝琉璃花杀人栽赃！

"如此一来，苏媚从我师父手中拿到假的七宝琉璃花却落人口实，背负屠杀罪名，而千叶禅师则神不知鬼不觉地全身而退，立功又立德……"

沈欺霜蓄起满腔的悲愤与谴责，冷冷笑道："好一手明修栈道，暗度陈仓！！"

真相猝不及防地败露眼前，几欲叫沈欺霜生魂震碎。

"不是的……欺霜，你听我解释。"喻南松忽然慌得手忙脚乱，语无伦次起来，"师父的确要用三魔器，可师父是为了人间大义，弘扬正道，将世间邪恶全部击溃……我们和孔璘不一样……"

"我不管你们是什么目的！"这时，沈欺霜已颤颤巍巍地支起残破的身子来，那枯萎干涸的身子，仿佛随时都会散架，"我仙霞派锄强扶弱，惩恶扬善，从不愧对苍生，我们做错了什么，竟遭你们如此屠杀？"

喻南松深深地凝望着她，好久，才郑重其事道："清柔师太是异魔教余孽，仙霞派剑式魔气纵横，绝不能传承世人。"

"妄言！"沈欺霜斩钉截铁，心口一哽，顿时呛出一口血来，吓得喻南松神色惊变，他伸手要去搀扶，却被沈欺霜一把推开。沈欺霜怒不可遏，"我师父乐善好施，从未害人，你们窃取三魔器，屠杀无辜，你们大慈悲明宗才是居心叵测，野心昭然！"

字字句句，出口成章，却如钢针一般，刺在了喻南松心底。

喻南松透骨寒心，终于放弃苍白徒劳的解释，无可奈何："我知道你目前断然还不能接受这一切……可很多事情不是一两句话就能解释清楚的，等你看见我师父大功告成那一日，你就会明白我师父的良苦用心。"

沈欺霜永远都不会明白，她心里一直堵着一块巨石，笼罩着一层重雾，让她无法喘息，难以自拔。这时，喻南松才不徐不疾地将食盒提至她跟前来，食盒里，三素一荤，以及喻南松忙前忙后才熬制出来的鲜汤。他低着头，沉郁道："还是先把饭吃了吧，不管真相为何，总要活下去才会知晓，不是吗？"

沈欺霜盯视着他，却是无动于衷，久不言语，喻南松自知久留也是讨她心烦，便起身离开。

"沈姐姐？"喻南松方才离开，李忆如便从暗处跳了出来，端着谨小慎微的态度，左顾右盼地朝她小心趋近，焦急道，"沈姐姐，你没事儿吧？"

看着突然出现的李忆如，沈欺霜有些不敢置信，以至于错愕了许久，然李忆如却没闲着，确定喻南松已经走远后，隐忍已久的愤恨与悲怒才敢脱口而出，骂骂咧咧道："真没想到千叶禅师和喻大哥竟是这种卑鄙小人！"

沈欺霜恍若未闻，只是一脸担忧地看着她："你是怎么进来的？难不成也是……"

"不是不是，我是自己进来的。"李忆如知道她的担心，赶紧解释道，"我听说千叶禅师将你关押了，才一路跟踪到此。"

听罢，沈欺霜方才松了一口气。这时，李忆如目光又四处环视，似在寻找什么，若有所思地问："哎？小虎哥哥呢，小虎哥哥……没跟你一起吗？还有狐姐姐，狐姐姐也不见了？"

"小虎……他们……"提及他二人，沈欺霜面色一凝，刚要开口，可王寅虎的临别之言却像刀片一般哽在她的喉咙，说不出，咽不下。

"为什么不多给我一点时间，我答应过你一定会查明真相，你为什么不多给我一点时间？！"

"苏媚破开结界，你也已亲手杀了她，从此以后，你我……死生不见，永不往来。"

"我再也不想见到你。"

字字锥心，早已将她千刀万剐。她因一时失察，而错杀苏媚，王寅虎会永远憎恨她，永远不会原谅她，可她自己又岂能原谅自己……

迟钝之际，锦八爷忽蹿了出来，催促道："此地不宜久留，我们速速离开吧。"

李忆如也连连点头，随即便运气试图解开沈欺霜身上的枷锁，可千叶禅师在她穴位上施展的佛印禁咒坚不可摧，李忆如使尽浑身解数，却因灵力不济，徒劳无功，焦急之下，秉持走为上策，李忆如便让小熊猫驮着动弹不得的沈欺霜，连夜奔离。

树影婆娑，浓雾翻涌，纵深的烛光翩跹浮动，诡谲莫测。自认跟踪从无败绩的李忆如不知何时已经暴露了行踪，以至于一出塔院，就被千叶禅师和喻南松截了个正着。此刻天光暗淡，万物沉静，那容色寡淡的师徒二人入定静坐，山沉水静之貌俨然已经等候多时。

"我这徒弟终是欠了几分道行，被人跟踪却浑然不知。"

"千叶禅师！"几人凝神噤声，倏然警惕。沈欺霜道，"忆如，快逃，不要管我了！"她紧盯着千叶禅师，那双仇视愤怒的目光不断闪烁，"他一定会杀人灭口，不会放过你们的！"

"沈姐姐别说了，我是不可能丢下你的。"李忆如稚气娇嫩的嗓音有一种义薄云天的慷慨，"我爹爹说过，人可以惜命胆小，但绝不能贪生怕死！"她壮起胆子往前一步，怒指千叶禅师，字正腔圆道，"调换九转回魂珠的是你们，盗取七宝琉璃花的也是你们，从头到尾，都是你们在陷害狐姐姐。亏得我们如此尊敬你，原来你才是大坏蛋！"

有理有据的指控铿锵有力，振振有词，可千叶静若止水的眸子明亮又矍铄，手中佛珠在食指间慢悠悠地滚动，"也非全是。九转回魂珠的确是为老衲所调换，仙霞岭也是老衲一力荡平，却从未对外宣称此两桩事乃苏媚所为。"他顿了顿，又"善解人意"地提醒道，"是你们不信她，才将她置于死地，绝无老衲陷害一说……"

"你说什么？"李忆如骤然打断他，浑身僵若塑泥，一字一顿道，"我狐姐姐……怎么？"

千叶禅师沉吟半晌，问："苏媚被沈欺霜亲手所杀，李施主还不知道？"

"被……杀？"李忆如心口一窒，犹如五雷轰顶。她看向沈欺霜，沈欺霜却不置一词，苍白着神色无可辩驳。不知过了多久，她才声色缥缈道："对不起，忆如，是我错杀了苏媚……"

天塌地陷，乾坤颠倒……李忆如背脊彻底凉透，她往后趔趄，双目瞪圆。很多人只知道苏媚是妖，却不知她也曾承欢膝下，为人儿女……李忆如欠她一声道歉，可她还没来得及说，李忆如悲泗淋漓，哽咽难鸣，揣着怒意与悲愤，整个身体都在颤抖，她怒喝道："你们这群借刀杀人的坏蛋，害死了狐姐姐，也害苦了沈姐姐，都是你们的错，你们才该去死！"

话毕，李忆如手持天蛇杖，运灵而升，双手相交之时，微弱的雷鸣电闪，萦绕在其十指，这一刻，她的脸色是玉石俱焚决战到底的架势，手中雷力亦是精纯浑厚飞沙走石！

"五灵仙术？"身后几人异口同声，惊疑不定。锦八爷更是惊呼："主人终于可以……"可话未说完，便戛然而止。五灵仙术不同于一般术法，尽管李忆如误打误撞使出五灵仙术这几成力道却不足以威胁千叶禅师。只见千叶敛袍急闪，仅捻一成真气，便夺其锋芒，横贯云霄，破开天门，赫然间，天地雷鸣，狂风瞬至。青色的苍宇就像是被捅出一个窟窿，倾斜的雨水，奔泻人间！

"仅凭这点女娲神力，又能为苍生做什么？"千叶清瘦的身子仍将"和善与慈祥"端得四平八稳，随即不动声色蓄力一掌，速度之快直叫李忆如前所未见，好在锦八爷眼疾手快，撞开李忆如才惊险避开，后方的沈欺霜却焦急难当，挣扎之际，从小熊猫背上猝然跌落。

"欺霜！"喻南松惊慌失措，疾步而去，将瘫软无力的沈欺霜一把扶起，紧锁的眉宇，担忧隐隐，"你打不过我师父的，不要做傻事。"

沈欺霜怒视着他，却不言语，喻南松又慌慌张张转身向千叶央求道："师父，请再给徒儿一点时间，徒儿一定可以劝说他们归顺……"

话音刚落，一把青芒冷冷的长剑，已赫然抵在他的胸口。沈欺霜虽筋骨被佛印桎梏，提不上气力，可铮铮傲骨高傲不屈，义正词严道："我沈欺霜便是死，也不会和你们这种人同流合污！"

她态度决绝，字字坚定，却深深刺痛了喻南松。喻南松望着沈欺霜，目光渐渐凄凉下去，忽高声质问道："我这种……是哪种人？"他语态忽生冷备至，甚至一改态度，步步紧逼，"我这种人是哪种人？我父亲救济天下，可全家被屠那晚，谁曾施以援手？那些曾受他恩惠之人，谁不是明哲保身？这天下之人自私贪欲，胆小怕事，我和师父不过是想扭转乾坤，让世人万念归一，只存一心，重建大同社稷，我这种人，究竟比他王寅虎差哪儿了？"

沈欺霜怜惜他的身世，却也寸步不让："至少，小虎尊重每一个生命，也从未滥杀一人。"

"呵呵……滥杀？"喻南松不知悔改，甚至冷漠道，"人类燃薪做食，都知道去粗取精，那没用的人，要他活着做什么？"

听得这话，沈欺霜赫然巨震。她从不知他栖冲业简的背后，竟是如此愤世嫉俗，而喻南松也终于心灰意懒，沉郁下去，这时，千叶才不徐不疾，缓声慢道："南松，不必和这些见识短浅的人解释，为师说过，只有归顺，才能保命。"

得这一声令下，喻南松悲凉一笑，喃喃自语："我一直没有告诉你，就是怕这一天，可该来的总是会来……"他弹开冰青，撑开折扇，遮去了半张脸，只剩一双时而深情如水，时又薄凉似冰的眸子，落在沈欺霜身上，"我从未想过要与你动手，可事关天下大计，我……难以手下留情……"

沈欺霜默默握紧剑柄："喻大哥不必多费口舌，我心意已决。"

情势剑拔弩张，迫在眉睫。李忆如深知沈欺霜已是强弩之末，仅凭自己这三脚猫的功夫带着大家全身而退更是天方夜谭。一筹莫展之际她灵机一动，在喻南松踟蹰半晌才手持破扇疾走而来时，她挺身立前，手握蛊灵，气势汹汹道："五灵仙术！"

"什么？"

没想到李忆如小小年纪，竟然可以真的使出这至高秘术，千叶禅师总算露出一抹失策之色，而喻南松猝不及防，当机立断侧身回挡，却不知这李忆如是声东击西，故作姿态。她并没有使用五灵仙术，而是故技重施，掷出了隐灵蛊。等喻南松反应过来自己上当之时，偌大的方院，哪还有她们半个人影。

"竟然被她耍了……"孤月荒寒，喻南松望着婆娑的树影，心中空凉，转头又见千叶面容阴沉难喻，唯恐其怪罪，又立马道，"徒儿这就去追。"

"不必了。"千叶嗓音沉沉，拨着佛珠长叹了一声，意味深长道，"我们还有更重要的事要做。"

这厢，隐身加持之下，小熊猫驮着几人慌不择路，穿云走雾，一路近乎畅行无阻，只是沈欺霜适才因强制冲破佛法禁锢而受了内伤，此刻躺在小熊猫背上，动弹不得，以至于整个人仿佛气息落定了般，安详无息。

李忆如途中多次去探沈欺霜的鼻息，发现还有一口气吊着，便拍拍胸脯松口气，又快马加鞭，一直到荒草萋萋杳无人烟的开封境外，她们才现出身形，落脚歇息。李忆如因着一路大骂千叶，骂得口干舌燥，便去溪边打水解渴，随后又给沈欺霜盛去一些。

"我杀了苏媚，你不恨我吗？"一路安详无息的沈欺霜终于开口说话，那一刻，青白的天宇倒映在她眼底，仿佛死湖一般的静默。

李忆如一顿，看着两目怆然的沈欺霜，她大抵也错愕了片刻，却如实道："恨啊，可又能怎么办呢？"她黑白分明的瞳目，是无尽的伤悲和无奈。她瞥开眼去，喉腔像是卡了根锈钝的针："可你现在也很自责，心里也不好受。"

简短的一句话，却戳破了沈欺霜最后一道防线，有什么东西夺眶而出，片刻后，她终于泣不成声。

她恨自己固执己见，错杀苏媚，她已酿成无可挽回的弥天大错，任何弥补，皆已于事无补……可忏悔却无时无刻不在啃噬着她的良知。

"小虎在杭州，麻烦你，将这玉佩替我还给他……"又是许久，沈欺霜才敛收了情绪，从怀中取出一物，递给李忆如，她目光清寒，字字凝重道，"替我告诉他，待我了结恩怨，偿还师门之情，欠苏媚的，我会如数奉还。"

这个"如数奉还"，李忆如并不能明白其中之意，她什么也没说，或者，是不知道能说什么。手中温润之物，是初见时就被她偷窃过的玉佩。玉佩温润青翠，通灵剔透，上有锦鲤争游于水，栩栩如生。李忆如望着它，不知怎的，湿了双目，问道："那你不跟我一起去吗？"

沈欺霜摇了摇头，眼中似有什么东西，在这一刻，彻底熄灭了。她道："他说过，今生与我死生不见，我……也不会奢望能够得到他的原谅。"

他们一行四人，一心卫道，可到最后，竟是风流云散，生离死别……

夕照白堤，孤山含黛，整个杭州城充斥着氤氲之气，柳丝恹恹低垂，愁雨绵绵无期。李忆如撑着一把伞，立在盛府门前，粉嫩的唇瓣因波折和操劳，变得惨白无色，甚至裂开了几道口子。

盛府看门的小厮仍是一副趾高气扬的嘴脸，将门裂开一道缝隙，不耐烦的目光从里面斜睨出来，打量着湿了半截衣裳的李忆如："你找谁啊？"

李忆如秉持礼貌立在门口，眼睛又圆又亮："王寅虎。"

小厮将她上下一扫，阴沉着脸："府上没这个人！"

"唉？"李忆如一愣，正待问什么，朱漆大门已毫不客气"啪"的一声重重合上。

千里迢迢赶来竟然吃了一顿闭门羹？李忆如这气顿时不打一处来，正要继续敲门，却忽察觉形形色色的百姓拿着鄙夷或惊诧的目光望来，李忆如回瞪一眼，随即不适地往旁边趄了趄，才发现他们是在对盛府评头论足。

"就是这里。"四五个男孩叽叽喳喳地聚过去，视线惊奇地望着盛府神色却又是避如虎狼，其中腰佩木剑的男孩，像煞有介事地剖析道，"我师父说了，修道练武一要择灵气充沛之地，这宅子坐落于市井之中，不沾灵气，定然是风水有问题，才会导致那师徒二人在声名大噪之际沦落疯癫的下场。"

　　周遭小孩八九岁的模样，分不清是是非非，只点头附和，一副"原来如此"的恍然之貌。李忆如听后却是一脸阴沉，双手抱在胸前，一步一步地走过去，稚嫩的脸上怒意隐隐，然而这厢津津乐道的小男孩还未察觉，仍在故作深沉地惋惜道："当年盛尊武也是匡扶正义的大侠，却在声名远扬之时发疯入魔，其弟子王寅虎年少成名，本以为会传承衣钵再创辉煌，没料到难逃魔刀宿命，在名声正盛时沉迷女色，为了一只狐妖而自甘堕落，可惜了。"

　　这男孩不知从哪位大人的口里照搬来的一些话，唬得其余小孩一愣一愣的，纷纷捧着崇拜的目光将他望着，男孩正在得意的兴头上，脊梁骨被人戳了戳，回过头去，李忆如的脸臭成了一张锅底，冷冰冰地质问："你说谁沦落疯癫，谁可惜了？"

　　小男孩不假思索地朝盛府扬了扬下巴，还没来得及复述，李忆如已经火冒三丈："你知道什么就瞎说！"

　　男孩一愣，随即不甘示弱："我们亲眼看见的才不是瞎说！"

　　"亲眼看见什么了？"李忆如盛气凌人。

　　男孩有板有眼："看见王寅虎像个流浪汉一样，抱着一只狐狸瘫跪在盛府门前，说要迎那狐狸过门，这不是疯了是什么？"

　　"才不是疯了！小虎哥哥只是，只是……"

　　"只是什么？"男孩抢过话，咄咄逼人，"疯了就是疯了，师父说被狐狸精迷惑了心智，就会沉沦忘我，不吃不喝，终日像个醉鬼一样！"

　　"你胡说！"李忆如气急败坏，抡起拳头就照其脸捶了上去，其余小孩见状尖叫的尖叫，帮忙的帮忙，而李忆如未动灵力，却力壮如牛，将男孩撞翻在地，死扯着男孩的辫子，咬着他的肩膀，男孩痛得眼泪直打转，揪着李忆如身上一块肉就狠狠地拧。正巧王大娘买菜回来，就看见自家府前一群小孩厮打扭成一团，仔细一瞧，那个龇牙咧嘴独占上风的"女霸王"却不正是李掌门千金又是哪个？

　　"李姑娘？"王大娘赶紧过去拉扯劝架。李忆如撩起头发，一见来人是盛府的王大娘，满腔怒火顿时消尽，甚至久违地露出几分喜色，唤道："王大娘？"李忆如以前每每来盛府，她都会特地给备好美味佳肴款待，所以李忆如见她便觉亲切和蔼。

"这是怎么了？"王大娘顺了顺李忆如乱成鸡窝的头。

李忆如鼓起腮帮子，指着还在地上打滚叫痛的男孩，义正词严道："他们说小虎哥哥和盛老爷的坏话！"

王大娘叹了口气，大抵已猜到是些什么逆耳之言，可她习以为常也并不以为意，甚至将竹篮里的果子给几个孩子一人分了一个。小孩们接了果子也决计不再计较，各自散去，之后王大娘又才将李忆如拉至一旁，皱褶密布的眉目隐忧连连："府里确实出了点事，人多眼杂，有些话不好对外说。"

李忆如的胳膊早已被掐得青一块紫一块，好像现在才觉得疼一样，憋屈着嘴噙着泪，埋头咕哝："这到底怎么回事啊王大娘，小虎哥哥是不是又被赶出府了？"

王大娘脸色凝重，酝酿半晌，才点了点头："苏姑娘一死，小虎一蹶不振，回来之后，终日抱着那赤狐，自暴自弃，老爷见他不成大器，一气之下索性又将他赶出府去……"

听到这处，李忆如双腿一软，身子不禁微微颤抖起来："狐姐姐真的……死了？"

王大娘喟叹一声，却也直言不讳："她被小虎抱回来的时候，已经化形，且四肢僵如冷石，该是断气身亡多日了，我替她验过伤，伤她的非凡间俗器，又直取命脉，致使心脉俱损，怕是……无力回天。"

"什么？！"纵然早知结果，可李忆如还是心口一窒，哆哆嗦嗦地淌下几行泪，"为什么会这样……怎么就救不了了？我去找韩仲晰，去找圣姑，他们一定有办法……可是……"她眼底色彩登时湮灭成灰，"盛老爷为什么要将他赶出府去，我现在上哪儿去找小虎哥哥啊？"她张皇四望，急得泪滚成珠，反反复复道，"我要上哪儿才能找到小虎哥哥啊？"

"你别着急。"见她着急，王大娘赶紧劝慰，"老爷将小虎逐出府也并非本意，他希望小虎功成名遂，光耀门楣，即便是死，也是苌弘碧血，轻身殉义，而非如今这般浑浑噩噩，虚度光阴……"顿了顿，"其实老爷心里还是牵挂他的，一直派人暗中跟着他……如果李姑娘能让他振作，自是最好不过了。"

李忆如瞬间敛息，惊愣："王大娘，你知道小虎哥哥在哪儿？"

"当然。"

第五十章
舍剑弃道忘初心

  王大娘给她指的位置是苏州城郊的荒山。此山荒败萧条，人迹罕至，越往深处，越阒寂无声。纵目望去，衰草寒烟，古木遮天，山势陡而险峻，千岩万壑环绕四周，时不时一声物什的哀鸣，叫李忆如不寒而栗。李忆如有些害怕，索性让小熊猫驮着她前行。

  许是盛府曾安排的人手跟来时，怕迷了方向，一路刻有标记，标记所示的尽头，是一荆棘丛生的幽洞。洞旁立着的青石碑被沉泥枯藤缠绕吞没，李忆如扒开几层，才勉勉强强认出上面疏朗有致的三个字："隐龙窟。"

  不知想到什么，李忆如怔神了许久，才提步进去，可脚踝银铃如有千钧之重。

  四周灰暗无光，略显逼仄，只能看见灰蒙蒙物体轮廓。蜿蜒至下，纵横交错的树枝枝蔓垂成层层门帘。洞的最深处，格局豁然开朗，家具一应俱全，还有一扇极大的窗牖。窗牖临渊，飞瀑高悬，望将出去，山明水秀，层峦叠嶂。李忆如矗立原地，只是定定地瞅着竹编摇椅上的王寅虎。他整个人都清瘦了，静躺在一竹编的摇椅上，满头青丝凌乱垂散，仿佛沧桑了，也仿佛一夜之间苍老了。天吒插在一旁木桩中，清凉绝伦的刃面已经积了厚厚的一层灰。

  "小虎哥哥？"

闻声，王寅虎缓缓睁眼望来，精明的炯炯黑眸，似乎蒙上了一层灰："你怎么来了？"他似乎已经很久没有开口说过话，低沉的嗓音，前所未有的喑哑。李忆如绕至他正面来，才看见蜷缩在他怀中的赤狐。

李忆如终于潸然泪下，泣不成声，她悲痛至极，可看着这样黯然神伤的王寅虎，她更是心如刀割："小虎哥哥，狐姐姐她已经不在了，可你……可你还要活下去啊……"

"活下去？"他自嘲一笑，"我连凶手都找不出来，我怎么还有脸活下去？"

在九转回魂珠上下毒一事和覆灭仙霞派栽赃苏媚一案之间必有联系，甚至很有可能是出自一人之手，可这个人是谁？谁能在众派宗师面前鱼目混珠盗取三魔器，谁又能一夜之间覆灭整个峨眉而不留痕迹？天衣无缝的谋划、凶残狠辣的手段以及明目张胆的作派……这个幕后之人到底是谁……亏得他自诩少年名捕，却一点眉目都看不出来……

倘若在神木林之时他足够相信苏媚，倘若他再仔细警觉一点提早查出真凶，仙霞派就不会被灭，苏媚也不会被杀……

是他不够信她，是他害死了她……

看他这般自暴自弃，李忆如心口一窒，收声屏息，想起什么，将玉佩还给他。见得双鲤玉佩，王寅虎眉眼一聚，骤然深沉，脸上更是怒意一闪，精锐的视线，似能将玉佩四分五裂。李忆如见状，急忙道："沈姐姐是错杀了狐姐姐，可要不是千叶从中作梗，狐姐姐根本就不会死！"

"你说……千叶禅师？"

"他算什么禅师？"李忆如咬牙切齿，怒不可遏，"他在九转回魂珠上下毒，又毒杀仙霞派，将所有罪证指向狐姐姐，将狐姐姐逼入众矢之的，他才是真凶！"

简短几句，却仿佛给王寅虎当头一棒。他五味杂陈，五指紧攥："你说……什么？！"

照王寅虎推测，三魔器被苏媚夺走后，只途经千叶禅师之手，苏媚口中的幕后人，要么是千叶禅师信任之人，要么功力高过千叶禅师，否则绝不可能神不知鬼不觉地在千叶手中偷梁换柱，鱼目混珠。可他，却从未想过，此人会是千叶禅师……

"这根本不可能。"王寅虎还是不敢相信，"千叶禅师救焚拯溺，济世扶危，这些年世人有目共睹，他绝非如此阴险之人，且……千叶禅师若真野心昭然，觊觎三魔器，五华山一战，三魔器已在他手中，又何必为陷害苏媚而如此大费周章？况且，若这一切真如你所言，喻南松怎么可能坐视不理？"

"喻大哥……"李忆如翠眉微低，眼中全是那日喻南松拨扇时，满口的凉薄与狠辣。她摇了摇头，眼中略带幽怨："喻大哥深受千叶教诲，自是不会忤逆师命……"

听得此言，一股怒火竟赫然蹿上心头。王寅虎的脸黑如漆墨，精锐深沉的眼珠不停翻滚旋转，最后起身拔刀："我必须亲自查明这件事！如果喻大哥也参与此事，我绝不会原谅他！为仙霞，为苏媚……讨一个公道！"言语间，王寅虎五指紧握成拳，汩汩鲜血从指缝间滴落。

李忆如心痛地一把拉住了他，神色仓皇又焦虑："我知道你心焦，可沈姐姐险些命丧千叶手中，小虎哥哥，你不要太过冲动，太过危险了！"

王寅虎浑身颤抖，强撑着闭目调整气息。他向来事必躬亲，待事严谨，这回兹事体大，要他静观其变，不啻油锅煎熬，况且当初就是他一时思虑过多惹来了悲剧。

李忆如看出他所想，梨花带雨几近央求："而且摩诃寺中还有很多被千叶收服的妖王，你去了也无济于事，我们根本就不是千叶的对手。"

这句话倒是让王寅虎想起了一个人——万悲大师。当初的万悲大师也是一代妖王，功力不凡，却被千叶化去记忆，改去容貌，沦为马首是瞻、唯命是从的"弟子"。这大慈大悲的摩诃寺，不知还有多少慈眉善睐的和尚，是这万千魑魅魍魉所化？这千叶佛口圣心的背后，是不是真的掩下了不为人知的雷霆手段？

见王寅虎苦思冥想，久不说话，李忆如有些担忧，扯了扯他衣角，道："而且，我看见沈姐姐往蜀山的方向去了，她一定是去揭露千叶的恶行，可是仅凭她一人，蜀山没人会信她，小虎哥哥，你跟我回蜀山吧，我们去帮沈姐姐好不好？"

小熊猫忧世之患，也出言劝阻："是啊小虎，千叶手握三魔器，天底下已经没有人能与他匹敌，只有所有人同心协力，一致对外，才有取胜的可能……而且，如今正道式微，千叶入魔，更是江湖一大祸害，此刻我们不该鲁莽行事，枉送性命，而是保存实力，阻止千叶的阴谋，才能保护更多的人。"

王寅虎眼底精芒这才淡然下去，他没再说话，可下一刻，紧握的刀柄却骤然横甩出去！

九芒齐出，又准又狠，直击山石，雷霆锋芒席卷十方，可再无凌云壮气，只有浓浓的杀怒！

他恨不能直捣摩诃寺取证定罪，恨不能将陷害苏媚之人碎尸万段，可他不能，他必须稳住心神，从长计议。如今的摩诃寺已是龙潭虎穴，他单枪匹马去兴师问罪，无疑羊入虎口，当下万全之策，是前往蜀山，共同商榷。

可他走了，苏媚怎么办？难道要留她一个人在这荒山野岭？王寅虎颓然支刀在地，凄凉悲切的目光，望着再无人之悲欢喜怒的苏媚，不舍而又不忍。李忆如大抵也看出王寅虎的愁苦与担忧，犹豫道："小虎哥哥，你要是不放心，把狐姐姐也带去蜀山吧？"

王寅虎却怅然若失地摇了摇头："她不会喜欢蜀山的。"

"那你就把狐姐姐放在这里吧，这里本就是她家，没有比这更好的归宿了。"

可环顾四周，这个荒废多年的"家"早已衰败萧条，蛛网密结，半人高的荆棘杂草在黏稠的泥泞里缠绕一片，无人打理的树根纵横交错垂吊一地，哪里还有家的温暖？

"或许，还有一个办法……"这时，小熊猫站了出来，神情肃穆，似有所顾虑，"只是，不利小虎……"

它的办法是利用天蛇杖的大地之灵，将王寅虎的一半真气输给苏媚，虽不能令其起死回生，但可保其肉身不腐，届时再将洞穴封印，叫外物进不了。等他日查明真相报得血仇，王寅虎再带苏媚遍寻八荒九州，兴许也能找到复活之法。

"此计虽两全其美，却有一大弊端，贸然抽去一半真气，小虎必然元气大伤，若此行再历经一番恶战，怕是……"小熊猫目光晦涩，欲言又止，王寅虎听罢，反倒浑不在意，苦笑一声，"一半真气算什么，如果可以，这条命都可以给她。"

除妖诛邪，惩奸伐恶，他这一生，都将师命奉为金科玉律，却唯独没有想到，他最后会爱上一只妖。

天蛇杖之灵如有春回大地之力，自王寅虎经脉而过，席卷真气，灌入苏媚体内，使之周身浮动着一层盎然的春意。一炷香的时间，真气的大量流失，使得王寅虎脱力虚弱，苍白渗汗，小熊猫见情势不妙，立刻断去施法。

灵力涌现的赤狐登时跌回王寅虎怀中，双眸紧闭，了无声息。

小熊猫无奈喟叹："已经足够了，不要再逞强了，即便你将全部真气给她，也无济于事……"

"无济于事……"天地黯然，万物沉静，王寅虎寂落悲切的眼底，再也看不见天光云影，看不见烟水潋滟，只有冥寂颓然，让他沉浸在窒息的灰暗里。

他抱着苏媚，趔趄着步子拨开一层荒草，两个不算规整的石碑显露出来。

石碑并立，上刻字迹扭曲，笔触稚嫩，俨然是苏媚幼时给她父母立的。

赫然间，五华山时苏媚那字字泣血的声讨直冲李忆如的天灵盖！

"李逍遥！你和林月如害得我家破人亡，如今你做了扬名立万的大侠，可还记得苏州的隐龙窟？"

"我父母皆死于他剑下，我难道不该报仇吗？"

李忆如心神剧震，往后踉跄栽去，站定时，容色褪尽，已是面目惨白。

他们李家欠苏媚一声道歉，可她还没来得及说……

王寅虎也终于不堪重负，心神崩溃，铮铮铁骨软倒跪地，那一刻，昂昂七尺之躯，竟颤抖不止。而屹立荆棘丛中的两座石碑仿佛两道灼热的视线，痛斥谴责着他。

"是我……我没有照顾好她……对不起……"王寅虎心如刀绞，生魂欲碎，喉头更像是插了一把刀，吞不下吐不出，卡得他生疼难噎。好久，他才将苏媚放在石碑一旁，声色喑哑："待我查明真凶，一定给二老一个交代……"他低头吻了吻苏媚，眼底却是一片荒凉，"等我回来。"

前才扫荡邪魔外道，后仙霞派又无端被灭，江湖汹涌，人心惶惶，众派闵乱思治，各方猜忌不定，不少门派更认定是残党余孽在组织报复，纷纷自乱阵脚，齐聚蜀山商讨对策。可本就是捕风捉影的揣测，又哪来的应对之策？

仙霞派惨遭血洗后，下至弟子，上至师尊，无一不是销声匿迹。流言蜚语此消彼长，一风吹起千层浪，但山上尸首化沙，早已无从查证，而偏偏又在这紧要关头，李逍遥行踪不知，千叶禅师又身负重伤，现在正派群龙无首，遂众派商榷来商榷去，也没有具体定夺，凝重与无奈在大殿上空胶着不散。

"无论如何，都要集结正道之力，尽快查出仙霞派幸存弟子的下落！"蜀山长老白眉拢作一团，愁眉不展。底下群贤毕集，听此一言皆也扬声附和："是啊，这是我们目前唯一的突破口。"

有人沉郁难解，却又愤慨不已，惋惜道："清柔师太一直以来都是以身作则，正己化人，而且在仙门已经是德高望重的人物，她为何还要觊觎七宝琉璃花，做出如此残暴之事？！"

旁边青衣辈的弟子中有人小声咕哝揶揄："练功入了魔，哪还知道自己做了什么？"

"这七宝琉璃花本就是邪物，专勾人之贪欲，倒也不足为奇。"另一个神秘兮兮道，"最奇的是，七宝琉璃花会唤醒异魔人体内的魔性，言外之意，只有异魔人才会受此影响，疯癫成魔，所以这清柔师太其实根本就不是人，而是……"

"住口。"话未说完，身居高位的太武已声如洪钟地将之及时打断，"事情尚未有个定论，不可妄议。"

"是。"大殿顿时缄口肃静，噤若寒蝉，但这些谣传猜忌却在每个人心底生根发芽，密结成网。不一会儿，嵩山派掌门人就摩挲着青釉茶盖，琢磨道："且不说此事是否为清柔师太所为，倒是如今这仙霞派动乱至此，大慈悲明宗为何还能沉得住气，至今都坐视不理？"

另一长老轻挥拂尘："不是说过了吗？苏媚在魔器上下毒，这余毒未清，千叶禅师怕还在闭关驱毒之中。"

嵩山掌门人摇了摇头："可我刚刚得到消息，说是千叶禅师已经出关了。"

"已经出关了？"话一落地，周遭之人登时面面相觑，或喜出望外，或如释重负，也有人通情达理："听说近来摩诃寺门客众多，想必事务繁杂，若千叶这才出关，未来得及了解江湖动荡也是情理之中。"

"是啊，如今摩诃寺门庭若市，可不比得以往清闲。"

"太好了！千叶禅师出关，就有人能为我正派主持大局！"

"那事不宜迟，我们马上出发，赶往开封集义！"

众人一拍即合，马上分工协作，着手派人前往开封。太武虽为蜀山代理掌门，但江湖各派之事是由武林盟主千叶禅师全权定夺，兹事体大，他也不便插手，且千叶禅师深谋远虑，为国为民，必然也能料理好此事。

遂他正也要派出两位蜀山弟子一同前往之时，一个人的出现，打乱了所有计划。

此人正是沈欺霜。

"大慈悲明宗，去不得！"翻山越岭的彻夜徒步奔波，使得难掩的疲倦与劳累，淋漓尽致地展现在她落魄孱弱的身子上，可那面黄肌瘦的脸还端着一双清秀端丽的秋水明眸，又坚决复述一遍，"大慈悲明宗，去不得！"

"仙霞派弟子？"众人纷纷交头接耳，迟疑不决的惊诧声中，唯独太武注意到了她手中之剑，鞘覆寒霜，淬砺惊人。

"冰青剑？"太武缓慢起身，眼底精芒灼灼，凝眸迟疑道，"清柔师太当年的贴身神剑为何在你手中？"

沈欺霜站定之后，却答非所问，而是直接拱手横剑于前，赫然跪地道："仙霞派弟子沈欺霜，率门下七十六名幸存弟子，上蜀山请求仙门各派，为我仙霞派做主！"

众人本急不可耐，可见其神色悲壮，便立刻严肃聆听。太武亦是眉头一沉："你慢慢说，这仙霞派究竟发生了何事？"

沈欺霜手攥冷汗，背脊紧绷，一双烟雨黛眉蓄如张弓："弟子今日前来，一诉千叶德不配位，杀我仙霞派弟子两千三百零七人！"

"什么？！"此言一出，大殿一片哗然。

沈欺霜语惊四座，却对各派人士的东猜西疑、震惊质问充耳不闻，而是蓄足胆量，一鼓作气道："二诉千叶偷梁换柱，将三魔器占为己有！三诉千叶迷惑众生，控制百姓心智，为他驱使！"

此上三诉，宛若惊雷。大殿众人无一不瞠目结舌，满腹狐疑。

自锁妖塔崩塌，群魔作乱，沧海横流，这些年，千叶禅师拨乱济时，弘法利生，立功立德，一直深得民心，受人敬重，可如此慈悲又和蔼勤政之人，怎可能会因一时贪嗔而做出如此罪孽滔天之事？

无一人相信她这片面之词，迎来的全是恶意揣测和抨击。

"肃静。"太武虽也震撼不已，难以置信，却还是秉节持重，沉沉稳稳地问道，"沈姑娘，千叶禅师德高望重，造福无数，一生所求也不过度化之道，如今仅凭这片面之词，属实难以令人信服，不知沈掌门可有物证人证？"

"自然有！"沈欺霜毫不迟疑，当即牙关一咬，撩开广袖，纤秀的皓腕上，清晰可见的几处佛印禁咒封在经脉之上，触目惊心。众人登时收声屏息，相顾无言，而沈欺霜牙白口清的指控，仍字正腔圆地在继续，"仙霞派遇难，弟子本想求救千叶，却被千叶囚禁寺中，此伤便是物证！"

众人惊疑不定，满腹狐疑。沈欺霜深知仅凭自己一面之词难以服众，又问："我的话你们不信，那李掌门之女李忆如的话你们可信？"

太武白眉紧拧："忆如……"

沈欺霜点头，字字落地铿锵："是忆如救了我，她便是人证。"

她虽情真意切，言之有据，可在场之人却还是踌躇难断，质疑一片，可沈欺霜已经不知道该去怎么说服他们相信自己所言句句属实。这时，太武忽又问："那不知清柔师太又身在何方？可否无恙？"

这是沈欺霜最不愿回答的问题——仙门正派对异魔教深恶痛绝，沈欺霜不知他们会如何处理拥有一半异魔教血统的清柔师太，她只能闭口不谈，深深地低下头去："恕弟子无法相告。"

遮掩的答案，让接踵而来的猜忌变得更加微妙。仙霞派血案传得沸沸扬扬，清柔师太本就是嫌疑最大，如今沈欺霜拿着清柔师太的贴身佩剑前来寻助，却又对其行踪隐瞒，不免遭人非议，受人质疑。

太武不知是信是疑，捻着白须酝酿了许久，只吩咐道："凌音，你先带这位沈姑娘回厢房休息，设法将她周身经脉的禁锢解开……"

"师伯，您让青石师叔去吧。"一旁广袖轻舒玉梳绾发的女子不情不愿道，"上次在摩诃寺时我就见李师叔状态不对，如今发生了这么多事他还没有出现，您就不担心吗？"

"师弟吉人自有天相……"

"您每次都这么说！"凌音虽唤太武一声师伯，但这个蠛首蛾眉、清雅俏丽的蜀山女子可不比其他弟子恪守礼节，循规蹈矩，她向来不拘形迹，抱着玉箫在殿中一站，倔强着脸色不卑不亢道，"我就要下山去找李师叔！"

太武上了年纪，拿这丫头片子无可奈何，一旁身着藏青长袍的弟子道："师兄，您让她去吧。"这男子跪坐一旁，举止文雅，虽始终紧闭双眸，却又似清明如镜，挽袖点了点面前的棋局，沉吟道，"江湖危矣。"

听得此言，太武神色剧变，他微微侧目，似也洞悉什么，道："也好……"他捋了捋悬额的白髯，中肯道："这样吧，凌音去寻李师弟，至于摩诃寺暂且不要轻举妄动，我先派几名蜀山弟子前往摩诃寺一探虚实之后，再做定夺。"

见众人附和应同，沈欺霜悬在心口的石头终于落地，只是这口气一松，支撑她的那股力量蓦然殆尽，她只觉眼前一黑，整个人便猝然往前一栽，不省人事。青石过去探了探脉后，便赶忙差人送去他阁楼医治。

而太武的这个决策，无偏无私，是最谨慎的，同样，也是最公正的。可约莫七日后，派去摩诃寺的人和凌音都杳无音信，而自青石以棋局点出江湖形势后，本不慌不忙的太武竟就有些心事重重。

翘首以盼多日，终于，在一个天气阴沉的下午，一蜀山弟子风风火火地前来通报："长老……他们回来了！"

太武拂袖而起："师弟回来了？"

"不是！"弟子断断续续地喘着粗气，摇头补充，"是忆如师妹。"

正说着，李忆如和王寅虎已经进来了，可所有人的目光都往他二人身后睃巡张望："李掌门没回来吗？"

换作以前，李忆如大抵会打番哑谜，但眼下形势严峻，已不容半分懈怠与隐瞒。

"五华山一战，爹爹身负重伤……"李忆如神色郁郁，"现在还在圣姑家中。"

"什么？李掌门也……"听完前因后果，底下登时唉声叹气，焦头烂额起来。太武沉稳的眉目愁绪纷乱，也许久才平复下来，喟然叹道："天罡剑阵的反噬非同小可，也真是难为师弟了……"

当年天下尚且稳固，李逍遥便已行踪不定，众长老亦是相顾无奈，最后左右一掂量，决议请长老太武暂代掌门之位。五华山一战，李逍遥一人布下三十六天罡剑阵再创剑道辉煌，蜀山引以为荣，太武亦踌躇满志，盘算着这回便是五花大绑，也得将李逍遥逮回蜀山，自己也好退隐俗世，清修个三五载，可人海汹涌，李逍遥纵身一晃，便又埋去了影踪。

太武付之一叹，多事之秋，河不出图，又岂有真正的清修？

王寅虎见他们立谈之间，还在长吁短叹，不免心中有些着急："逍遥哥得圣姑妙手回春，眼下伤情稳定，已无大碍。"他将手端得更低，诚恳郑重道，"但千叶禅师已是心腹之患，彻查大慈悲明宗才是当务之急！"

"彻查大慈悲明宗？"众人相觑一望，良晌，太武才有所顾虑，"王少侠此言，不知从何说起？"

王寅虎已是迫在眉睫："我们怀疑千叶禅师为夺三魔器……"

"什么怀疑啊？！"李忆如气急败坏地将之打断，斩钉截铁道，"千叶禅师亲口承认他调换了三魔器，还屠杀了仙霞派！"

尽管是重述经历，李忆如都心有余悸，甚至胆战心惊，但殿中之人却无丝毫震惊，只是越发凝重。这时，王寅虎猜到什么，敛了敛神色，了然道："看来，沈欺霜已经来过了？"

太武点头，阴郁低沉的眼眸矍铄精明起来："沈姑娘一到蜀山，便痛斥千叶三大罪状，倒是与你们所言别无二致。"

听罢，看着殿中无动于衷的众人，王寅虎斜入天仓的眉却蹙如山峦："长老既已知晓，为何不采取行动？"

"说动就动？那可是大慈悲明宗！"嵩山掌门没好气地憋出一句。

的确，千叶权尊势重，功高盖世，荣登武林盟主之后，其下大慈悲明宗的势力更是与日俱增，独占鳌头，谁能想到，曾淡泊俗利的宗庙禅师，转念之间，竟已成武林第一大门派，现如今，天下武学门派又孰能与之争锋？异魔教覆灭，是众望所归，可大慈悲明宗，却是人心所向，要撼动他的地位，又谈何容易？

太武也斟酌道："还有一个疑问，我一直百思不解。"

见他面露困惑，王寅虎谦和道："长老请说。"

太武指敲桌缘，愁眉不展地琢磨道："这千叶禅师若是为了三魔器，何必如此大费周章？"

"实不相瞒，这也是困扰在下的问题。"王寅虎心神不宁道，"或许，千叶要的，不仅仅是三魔器。"

千叶道行高深，门徒众多，麾下高手如云，若他真的手持三魔器，这武林岂非不堪一击？又何必为屠一个仙霞派而多此一举？

"这段时间，蜀山一直在调查千叶来历，倒也奇怪，蜀山卷记天下人，竟没有千叶生平记载，阅览群历皆是查无此人……"太武辗转间，又沉下心来，"我怕打草惊蛇，未做声张，但已派门下弟子乔装素人，去摩诃寺查证，想必，很快就会有结果。"

方言及此处，又一蜀山弟子踩着凌乱无章的步子巫巫跌入殿中，神色惊骇地如临大敌道："长老，千叶禅师来了！"

众人闻之神色赫然一凛，唯独王寅虎英宇紧拧，声色浑厚："来得正好！"

话毕，挺拔的玄色身影一闪而出，其余人等也不得不揣起心中疑惑，跟着他自大殿鱼贯而出。

第五十一章
真假佛魔乱道心

出了殿门，便见临渊的莲花台上走来不少黄袍僧人。他们双手合十，颔首低眉，整齐划一的走位步伐，以及分毫不差的恭敬举止，乍然一眼，还以为是同一个人因着精妙功法而留下的数道残影。

僧人训练有素，动作敏捷，很快便肃然立于两侧，长袍张扬如旌旗猎猎，在他们身后，烟岚云岫，残阳如血，葳蕤苍山匿于云海，仿佛蛰伏不动的森然鬼军。

手倚禅杖的千叶位居其中，向众人谦和莞尔，温和道："不请自来，多有叨扰。"

本戒备森严的众人一见千叶禅师和颜悦色间仍是与世无争的清闲寡淡，如邻家爷爷般亲和有加，登时不约而同地长舒一口气时，太武却越众而出，只见他眉眼赫然风起云涌，仿佛雾囤云集般愈渐凝重。

"能远、无忧……"太武紧盯着千叶两侧僧人，那些僧人个个星眼剑眉，下颌方正，可淡漠的神态是对千叶禅师唯命是从的依附。

众人一头雾水，定睛一瞧后，才发现千叶禅师背后的僧人，竟然全是太武派去摩诃寺查证的蜀山弟子！

"千叶，你对我弟子做了什么？"太武惊怒，先声夺人。

面对太武痛心疾首的质问，千叶脸上谦和慈蔼的笑仍纹丝不动，甚至颇为欣赏："蜀山弟子果然聪悟绝伦，不过入寺听了半卷经文，便幡然顿悟，皈依我佛。"

此言一出，太武已然意识到什么："难道……你真能控制他们的心智？"

"长老此言差矣！"千叶仿佛做了一件功留青史的丰功伟业，慢条斯理地纠正道，"老衲只是让他们放下贪嗔痴三毒，失去凡夫俗子的一切无知习气障碍，转化业障，修行无我。"

此话一落，也无疑一座千钧巨石再次砸在众人心口。谁能料到，这个满口仁义道德、慈悲为怀的一代禅师，竟然会做出如此悖逆道义之事！

"千叶，竟然真的是你所为！"有人怒气填胸，饱含谴责地诘问道，"你为什么要这么做？！"

纵使一切暴露，纵使千夫所指，千叶也只是迟缓转身，望着山河兴叹："人朝百官贪暴，百姓苦不堪言，异魔教虽已铲除，却仍有妖魔肆虐人间，除之不竭，杀之不尽，致使人魔两界战乱不休，生灵涂炭……老衲思来想去，如今能偃旗息鼓归还人世和平之法，唯有重定大地秩序，让人魔和平共处！"

他虽说得像煞有介事，但有人不屑一顾："人与魔，道不同，岂能共处？！"

"所以老衲让众生修无我之道，只有道同，才能共存。"千叶心平气和地娓娓道来，"道义、信念，皆是认知、意志作祟。可如果断去思想，让众生听令于一人，斩除根本，不就可以实现太平盛世了吗？"

"听命于一人？"有人直扼简要，而这精短一句，也将整个大殿震得鸦雀无声。约莫沉寂了片刻，那人才不敢置信地戟指怒目，"千叶，你莫非是想做这人魔共主？"

此问出口，万马齐喑，群雄的怒视仿佛弓上紧绷的弦！

可千叶禅师却心安理得道："若老衲能让世人皆入无我之境，不再有贫富之分，尊卑之别，让妖魔知法守礼，不造杀戮，便是做了这人魔共主又如何？放下贪嗔痴，脱离俗习性，才能成就大慈悲。"

"荒唐！"太武自认饱经世故，阅人无数，也从未听过如此荒诞不经的言论，当即一口驳回，"真正的修行，是直承当下，事见物，不起心动念，将生活化为道场，教众生自省自悟，如你这般，不过是苦修恶果！"

"太武长老所言不错！"不少疾恶如仇的正道之士出列仗义执言，"放下私念与功利才能忘我，你自己都没做到，有什么脸教化众生！"

"如今孔璘已死，魔尊被灭，仙门大创，三魔器又尽归你千叶之手，你这一计坐收渔翁之利，真是让我等佩服不已！亏我们曾如此敬重你！你却做出如此十恶不赦的事，还想成佛得道，痴心妄想！"

"和平的确是心之向往，可连思考都没了，和平也就失去了意义！"

……

众人七嘴八舌，群起而攻之，个个言辞犀利，与千叶针锋相对。

"太吵了，太吵了！"不慎不怒静若止水的千叶脸终于出现恼怒之色，"正是因为人人都有自己的意见和想法，这世间才会如此之乱！！"

话毕，千叶神色不再是泰然自若，而是陡如天色剧变，阴沉深谙，众人惶恐，只觉风云随之怒眉涌动，深不可测，佛珠捻动，俨有发功之兆！仙门弟子噤声凝神，拔剑三分，一触即发间，忽然，一声"住手"铿锵落地。

循声望去，破云而来的男子，身披夕阳，俯冲而至，他目光悲悯，神色惨暗，一身青色玄袍毫无光泽。

"李掌门！"众人一拥而上，李忆如也惊喜地冲上去抱住，大喊道，"爹爹！！"

唯有千叶一颗一颗、有条不紊地拨动着珠子，嗤笑道："李逍遥，你终于来了。"

闻声，李逍遥放下李忆如，径直走向千叶。

他眼底的震惊泛着淡淡的悲凉，众人却从中读到了困顿与悲怒："若非亲眼所见，实在难以相信……"凌音找到他后，将沈欺霜所言尽数转述，可他还始终觉得其中暗藏蹊跷，藏有误解……

"是你们的无知让你们沦落到这步田地。"千叶打断他的思路，不动声色道，"归顺尚有一线生机。"

"千叶，枉你一身无边修为，却夺权夺势，为一念之私，做不利于众生之举！你再不回头，只会违背人道，自堕成魔！"

"呵呵……人道？"千叶捻珠之手一顿，似乎笑了，他仰天长息，"人类忘恩负义自私自利，就是天地间的蛀虫，这世间哪有清净之地？老衲要做的，就是废了人道，还世界清净。"

李逍遥怒不可遏："人若斩断俗念，禁锢思想，那活人又与行尸走肉何异？"

"修业之本在于舍己助人。"千叶冥顽不灵道，"只有无我才能舍己！"

众人觉得他不可理喻，怒斥他满腹经纶全学到肚子里去了，但偏是这句话，却让李逍遥尘封于岁月中的回忆如潮猛至。

"修业之本在于舍己助人，无我乃舍己，慈悲乃助人……"灵儿说这话之时的样子还恍若昨日。此刻，李逍遥端详着一身僧袍佛光笼罩却又暗藏妖邪之气的千叶，试探地问道："你是……小石头？"

"什么？小石头？"一下知晓内情者面面相觑，却皆不敢苟同。李逍遥口中的小石头乃是玉佛珠所化，心地纯良，且一心求道，依附在一串佛珠之上，与赵灵儿患难与共，同行修行，直到水魔兽那场大战，赵灵儿殒身，小石头才不知所终。

可天真呆萌的小和尚，即便修来高深道行，也不可能成为眼前这个阴邪莫测的千叶禅师！

四周萧冷下来，仙气萦绕的蜀山笼罩的圣光已如妖邪瘴气一般令人窒息。李逍遥悬空稳坐，他深沉的眉眼微微低垂，不动声色地将七星剑拔出几分，问道："你又出来了？"

他已经猜到答案了，千叶禅师不是小石头，而是藏在小石头内心深处的智修大师……

彼时，千叶已然稳操胜券，再无所顾忌，点头轻笑："不错，是我，小石头凭借善良和宽容这般虚妄的东西就想拯救世间，真是痴人说梦！"得意猖獗的笑意在他脸上肆虐，那睿智双眸也邪气横溢，"当年赵灵儿虽将我智识封印，但她与水魔兽一战灵力尽失，我趁机吸收了她与水魔兽二者之力，冲破了封印，不仅重获自由，还修来了不破金身。"

"什么？怎么会是他？"

"居然还利用了赵灵儿的力量……真是个恩将仇报的东西！"

底下一片惊骇哗然。可他们却并不知道，那个善良、宽容、单纯的小石头在赵灵儿身殒之后，竟然生出对人类的憎恨。是因为人类的贪欲和野心，才让水魔兽重现人世。可这种对人类的极度憎恨与赵灵儿对他的所传所授背道而驰，他无法面对甚至自我谴责，于是将自己隐藏起来，最后在他体内苏醒的，是魔佛智修，也就是如今的千叶。

"恩将仇报？"千叶目空一切地阴狠谴责道，"女娲后人为守护大地世代以身殉道，可你们人类又是如何回报的？杀戮！战争！让这大地生灵涂炭，千疮百孔！老衲这么做，才是在守护大地和平！"

"休得胡说！"仿佛触及逆鳞，李逍遥勃然大怒。可尽管千叶的所作所为，已经不可饶恕，但千叶不仅于他有救命之恩，甚至群魔猖獗的那几年，千叶造桥修路，济时拯世，于苍生也有无量功德。李逍遥实在不愿与之倒戈相向，可更不愿任由他沉沦执念，忍了忍，道："可若你愿交出三魔器，及时收手，我们愿给你留一清修之地。"

听得此言，满口慈悲的千叶那宁淡致远的眼底，隐现着睥睨万世的诡谲气息："李逍遥，你即便已臻入化境，也不过是区区凡人，如今，老衲合佛魔神三力，你以为自己还能拦得住老衲？"

的确，千叶的修为本就是深渊难测，无可估量，如今聚齐三魔器，更是独步天下。

众人心中胆寒，当今之世，便是李逍遥怕也已无法与之抗衡。

李逍遥拳头松了又紧，可尚未发话，王寅虎已步若闪电，一跃至前，字字坚定道："拦不住也得拦！"话音一落，凛然刀光破风而起，以摧枯拉朽之力一刀挥下！

电光石火间，行云流水削铁如泥的刀竟直接将端立不动的千叶一分为二！

瞬间，所有人都傻眼了，就连持刀的王寅虎也不由错愕。

他们面面相觑，死一样的寂静后，有人瞠目结舌，有人拍案叫绝，可不足须臾，便有人察觉了异样，惊呼道："你们看！"

只见千叶的身体虽然被一分为二，却不见任何血迹，而是随风慢慢散去。李逍遥这才反应过来，道："他用的是分身之术，本体还在开封。"愠怒间，略带一丝无奈，"小虎，退下吧，我们伤不了他。"

看着惶惶不安的众人和恼怒无奈的李逍遥，千叶终于心满意足，尽管这术法造就的身体已狰狞殆尽："我佛慈悲，皈依顺从者，必不亏待。"

"妄想！"王寅虎声如冷铁，"我们便是战死，也绝不皈依！"

"既然王少侠执意如此，老衲也无可奈何……"千叶叹了一声，在身体消逝的最后一刻，将悲悯的目光望向熙熙攘攘的蜀山弟子，"大开杀戒只会造就生灵涂炭，老衲愿给诸位一个机会，下月十五之前，入我禅师剃度者概不追究，十五之后，老衲将重新建造一个大慈悲、无贪欲的新国度，妄想阻止者，必入地狱受尽酷刑……"

随其声音的愕然终止，千叶的分身也消失殆尽，但入摩诃寺的蜀山弟子却仍留在远处。

太武为首的蜀山子弟急切上前，或嘘寒问暖，或关怀情势，可能远、无忧等人却是麻木不仁地杵在原地。太武赶紧把了把脉，这才悲痛道："他们已经完全缺失了情感、记忆、欲望，活着……却同死无异。"

"这！"众人一时相顾无言，只有愤怒无限蔓延，纷纷咬牙切齿地咒骂千叶。

也有人怯生生地问："那师兄们怎么办？总不能一直这样吧？"

这十来名弟子受千叶"点悟"，变得不知痛痒，不问俗世，只知打坐念经，而不看人世冷暖，长此以往，难保身体不出差池。

蜀山众长老焦头烂额却束手无策，只能将之好生安顿再做商议。

"逍遥哥，你之前说的小石头是谁？"一切暂且安定后，王寅虎才问及此事。

得王寅虎这一提，周遭之人立刻打足精神聆听。李逍遥却不知忆起什么,沉心静气的脸上闪过一丝几不可察的沉郁与落寞,他缓声道:"蜀山典籍之所以查不到千叶,是因为他以前不叫千叶,而是另有身份……"

李逍遥的目光在山涧云雾中沉浮,剑眉微垂着,叫人看不真切里面蕴含的感情:"他本是达摩佛祖所持的玉佛珠,日夜受佛法熏陶,才得以化为人形落入人间。起初他本化名智修,欲度化世间众生,但因对佛法误解,不能修成正果,后经灵儿点破迷津,才得以顿悟。从一个高僧,变成不染俗尘的单纯孩童,还自称小石头,甚至追随灵儿同修同行。起初我们不以为意,后来才得知智修大师与小石头并非一人。"

"并非一人……"有人惊疑,"难道是冒名顶替?就是为了水魔兽一战时汲取双方功力?"

也有人瞋目扼腕,疾言厉色道:"这千叶可真是老谋深算,从那个时候开始就知道坐收渔翁之利了!"

见他们你来我往振振有词,王寅虎却若有所思,另有琢磨:"不对,纵然他道法高深,但也不可能未卜先知?"

"所言不错。"李逍遥颔首,蓄起满身的深沉,点头道,"小石头和智修大师本元其实皆为玉佛珠,但心智心性却完全不同,如今看来就好像一个躯壳里面修出了两个灵魂。"

"小虎明白了!"王寅虎醍醐灌顶,"当初灵儿姐姐并非让他顿悟,而是唤醒了沉睡的小石头?"

"不错,只是后来灵儿……"话到此处,李逍遥猛然顿住,没再说下去,但眼底却早已愁绪四起,百转千回。

王寅虎立刻见机接话:"后来小石头又被智修大师反压一头,从此,智修大师改头换面,又以千叶禅师自居?"

"正是。"

众人听完长吁短叹,王寅虎也不例外,暗自兴叹:"没想到,他与灵儿姐姐竟还有这层渊源……"正当这时,王寅虎福至心灵,扬声询问:"那如果唤醒小石头呢,摩诃寺是否不攻自破?"

此言一出,凝肃沉闷的大殿,忽望来几双深邃曜黑的眸子,仿佛任何一个蛛丝马迹，都可能成为他们打败千叶的突破口。可李逍遥却是意味深长地摇头，阴郁的眉眼苦笑着："莫说如今千叶道行远胜当年，便是这小石头也是个性格怪癖的，若用此计，怕也只有灵儿可一试，但……"

他的欲言又止，众人心知肚明。

辗转落日沉西，群鸟归栖，这场各抒己见的集会终以徒劳无功暂告一段落。人潮渐次散去，大殿阒寂无声，可愁思与回忆却如大雾漫起，笼罩在李逍遥紧拧的心口，氤氲不散。他负手定站窗边，深沉寂然的背影，如孤月一般落寞，也如夜幕一般深沉。

"想不想再见见她？"此刻，风吹帘动，一室静默。幻魅画轴受长风卷撩，摩挲作响。画上水墨如流光浮动，巫柔身如柳絮正藏匿其间。

被李逍遥等人收服之后，这幅曾一夜灭一个国度的至邪画作，已沦为了墙上饰物。只是幻魅画轴邪念过强，无法消灭，而如今锁妖塔也崩塌了，便只能将其暂时封在这卧看山川的庭阁之上，日后再另寻法子将之彻底封印。

李逍遥侧回身子，极目远眺，烟雨已被夜色揉碎散去，他摇头："不必了，人心不足蛇吞象，世事到头螳捕蝉……"若非他一嗔贪欲，岂会沉溺幻境误入歧途？若非他一念执着，又岂会忘却重任逍遥不羁？这些年他但凡清明理智半分，也不至于如此沉沦放纵，让事情发展到无可挽回的地步……悔之无极，唯有亡羊补牢，岂敢再有奢望。

可巫柔却赫然怒道："你等了她这么多年，怎可以这么轻易就放弃？"

陡然又突兀的责备僭越且不逢事宜，李逍遥困惑地将她望着，巫柔不适地默了片刻后，才坦然道："我也曾爱而不得过，也曾与心上人生死两隔，我为了和他在一起，甚至不惜和孔璘交易……"她激越的口吻一沉，"可跟你在画中那段时光，我才明白什么是爱，也才明白，其实，我……从未被他爱过……"

一字一言，切切在心。李逍遥眉锁苦寒，迟疑道："你……"

"可你和赵灵儿不一样。"仿佛怕他开口便是可怜自己，巫柔迫不及待地将之打断，又语挚情长句句至诚道，"你们彼此深爱，共许白头，她那么爱你，怎可能舍得这样离开，她一定还在某个地方等你，日复一日，年复一年，你要是这么放弃，她该怎么办呢？"

巫柔自认已足够温腔和调，可这些话，却仿佛滚石弹珠般砸得李逍遥五内俱裂，尽管他的神色是那么镇定自若。

李逍遥怔住。水魔兽一战已去经年，无一人不劝诫他放弃，无一人不说他徒劳无益，可他就是坚信灵儿还在某个地方等他……他森郁的眼底秋水泛滥，却又摇头失笑："可我找了她这么多年，我找不到救她的法子，你不必安慰我，我知道，已经……没有办法了……"

"有的！"巫柔斩钉截铁地脱口而出，"只要找到赵灵儿残留在世间的灵识，我就可以让她真真切切地出现在你面前！"

仿佛一道惊雷直劈李逍遥头顶！

他猛地转身，眼底光芒如炬："此话当真？"

这过于热烈的期待让巫柔有些拿捏不准，她遮掩道："当然，这与复活不同，我只是利用画轴幻术让她意识具象，但灵识微弱，也只能维持片刻……"

哪怕片刻，已然足矣。如今千叶无可匹敌，或许只有灵儿有计可施。

这世间若真还有一物可承载赵灵儿的灵识，怕只有女娲至宝圣灵珠。圣灵珠是女娲后人世代圣魂归依之所，灵儿与水魔兽一战消失后，便顺理成章地由李忆如保管。

翌日天色朦胧，李忆如与王寅虎正一前一后矗立在一玉石镂空的窗牖前。这二人倒是奇怪，但见王寅虎素来俊朗的眉目竟然沉郁踌躇，被李忆如推着往前走进了一个大殿。

殿内窗明几净，简约大气，兰花玉立，灯火如豆，而倚墙端坐的男子正是蜀山长老青石。他藏青云袖上暗藏的纹理宛若朗星布空，走势分明。面容上剑眉入鬓，鼻悬如峰，修以淑人君子之气度，只是那双浅灰的眸子，像是罩了一层雾般，朦胧黯然，不落天光。

王寅虎正要问礼，李忆如却立刻将之打断，随即神秘兮兮地朝他做个噤声手势后，便揣着一脸的狡黠蹑手蹑脚地潜入内室。

青石虽双目失明，可摆弄棋局却是如数家珍。只是此刻，他眉宇轻拢，似遇见难题，一直举棋不定，李忆如小心地凑前一看，黑白棋子布局紧凑，但她可分析不来这其中深奥，只是见青石自我对弈还能暗自苦恼，觉得新奇，便打起坏主意，轻手轻脚地暗暗换去一子。

这子方一挪动，青石便微微蹙眉，不悦道："忆如，莫要顽皮。"

李忆如一惊，随即难以为继地吐了吐舌头，又敬佩道："青石叔叔，你眼睛明明看不见，怎么就知道是我，好厉害呀！"

"倒也没什么特别……"青石将李忆如挪动之子复位，行云流水般的姿态，面不改色地继续道，"就是功夫深些而已。"

李忆如："……真是不谦虚。"

这时，王寅虎端详着棋局，却见黑子以全面绞杀之势围剿白子，无一遗落，白子道尽途穷已是笼中之鸟，却困兽犹斗，仍在垂死挣扎。他从未见过如此凶恶诡谲的棋局，可琢磨片刻，又心生定计，道："这黑子阵势虽来势汹汹，但也有薄弱之地，只要白子从深处入手，突其断点，或许还能有生根之地？"

"不错。"青石赞许点头，口吻欣慰，"原来王少侠还会看棋？"

"才疏学浅，只是略懂一二。"王寅虎含蓄莞尔，又道，"传闻青石长老善以棋算道，手执一子，便能落棋如神，算定苍宇天机。"顿了顿，"今日这局，可是未来之变？"

"世人恭维罢了，哪有那么神乎其神。"青石呵呵一笑，可转瞬间又心事重重，忧虑叹息，"不过也说不好，棋象所指，不久后确有一场恶战啊。"

听得此言，王寅虎登时心神不宁，就连李忆如也焦眉愁眼心怀忐忑起来。青石自觉多言只会给人徒增困扰，便放下棋子，转而问道："你们来我这里，可是为了沈姑娘？"

经这一提，李忆如连连点头，转而又瞧了一眼神态有些别扭的王寅虎，道："对，我们来是想问问沈姐姐的伤好些了吗？"

青石"唔"了一声，似有所顾虑，默然半晌才道："她周身佛印禁锢倒是解开了，但……经脉受损，加之身患旧疾，身体仍是虚弱得紧。"

"身患旧疾？"李忆如又惊又忧，回望着王寅虎，他眼底汹涌的黑色，不过一瞬平复下去，可又始终不置一词。青石继续道："许是这段时间所受打击太大，伤心过度所致。"

李忆如忧心如焚："那是不是很严重啊？"

"我已经没事了。"接话的是一个绵长轻忧的女子声音，几人回身，只见沈欺霜一袭蓝色轻纱立在门口，纤不见骨，柔不生媚，大片涌来的光影在她婉约的绦带间翩跹。她低眉浅笑，道："你们回来了？"

"沈姐姐！"李忆如惊诧，喜出望外地凑过去，"青石叔叔不是说你……"

"青石长老言之过重，我已并无大碍。"她逢时打断李忆如，转而朝青石微微福去一礼，"这段时间多谢青石长老的照顾。"

"小事一桩，不必言谢。"青石摆手回道后，又补充叮嘱道，"不过我也只能医治你的皮外伤，这心里的伤却无能为力，还需沈姑娘自己修行，只有忘记苦痛，心怀坦然，遇事莫要忧虑，才能真正痊愈。"

"欺霜谨记。"她姿态端的温婉大气，看着身体也确实无大碍了。只是可这一刻，王寅虎脑中更多的是那日沈欺霜操戈披犀的样子，冰青蓄力一指，茫茫剑意一泻千里，陵劲淬砺，直取苏媚命门……闭上眼，决绝之言清晰在耳，王寅虎心如刀绞，起伏不定的胸口仿佛堵了一块巨石，他赫然起身，目光径直避开沈欺霜，低声道："我还有事，先走了。"

沈欺霜脸色一僵，清丽的脸却浮出一丝凄色的惨白。

她知道，苏媚的死，就如一道鸿沟，横亘在他们之间，无可跨越，而这一切，都是她咎由自取，怨不得他人。

见他们如今这样形同陌路，李忆如也心头一哽，红了眼眶。就在王寅虎将要离开之时，忽然，一声石破天惊的"李忆如"破空而至，只见凌音御着剑十万火急地俯冲而进，连名带姓地继续嚷嚷大喊道："李忆如！"

"凌音师姐？"李忆如微怔，看着风风火火冲进来的凌音，有些茫然无措,"师姐,怎么了?"

"圣灵珠呢?"凌音不顾他人,神色急切地抓着李忆如,开门见山地询问道。

"圣……灵珠……"李忆如猝不及防,愣了少顷,却又开始遮掩起来,转而道,"凌音师姐怎么问起这个了?"

凌音坦率,也不卖关子,斗志昂扬道:"你爹说圣灵珠是唯一可以与千叶对抗之物,赶紧带着圣灵珠跟我去太极殿!"

"什么?"李忆如惊讶出声,王寅虎和沈欺霜等人也面露诧色,趋步凑拢过来,反倒是李忆如却不知怎的,仿佛做了错事般,绞着手指犹豫不决:"可是……"

"可什么是?快点!"凌音已经急不可耐,拉着李忆如就不管不顾地朝太极殿奔去。其余三人也紧跟其后。

第五十二章 圣灵珠中见圣灵

位列仙山福地之首的蜀山烟涛浩荡，沉浮在云海之间，灵气蕴藉，铸就庄严的太极殿。殿中各仙门子弟整冠束发，收声屏气，皆在恭默静守，翘首以盼。情势至此，他们修行半生，或也无一人想过，有朝一日，会将所有希望全系在一九岁孩童身上。

纵横交错的视线仿若千丝万缕的无形绳索，将李忆如五花大绑地捆入大殿。

"忆如，圣灵珠可带在身上？"高座上，李逍遥姿态稳重，轻声询问。

许是受宠若惊，李忆如一改往常乖张，背着双手低着头，谨小慎微地步步前行，可如果再细心点，就会看到她低垂的脸上，已写满了愧疚和心虚："爹爹……对不起，圣灵珠，被我弄丢了……"

含糊一句，直叫四座哗然震惊，猝不及防，王寅虎和沈欺霜更是下意识相觑一眼，可四目交接的一瞬，又如触焰火剑刀般收之不及。这时，已有人拍案而起，恼羞成怒："什么，弄丢了？此等圣物你竟然弄丢了？"

周遭之人一时焦急，乱了阵脚，开始怨天尤人："这可如何是好，这可是唯一对付千叶的机会！"

此起彼伏的谴责与失望，叫李忆如紧抠袖角的手仓皇得不知安放，她自觉有愧，头也耷拉得更狠。

沈欺霜和王寅虎不约而同地要上前安抚，可陡然间，一声"肃静！"

赫然灌耳，聒噪的大殿登时鸦雀无声！

高位上不怒自威的李逍遥，沉郁而不失英气的眉目立若双刀，各派弟子这才自觉言语间失了分寸，纷纷噤声不语。少顷，李逍遥眼底威慑荡然无存，只余无尽的温柔，望向李忆如道："先不着急，你且慢慢说，何时弄丢，又是怎么弄丢的？"

"我……不太记得了……"李忆如盯着脚尖，支支吾吾道，"在我后来得知那是圣灵珠的时候，它就已经不见了……"

李逍遥虽有些懊恼，却也只是头疼地抚了抚额，耐着性子道："那你怎么不告诉爹爹？"

李忆如委屈地将嘴一瘪，嘟囔道："你常年不在家，我怎么告诉你嘛，而且你一回来，我一高兴就忘记了……更何况，我那时尚小，这么重要的东西，你们将它给我，我只当是个玩物……"

"……"也不是不无道理。当初李逍遥不愿她涉及江湖纷争，并未告知她太多，只说圣灵珠在关键时刻可以救她性命，不承想她当个玩物随手扔了……斟酌凝思片刻，李逍遥似下了一个重大决定，郑重道："既然如此，接下来几日我去寻找圣灵珠的下落……"

"万万不可啊！李掌门！"这话音未落，已有人站出来极力反对，"如今千叶遁入佛魔，正道群龙无首，纵然齐聚蜀山，也不过卵处危巢，您此刻离山，人心惶惶不说，若千叶趁机攻山，只靠我等人岂非不堪一击？"

此言也不无道理，是以周遭之人纷纷点头附和，一时异议蜂起。唯独王寅虎经权衡利弊后，也选择孤注一掷："可为今只有圣灵珠可以对付千叶，即便逍遥哥留下也不过是多拖延一时，若能寻到圣灵珠或许还有一线生机。"

有人便问："那就不能让其他人去找吗？"

"怕是不能。"青石手中摩挲着两颗棋子，慢条斯理道，"圣灵珠绝非一般俗物，得珠者，除却高深武功更讲究'缘分'二字，这里除却李师兄和忆如，不知谁又才能算得上是那个'有缘人'？"

"这……"

众人一时抉择难定，迟迟不下定论，正一筹莫展之际，忽一石落深潭般的女声传来："诸位且慢，老身尚有一计。"

闻声望去，圣姑褐黄道袍缚身，头束苗疆抹额，逆着光影步履轻缓而来。见状，本怏怏不乐的李忆如登时喜笑颜开，当即便跑过去环抱其腰，楚楚可怜地抹着眼泪，嗫嚅道："圣姑婆婆……您怎么来了？"

岁月在圣姑容光焕发的脸上留下别样的慈祥，她抚着李忆如的头，轻声道："因为圣姑婆婆知道有人欺负我们小忆如。"

李忆如鼻尖一酸，眼泪开始打转，她摇头道："没有人欺负忆如，是忆如不好，弄丢了圣灵珠……"

这时，殿中不少人已经谦虚着身姿，默然揖手作礼。李逍遥也起身抖了抖袖子，问道："圣姑此番可是为了圣灵珠而来？"

圣姑本就喜静，隐居神木林后，便极少现世，若非要紧之事，断然不会莅临蜀山，染这聒噪俗气。

"自然。"圣姑点头，沧桑矍铄的目光，仍有波澜不惊的从容与稳重，"其实寻找圣灵珠大可不必如此麻烦，圣灵珠与天蛇杖皆是女娲至宝，如今天蛇杖既已取得，只需利用阵法便可召回圣灵珠。"

"当真？"这于众人，无疑是一个天大的福音。李逍遥也揣测道，"千叶现在还没有动手，应该是三魔器还未完全吸收，如果这个时候全力一战，尚有生机。"

"那还等什么！"底下年轻气盛的青年挥起长剑道，"直接冲去开封掀了摩诃寺！"

"不可鲁莽行动……"李逍遥叩着桌沿，似在冥思万全之策，半响，才定住心神，决然道，"这段时日，太极殿闭关布阵，其余各派前往开封，拯救百姓。"

"是！"

命令一下，各山从令，分派人手从四面八方往开封涌入，而太极殿两大圣器的牵动，也引得风云色变，且其过程耗神损体，怕出差池，功力深厚者尽数自请护阵。

事已至此，寻找圣灵珠已不仅是李逍遥见赵灵儿的最后契机，更是世人战胜千叶的唯一希望。

当阵法启动的同时，在一片虚无之中，漫天雾霭厚重得如同棉絮一般，从四面八方涌裹塌陷而来，纵使空旷缥缈，轻如鸿毛，却有一种难言的窒息，叫人挣扎无力。一红绸缠身的女子便飘浮其中，遥看仿佛一粒红尘，在无尽的日光中浮沉。忽然，女子惊吓过度般，猛然醒转过来，她大口大口地喘息，薄汗轻透，唇齿霜白。女子云鬟浸墨，香腮染赤，纵使双目紧绷，眉色警惕，举措蹙颦间，却也自携三分潋滟。

这人，正是死去的苏媚。

苏媚仓皇起身，可她发现自己的身子竟轻盈如风，几乎能与丝丝缕缕的雾缠作一团，而环顾四周，不见任何景物与人，在这里，时间和空间变得没有意义，而安静与空虚，就如附骨之疽，将人一寸一寸蚕食。嗅到危险，苏媚拂袖而起，可捏诀的灵力却无端流失，随风而逝。焦愁之下，苏媚只得亮出短锥，立起长眉，冲四周喊话：“何人作祟？要么放我出去，要么现身一战！”

"你连你自己都伤不了，又能伤到谁？"忽然，前面呈现出一个虚实隐约、不太真切的池院来。池岸落英缤纷，水露凝结，池中云蒸霞蔚，雅柔清澈，一素衣冰绡的女子背对苏媚，窈窕纤弱的清丽之姿端立在缥缈云雾间，若隐若现。苏媚瞧不出其身份，只拧着眉，问："你什么意思？"

那女子并不回头，只轻轻一叹："你已经死了。"

"胡说！"她明明站在这里，又岂可能是死了？可那日，清风长剑，直落心口，沈欺霜字字泣血，她仍历历在目。苏媚捂上心口，那里却是完好无损，可这更令她恐惧，她索性拿起短锥在手上狠狠划去一刀，刀过无痕，不见血迹，更无痛楚。她忽怅然若失，心神俱溃，一连退去数步，恍惚难信："我竟然……真的死了……"

"恨她吗？"那女子又问。

苏媚沉浸片刻，忽拳头紧捏，目露凶光："当然恨，大仇未报，我不甘心！"

"可的确是你破开了仙霞派的结界，才让心怀不轨之人有机可乘。"女子声如春泉，潺潺入心，"她问你寻仇，有何不对？"

是啊，仙霞派死伤惨重，她才是罪魁祸首，沈欺霜杀她，天经地义。苏媚闭了闭眼，一行清冽的泪顺着眼悄悄地淌流，她永不会忘记那一夜的仙霞岭，苍山如海，清辉胜雪，那些同她一般年岁的蓝衣女子，手中刀折矢尽，不战而溃，横卧竖倒铺成一片残尸，长风过境，尸化成沙，遮去天幕……苏媚仿佛被人剔骨抽筋过，四肢瘫软双目涣散，好久，她竟哽咽呜咽起来，愧从心生，歉疚难挨："为什么我会破开仙霞派的结界，为什么偏偏是我破开的，我……不想这样的……我不想害死她们……"

"那是因为……"轻纱缚身的女子颔首低眉，微微一顿，才语出惊人道，"你体内有圣灵珠。"

苏媚愕然，情绪骤然一敛："圣灵珠？"

女子浅浅点头，言语温婉，娓娓陈述："你曾去林家堡刺杀林月如，却被林家堡的人打至重伤，那时忆如的心智虽尚不成熟，却天性良善，见到一只狐狸气奄垂绝，便将圣灵珠拿出，她只记得她爹爹交代过，圣灵珠可以救人性命，却不知道怎么救，见那狐狸心口破了一个洞，便笨手笨脚地将圣灵珠当药塞了进去，竟误打误撞救活了狐狸，可惜狐狸却恩将仇报，反将她咬伤……"

这句话的前半段倒是不假，这后半段苏媚却无太大印象。当年苏媚自诩媚惑之术已然登堂入室，便不知天高地厚，单枪匹马就下山寻仇，直捣林家堡。可林家堡守卫森严，高手如云，她乔装混入林府，却未够及林月如的床缘就被察出端倪。对方人多势众，她根孤伎薄，应付不及，败得又快又狼狈。危难之际，她从屋檐一跃而出，晃眼瞧见一人张弓搭箭，她心中还在调侃，一个木枝能奈她何，可箭矢穿射而来时，皮开肉绽，心脏破裂，剧烈痛楚无以复加。她从屋檐摔滚在地，连人形都无法维持，跌跌撞撞没走多远便不省人事。她醒来时，的确看见过一个萝卜大的孩子，但她畏惧生人，当即便对那孩子一番抓挠，趁孩子吃痛大哭之际，拔腿开溜。后来很多年她回想此事，都心有余悸，觉得自己大难不死，是得上天垂怜，可现在她才知道，或许垂怜她的，并非上天。

"你是谁？我凭什么信你？"纵然苏媚将信，却还是本能警觉。

女子腰若素约，娴静可亲，却避之不答，只道："若非如此，你又为何能自由出入水月洞？又如何能轻而易举破开仙霞派的结界？又如何会在林家堡一战后便隐去了周身妖气？又为何能毫发无损地受下千叶消魂灭道的佛光？"

原来如此……仅仅是这三言两句，却叫苏媚深信不疑。她摸向心口的位置，原来那里跳动的，是一颗圣灵珠。"这些你怎么知道？"苏媚怅然，看向女子时，神态竟缓和了很多。女子始终没回头，她清冷的姿态，轻盈多逸，宛若一块通灵宝玉，柔声慢道："因为，我一直在圣灵珠中。"

"圣灵珠中？"苏媚大惑不解外，更多的是匪夷所思，因若果真如此，那这来历不明、身份不详的女子岂不是一直住在她的体内？苏媚觉得荒唐，但女子却气若幽兰，仍是慢条斯理："你杀林月如和逍遥，是为报弑亲之仇，那你可知，你是狐蛇结合，你母亲为了生下你，也曾不惜杀人取心，以纯质无瑕的少女之心，减缓胎中孕育的戾气，才助你平安降世。"

"胡说！"苏媚目眦欲裂，才有的一丝平和彻底轰塌，她斩钉截铁道，"不可能！"说着，苏媚便一个纵跃，体轻如絮飘至池旁，她迫不及待地亮出五爪伸向那女子，她倒是要看看这个女子到底是何方神圣！可诡异的是，她方触及女子一瞬，眼前却闪过无数画面：她看见她父亲爪利如刃，插进一少女心口，剜出一颗血淋淋的还在跳动的心脏；看见她母亲于心不忍，瞥开眼去噙着泪吞下人心……不知是惊诧还是愤怒，苏媚面无血色，冰冷生硬地杵立原地，她不敢相信，她心底最敬重的父母，竟然也做过如此伤天害理之事……

"没有谁对谁错，只有情非得已。"迷雾散去，女子倩影摇曳，摇头长叹,"尽管让他们再选一次,我相信,他们还是会如此选择,哪怕知道会因此招来杀身之祸。"

仿佛一把刀刺进了苏媚的喉咙,她张着嘴,却发不出声音,脸上木怔而僵,心底却是天翻地覆,山河崩溃,她蜷缩一团,终于泣不成声。

她一直以为父母一心向善,与人类互不侵犯,一直以为灭门之祸,是因她轻信那男子而起,原来不是,原来她父母也曾滥杀无辜,原来从她出生起,就已埋下祸根。

女子再没有给她伤春悲秋的时间,纤柔如玉的指尖轻轻一捻,眼前画面一转,苏媚看见天下生灵涂炭,看见无数仙山崩塌,浮尸遍地,看见满街之人变成行尸走肉,城池荒废,人如走兽;看见苍郁森然拿云攫石的丛木林中,一群妖魔露出饥肠辘辘、凶残暴戾的可怖嘴脸,鹰撮霆击般直逼蜀山!苏媚吓了一跳,她怔怔地问:"那是什么?"

女子不假思索:"苍生近况。"

"苍生怎会……"苏媚蓦然一顿,恍然大悟,"是三魔器!"三魔器何等强大,单是一个七宝琉璃花,就能在一瞬间,让整个仙霞岭万劫不复。苏媚恐惧到了极点,这一刻,仇恨、魔器、真凶,都已微不足道,她脑中一片空白,只有前所未有的担忧和害怕,她怯生生地问:"那……王寅虎呢……他又如何了?"

"正道正齐聚蜀山商榷对策,王寅虎也不例外。"

"什么?!"她轻描淡写的一句,于苏媚而言却如五雷轰顶。群妖逼山,蜀山怕也只是不堪一击,变成第二个仙霞岭,王寅虎那么耿直善良,必然首当其冲,可他岂是三魔器的对手?苏媚发了疯似的想闯出这虚无,可她便是撞得头破血流,也不过蚍蜉撼树,就好像当年被母亲封在了石壁中,眼睁睁看着李逍遥直闯洞穴,手起刀落,任她挣扎,不过徒劳无益。那种无能为力,比剜心挫骨难熬千百倍!

"上次你这么挣扎的,是仇恨,这次又是为了什么?还是仇恨吗?"女子仿佛总能一眼看穿她的心事。

苏媚搭不上话。她的命是父母给的,可那个小女孩又何尝不是?李逍遥除魔卫道，从未做错，是她错了，她的出生就是个错误。可父母逆天而行，给了她生命，李忆如舍去至宝，让她重生。她多么幸运，可也多么无知。她在抱怨世道不平时，却不知世道一直在宽容她，饶恕她。苏媚摇了摇头，竟然心神崩溃，泪如雨下："我只想救他，我只想和他在一起。"

"只救他一个人？"女子口吻轻扬，"若他愿与苍生共存亡呢？"

"那我就救苍生！"苏媚无暇多想，脱口而出，可她也知道，自己这句话不过是妄言。她低声道："我也知道这很可笑，但是我只想跟他在一起，无论是生或死。"

女子沉默良久，似乎笑了，竟吐语如珠，动听至极："你去吧，爱已经让你学会了宽恕，你可以醒过来了。"

苏媚错愕，蹙眉不解："什么醒过来？"话音未落，只见那女子竟缓缓转过身来……女子方当韶龄，秀雅绝俗，顾盼之际，如新月生晕，花树堆雪，清雅得让人不敢亵渎。苏媚似已噤若寒蝉，却不是因其美，而是这张冰清玉洁的脸她曾在幻魅画轴上见过。

她几乎是惊诧得脱口而出："赵灵儿？"话音刚落，薄雾笼泻绢纱，迷雾如海浪起伏，朝她迎面冲击！她双眼一暗，再次睁开之时，却见自己置身隐龙窟中。四周杂草丛生，鸟语花香，却不见一人。

她又拔刀划开手指，血瞬间涌出，滴在地上，溅成一朵红莲。

且说蜀山，飞云荡雾的主峰之上，把控阵法玄关的太武额间近来又添了两道极深的褶皱。原因无他，近几日来，他们前后分三路前往摩诃寺，可人还在开封城外，就遭受被"点化"的百姓拦截围堵。那些从业各异、形色不一的平民百姓即便以身挡剑，也魔怔般要护摩诃寺周全，叫仙门弟子进退两难，最后终是无功而返。

"千叶除却望尘莫及的道行，笼络人心的手段更是登峰造极。"李逍遥也是一嗟三叹，"如今百姓被征收各种苛捐杂税，受于官威而不敢言，即便有人冒死上谏，朝政也只会以虚词粉饰太平。千叶不只做了江湖势力上的'黄雀'，于民间人朝，他呼吁的'众生平等'更是会逢其适，得万千百姓云集响应，如若不尽快阻止，怕是后患无穷。"

可要怎样才能阻止呢？

如今的仙门正道已是鱼游沸釜，燕处危巢。数十位德高望重的宗师为圣姑护法，运转蜀山灵气探寻大地七日之久，却仍无圣灵珠半分动静。

"这不可能……"坐在阵眼之心的李忆如一瞬眼，便见圣姑深暗的脸仿佛一夜之间斑驳了许多，那双静若寒泉的眸子也被击起千层巨浪翻涌，"这么久过去了，不可能寻不到半分踪迹……"一个不好的猜想浮现在她心头："莫不是圣灵珠已被损毁？"

周遭之人登时惊恐相觑："若此阵寻不回圣灵珠，徒劳无功且不论，如此耗费功力下去，怕是不战而溃啊。"

阵外候守之人，眼瞅十五将过，也是劳心焦思，坐卧难安，稍微沉得住气的还能闭眸冥思，但大多都已心如火灼。

"这圣灵珠到底找不找得回来，我们难道要这么坐以待毙吗？"一胆气横秋、齿少气盛的青衣弟子已经按捺不住了。按照他的想法，趁着千叶羽翼尚未丰满，一鼓作气直捣摩诃寺，即便那些已受蛊惑的百姓以命相挡又如何？他们的命抵得过苍生吗？妇人之仁最后终将一败涂地！

旁边打坐运气的老者幽幽长叹："再等等吧……"

"等等等！"青衣弟子气急败坏，"每天都说再等等，现在都十四了，千叶会等我们吗？"

众人本就为开封一行不战而败挫败不振，如今又迟迟寻不回圣灵珠，不免忧心如焚。

老者抹了抹长剑："你也别着急，自古邪不压正……"

"闭嘴吧！"青衣弟子心急火燎，哪里还听得下去这些啰唆话，拂袖便往山下去。可就在这时，守山门的蜀山弟子忽然仓促冲来，他们个个神色惊恐，密汗直流，唯独手中之剑染着骇人的鲜血，急切通报道："不好了，群妖出动，逼上山了！"

众人闻声赫然一凛，手中之剑齐齐出鞘，每个人都肃穆凝神，腰板挺似紧绷之弦。

那青衣弟子亦是怔了半晌，才恼怒着神色骂骂咧咧："我说吧，这才十四呢，千叶已经出尔反尔了！"

情势至此，商榷抱怨都是徒费唇舌，当务之急是阻止群妖攻山，为圣姑拖延时间。思及此，王寅虎起身往无极殿中揖手拜礼，沉声道："约战之日即到，群妖此时逼山，绝非落井下石，寻报私仇，如此有组织、有策略，怕只是千叶在后面煽动，好为大战扫除障碍。"

"坐收渔翁之利"已成千叶惯有手段，众人闻之，也深以为然。王寅虎继续道："各位长老请继续守阵，小虎会去对付他们。"

不知里面是否在商讨，以至于沉寂了很久，李逍遥才语态沉甸地嘱咐道："千万小心。"

王寅虎重重点了点头，随即拔刀敛裾沿阶而下，丹顶朱崖，万物影长，他颀长高大的健硕背影，挺立天际，似真能以一篑障江河。

见王寅虎一马当先，看似娉婷端立有闺阁之雅的沈欺霜已是揪心在怀。再三斟酌，沈欺霜咬了咬牙，追将上去，一如往常般与他并肩前行，却目视前方，缄口不言。

王寅虎望她一眼，却没说话，沉默在二人之间划出一道天堑。

其余人等也不再踌躇，纷纷持剑运力，紧随其后，一路谨小慎微，循着小径度雾穿云抵达山门。

山门口，守门弟子正与群妖缠斗，那些蜀山弟子撩起长剑，边打边撤，王寅虎见状，当即抢起利器，急架相迎。其中一人借一叶之力跃上高枝，问："那该如何是好？"

王寅虎斜蹬松柏，玄衣隐隐，双掌上翻，将天吒横闩于胸："既多说无益，那便将他们打回摩诃寺！"

话毕，无数魑魅魍魉接踵而来，前赴后继，来势汹汹。

这一夜，妖火燎原，烟瘴滚烫，分金断玉之声响彻云霄。混战之中，谁也没能独善其身，谁也无暇照拂他人，或自乱阵脚，或溃散挫败，或殊死一战……直至回到主峰之顶时，天际渐白，群妖未退。

可就在这时，奇怪的事发生了，一声晨钟响过，那些饥肠辘辘的群妖竟忽敛爪收利，掉头撤离。几乎是一瞬间，整个山林，万籁俱寂。

那些苦战一夜的弟子正瞠目结舌，困惑不解，可一转身，双脚便如被铁钉焊在地面，一动不动。

但见千叶独乘一日色云莲，悬坐于空，淡泊致远的深眸之中，蕴含着睥睨四方的野心，周身滂沱气泽，亦是与天争光之势。底下喻南松月白华服，轻扬于风，统率俯视称臣的妖邪鬼魅，陈列而立，肖然如山。这一刻，滚滚煞气，幽暗如渊，似能以摧枯拉朽之势，覆灭蜀山之巅！

"喻大哥……"看着那一袭不染尘埃的白袍，王寅虎亦悲亦愤，一字一顿痛心诘问，"为何要助纣为虐？"

"小虎……"喻南松蹙额叹息，却瞟见沈欺霜满眼的怒恨，陡然间，莫名的抽痛，赫然涌上心头，他慌乱收回视线，一双浅眸，淡若琉璃，继续道，"归顺我师父吧，人只有忘却俗性，才能入无我之境，成就真正的和平世道。"

"和平？"王寅虎愠怒谴责，"喻大哥，你知不知道你在做什么？你看看开封的百姓，哪还有半点人性，不过是为千叶肆意驱使的傀儡！"

他猛然抬头，惊措的神色竟略显慌张，似欲辩解，千叶却率先开口将之打断："为师说过了，无须和见识短浅之人浪费口舌。"千叶轻捻佛珠，不着痕迹地睨了喻南松一眼，喻南松立刻低头噤声，随后，千叶端着嘘寒问暖的姿态，问道："十五已到，各位考虑得如何？"

听此一言，众人登时仓皇，惴惴不安起来。且经彻夜一战，他们已是残兵折将，损伤惨重，此刻，个个皆是筋疲力尽，可尽管如此，仍有不少弟子强撑着如虹气势，道："千叶，莫要妄想了！掌门已经找到对付你的法子，你嚣张不了多久了！"

千叶俯睨一眼，打量着苟延残喘的一隅之地，沉缓一笑："莫不是圣灵珠？"他捋了捋白髯，有恃无恐，"这圣灵珠诸位是寻不回来了。"

王寅虎越众而出，眸如冷电："什么意思？"

千叶笑而不答，片刻，竟两指捻足术力，招卷土飞云之气流，照太极殿梭钻将去！

第五十三章
天女降世定风波

此时的太极殿中，数位长老仍尽心竭力地在为圣姑护法，一旦中断，必遭五灵反噬，经脉寸断而亡！

王寅虎神色大变，瞬遁身急闪，提刀御剑，夺步挡势，与此同时，包括沈欺霜在内的其余弟子也察觉危机，立刻回转运使，以伤迎敌，与千叶硬抵！

"不自量力！"千叶视若无睹，一抖袖腕，虚实变化的招式间，暗调魔器之力。那一瞬，所有人都感觉到一股前所未有的吸附之力，仿佛魔爪一般，擒住他们的经脉，并瞬间化去其力，随即，千叶两臂大开大合，如江河归海的奔涌激进，众人只觉胸腔猛地一窒，护体真气登如泥水般溃散！

刹那间，六扇玉石大门不堪重负，门由外迸裂，瘫碎一地残瓦！

阵法大乱，天蛇杖受外力袭击，高旋升空，神力自发轰散，有人当场口吐鲜血，有人筋脉俱损，但受法阵牵制，仍坚守原地，其中一个两鬓斑白、木簪高束的老道人也晃晃悠悠，半睁半闭，苍白渗汗，似随时都会倒地不起。

"张真人！"

"洛掌门！"

众弟子神情惊变，一拥而上，却被圣姑及时呵斥："不要进来！"话毕，她立刻收阵，召回天蛇杖，护法之人立刻顺其而变，内护心脉，外固精神，却不知此刻神力汇聚，正如苍雷般灌入圣姑体内。

她以一己之力承受了全部反噬，护住了所有守阵之人的安然无虞，周遭之人心惊胆战，欲试图阻止却已然不及！神力反噬，只在瞬间就能劈裂经脉，刹那间，圣姑口吐鲜血，倒在地上，大口大口的鲜血，渗进她雪白的双鬓。

"圣姑？"李逍遥冲过去扶住她残破衰弱的身子，沧桑的眼底，透着一股揪心的悲寂，"您……这又是何必？"

圣姑眼底感慨万千，落寞道："这圣灵珠怕是寻不回来了，你们一定要全力以赴……"

"哈哈哈……"千叶忽然肆意大笑，眉眼间却仍将慈悲为怀端得四平八稳，"善解人意"道，"阿弥陀佛，无意惊扰，但老衲也是好意提醒，这圣灵珠在苏媚体内，如今苏媚已死，圣灵珠便已随之归罄，各位已然无须如此劳心竭力。"

"什么？！"千叶的口吻，如斜风细雨，却卷来一阵洪流狂浪，让蜀山沸水翻滚。

"圣灵珠竟在苏媚体内？"所有人左右猜忌，躁动不安，"圣灵珠怎会在苏媚体内？"

怀疑与惊愕此起彼伏，众人面面相觑疑窦横生。而王寅虎的脸却早已黑如翰墨。

圣灵珠在苏媚体内……

苏媚已死……

这些话，在他心底掀起一阵又一阵的惊涛骇浪，他深邃的眉眼，或惊或怒，或恨或怨，识辨不清："原来如此，原来如此！原来这才是你大费周章屠杀仙霞派的缘由！"他字字刺心切骨，凌厉空旷的声音仍在平铺直叙，"圣灵珠护体的苏媚不畏天吒，不畏佛光，你杀不了她，所以栽赃嫁祸，陷害苏媚，就是为了借刀杀人，永除后患？"

此言一出，四座皆惊。

沈欺霜脸色更是青白交加，杵在原地，一言不发。千叶此举，何止是借自己的手杀了苏媚，更是灭了仙霞派，毁了清柔师太声誉，为他自己扫除一大劲敌，简直一石二鸟。

所有人五味杂陈，惊疑不定，唯独千叶纹丝不动，淡然一笑，皱褶密织的脸若春风撩水之痕，和颜悦色，无平无厌："善哉善哉！老衲只是略施小计，苏媚乃是死于人心的猜忌。"

"好一个略施小计！"王寅虎激越道，"你蛰伏八年，造桥修路、弘法利生，只为笼络人心！统率正道，你剪恶除暴、荡平异魔，只是以夷伐夷，为你自己扫除障碍罢了！什么为了苍生正道，不过是为了一己之私！"

这八年，他步步为营，一切济世之善皆为三魔器。明里脱俗不争，暗里运筹帷幄，此等心机手段，叫人细思极恐。

然而，面对这一切激愤谴责，千叶却是无关痛痒，可沈欺霜却又气又恼、又悔又恨，一时仇恨涌上心头，高喝一声："看剑！"便挽剑生花，步走轻灵，朝千叶直刺而去！

喻南松见之，滑移闪避，折扇飞转，利若齿轮，挡在千叶身侧。双方功力皆不弱于人，前三招几乎不相上下。待第四招时，喻南松恻隐心动，便用扇齿缠绕剑身，乱其方位后，喻南松反手按住沈欺霜腕颈，低声道："欺霜，放弃抵抗吧，我们这么做，也只是想让三界真正和平……"

"和平？"沈欺霜嗤之以鼻，"你好好看看这个世界，眼下的人与走兽，有何分别？！"喻南松一顿，而沈欺霜趁势而入，足挑裙纱，腿蓄张弓，侧翻一道完美弧线，随即转首飞踢。喻南松走神之际，腹前吃痛，猛然窒息，可沈欺霜却一鼓作气，竟将他踹开数丈余远！

喻南松显然没有料到沈欺霜的身法竟然如此高超，再不敢怠慢，但沈欺霜功法大增，远胜以前，手中变幻莫测的长剑更是寒气穿骨，凌厉逼人！尽管喻南松凝神应对，却还是几番措手不及。

"欺霜，你们赢不了师父的，再打下去，也是无益……"喻南松仍是苦口婆心，耐心劝解。可听得这话，沈欺霜却怒上心头："纵然没有这圣灵珠，我们也只会胜，不会败！"此话一毕，正道之士热血翻涌，纷纷扬剑呐威，齐齐上阵，与各路妖灵缠作一团，刀光剑影间你来我往，挽弓运术落矢交坠，却越挫越勇。沈欺霜亦发狠似的连劈带刺。刚柔并济的剑气、稠密锋利的招式，逼得喻南松一度改攻为守，而沈欺霜扬剑斜划，只听"扑哧"两声，冰青剑断开两根扇骨，破开扇面，宛若银蛇出洞，直取喻南松脖颈！

"什么？！"喻南松怛然失色，却在千钧一发之时，沈欺霜收劲于剑，两指宽的剑刃与他擦肩而过，几乎只差毫厘，喻南松就身首异处了。喻南松心有余悸，不谢留情之恩，只凝神问道："这是什么剑？"

"神剑，冰青！"掷地有声的四个字，直叫喻南松筋骨紧绷。他心中唏嘘暗叹，才问："为何不杀我？"

沈欺霜柳眉倒竖，两手收拢。言简意赅："你救过我，今日扯清。"

喻南松蓦然一怔，没想到时至今日，她还心存旧念，饶过自己，一时竟情愫翻涌。可这时，纵观混战却始终置身事外的千叶却拨珠浅笑："清柔师太这是压箱底都拿出来了？"

字里字外，调侃意重，沈欺霜当下怒色一闪，再次提剑蓄力。千叶不屑，手捻红莲，声如羌笛悠绵惋叹道："剑是好剑，可惜，沈施主还没有完全掌控它的能力。"

话毕，千叶以意运莲，浩若湖海，沈欺霜身随剑动，劲削凌厉，刹那间，莲去剑迎，剑来莲架，青红交织成景，斗至酣处，正似那绿荷红菡萏，卷舒开合有致，绚彩夺目。

尽管沈欺霜身法极快，面对这样磅礴无匹的攻势，却一直点步暴退。那六瓣红莲，诡异无端，看似娇艳欲滴，却如钢筋玄铁，迅猛无俦！单是碰撞所产生的余颤，便将沈欺霜执剑的掌心剥去一层皮肉。

千叶似觉有趣，像是驯服野兽或家禽也似，迟迟不着狠手。瞧得一旁喻南松惆怅难安，悬石在心，直到冰青剑锋正中红莲之心，两力持恒，剑刃向上弯曲，不断发出铮鸣，几欲断裂破损之时，沈欺霜已然内伤累累,无力再掩,只觉腹腔翻涌闷灼,腥气夺喉,倏然脱力!

"欺霜!"喻南松神色惊变,露出惧色,失声央求,"师父,手下留情!"

千叶充耳不闻,斜睨他一眼后,便又恍若未闻,随即五指稍动,禅杖脱手,便毫不留情地照沈欺霜眉头劈就!

风驰电掣,生死一瞬,喻南松来不及瞻前顾后,也无暇权衡利弊,几乎是出于本能,将那清冷桀骜却也娇弱纤瘦的身体紧紧护住。沈欺霜本以为难逃此劫,早已选择默然闭眼,寻思着千叶是否能留她一缕碎魂,去阎王殿向苏媚赔个罪。

可也只此一瞬,兵刃交接的金石嘈杂之音中,一石破天惊的厉声高喝迫使她猛然睁眼,那一刻,她看见一道白影撩袍携风急闪而至,毓秀挺拔的颀长轮廓,笔直垂立前面;看见骨节分明的手旋抡着一柄破损折扇,挑动天光残影,仿若帘幕轻落。

"当"一声古钟的悲鸣,万钧禅杖正中来人承光穴。颅开骨破,血流如注,将他双耳染成两道赤河,渗进银丝勾勒的月白华袍,绽放成花。明灭不定的焰火烧得沈欺霜神色破碎,容色惨白。

"喻大哥!"撕心裂肺的一声,震慑心神。

那厢正短兵接战刀口淬砺的王寅虎察觉异样,分神瞧来,登时目眦心骇,魄荡魂飞,几欲惊恐失声。待他骑着虎煞横冲直撞亟亟赶去之时,喻南松却已是日薄西山,仅存一息。

"喻大哥?"沈欺霜心口似提着一口气,极尽缥缈的声线颤抖不止,她面容失尽,木滞僵硬,心却被揪成一团,一瞬不瞬地盯着沉于血泊中的喻南松,手足无措。王寅虎秉持沉稳与理智,蹲其身侧,探其伤势,只见伤于头起,血涌如泉,浓发黏稠,淌湿半身,清晰可见的骨裂和狰狞可怖的伤口,让人触目惊心,五内俱骇。

"喻大哥,你……"王寅虎竟也如鲠在喉。

"小虎……我们,好像很久没有一起好好说过话了……"喻南松张口欲言却只释然悖叹,气若游丝道,"好怀念,以前……"

以前，他们励志行侠仗义，扶危救困，可惜，年少轻狂，不知江湖深远。王寅虎始终秉持初心，他却误入歧途……是啊，生而为人，怎可能没有七情六欲，没有奢愿痴恋。

在他以为要彻底失去沈欺霜时，他就知道，是他错了，大错特错，错得离谱，错得荒谬。

"喻大哥……"沈欺霜揪心断肠，滚泪如珠，冰青出鞘的桀骜飒劲早已分崩离析，"喻大哥，为什么要这样？为什么……为什么要救我……为什么……"明明已水火不容，明明已分道扬镳，为什么还要舍命相护？

沈欺霜战战兢兢觳觫不止，期期艾艾语无伦次。

"别哭……不要哭……"喻南松气息不定，命悬一线，晦暗无泽的眸始终平静地落在汹涌的苍宇上，断断续续发出杳不可闻的喑哑声，"我虽……出家，却……未……剃度，我也……藏了一颗俗尘之心……我对你……一直……心……存……存……"

虽语不成调，沈欺霜却醍醐灌顶，她双目惊惧，匪夷所思，却又在下一刻，天塌地陷，脸如土色。但见喻南松话未说完，起伏战栗的胸腔却窝瘪下去，归于死寂，唯独凉薄的唇，噙着一抹释然的笑，被鲜红的血，染得触目惊心。

流云飞卷，风声呜咽，魑魅魍魉冥冥逼近，煞气沉沉，机锋尽藏，他二人却如置无人之境，暗沉怔默，满目悲凉。

"管教无方，清理门户，倒是叫各位见笑了。"两军混战，铿锵撞击分金断玉的刺耳嘈杂声中，千叶慢条斯理不徐不疾的和缓之声寒凉凛冽，如漫雪般纷落全场。

只此一言，于王寅虎，却如惊雷降世："你是故意的？"王寅虎语调森冷，眉立如剑，凌厉目光杀机毕露，怒恨切齿道，"千叶，他可是你弟子，敬你忠你，从无二心！"

千叶敛神垂目，淡然浅笑，不痛不痒："若他忠心，岂会丧命？既有叛心，留之何益？"

"你！"事不关己的清高之姿，激得王寅虎怒不可遏。他登时攻势陡转，掌风横扫，直逼千叶。与此同时，沈欺霜剑气化雪，剑如银龙穿击在前，漫天风雪缠绕其后，动身一掷，蓄力以待的风雪走雷霆之势，掀天滚地而去，所过之处，寒冰三尺！

"不自量力。"

灵力滚沸逼近，千叶岿然不动，盘曲稳坐，面不改色，却令风云变幻，烟波翻涌，黑云压城！但见他通体金光，猎猎僧袍如金戈铁甲灿若骄阳，天光都为之见绌失色！王寅虎、沈欺霜合力一击，已是所向披靡，却触之一瞬，所去无踪，甚至徒遭反噬，趔趄数步。

"这是什么？"有人目瞪口呆，讷讷询问。

太武神色剧变，竟露骇色："不破金身。"

未料，千叶接定彼劲，五指开合，身后一朵巨大的红莲赫然怒放！

红莲凋零，落一地滚沸烈火。

"怒焰灼心？！"李忆如曾在"除魔大会"上见识过其威力，这时便吓得怛然失色，登时肠慌腹热，油浇火燎，跺脚凄声大喊，"小虎哥哥，快走！"

可怒焰之下，安有完卵？

无处可藏，无路撤离，唯有殊死一战。王寅虎刀剑横闩于前，划分结界抵御，可尽管如此，那淬火之力却有熔断一切的蚕食之力，摧枯拉朽，难以力竞！眼瞅结界将破，而这千钧一发，一声虎啸响彻天地，王寅虎收刀后撤之余，又见一头通体灵白的猛虎挡其身前，虎口大张，竟将怒焰悉数吞于肚中！

"虎煞！"王寅虎愕然之余又有些担忧，毕竟那是千叶的怒焰灼心，非比寻常。

周遭之人也惊叹万千，纷纷面露诧色："那虎竟然吞噬了千叶的怒焰！"

千叶见状，却是不慌不忙，念珠一拨，无数红莲铺天盖地。他冷道："老衲倒看你又能吞下多少？"

话毕间，天地雷鸣，狂风瞬至，滔天火势横贯云霄，破开天门，青色的苍宇就像是被人无端捅出一个巨大的窟窿。只在错愕之间，焰火燎宇，笼罩九州。

纵使虎煞神力在身，也力不能及，顶多只能护住王寅虎这一隅安康。而四周葳蕤草木灰飞，人如热锅蝼蚁，他化天地为熔炉，以山川为薪禾，烹煮万千生灵，惨烈至极！

"这么下去，不过死路一条！"有人痛不堪言，焦急大喊，"我们根本不是千叶的对手！"

风来火蹿，刮刮杂杂，戳灼得双眼要被生生剜去的疼，连呼的口气都仿佛滚沸的水："掌门，长老我们该怎么办？"

眼睁睁看着弟子皮肉迸裂，太武悲痛难喻，却一筹莫展。怒焰灼心本就是世上数一数二的强大术法，再有三魔器和金身的加持，天下之人，谁能与之对抗？太武沉沉地闭上眼睛，万念俱灰道："竭力一战，记住，我们不是为了活下去，而是为了怎么活下去！"

的确，投降归顺，便可保得一命，可毫无自主意识地活着，跟死何异？太武这简短一句，给了所有人坦然赴死的勇气和向死而生的决心。可燥热灼感遍布周身，火舌更如鞭笞在身，苦痛从不因此衰减一分。

然而，就这万般皆焚无计可施之际，冲天火光竟又赫然熄灭！

刹那间，天地一暗，万物失色，枯枝败叶沦为漫天灰烬，宛如一场鹅毛大雪铺天盖地。

"灭了？"劫后余生的人们惊魂未定地四处张望，大呼："怒焰灼心……竟然……灭了？"

所有人猝不及防，四顾而望，但见水遮雾绕中，一女子破云而来，红衣罩体，余霞成绮，天生的楚楚艳骨，妖冶俏丽，在漫天的灰烬中，仿佛踏雪而来。

"那是……"有人面面相觑，亦有人目不转睛。那女子惊为天人的气度与样貌，足以令人张口忘言。

便是王寅虎，遒劲的两道墨眉亦是蹙若山峦，好久，才嗓音顿挫地开了口："那是……苏媚？"

是苏媚，她回来了，完好无损地回来了。可这一刻，重逢的紧张与激动，抑或是害怕这一切又是虚妄幻境的恐惧与担忧，在他心口交织跳跃，竟叫他四肢变得冰冷又麻木。沈欺霜亦是久久失神，木滞、胆怯，在她流连婉转的眼底，激荡起伏。而苏媚只是回望着他们，无可比拟的温柔与媚骨浑成，轻灵又淡然。

"你竟然还没死！"睥睨一方的千叶，怒瞪着苏媚。

苏媚漫不经心一笑，轻言细语地抱歉道："承蒙阵法驱动圣灵珠助我复活，倒是让您老失望了。"

圣灵珠护体，使得苏媚不畏佛光，即便适才轻捻一力，便能四两拨千斤，轻巧化去怒焰灼心，叫千叶大局错乱。此刻，千叶见她完好无损，他稳操胜券的脸上，终于浮现一丝失策的慌张，却又慢条斯理道："李逍遥无端屠你家人，沈欺霜更是一怒将你错杀，老衲这么做，可是在帮你。"

"帮我？"苏媚婷婷端立于前，狭长眉眼风流尽锁，只余桀骜清雅淡入春风，望来时，眼底再无波涛浮沉，唯有娟娟素魄一片冰心，"万般皆有因果，我亦一身孽债，岂敢再怨尤他人？"

听得此言，纵使千叶白须胜雪，可却仍让人觉得他的脸已经沉如翰墨，隐现着睥睨万世的诡谲气息，他道："你以为你真的还能拦住我吗？"

话毕，宁静致远的天，一时山雨欲来。但见乌云伏聚，烟雾滚来，冥冥低垂的苍宇，不见半分天光，浓厚的妖邪之气充斥着幽森的苍木林！

千叶头聚佛印，内功沛然，率数万妖邪鬼魅进攻蜀山，它们幽咽呜呜，俨似诡谲的婴泣，直叫人汗毛倒竖，不寒而栗。而反观仙门，残兵断剑、尸骸垒叠，早已是釜底游鱼，可他们仍手持长剑，不甘示弱，争先恐后列阵在前！

惊鸟穿林，寒泉幽鸣，剑拔弩张，大战一触即发。

"千叶，你执意如此，就来战吧！"

李逍遥一声令下，群雄捏诀御剑，奔赴而下，乒乒扑扑，扬沙周遭。

几头精怪虽脑装糨糊，但技不逊人，他们龇牙咧嘴，各显神通，那个探爪这个使枪，为首的三头赤身怪更是火喷三丈，一口妖息，满地横尸！

王寅虎遮拦隔架之余端详战局，发现这些妖兵攻势凶猛，却思维笨拙，全无应变之能，便立刻告知他人必须以巧劲制敌，同时与苏媚寻得契机，一挺一抵，天吒御火，短锥封喉，赤身怪力竭倒地。没了三头赤身怪的庇佑，周遭劣妖不堪一击，而其余人听了王寅虎的话，寻得窍门，挽弓运术，落矢交坠，妖兵很快败下阵来。

见妖兵如此不堪一击，千叶酝酿片刻，忽五指并拢成掌，头聚佛印，盘坐石莲，以天地之力融合并进之时，手中深邃曜黑的佛串自断脱落，滚滚剔透的珠子一生二，二生四……层层叠加，无穷尽也。转瞬，佛珠铺成幕布，遮天蔽日，以大开的莲花之状，一寸一收，慢慢闭合，几欲将蜀山一口吞之！

"不好！"前所未有的压迫感，使得所有人经脉欲爆，那天塌地陷的力量，仿佛能将一切粉碎。苏媚从未如此如临大敌过，以一己之力包围整个蜀山，当今之世，除却千叶，怕再无第二人。

李逍遥也始终凛然着神色，将七星剑拔出七寸，一丝寒芒，如破晓的天光，折射入眼。底下之人方寸大乱间，但见密布的曜黑佛珠却忽闪出几道灼眼的星芒，每道星芒的方位和亮明程度都不尽相同，却又暗藏规律似富含玄机。

"天枢、天璇、天玑……"每亮一道方位，太武便缓缓吐出两字。

所有人抬头张望，目生困惑，却没瞧出半分门道来，但他们发现，星连斗状，斗柄指北，正是七星剑阵！他们惊叹之余，唯独太武额头频促，有些担忧："隐元、洞明还未出来……怕是……"

"隐元、洞明是什么？"有弟子奇道。

"所谓七星阵，最高境界其实是九星，其余二星为隐，便是隐元和洞明，若想与千叶对抗，怕是只有九星连阵才能勉力一试。"太武浑浊的目色中，尽是惋惜与哀叹，"可师弟目前尚未突破这层境界……"

与此同时，滚滚翻动的黑色海浪中，每一颗佛珠，都如满弓之矢，蓄势待发。李逍遥一剑分化万千气剑，错落有致的长剑铺成粼粼波光，天镜之下，黑白鲜明，隔空对峙，然，千叶运术一方，五指波动，游刃有余，但李逍遥却觉气脉充血，胫骨紧绷，难以化解。

低头，战局尽收眼底。他能清楚地看见在妖邪口齿之间穿针走线的一个个仙门弟子……看见有人体力不支，被精怪卸下胳膊，惨受妖邪分尸；看见一个人被当成玩物一样，在两个犄角上来回抛掷，直至尸体碎裂散落……

"你看看你做的选择，如果归顺于我，岂会让他们遭受如此折磨？"目空一切的千叶，如胜券在握般，狂妄自大地谴责。

李逍遥痛心疾首，可转念之间，又敛收无遗。他看着千叶，淡漠的神情坦然又澄净："你错了，从不是我在给他们做抉择，我也没这个资格能替他们做抉择。"他苦笑一声，带着丝丝凉凉的嘲讽和满腔的荒芜，质问道，"若你所创造的是众生都想要的大同世界，那你可曾想过，为何还有这么多人，宁战死，也不归顺？"

三言两句，一针见血。

千叶愣住，浅挂的笑容僵滞唇角。

李逍遥盯视着他，云淡风轻的眼底，蛰伏着决绝的精芒："师兄说得对，他们竭力一战，不是为了活下去，而是为了可以选择怎样活下去！"话毕，一股滋润又温和的神秘力量从其心口精确灌入，话毕，李逍遥内力急泻，剑指四方，凝聚生平之力于两指之间，驱动万千剑罡！

锋利绝伦的长剑，聚成平整的天幕，那一刻，飞剑飒踏，斗转星移，藏匿的天光，在刃面上流转波动，光可鉴人！

"启！"一声令下，七星之间，蓦然闪出两颗若隐若现的寒星！

惴惴不安的太武仰天惊叹："隐元洞明，二隐星位，竟然……成了！"众弟子闻声，险避一招后得空抬头，只见黑色珠幕之下，九珠相连，巨大的力量竟将漫天佛珠如伞撑起。彼端的千叶这才恍然惊觉："九星连珠！"

话毕，只听李逍遥一声浑厚洪亮的"破"，一股不知从何处来的气息骤然平升而生，随之，九星往四周猛地一扩张，遮日的"珠幕"竟被瞬间撕破！漫天佛珠四分五裂，震碎开去！

余霞成绮，天光仿佛流水一样泼斜而下，震撼心神！

千叶瞳孔蓦地大睁，被爆开的银虹击溃落地，踉跄几步，才勉力站稳，可下一刻，更叫他匪夷所思的事发生了。只见金色灼目的佛光忽然拢聚在他周身，仿佛一个严丝合缝的琉璃球将他包裹起来，而下一刻，琉璃球裂出一道道错乱的缝隙，千叶预感不妙，却已来不及阻止，刹那间，金光破体而出，流窜消散，而奇骨怪肢，仿若雨后春笋般从他体内长出，直至完全露出三头六臂，面目狰狞的妖相。

"金身？我的金身！"千叶赤目横纵，青面獠牙，仓皇起来，六爪齐舞，连温和慈蔼的声音也变得粗粝而沙哑。

"千叶！"王寅虎赫然厉声道，"原来这才是你的真面目！"唾弃之间，不少人俱是惊叹："千叶禅师……竟然是妖？"亏得他们这么多年来跟着他降妖除魔，到头来，他们尊崇的便是个邪魔妖僧，何其讽刺！

千叶三对血目，睃巡八方，收声屏息道："女娲神力……哪里来的女娲神力？"

得此一问，李逍遥浑身一僵。他缓缓摸向自己的心口，才察觉那股神秘的力量，如潮汐的澎湃，亦如流云的舒缓，四季更迭藏匿其间，那是……滋润万物的大地之力！这一刻，一股春潮涌动，在他心口肆虐泛滥，荡漾起伏，抑制不住的惊喜，冲破了他眉间凝固的苦寒，几欲奔流。

抬起头来，他果然看见了一个人。那人铅华洗尽，容色胜玉，凌空立于碧云端，眸似流水清净通彻，不着一色，可所有人看见她时，却噤若寒蝉，瞠目结舌。那是早就为救苍生而与水魔兽同归于尽的女娲后人赵灵儿！

第五十四章 剥丹救世

她眉若寒川空旷庄严，傲然凌厉，青衣翩然，眉若新月，仿佛天外来客般，秀雅脱俗，自带一股轻灵之气……那一瞬，震惊、费解、惊叹，如潮水一般，在每个人脸上起伏跌落，而双双沧桑绝望的眼眸，也次第亮起一盏盏虔诚而敬畏的光芒，他们久久失神，久久不能言语……谁都没有想到，时隔多年，她竟然又重回大地，在人类危难之际，再一次挺身而出！

"传闻女娲后人死后魂魄不入轮回，而是归附于圣灵珠中永生永世守护大地……没想到这传闻竟然是真的……"有人仰头钦佩长叹。

旁边人也不禁肃然起敬，附和道："李掌门寻她九年未果，不承想，一次苍生之难，她竟立身于前。"

这时，李忆如也扯了扯李逍遥的袖子，口吻有些懵懂："爹爹，那是……娘亲……吗？"

一旁的李逍遥并未答话，神情几不可察地微微颤抖。他瞋目含情，恰似雪域中的一泓涓涓细流，料峭中掺杂着春回的希翼。他伸手渴望揽她入怀，可又踌躇不敢，深恐眼前之人又是午夜梦回的残影，稍有惊动便消失殆尽。

"逍遥哥哥……"赵灵儿明眸氤氲，积蓄多年的思恋，缱绻在眸，她波动指尖，飞身而来。

天地静默，万物无声。李逍遥凝望着她，千言万语、入骨相思皆在心头反复酝酿，可他容胜云惬，笑似水濯，仿佛这天上地上，再无人能将他们分开。

可千钧一发，千叶却出声拦截，满脸的不敢置信中是愤世的憎恶："为什么要出现……我这么做是为了你……女娲后人为人类和平世代以身殉道，可人类却不懂感恩。各国边境战火不休，人魔妖三界互相残杀……我这么做，只是让大地真正和平……"

赵灵儿悬空顿住，转而面朝千叶，气若幽兰的声音，仿佛溪泉的清凉，她道："我们守护大地，从不求回报，而你所作所为，却已悖逆天道常伦。"

"狗屁天道！"千叶气定神闲的脸上浮现一丝几不可察的挫败与恼怒，当下朝赵灵儿劈去，李逍遥惊骇，抄起七星剑急架相迎，电光石火间，千叶往后一撤，却见寒光一闪，原来，王寅虎和苏媚长身相贴，共持天吒，步若闪电，正一跃至前。刹那间，刀口罡气一泻千里，虽无形无态，却犹如兵甲之利，来势如虹！

顷刻，凛凛刀光破风起，自千叶眉心穿颅过！

万马齐喑，所有人都傻眼了。

而这死一样的寂静后，有人瞠目结舌，有人拍案叫绝，这刺耳的狂欢，在千叶肚中生出一片荆棘。

"不可能，我不可能会输！"千叶目珠颤动，淡泊的眼终于浮出万状的惊恐，甚至从其喉咙溢出，"我怎么可能会输……怎么可能会输给你们？！"

王寅虎冷眸幽深，口吻凌然："从你违背人道开始，就注定以失败告终。"

"人道？"临死关头，千叶却仿佛听了天大一个笑话，哈哈大笑起来，"天地本无道，若所有人都死了，又遵循什么道！"话毕，千叶双手一合，王寅虎和苏媚见势不妙，齐齐抽刀险退，却在顷刻之间，千叶身体破裂，体内三股灵力相冲相对，仿若洪流猛兽爆体而出！

李逍遥肃然色变，长剑方出，劲力未至，一道金色洪流又暴掠而至！

"灵儿小心！"李逍遥御剑而上，一把护住赵灵儿，而李忆如却定立在原地，看着那个只在画上见过的女子如今却真真切切地躺在她父亲怀里，她有些不知所措，以至于一声"娘亲"哽在喉咙，却始终喊不出来。因为那个女子过于年少，十七八岁的模样透着绝俗的清丽，云淡风轻的眉眼饱藏灵气，可她的父亲，神色沧桑，眉眼郁结，眼底早已没有了少年的意气风发和潇洒不羁。

"忆如？"尽管依偎在李逍遥的怀里，可一抬眼，赵灵儿一眼就看见了萝卜个头的李忆如，她踌躇在汹涌的人潮前，纯洁的目光染上一抹难以言喻的悲喜。

四目相对的一瞬，李忆如似乎感受到了她强烈的思念，她走了过去，李逍遥眼眶微润，嘴角却挂着一丝欣慰，拉着她蹲下，让她唤一声娘亲。可面对这个从未见过的年轻女子，疏冷与陌生却让李忆如难以启口。她有些懊恼自责，自责自己继承了她的血脉，却不能唤她一声娘亲；自责自己继承了她的灵力，却不能担负她的责任。

"对不起……我什么忙都帮不上……我……"李忆如埋着头吞吞吐吐地哽咽着，眼泪吧嗒吧嗒地往下淌，"我听说……女娲后人世代都要肩负守护大地的责任……您都已经……可还要您以这样的方式来保护我们……都是我太没用了……才让您……又要承受这样的事情……"

尽管没有那一声呼唤，可这些懂事得令赵灵儿心疼的话已经足够慰藉她，她噙泪浅笑，欣慰与疼惜，悉堆其眼角："没关系，我们忆如已经很努力了。"

李忆如眼睛闪了闪，久不能言语，而恰在这时，千叶身体化开的力量忽然席卷回来，蓦然间，地坼天崩，群峰摇坠，定力薄弱者如簸箕颠豆，趔趔趄趄随动势翻滚。

黑暗如浓雾弥漫，吞噬着天地，强大的气流冲击，使得仅靠一缕微弱意识支撑的赵灵儿根本无法凝形。李逍遥意识到什么，顿时心慌意乱，神色惊恐，抱起赵灵儿就要不顾一切冲下蜀山为她寻求续命之法。可赵灵儿已知归途，便在他方提步之时出言制止："逍遥哥哥，放开灵儿吧，灵儿已经不属于这个世界了。"

"不要！灵儿？"李逍遥反握着她的手，牢牢锁在怀中，顿挫的声线，沉淀着万般沧桑，"灵儿，不要离开我，不要再离开我了……"

"逍遥哥哥……"赵灵儿叹息了一声，随后，她用最后一丝气力，轻抚过李逍遥的鬓发，氤氲的明眸，蓄起一池秋水："你要保护的不只是灵儿啊，还有忆如，还有月如姐姐、蜀山、苍生……你肩上还有很多责任……"她目光又停留在李忆如泪眼婆娑的眼底，勉力浅笑道，"娘亲也不会离开忆如，娘亲会永远守护大地，守护你们……"

话毕，赵灵儿的形神渐渐破碎，在阴沉的风中淡去颜色，那一瞬间，似乎有一股巨大的悲痛从李忆如心底涌出。

"娘亲！！"

李忆如嘶声大喊，这两个字也终于破喉而出，可惜，语短情挚，抵不过形神消散的速度，洪流掀天覆地。

最后躺在李逍遥怀里的，却是一卷失温失色的幻魅画轴，而那样圣洁的光，离开了李逍遥的怀抱，却如春风般覆盖着大地万物。

李逍遥终于明白了什么，他沉默良久，却只对怀中的幻魅画轴低声叹道："……多谢。"

话毕，他将幻魅画轴收于袖中，而这时，千叶化开的洪流却忽然遮天蔽日地盖过来，其碾碎乾坤之力，能将空间大片大片撕裂！一瞬间，山河塌缩，失足跌落不计其数，但闻惨声如炼狱。

李逍遥这才意识到什么，立刻收心凝神，长剑低走，锁定七方，却只能护方圆十丈的安宇。一阵惊慌马乱后，天地倾倒，土崩瓦解，人潮四分五裂，落入地壑深渊，而剑阵圈中之人，虽未走散，却也被突如其来的黑夜吞噬。待夜色彻底合拢，众人如入了一方小天地，一片静穆。

苏媚掌起一团狐火，四周显出深深浅浅的物体轮廓，这像一斗简室，又或者说是一厢四四方方的冰冷地窖。窖中，无烛引光，空无一物，只有人的惊魂未定、方寸大乱。李逍遥背负长剑，将面若死灰的李忆如紧护在怀；沈欺霜持剑而立，谨小慎微地勘察周遭境地；还有十来位素不相识之人，但从其着装不难分辨是蜀山、嵩山、青城等名山子弟。

王寅虎亦在，他玄色袍裾行步生风，携着她喜欢的眉目疾步迎来，灰暗影绰间，他一行一步，一明一灭，叫苏媚情如潮起沉浮不定。

"苏媚……我就知道，你会回来……"习焉不觉，王寅虎子夜深沉的眸已悄然湿透，而苏媚忽矮身一伏，薄弱的孤影赫然跌入那久违却温暖的怀中。

王寅虎猛怔，须臾，才双手一拢，紧扣其背，这一刻，纵使身陷囹圄，他却如沐春风，回望怀中之人清浅一笑，盎然春意便顷刻扑面而来。

"小虎，这里……"沈欺霜的担忧急切戛然而止，随即面红耳赤，抱歉转过身去，尽可能放缓声调，"我们……好像出不去了，此处刀枪不破，术法不穿，且密不透风，应该是一种极强的阵法。"

"密不透风？"四周哗然，默不作声的嵩山子弟木怔道，"那我们岂不是会窒息而死？"

沈欺霜明眸氤氲，却仍是轻言细语的："在那之前，我们会找到办法出去的。"那些人两股战栗，将信将疑，少顷，李逍遥忽道："不知其他人怎样了？"说着，他取出蜀山仪，正襟端坐，两指运术，蜀山仪震了一震，铜缘闪烁无色，众人正收声屏息，凝神倾听，却陡然之间，一阵刺耳嘈杂却充斥着惨鸣呜咽的尖锐之声蜂拥袭来！

众人心神大震后，却是背脊发颤，汗毛倒竖，而李逍遥秉持沉稳，一遍复一遍地喊："韶州？"

数不清多少声后，那厢终才有了回应："掌门……掌门……"哭腔喑哑的声音，极致地空洞，仓皇地脱力，断断续续，有气无力："师尊，好多妖魔……我快撑不住了……掌门，好疼……韶州好疼……"

"韶州！韶州！"

仪器那头，再无回应，只有狼虫虎豹争食的粗暴喘息和獠牙撕肉的窸窣声。

似已有预感，李逍遥色若死灰，施法呈象，登时面青如寒铁。只见韶州亦处密闭的地窖之中，一行怪狞残暴的妖怪正围坐一团，分食人尸，残肢断臂被它们尖锐的利齿啃噬成森然的白骨，无数弟子被开膛破肚，剁成肉泥，而那些暴戾恣睢的怪甚至和着生肉蘸着血，狂妄狞笑着大快朵颐。

惨绝人寰！

沈欺霜捂住嘴，强忍下腹中的不适后，不动声色地将冰青拔出三寸。"李掌门，这是怎么回事？"嵩山子弟诚惶诚恐，面容失尽。

李逍遥低了低眉："千叶将自己的身体化为了禁咒空间，将人和妖困在一处，让他们互相残杀，即便没有相互残杀，也能困死在此。"

"什么！"他们瑟瑟发抖，"就是说我们所有人都会死？"惊慌嘈杂中，一着墨袍的嵩山子弟忽灵光乍现，唇角爬上几分诡谲森冷的阴窃笑色："圣灵珠不是在这个妖狐体内吗？"他细挑浅薄的眼射出两道精锐诡谲的光，如钉子一般，直戳戳地扎在苏媚身上，厉声大喝："把圣灵珠交出来！"

得此一言，竟却是一呼百应。王寅虎慌了神，下意识将苏媚护在身后，李逍遥也未料这些名山子弟逼入绝境后，态度如此恶劣，敛起凝肃好言劝诫："你们冷静一点，此事……"

怎料方一开口，他们便恶语反驳："怎么冷静！我们都要死了，所有人都会死的！还怎么冷静？！"绝望、惊恐、万念俱灰，从他们灼灼通红而狰狞的眼中奔涌四溢："我们不想死，我们只是不想死啊……"

绞心啜泣，幽咽悲戚，望之，只觉触目恸心。

少顷，苏媚从王寅虎身后出来："如果取出圣灵珠，就可以破解禁咒空间，我于情于理都应拿出，况且，这圣灵珠本也不是我的。"话毕，她径直走向李逍遥，澄澈清明的眼湖不见一丝杂念，"李掌门，我应该怎么做？"

此刻内忧外患，李逍遥便捻一术法深探其元灵。虽着一丝，却如川河入海，万马奔腾，直捣苏媚大开的空门。蓦然，李逍遥赫然顿住，久久失神，许久，才怅然苦笑："难怪，你和她灵泽这么像，原来……竟是这般……"苦寒融化，在他眉眼覆上一层朦胧水雾，敛了敛神色，又继续道，"千叶金身是借灵儿仙力将妖、佛两力合一，若能动用圣灵珠的全部仙力，禁咒空间不攻自破，但必须取出圣灵珠，才能将其力量全部发挥……"

苏媚镇定道："那便将之取出。"

李逍遥眉眼隐忧连连："你可知，取出的后果？"

"自然知道。"苏媚清泉凝的寒眸，静若山河之默。

"等等！"王寅虎察觉端倪，箭步而来，凝重道，"圣灵珠剖出，苏媚会怎样？"

李逍遥沉默良晌，才一脸讳莫如深道："圣灵珠承载她的心脉，一旦取出，灵力散尽，怕是……"

他的欲言又止，于王寅虎，却是晴天霹雳。

"绝不可以！"沉寂中，王寅虎声色俱厉，僵若冷铁，将苏媚一把揽回怀中，斩钉截铁却反反复复道，"绝不可以！我绝不允许有人伤害你，绝不允许你再次离我而去！"

苏媚被他桎梏在怀，几乎动弹不得，可毋庸置疑的是，她偏又享受于他这股以完全占有的姿态，将自己融入骨血之中的力量。这时，那嵩山弟子扬眉奋髯，事不关己地凛然道："有什么不可以，以她一人之命，换所有苍生安康，其中计算，何须犹豫？！"

附和如潮，各派弟子自成一家，纷纷掀拳裸袖，口沸目赤，如鹰鼻鹞眼疯狗恶犬般逼迫苏媚。

他们理智溃散，状似疯魔，压抑逼仄的绝境中，撞得苏媚心头一时零零散散。若是以前，苏媚大抵会扬起短锥厮杀一片，可却不知为何，彼时她心底静若止水，亮如明镜，恍若看见他们歇斯底里的背后，对生的渴求。

不知过了多久，苏媚贴近王寅虎耳畔，泠泠淙淙的气息，轻抚过他的后颈，轻笑："你一向聪颖，这会儿怎就算不明白私情和苍生，孰轻孰重呢?"

"这两者根本没有可比之处,在我心底,苍生与你同样重要!"他不假思索。

"你听我说。"苏媚从不知道他竟也如此固执,"我自生下来便是错的,是圣灵珠延续了我的生命,这些年能遇见你,我已经很满足了,沈欺霜,你身负仙门众望,仙霞派还需要你去传承,李掌门就更不用……"

"没有人生来就是错的,我说不可以就是不可以!"

王寅虎寸步不让,当即松开苏媚,负刀凛然而立,曜黑的眼底,寒芒毕露:"不就是一个禁咒空间吗?我照样能将它破了!"

话毕,他祭出刀诀,附于天吼,提刀之一瞬,怒潮狂涌,势不可当,直教妖邪筋骨尽碎!

然,斗室受之,纹丝不动。而狂暴的刀罡真气击去一瞬,却不知流向何处,无迹可寻。

静默片刻后,沈欺霜忽凄声大喊:"小心!"

壁影沉沉,似蛰伏的猛兽,将吞噬的攻击原封不动地吐还回来。王寅虎甫一回头,刀锋破风,已裂空而至!千钧一发,他分力于掌,推开苏媚,单手横刀以御。

可这本就是他的全力一击,折力三成后再抵,岂有胜算?

但听一声玄铁铮鸣,王寅虎连人带刀被震飞三尺,暴击在地,胸骨迸裂,五脏俱损,青白交加的脸登时鲜血横溢。

"小虎?!"

这一刻,苏媚心底的静湖终也彻底溃决,顷刻,水波滔天,汹涌澎湃,将她三魂七魄冲击得四分五裂。她又惊又惧,血色褪尽,姿容惨白,却失色默退一旁,看着沈欺霜和李忆如等人张皇失措地跌撞过去,噙泪啜泣,哽咽成疾……她心念如灰,掌心化烟,擒住一团赤霞烟雾,喃喃自念:"没有用的,小虎,一切都已注定……"

看着她掌中之物,王寅虎猛然料定何事,他胸腔一窒,疯了般地挣扎起身,可他却又如被钢筋锁链层层缠裹,沉重的桎梏叫他动弹不得,低头一瞧，胸前赫然裂着两道指深的口子，血水汩汩外涌，白骨依稀可见，将他周身玄色布帛浸染成翰墨之色……他提起无力，孱弱苍白的唇却仍在一开一合："不要……不要……离开我……"

可苏媚决心已定，她五指一并，刹那间，赤霞烟雾如皮球爆开，无声无息，缓缓稀释空中……她于心不忍地闭上眼，呼吸却在隐隐颤抖……她听见一具具昏沉的身体轰然倒地，听见无数声撕心裂肺的惊恐，听见他哀伤疏离中透着淡淡的悲凉……

终于，万籁俱寂。

苏媚缓缓睁眼，斗室之中横七竖八昏厥一地。王寅虎亦不省人事，沉静的俊颐宛若酣睡，只是痛苦和绝望仍凝滞在他斜如天仓的眉宇间。

苏媚从怀里掏出短锥。锥长八尺，径两寸，前端锋利绝伦，尖如细针，却有刺穿铠甲之利，后座青铜锻造，沉重有力，能击出千钧之力……血光隐隐，巧捷万端。

眨眼间，那清凉锋刃，却毫不犹豫地刺进了她胸口……

温热的血顺着指缝渗入她一身鲜红绸纱……她咬牙一挺，压锥下旋，刃钻入体，往深处狠狠切割……刹那间，血如决堤的江湖，倾注而下，摊流足下……真疼啊，疼得她头骨欲裂，几度昏厥，可精妙绝伦的锋端却还在一寸一寸，逆着血流，往里剜割……夜色步步紧逼，将她一口口吞噬，阒寂无声中，承诺如潮汐起伏荡漾四周……

"消灭孔璘，大功告成之后，我们回杭州，见我师父！"

"我说过，你若无处安定，我便给你一个家。"

"苏媚，我别无他愿，只要你……好好活着。"

"你答应过我的，再不会离开我半步，你答应过的！"

"若不能全身而退，那至少死能同穴。"

可、今生却是不能了，但求来世……

她战栗不止的手深入伤口，抓住一圆滚之物猛提一劲，她牵唇浅笑，然未及眉梢，便消失殆尽，一股煞气涌进百骸，她开始大口大口呛出鲜血，整个人也浑然失力，跌坐在地，被汹涌的黑色一点一点吞没……而她掌中，一颗剔透如璧玉的珠子，闪着熠熠星芒。

……

圣灵之光笼罩天地万物，滚滚夜色如被洗涤一般，被明亮的圣光一冲而散。他们回首望去，松篁交翠的林中，白骨露野，残骸垒丘，扑面而来的苍凉感，弥漫着窒息的孤独。

黎明破晓，晨如黄昏，溃散的零散瘴气聚拢成一个若隐若现的身形，那是千叶残留在世间的魂魄。只见他矗立在风中，明艳的朝霞穿过他的身体，拥抱这个残破的山河。

"千叶，一切都结束了，你输了。"李道遥最早醒来，他强撑身子紧握七星剑，肃穆凛然，端正笔直。

千叶残魂看着这天地景色，突然想起赵灵儿曾告诉他何谓"三千大世界"，天光如清风清去了他心中那点愤怒、怨恨，亏他听佛多年修行多年，竟不及那只小小的狐妖觉悟高……

渐渐地，他任由心境恶念被寸寸湮灭，而待天光乍现，云破日出，他也如迷雾般散去……

✿ 后记

又是一年一度的仙门集议,蜀山李逍遥照旧没有参加,据说是拿到九转回魂珠后,便和圣姑回到了神木林,而蜀山事宜便又尽数托付给了太武。而沈欺霜一袭素色道袍,木簪绾发,直至各派掌门散去,她才起身离开太极殿,彼时,门外弟子似已等候多时。

"掌门,王少侠托我将此物交给你。"

"小虎?"像是已经很久没有听到过这个名字,她显得有些诧异,随即打开布帛一看,包裹在里面的,赫然是那半块通体晶莹的双鲤鱼玉佩。沈欺霜怔默慌神,似有些惊乱,忙问:"他人呢?"

"他交给我就走了,这会儿估计还没走远……"

话音未落,沈欺霜已御剑而去。她找到王寅虎时,他仍是一身玄衣,身骑白虎,背负魔刀,只是眉间英气与俊朗被略显凌乱的碎发淹没,像是一副重伤未愈的样子。沈欺霜唤了他一声,不知是没听见还是故作不理,他一直没有回头,虎煞倒是回望了她一眼,然后想到什么,便擅作主张地停了下来,并事不关己地翻了个白眼:"玉佩都送还了,还不好好道个别吗?"

王寅虎似暗暗叹息了一声,随即从其背上跳下,却一个身形不稳,跌倒在地,天吒撞在青石上,铿锵作响。沈欺霜一惊,他却只是看着腿上因蹭破皮而涌出的血沉默不言,似乎不知伤口,也不觉疼痛。

沈欺霜心寒鼻酸，过去借手搀扶他，王寅虎看了她一眼，随后轻轻推开，淡道："不碍事。"

"小虎……"沈欺霜愁绪万千，清冷的眉目间，锁了几分惆怅与沧桑，半晌，她将玉佩拿出来，递还给他，"我已知晓你对苏媚的心意，这个我不能再收。"

"苏媚已经原谅你了，我之前对你……"王寅虎略感抱歉，自嘲一笑，"当作一个纪念吧。"

他眼眸深暗无比，耷拉着沉疴的脸，话毕，又负着重伤踉踉跄跄地往山下去。沈欺霜问他："你要去哪儿？"

当她问出这个问题，似已经知道了答案。

当日，圣灵珠剥落在地，李逍遥借其力量破开了禁咒空间，此后，再无人见过苏媚。

烟霞散彩，日月摇光，王寅虎苍白无力的唇极尽所能，也只牵出一抹索然无味的寡淡笑意，低声道："去找她，她一定还活着……"

（全文完）